MATT BASANISI & GERD SCHNEIDER

Skorpion

Autoren

Matt Basanisi, geboren 1966, wuchs als Kind einer deutschen Mutter und eines italienischen Vaters am Bodensee in der Schweiz auf. Basanisi ist ausgebildeter Polizist und Kriminologe. Im Anschluss an einen Militäreinsatz für die Schweizer Armee im Kosovokrieg zur Jahrtausendwende trat Basanisi der Abteilung Organisierte Kriminalität der Schweizer Bundeskriminalpolizei bei, ab 2005 dann für mehrere Jahre dem internen Ermittlungsdienst der Vereinten Nationen. Matt Basanisi ist Absolvent der Masterclass Autor / Schriftsteller der Buch Akademie Berlin.

Gerd Schneider kam 1974 als jüngstes Kind eines Polizisten und einer Küsterin zur Welt. Er studierte Katholische Theologie in Bonn und Wien und bereitete sich auf das Priesteramt vor. Nach dem Diplom begann er ein Regiestudium an der Filmakademie Baden-Württemberg. Sein Spielfilmdebüt »Verfehlung« über den Umgang der katholischen Kirche mit sexuellem Missbrauch feierte 2015 seine Kinopremiere und gewann zahlreiche nationale und internationale Preise. Gerd Schneider dreht TV-Filme und arbeitet derzeit an einem neuen Kinoprojekt.

Weitere Informationen unter: www.basanisischneider.com

Von Matt Basanisi und Gerd Schneider außerdem erschienen
Memento

Matt Basanisi & Gerd Schneider

SKORPION

Thriller

blanvalet

FSC www.fsc.org
MIX
Papier | Fördert gute Waldnutzung
FSC® C014496

Penguin Random House Verlagsgruppe FSC® N001967

1. Auflage 2025

Redaktion: René Stein
Umschlaggestaltung: © Johannes Wiebel | punchdesign,
unter Verwendung von Motiven von Dimitrije Ostojic /
stock.adobe.com; Shutterstock.com (donatas1205; pixelparticle) und
Colin Thomas / bookcoversphotolibrary.com
JaB · Herstellung: DiMo · ChS
Satz: Uhl + Massopust, Aalen
Druck und Bindung: GGP Media GmbH, Pößneck
Printed in Germany
ISBN 978-3-7341-1400-7

www.blanvalet.de

Das Buch ist durch tatsächliche Ereignisse inspiriert.

Einige Charaktere, Namen, Unternehmen, Begebenheiten und Orte wurden aus dramaturgischen Gründen fiktionalisiert.

Jede Ähnlichkeit mit Personen, deren Namen und Geschichten ist rein zufällig und unabsichtlich erfolgt.

»Verrat, Sire, ist nur eine Frage des Datums.«

Charles-Maurice de Talleyrand-Périgord,
französischer Staatsmann, auf dem Wiener Kongress 1814
zu Zar Alexander I. von Russland

Prolog

Palermo, Sommer 2002

Vom baufälligen Turm herunter hatte es einmal dumpf geschlagen. Dreizehn Uhr. Vereinbart hatten sie zwölf Uhr dreißig.

Er hätte es wissen müssen.

Andächtig schweigend saßen sie im Seitenschiff der Chiesa La Martorana, dieser prunkvollen dreischiffigen Kreuzkuppelkirche aus dem 11. Jahrhundert, gelegen unmittelbar an der Südseite der Piazza Bellini im Zentrum von Palermo. Vor einer knappen Stunde waren sie aus der gleißenden Mittagssonne in das kühle, stille Halbdunkel der heiligen Stätte eingetaucht. Und wie die Handvoll Besucher hatte auch er sich beim Betreten des Gebäudes von der Schönheit der byzantinischen Goldgrundmosaike und den Malereien an den Säulen, Decken und Wänden überwältigt gezeigt.

Nur hatte der Gedanke an das bevorstehende Ereignis bald einmal jeden Sinn für Ästhetik weggeblasen.

Er blickte zu seinem italienischen Kollegen, der ganz in sich versunken und die Ruhe selbst schien – eine Eigenschaft, die David Keller nachhaltig an dem Italiener bewunderte.

Wieder sah Keller auf die Uhr.

»Er wird kommen«, flüsterte Andrea Monti neben ihm

auf Italienisch. »Entspann dich, genieß einfach die Pracht des Ortes.«

Andrea Monti, achtundvierzig Jahre alt und Hauptmann der Carabinieri, war bereits zwei Jahrzehnte bei der DIA, der Direzione Investigativa Antimafia. Der Auftrag dieser mit beispielloser Machtfülle ausgestatteten Sondereinheit des Innenministeriums ließ sich in einem simplen Satz zusammenfassen: die Mafia aufzuspüren und zu zerschlagen. Ersteres war weniger das Problem, zumindest nicht in Italien. Zweimal jährlich veröffentlichte Montis Behörde auf garantiert fünfhundert Seiten den Straftatenkatalog sowie Territorium für jeden der mehreren Hundert Mafiaclans zwischen Sondrio und Siracusa, inklusive Namen, Vornamen und Familienverhältnisse der capi.

Man kannte sich also.

La piovra, die Krake, so wurde die Mafia in Italien auch genannt. Denn wie es Kraken so an sich haben – schlägt man ihr ein Tentakel ab, wächst ein neuer nach, immer und immer wieder. Den zweiten Teil von Montis Aufgabe konnte man also getrost als Herausforderung bezeichnen.

Der geschiedene Monti war Vater von zwei Kindern aus erster Ehe, seit Kurzem aber wieder verheiratet. Seine erste Frau hatte sich von ihm scheiden lassen, und zwar mit der (wie Monti Keller gestanden hatte) leider zutreffenden Begründung, dass sie sich schließlich keinen Mann gesucht habe, den sie noch seltener zu sehen bekomme als Toto Cutugno, ihr Hitparadenidol und Jugendschwarm. Monti war, wie bei der DIA üblich, für viele Jahre fernab der Heimat stationiert gewesen, zu Beginn in Mailand, dann in Turin und zuletzt in Neapel. Zu groß wäre sonst die Gefahr, dass selbst triviale Freund– und Bekanntschaften von DIA-Ermittlern sich als solche zu lokalen Exponenten der Mafia erweisen könnten, und damit Sicherheit und Erfolg der Mission gefährdeten. Dass die Behördenleitung trotzdem entschieden hatte, Monti wieder in seine Geburtsstadt Palermo zurückzuversetzen, musste demnach einen triftigen Grund gehabt haben. Wieso genau, das sollte Keller bald genug erfahren, unter denkbar dramatischen Umständen.

Ihre Zusammenarbeit hatte begonnen, nachdem Keller vor zwei Jahren die Leitung eines der Kommissariate zur Bekämpfung der Organisierten Kriminalität – im Jargon schlicht OK – bei der Schweizer Bundeskriminalpolizei übernommen hatte.

Montis letzter Anruf lag wenige Tage zurück. Einer seiner Informanten hatte sich gemeldet.

»Er ist meine beste Quelle. Was genau er zu sagen hat, erfahren wir beim Treffen. Was ich weiß: Es geht um einen Schweizer. Du solltest dabei sein.«

Genauso wie Keller Monti vertraute, vertraute Pius Moser seinem Kommissariatsleiter. Moser war Kellers Vorgesetzter am Hauptsitz der Bundeskripo in Bern. Beide kannten sich seit zwanzig Jahren, seit ihrer gemeinsamen Zeit bei der Züricher Stadtpolizei.

»Meinetwegen, fahr hin«, hatte Moser gemeint. »Drei Tage, mehr liegt nicht drin. Dafür bring du mir einen erstklassigen Nero d'Avola mit. Die Reise soll sich ja irgendwie auszahlen«, hatte ihm Moser dann noch leicht spöttisch hinterhergerufen. Die Flasche lag bereits auf seinem Hotelzimmer, ein Tancredi aus dem Weingut Donnafugata. Moser schuldete ihm neunzig Euro. Er hatte es so gewollt.

Dreizehn Uhr fünfunddreißig.

Die Zeit kroch dahin, und zum wer weiß wievielten Male wanderte Kellers Blick über die kunstvollen Steinfiguren des barocken Hochaltars, die den Tabernakel und das Altarbild filigran umrankten. Julie wäre sicher beeindruckt gewesen und hätte ihm begeistert erklärt, wie gelungen Byzantinisches und Barockes miteinander harmonierten.

Keller liebte seinen Beruf. Es fiel ihm schwer, sich vorzustellen, dass es etwas anderes geben könnte, was ihn morgens mit gleicher Leidenschaft aus dem Bett steigen ließ wie die Arbeit eines Ermittlers. Und trotzdem gab es Tage, wo er ihn inständig verfluchte.

Letzte Woche war einer dieser Momente gekommen. Montis Anruf bedeutete, dass die gemeinsamen Tage mit Julie in den Walliser Alpen zu Ende sein würden, kaum dass sie begonnen hatten. Und damit idyllische Nächte in einer Skihütte, am Fuß des Matterhorns, dem höchstgelegenen Skigebiet Europas, wo man selbst im Sommer über die Pisten wetzen, Schneemänner bauen und abends vor dem Kaminfeuer sitzen konnte. Das hatten sie dann auch getan, wenigstens für zwei Tage.

Der Ausflug war lange geplant gewesen, sein Weihnachtsgeschenk an Julie. Doch zu seinem Glück war Julie Profi genug, dass sie deswegen kein Drama gemacht hatte. Oder zumindest nicht für lange. In der Hinsicht ging sie mit kalifornischer Gelassenheit und dem Gleichmut der erfahrenen Surferin an die Dinge heran: »There's always a next wave.« Was nicht bedeutete, dass Julie nicht auch bissig werden konnte. Den Spitznamen »Sharky«, den ihr eine durch einen Surf-Unfall verursachte kleine Einkerbung am rechten Ohr eingebracht hatte, trug sie nicht umsonst. Und nicht ohne Stolz.

Julie war das Beste, was Keller seit langer Zeit passiert war. Und sie würden nach Zermatt zurückkehren, darauf hatte Julie bestanden.

Das leise Knarzen von Holz zwang Kellers Gedanken zurück in die Gegenwart. In den Bänken seitlich von ihnen saßen zwei alte Frauen in stiller Andacht und beteten den Rosenkranz. Aus dem barocken Beichtstuhl auf Höhe der Frauen trat ein Mönch im feldmausbraunen Habit der Franziskaner. Der Mönch faltete seine Stola und schritt langsam an ihnen vorbei Richtung Hochaltar. Der Ort wurde wieder von allumfassender Stille eingenommen, einzig gewisperte Wortfetzen der betenden Frauen drangen herüber.

Wieder sah Keller auf seine Uhr.

Nach einer weiteren gefühlten Ewigkeit standen die beiden Frauen auf und verließen das Gotteshaus durch das Hauptportal, das dumpf hallend hinter ihnen ins Schloss fiel.

»Es ist so weit«, raunte Monti, stand auf und gab Keller ein Zeichen, ihm zu folgen.

Keller blickte sich verwundert um. Hatte er etwas übersehen? Er war sich sicher, niemand hatte die Kirche betreten. Er zögerte, also wiederholte Monti seine Geste.

Sein italienischer Kollege ging auf den Altar zu, bekreuzigte sich, schritt rechts daran vorbei und blieb vor der Sakristei stehen, deren Tür nur angelehnt war. Monti klopfte sachte gegen das dunkle Holz.

»*Transiddi, transiddi* – tretet ein, tretet ein!« Die Worte kamen in unüberhörbar schwerem sizilianischem Dialekt.

Keller folgte Monti in die Sakristei, in der der einzig

Anwesende, ein Mönch, gerade dabei war, sein Messgewand auszulegen. Bedächtig strich der Franziskaner die Kasel glatt, und als er sich schließlich zu ihnen umdrehte, erschien ein breites Lächeln auf seinem Gesicht. Der bärtige, groß gewachsene Monti ging auf den einen Kopf kürzeren Mönch zu und schloss ihn herzlich in seine kräftigen Arme.

Keller konnte nicht anders als die beiden Männer verblüfft anzustarren. Er hatte mit vielem gerechnet, nur nicht damit, dass Montis Informant ein Ordensbruder war, derselbe, der Minuten zuvor noch andächtig an ihnen vorbei zum Altar geschritten war.

Keller schätzte den Mann auf Mitte fünfzig, und was ihm als Erstes auffiel, waren seine stahlblauen Augen und der rotblonde Haarschopf. Die Zeiten lagen zwar lange zurück, aber Sizilien hatte auch unter normannischer und schwäbischer Herrschaft gestanden. Somit gab es sie, die blauäugigen blonden Sizilianer.

»Lo svizzero?«, fragte der Ordensbruder Monti, nun mit ernster Miene.

»Ja«, antwortete Monti.

»Für Sie«, meinte der Blauäugige knapp und reichte Keller einen Umschlag.

»Danke. Und das ist was?«

Der Padre lächelte. »Nun, Informationen. Über eine sehr wichtige Person, sie organisiert das Kokain für U siccu. Tonnenweise. Und sie wäscht sein Geld, man könnte sagen, auch das tonnenweise.«

»U siccu. Das ist Matteo Messina Denaro?«

»Ja«, warf Monti ein. »Der Boss von Trapani. Noch wichtiger: Alles spricht dafür, dass er der neue *capo di tutti i capi* ist, der Nachfolger von Provenzano und Riina.«

»Die Nummer eins der Cosa Nostra? Hmm … Und wieso geben Sie die Informationen *mir*?«

»So ist es nicht, sie sind für euch beide gedacht. Aber derjenige, der sich um U siccus Finanzen kümmert, ist nun mal Schweizer. Er ist nicht der Einzige, aber angeblich der Beste.«

»Wieso überrascht mich das nicht …«, murmelte Keller. »Kennen Sie seinen Namen?«

»Nein. Hier nennen sie ihn nur *banchiere*. Oder *lo svizzero*.«

Der Mönch umarmte Monti kurz und kräftig. »Ich muss los. Ich melde mich.« Dann ergriff er Kellers Hand. »Viel Glück. Und Gott sei mit euch.«

Ohne ein weiteres Wort schlüpfte der Pater durch eine kleine Seitentür, die Keller erst jetzt als solche erkannte. Der Blick des Schweizers ging wieder zurück zum Umschlag in seiner Hand, dann zu Monti.

Der Carabiniere sah Keller triumphierend an. »Ich hatte es ja gesagt: Er wird kommen.«

»Dein Informant ist ein *Mönch*?«

»Ein Padre. Padre Alfonso. Wir sind in der gleichen Straße aufgewachsen, hier, in Palermo, im Stadtteil Bagheria.« Monti hielt kurz inne und strich sich nachdenklich durch sein dunkles, gewelltes Haar. Etwas schien ihn zu verunsichern. »Nun, du musst wissen … Es gibt definitiv schönere Plätze auf Mutter Erde als Bagheria. Die Mafia ist allgegenwärtig, sie beherrscht jeden Winkel des Viertels. Ich hab verdammt viel von Alfonso gelernt. Ob das umgekehrt auch gilt? Vielleicht … Jedenfalls, am Ende ging er zu den Franziskanern, ich zur Polizei.«

Keller blickte noch immer ungläubig zur Tür, durch die der Padre verschwunden war.

»Aber wie kommt einer wie er an solche Informationen? Wohl kaum als U siccus Beichtvater.«

»Natürlich nicht. Alfonso hat einen jüngeren Bruder, der einen etwas anderen Weg eingeschlagen hat als Alfonso. Der Bruder wurde Consigliere in U siccus Organisation, ein Strategieberater der Cosa Nostra, wenn man so will. Trotzdem, sie haben nicht vergessen, dass sie gleichen Blutes sind.«

»Reue?«, fragte Keller, aber Monti schüttelte den Kopf – das Thema war abgehakt. So wie Keller seine Geheimnisse pflegte, so hatte Monti seine, und das war okay so.

Monti verriegelte die Tür zur Sakristei, nahm Keller den Umschlag aus der Hand und kippte den Inhalt kurzerhand auf den Boden: Dutzende Seiten kopierter Dokumente, außerdem Abzüge von Fotos. Qualität und Aufnahmewinkel der Aufnahmen ließen auf eine versteckte Kamera schließen.

Auf den Fotos sah man Männer an einem Tisch beim Essen. Es schien eine private Veranstaltung zu sein. Mit einem Stift eingekreist, war ein Mann in Anzug und Krawatte, während die anderen Männer am Tisch einfache Straßenkleidung trugen.

Monti deutete auf die rot eingekreiste Person.

»Das muss der Schweizer sein. Die anderen kenne ich. Das sind U siccus Leute.«

Keller zuckte mit den Schultern. »Keine Ahnung. Noch nie gesehen.«

Dann Kontoauszüge, Überweisungsbelege und Eigentumsbescheinigungen. Sie alle waren von der gleichen Bank ausgestellt.

Der Banca Rasini.

Monti pfiff leise durch die Zähne. »Schau an, schau an.

Die Rasini.« Dass die Mailänder Kleinbank de facto die Hausbank der Cosa Nostra war, war Keller genauso bekannt wie Staatsanwaltschaften und Gerichten quer durch Europa. Trotz einer groß angelegten Aktion der Mailänder Staatsanwaltschaft namens »Operazione San Valentino« Jahre zuvor war, auch was die Rasini betraf, bis heute vieles im Dunkeln geblieben. Unter anderem, ob auch Italiens Premier und Medienmogul Silvio Berlusconi über die Banca Rasini schmutzige Finanzgeschäfte abgewickelt hatte. Mancher behauptete Zufall, andere nicht – jedenfalls war Silvios Vater Luigi Berlusconi einer der Direktoren der Rasini gewesen.

Keller betrachtete wieder das Foto der Männerrunde. Die Rolle, die sein mit Rotstift markierter Landsmann darin spielte, konnte er auf die Schnelle nicht erkennen. Lupenrein jedenfalls dürfte sie kaum sein. Sie würden sich die Dokumente später in Ruhe anschauen, sie hatten Zeit. Und wo ein Gesicht war, gab es auch einen Namen.

Ein trockener Knall durchbrach die Stille. Der plötzliche Krach ließ Keller und Monti zusammenzucken. Sogleich folgte ein zweiter und dann ein dritter Knall. Die beiden Männer sahen sich erschrocken an, und auch ohne es auszusprechen, wussten beide, was sie zu bedeuten hatten: Pistolenschüsse, und sie kamen aus Richtung des Haupteingangs, der Piazza Bellini.

»*Oddio!*«, entfuhr es Monti, der bereits seine Waffe in der Hand hielt, und vorsichtig die Tür zum Altar hin öffnete.

Die Kirche war menschenleer.

»Nichts ... Warte hier!«, rief Monti knapp zu Keller und sprintete das Kirchenschiff entlang zum Hauptausgang.

Momente später ertönten die klagenden Rufe einer Frauenstimme.

»Hanno sparato il padre!«

Es folgten weitere Stimmen, deren Schreie mit schaurigem Klang in den turmhohen Gewölben der Kirche widerhallten. *»Hanno sparato il padre! Hanno sparato il padre!«*

Ein eiskalter Schauer kroch über Kellers Rücken. Seine Gedanken rasten, er wollte losrennen, zum Ausgang, doch er hatte ein Problem: Er war auf Dienstreise im Ausland, er trug keine Waffe.

Aber hier warten? Nein.

Keller spähte in das Halbdunkel der Kirche. Noch immer war niemand zu sehen. Hastig sammelte er die Unterlagen vom Boden auf und stopfte alles in die Jackentasche. Dann rannte er los, hielt sich, so gut es ging, im Schutz der Marmorsäulen entlang des Kirchenschiffs und folgte seinem italienischen Kollegen nach draußen.

Am Fuß der kleinen Steintreppe hinunter zur Piazza Bellini hatte sich eine Menschentraube gebildet. Kellner der Pizzeria an der Ecke eilten mit Kissen und Decken herbei.

Andrea Monti kniete neben dem Padre, inmitten einer Blutlache, den Kopf des Franziskanermönchs in seinem Schoß. Die stahlblauen Augen blickten leblos in den Himmel.

Padre Alfonso war tot.

Monti schaute hoch zu Keller, mit feuchten Augen, das Gesicht schmerzerfüllt. Sanft legte Keller seinem Kollegen die Hand auf die Schulter.

Sirenen heulten durch die Straßen, und Minuten später war die Piazza Bellini zugestellt mit Streifenwagen und Ambulanzen.

Mehr und mehr Menschen strömten auf den Platz, bald staute sich die Menge bis in die Seitengassen.

Jemand aus der Menge hob die Faust.

»Mafia vaffanculo!«

Eine zweite Stimme kam dazu, dann eine dritte. Momente später war die Piazza zu einem einzigen Chor der Wütenden angeschwollen.

»Mafia vaffanculo! Mafia vaffanculo!«

Keller traf die Wucht der Szenerie völlig unvorbereitet. Noch nie hatte er Ähnliches erlebt. Sie spiegelte das ganze Elend einer gebeutelten Region wider, die seit langer Zeit unter dieser organisierten Gewalt litt. So kraftvoll der Ausbruch von Wut und Trauer der Menschen auf der Piazza war, so bedrückend hilflos wirkte er auf Keller.

Andrea Monti weinte jetzt hemmungslos, während ein Sanitäter den Leichnam des Padres abdeckte. Keller nahm den Kollegen in den Arm und blickte verbittert auf das weiße Tuch, das sich langsam mit dem Blut des Mönchs vollzusaugen begann.

Im Verborgenen agierten Menschen, meist Männer, vereinzelt auch Frauen, mit ihrer ganz eigenen Agenda von Gewalt, Gier und Macht, und in der Konsequenz lag hier eines ihrer Opfer in seinem Blut. Die Bedeutung der Nachricht, die ihnen der Padre übermittelt und die ihn das Leben gekostet hatte, ging weit über Palermo hinaus. Dessen war sich Keller sicher.

Wohin sie ihn noch führen würde – er konnte es nicht im Entferntesten erahnen.

1

Belgien, Oktober 2002

Die Reise der SELINA endete am Churchill-Dock, Liegeplatz 402. Sie war ein bereits in die Jahre gekommener Massengutfrachter, in den Siebzigern in Dienst gestellt und mit dem einen oder anderen Rostfleck zu viel auf dem stählernen Rumpf. Ein neuer Anstrich wäre ihr sicher gut bekommen. Aber auch das hätte nichts daran geändert, dass sie in nicht allzu ferner Zukunft als rostiges, trostloses Skelett auf einem Schiffsfriedhof enden würde.

Die Überfahrt verlief ohne Zwischenfälle, von Venezuela nach Belgien, einmal quer über den Nordatlantik, achtundzwanzig Tage, sechstausendzweihundert Seemeilen.

Für Pieter Van Woudt bedeutete Churchill-Dock, dass seine Schicht an diesem nasskalten Oktobermorgen mit einer längeren Dienstfahrt beginnen würde. Es war vier Uhr dreißig, um fünf Uhr wollte er bei der SELINA sein. Für den Hundeführer der Zollfahndung am Antwerpener Containerhafen blieben noch ein paar Minuten Zeit, sich einen Becher heißen Milchkaffee aus dem Automaten zu besorgen. Leila, seine deutsche Schäferhündin, wartete bereits ungeduldig im Heck des Transporters.

Ihre Fahrt führte um das westliche Hafenbecken des

Albert-Docks einen Kilometer nach Norden, und dann nach links über eine enge Zufahrtsbrücke, an deren Ende das Eingangstor zum Churchill-Dock lag. Zähe Nebelschwaden hingen zwischen den turmhohen Flutlichtmasten, deren Scheinwerfer das weitläufige Gelände in gelbliches Licht tauchten.

Der Zollfahnder parkte sein Fahrzeug am Fuß der Gangway, nahm die letzten Schlucke aus dem Pappbecher und überflog nochmals die wichtigsten Angaben auf seinem Klemmbrett:

Reiseroute: Maracaibo -> Antwerpen, nonstop
Oberdeck: 34 Container Früchte, Gemüse, Gewürze
Laderaum: 12.240 Tonnen Zinnerz

Die Aufmerksamkeit der belgischen Zollfahndung hatte die SELINA nicht wegen des Zinnerzes in ihrem Bauch auf sich gezogen. Ihr Interesse galt dem Inhalt der Container auf dem Oberdeck.

Pieter Van Woudt meldete sich über Funk beim wachhabenden Brückenoffizier, entließ die ungeduldige Leila ins Freie und ging mit ihr an Bord des Frachters. Beladematrosen wurden aus dem Schlaf geholt und angewiesen, die mittschiffs gestapelten Container zu öffnen.

Beim sechsten Container schlug Leila an. Aufgeregt kletterte sie von Kiste zu Kiste, sprang kreuz und quer durch den Laderaum. Derart aus dem Häuschen hatte Pieter Van Woudt die Hündin nur selten erlebt.

Der Zollfahnder wusste, etwas musste hier faul sein, und das kaum der geladenen Früchte wegen. Van Woudt stieg seiner Leila hinterher, und sogleich schlug ihm ein süßlicher Gestank entgegen. Der Container war nur zu etwa zwei Dritteln beladen. Im Lichtkegel der Handleuchte erschienen übereinandergestapelte Kartons, gefüllt mit Bananen, und wie der Gestank schon vermuten ließ, die allermeisten verrottet. Es dürfte schwierig sein, dafür noch einen Abnehmer zu finden.

Van Woudt griff zu einer ersten, einer zweiten und einer dritten Kiste und schüttete den Inhalt auf den Boden. Vor seinen Füßen lagen verdorbene Bananen – und ziegelsteingroße, in Plastik und Paketband eingewickelte Päckchen.

Das Entladen und Zählen dauerte bis in den späten Morgen. Bei Schichtende standen Pieter Van Woudt und seine Kollegen der Zollfahndung Antwerpen vor einem Turm von 3.065 Paketen aus reinstem Kokain – jedes auf das Gramm genau ein Kilo schwer.

2

Bern, circa acht Wochen später

Von Osama bin Ladens Gefolgsmann kam keine Antwort mehr. Nur wer genau hinhörte, konnte sein unterdrücktes, angestrengtes Atmen hören.

Eine orangefarbene Stoffbinde verdeckte seine Augen. Die Hände mit Kabelbinder am Rücken gefesselt, saß der Jemenit auf dem Ledersofa, den Oberkörper in unnatürlicher Haltung vornübergebeugt. Er trug eine Diadora-Trainingsjacke und kurze Sporthosen, seine nackten Füße steckten in schwarzen Lederhalbschuhen. Ein maskierter Beamter des Anti-Terror-Einsatzkommandos hatte sich ihm gegenüber aufgestellt, die Maschinenpistole Modell MP5 gegen den Boden gerichtet.

Abgesehen von der wuchtigen Sitzgarnitur entlang der weiß getünchten Wände und dem weiß-rot gemusterten Teppich in der Mitte, war das Zimmer kaum möbliert. Ein mintgrüner Stoffvorhang bedeckte das einzige Fenster im Raum. In der linken Ecke stand ein Beistelltisch, darauf ein gewöhnliches Telefon, daneben pinkfarbene Rosen aus Plastik in einer Keramikvase. Gegenüber dem Sofa ruhte ein TV-Gerät für Satellitenempfang auf dem Fußboden, von der Decke leuchtete eine nackte Glühbirne.

So wie das Deckenlicht strahlte die gesamte Wohnung Kälte aus und ließ David Keller unwillkürlich frösteln.

Hier lebte eine arabische Großfamilie, Mann, Frau und fünf Kinder, und das seit sieben Jahren. In der Wohnung war kein einziges Familienfoto zu finden gewesen.

Seit seiner Verhaftung vor drei Stunden hatte der Jemenit noch kein Wort gesprochen. Keller hatte Special Agent Banks gebeten, es auf Arabisch zu versuchen. Ohne Erfolg, der Al-Kaida-Mann schwieg.

An diesem kalten Novembermorgen hatte in den frühen Morgenstunden ein Einsatzkommando der Schweizer Bundeskriminalpolizei die Wohnung im Zentrum von Biel gestürmt. Ein halbes Dutzend weitere Al-Kaida-Verdächtige waren in anderen Teilen der Schweiz gefasst worden.

Die kleine Stadt, gelegen am Jurasüdfuß im Westen der Schweiz, war Standort weltbekannter Uhrenmanufakturen, darunter Rolex, Omega und Swatch. Nach dem heutigen Tag würde Biel ein weiteres Prädikat erhalten – Schweizer Al-Kaida-Nest. Bei der Durchsuchung fanden Kellers Leute gefälschte Ausweise und Dokumente von Al-Kaida-Kämpfern, die meisten gesucht mit internationalem Haftbefehl. Dutzende Ausweise wurden in der Wohnung sichergestellt, dazu Fälschungswerkzeug.

Sie hatten einen Volltreffer gelandet.

Es war seit knapp einem Jahr »the new normal« für Keller und seine Kollegen bei der Bundeskriminalpolizei. In den Monaten nach *nine eleven* hatte das US-Justizministerium ein Team von Special Agents der Financial Crime Unit des FBI in die Schweiz entsandt, das von da an überall in den Fluren des Verwaltungsgebäudes der Bundeskriminalpolizei im Berner Weissenbühl-Quartier anzutreffen war und – so die offizielle Verlautbarung – den Schweizer Kollegen »ausschließlich beratend« zur Seite stehen sollte. Wie genau diese »Beratung« in der Praxis umgesetzt wurde, war den Verantwortlichen im Justizministerium jedoch ziemlich egal. Die Lösung hieß: bloß nicht hinschauen.

Überhaupt nicht in das Bild der breitbeinigen Strafverfolger aus Washington mit stetem Hang zu Präpotenz passen wollte Special Agent Julie Banks. Die Versetzung in die Schweiz war der erste Auslandseinsatz der Vierunddreißigjährigen aus San Diego. Mit ihren blonden, mittellangen Haaren und dem gebräunten, sommersprossigen Teint wirkte sie wie das klassische All-American-Girl, verteilt auf exakte ein Meter vierundsiebzig, wie ihr Diplomatenpass verriet. Sportlich in erkennbar bester Verfassung unterschied sie sich aber auch durch ihre kultivierte Umgangsart von ihren oft verbissen wirkenden Kollegen. Ein Grund dafür war wohl, so schloss Keller aus der Biografie der FBI-Agentin, dass sie ihre Jugend mehrheitlich im Ausland verbracht hatte.

Julie Banks' Vater Reginald hatte sein Leben lang als Diplomat für das US-Außenministerium gearbeitet. Die Familie Banks – bestehend aus Vater, Mutter und drei Kindern – war unter anderem nach Argentinien, Saudi-Arabien, Mexiko, Frankreich und Deutschland entsandt worden.

Mit zwanzig war Julie zurück in die USA gegangen und hatte sich an der University of San Diego School of Law eingeschrieben. Mit sechsundzwanzig und einem Master in Law im Gepäck war sie dem FBI beigetreten.

Und anders als Keller verstand Julie nicht nur etwas von den Tricks und Kniffen der Geldwäscher sowie – nomen est omen – Bankauszügen: Im Gegensatz zum penetranten »English, please« ihrer US-Kollegen sprach Julie auch fließend Spanisch, Französisch, Arabisch und ganz passables Deutsch.

Die Begeisterung über den Einfall der Amerikaner auf Vergeltungsmission hielt sich allerdings in sehr überschaubaren Grenzen. Auch bei Keller.

Aber das FBI war nun mal da. Und irgendwann hatte Keller keine Lust mehr, den immer gleichen Hahnenkämpfen um Glanz und Gloria bei der Jagd nach Al Kaida tatenlos zuzuschauen. Dafür ging es um zu viel.

»Lass mich mit der Banks arbeiten«, hatte er eines Tages beim Morgenkaffee zu Moser gemeint. »Du siehst es ja selbst: Unter all den Gockeln aus Washington ist sie die Einzige, die tatsächlich etwas draufhat. Und die wirklich will.«

Pius Moser hatte Keller aufmerksam betrachtet. »Ist das so? Was ich sehe: Sie ist die einzige Frau. Und dann auch noch verdammt hübsch. Ich bin verheiratet, im Gegensatz zu dir. Deswegen bin ich aber nicht blind.«

»Gott, Pius! Darum gehts nicht. Wann warst du zuletzt im Task-Force-Raum? Die eine Hälfte berichtet nach Hause, wie toll es hier in *Schweden* ist, der Rest kommt direkt von der Academy in Quantico. Banks ist anders. So kommen wir nicht voran, Pius. Du willst Resultate sehen? Dann gib mir die Banks.«

Und ja, Moser wollte Resultate sehen.

Trotzdem hielt Keller wenig von der Suche in Schweizer Bankunterlagen zu einem Verbrechen, geplant irgendwo am Hindukusch in Zentralasien und ausgeführt in den USA. Zu viel anderes blieb liegen, womit sie sich ebenso dringend hätten beschäftigen sollen. Etwa der nicht minder wichtige Kampf gegen das organisierte Verbrechen,

Kellers eigentliche Aufgabe und sein Fachgebiet, wofür er überhaupt erst nach Bern gekommen war. Seit dem Mord am Padre in Palermo waren sie in dieser Hinsicht kaum einen Schritt weitergekommen.

Bis jetzt schienen die Haftrichter seine Auffassung zu teilen. Auch das eine neue Erfahrung für Keller. Keiner der Verdächtigen, die sie bisher aufspüren konnten, blieb nach dem Haftprüfungstermin hinter Gitter. Die Beweislast war schlicht zu dünn.

Das änderte sich erst, als sich der saudi-arabische Nachrichtendienst mit Informationen zum Jemeniten aus Biel meldete. Erstmals hatte Keller das Gefühl, dass das hier anders laufen, dass es ein Erfolg werden könnte. Sie begannen, die Telefone des Jemeniten abzuhören; Julie wertete tagsüber Geldüberweisungen aus und beriet sich nachts mit ihrem Hauptquartier in Washington. Die Informationen der Saudis schienen zu stimmen. Ihr Ziel musste ein Al-Kaida-Mann sein.

Dann waren sie zur Wohnung nach Biel gefahren, hatten das Familienoberhaupt tage- und nächtelang observiert, bei seinen Gängen zum Postamt, zur Moschee, zu Treffen in Shisha-Bars. Sie hatten auch seine Postsendungen abgefangen.

Aber der Jemenit war kein Anfänger. Wochen verstrichen, ohne dass sie den letzten Beweis dafür finden konnten, wovon Julie und er überzeugt waren: dass Abdul Hamid Al-Fahtani ein radikaler Dschihadist war, der auf der Gehaltsliste der Al Kaida stand. Doch Keller ließ nicht locker, bearbeitete den zuständigen Staatsanwalt bei der Bundesanwaltschaft so lange, bis dieser grünes Licht für die Kommandoaktion gab.

Keller hatte eine Menge riskiert. Es hätte genauso gut

schiefgehen können. Aber nun hatten sie den handfesten Beweis: Es gab sie, die Verbindung von Al Kaida zur Schweiz. Der gereizten Stimmung in der Taskforce würde es guttun. Der Druck, Resultate zu liefern, war von Woche zu Woche gestiegen.

Und für die Chefs gab's endlich Aussicht auf gute Presse.

Keller schaute wieder auf die Frau neben sich. Immer wieder schlug sie die Hände vors Gesicht, warf sie gegen die Zimmerdecke, begleitet von arabischen Klagegesängen.

Das Gejammere begann, an Kellers Nerven zu zerren. Wo war Julie? Sie sollte sich endlich um die Frau und die Kinder kümmern. Er fand sie in einem Nebenzimmer bei einem Haufen Kisten mit sichergestellten Unterlagen.

»This is fucking great!« Julie hielt Keller einen Stapel Papiere hin. »Visumanträge für das Schweizer Konsulat in Sanaa. Hier … und hier … und hier. Sie sind gefälscht. Mit Garantie. Und der Typ auf dem Foto hier. Klingelt es bei dir?«

Keller schaute auf die Porträtaufnahme eines schnauzbärtigen Mannes, um die vierzig Jahre alt, mit rundlichem Gesicht. Offensichtlich ein Araber. »Wer soll das sein?«

»Das ist Jamal Muhammad Ahmad Al-Badawi. Hat noch andere Namen. Einer der Planer des Anschlags auf die USS Cole im Hafen von Aden im Jemen vor zwei Jahren. Siebzehn Tote. Al-Badawi steht auf der Most-Wanted-Liste. Good job«, flüsterte sie plötzlich in sein Ohr und gab Keller hastig-verstohlen einen Kuss auf die Wange.

Keller sah sich erschrocken um und lächelte erleichtert zurück. Es hatte sie niemand beobachtet. Er stieß einen leisen Pfiff aus. »Das war er? Könnte aber auch ein Kamelhirte sein. Nicht?«

Julie verdrehte die Augen. »David! Ganz im Ernst jetzt. Die Bilder müssen nach D.C. Unverzüglich.«

»Dann lass uns keine Zeit verlieren. Al-Fahtani muss als Erstes nach Bern zum Erkennungsdienst, dann ab mit ihm in die Zelle. Aber davor hab ich noch eine Bitte. Ich brauche deine Arabisch-Kenntnisse.« Keller führte Julie in den Korridor zur Jemenitin. »Kannst du seine Frau etwas beruhigen? Sag ihr, ihr Mann kommt erst mal in ein ordentliches Schweizer Gefängnis. Dumm gelaufen, aber er wirds überleben.«

Die Jemenitin hatte mit dem Klagen aufgehört. Julie musste den feindseligen Blick der Frau spüren, ließ sich aber nichts anmerken und begann zu übersetzen. Dann spitzte die Frau plötzlich ihren Mund und spuckte Julie mitten ins Gesicht.

»What the fuck!« Julie machte einen Sprung rückwärts. Keller sah die Frau baff an. Julie wischte sich die Antwort der Frau mit dem Ärmel aus dem Gesicht. Die Jemenitin wandte sich Keller zu. Ihr Englisch war simpel.

»Mein Mann in Gefängnis. Mein Mann okay. Ich weiß.«

Keller war zum zweiten Mal sprachlos. Dass die Frau Englisch sprechen könnte, daran hatte niemand gedacht. Ihre nächsten Worte waren wieder an Julie gerichtet. In jedem Wort schwang Hass mit.

»Du … Amerikanerin … Wieso hier? Hier nicht dein Land!« Sie machte einen Satz auf Julie zu, bekam ihren Jackenkragen zu fassen und schrie die FBI-Agentin hysterisch an. »Amerika sterben! Allahu Akbar!«

»Allahu Akbar!«

Aus dem Wohnzimmer erscholl die laute Stimme des

Ehemanns, ein dröhnendes Echo auf den Ruf seiner Frau. Sein Bewacher nahm blitzschnell die MP5 in Anschlag, doch das Paar machte weiter und ließ das zum Kampfschrei verzerrte Bekenntnis durch die Räume gellen wie Sirenen bei einem Fliegerangriff.

Dann setzte Julie dem verbalen Aufstand ein Ende. Sie setzte einen kurzen, trockenen Ellbogenhieb gegen das Kinn der Frau, und die Jemenitin fiel wie ein Stein zu Boden. Hätte Julie eine Pistole getragen, sie wäre nun wohl auf die Stirn der Frau gerichtet gewesen.

Diese Aufgabe übernahm Keller.

»Alles gut, alle beruhigen sich wieder!«

Keller steckte seine Waffe weg und gab dem Einsatzbeamten ein Zeichen.

»Bring die Frau in das Nebenzimmer. Und dann ab mit dem Kerl nach Bern!«

Für den Moment war Kellers Laune verflogen.

»Dann soll er es bleiben lassen ... vergiss es ... Nein! Ganz bestimmt nicht mein Problem. Soll er doch eine Beschwerde schreiben, Zeit hat er nun genug ... mir egal ... danke ... dir auch.« Keller legte den Hörer auf. Draußen war es schon längst dunkel geworden. Sie waren nun seit zwanzig Stunden im Einsatz.

»Wer war das?« Julie saß am Schreibtisch gegenüber.

Keller streckte seine müden Glieder. »Das Untersuchungsgefängnis. Al-Fahtani verweigert das Essen. Er verlangt Halal-zertifizierte Speisen. Das Letzte, was mich im Moment interessiert. Kann er morgen alles dem Staatsanwalt erzählen.«

In den vergangenen Stunden hatten sie sich durch die sichergestellten Papiere gearbeitet. Al-Fahtani war wohl nicht nur Dokumentenfälscher für Al Kaida sondern betrieb auch ein Netzwerk für Menschenschmuggel. Trotz des Erfolgs war Julie unüblich schweigsam.

»Alles gut bei dir? Das war doch ein Volltreffer. Deine Bosse werden dir einen Orden verleihen. So schön amerikanisch, mit Zeremonie und Blaskapelle und allem Drum und Dran.«

»Na klar, so weit kommts noch. Nein, bin nur erledigt, das ist alles.«

»Al-Fahtanis Frau, oder? Tut mir leid. Nimm es nicht persönlich. Überleg dir mal, in was für einer Welt sie lebt. Ich meine … zwanzig Jahre Gehirnwäsche. Das kommt dann dabei raus.«

»Die Frau?« Julie zuckt mit den Schultern. »Nein. Die Kinder. In was für einer kaputten Welt wachsen sie auf? Was lernen sie von ihren Eltern? Nichts außer Hass. Mit fünfzehn tragen sie dann Sprengstoffgürtel.« Julie quälte sich aus dem Drehstuhl. »Aber okay, das müssen andere geradebiegen. Bringst du mich raus? Ich muss in die Botschaft. D.C. wartet auf die Fotos.«

Zutritt und Verlassen nur in Begleitung, so lautete die Anweisung im Umgang mit den FBI-Agenten. Ging auch gar nicht anders. Elektronische Schleusen sicherten die einzelnen Arbeitsbereiche ab.

Keller begleitete Julie nach draußen. Niemand war zu sehen, also gab Keller ihr einen Kuss. »Mach nicht mehr zu lange. Ich werd' dann wohl schon schlafen.«

Dann meldete er die Kollegin beim Pförtnerhaus am Haupttor ab, wo ein Eishockeyspiel des Hauptstadtclubs SC Bern lief. Für Keller eine Gelegenheit für eine Zigarette. Er versuchte, auf dem kleinen Bildschirm etwas zu erkennen.

»Letztes Drittel? Wie viel stehts?«

»Vier zu null!« Hans, ein pensionierter Kollege der Stadtpolizei Bern, war zufrieden. Beide hatten sie eine Saisonkarte für die Spiele im Stadion. Die Meisterschaft war noch jung, aber für Hans war der dritte Titel in Folge jetzt schon Tatsache.

»Kommst du am Samstag zum Derby?«

»Gegen Biel? Na, ich hoffe es …«

So wie der Al-Fahtani-Fall sich gerade entwickelt, wird daraus wohl nichts, dachte er. Keller zündete sich eine zweite Zigarette an.

Und dann war er wieder da, der Flashback.

Wie so oft seit den Terroranschlägen in den USA.

Der Krieg zwischen der serbischen Armee und den NATO-Truppen hatte im Sommer 1999 seinen Höhepunkt erreicht. Zum ersten Mal in der Geschichte des Landes sollte auch die Schweiz an einem Militäreinsatz im Ausland teilnehmen. Keller hatte beschlossen, sich zu melden. Ihm gefiel die Vorstellung, Teil dieses historischen Ereignisses zu sein.

Nach seiner Ankunft im Kosovo Ende 1999 wurde Keller einer Special-Operations-Einheit im Süden des Kosovo zugeteilt. Wie andere NATO-Einheiten versuchten auch sie, Sicherheit und Ordnung wenigstens einigermaßen wiederherzustellen. Es gelang mehr schlecht als recht. Zwar war der Krieg offiziell beendet, aber kaum ein Tag, der ohne Schießereien, Entführungen, Bombenanschläge und Tote verging.

Unterbrochen von wenigen Stunden Schlaf, war Kellers Team rund um die Uhr im Einsatz, sammelte Informationen über Verstecke kosovotreuer Untergrundkämpfer, machte Durchsuchungen, Festnahmen, Verhöre, befragte Opfer und Zeugen. Die lokale Justiz aber war der Gnade der Kriegsfürsten ausgeliefert, und damit jenen Personen, die auch an der Spitze der Clans der Organisierten Kriminalität im Kosovo standen. Die Clans hatten Politik, Wirtschaft und Verbrechen bereits zu Friedenszeiten beherrscht, und sie taten es auch weiterhin, im Krieg. So kamen Gefangene schneller wieder auf freien Fuß, als Keller und seine Kameraden neue festnehmen konnten. Die Gewalt zwischen kriminellen Banden und paramilitärischen Einheiten im Untergrund nahm stetig zu, und Kellers Einheit, so professionell sie auch arbeitete, war zu klein, um ihr ernsthaft etwas entgegensetzen zu können.

Ebenso verging kaum ein Tag ohne Meldungen über Funde neuer Massengräber, entdeckt in dieser oder jener Ortschaft mit Namen, die Keller wenig sagten, deren Bilder ihn aber nur schwer losließen.

Dann, an einem Frühlingstag im März 2000, erhielten Keller und ein Kamerad der Deutschen Bundeswehr den Auftrag, in die südwestlich gelegene Provinzstadt Prizren zu fahren. Die Nachrichtenzelle ihrer Brigade Süd hatte einen Hinweis erhalten, »eine Person von Interesse«, wie sie banal beschrieben wurde, halte sich in einem bestimmten Gasthof auf.

Der Befehl enthielt außer einem Namen und einem Foto nur eine Anweisung: bei Antreffen festnehmen und Instruktionen abwarten.

Ein Auftrag wie viele andere, Routine – wenn es denn so was wie Routine im Kosovo der Jahrtausendwende überhaupt geben konnte. Besondere Dringlichkeit? Nein. Besondere Gefahr? Ebenfalls nein.

Auf dem Weg in die Stadt hielten die beiden bei einem

Straßenimbiss, besorgten sich Pljeskavica, mit Hackfleisch gefüllte Teigtaschen, aßen und fuhren zum Hotel.

Ja, der freundliche Herr sei sein Gast gewesen, meinte der Hotelwirt, aber vor etwa zwei Stunden abgereist. Die Rechnung habe der Gast in bar beglichen. Der Hotelwirt konnte auch keine Angaben machen, weshalb der arabische Geschäftsmann, wie ihn der Wirt bezeichnete, das Hotel verlassen habe, und wohin. Vielleicht wollte er aber auch nichts sagen. Der Argwohn im Kosovo war allgegenwärtig. Jeder misstraute jedem.

Das Zimmer jedenfalls erwies sich als geräumt.

Besser so. Stand vierzehn Uhr hatte das Bezirksgefängnis Prizren »ausgebucht« gemeldet. Gegen achtzehn Uhr würden die lokalen Richter einige der Gefangenen wieder freilassen. So lief es immer. Aber die nächste Nachtschicht stand kurz bevor, und wenn nichts Außergewöhnliches passierte, würden sie jede freie Zelle brauchen – für die wirklich gefährlichen Typen da draußen.

Keller und sein Kamerad meldeten das Ergebnis an die Zentrale, fuhren bei einem Getränkehändler vorbei, besorgten ein paar Kisten Bier und fuhren zurück ins Camp. Ein Bundesliga-Abend auf Großleinwand stand an.

Im September 2001 lag Kellers Kosovo-Einsatz ein Jahr zurück. Es war in den Tagen nach den Anschlägen, als er die Nachrichten verfolgte und in ihm der grauenvolle Verdacht reifte, dass ihr Auftrag an jenem Märztag eine einmalige Gelegenheit gewesen war, dieses Jahrhundertverbrechen zu verhindern.

Und wohl auch die letzte.

Doch im Frühling 2000 war der gescheiterte Versuch zur Festnahme des saudi-arabischen Geschäftsmanns mit dem klangvollen Namen Usāma ibn Muhammad ibn Awad ibn Lādin, oder etwas kürzer, prosaischer und westlicher Osama bin Laden, nur ein bedeutungsloser Vermerk im Tagesjournal der Multinationalen Brigade Süd gewesen – bereits wieder vergessen bei Bier und Leinwand-Fußball ein paar Stunden später

Zwei beschissene Stunden.

Er hatte nie darüber geredet und würde es auch nie tun. Konnte man diesen Tag, diese Stunden in Prizren überhaupt erklären? Keller glaubte nicht daran. Eine banale Episode und Weltgeschichte in einem. Nur dass Letztere nicht stattfand, und was nicht existiert, verlangt nach keiner Erklärung.

Das Monster bin Laden war ihnen entkommen. Hatten sie versagt? Er konnte es nicht sagen. Sicher – zwei Stunden früher, und der Gang der Welt hätte wohl einen anderen Verlauf genommen. Tausende wären noch am Leben, Amerika würde nun nicht davon sprechen, in den Krieg zu ziehen, mit vielen weiteren Toten und unabsehbaren Folgen, für Jahre, vielleicht Jahrzehnte.

Sicher – niemand hatte jemals die Behauptung aufgestellt, er und sein deutscher Kamerad hätten etwas falsch gemacht. Geschenkt. All das hätte man auch Schicksal nennen können, nur dass es sich damit noch beschissener anfühlte.

Was blieb übrig? Wenig. Aber zumindest das wollte er richtig machen. Auch deshalb war er zu Moser gegangen und hatte um Julie Banks als Partnerin gekämpft.

Keller drückte die Zigarette aus und ging ins Büro zurück. Bald waren vierundzwanzig Stunden um, und sein Tag war noch nicht zu Ende. Die erste Einvernahme von

Al-Fahtani war auf morgen zehn Uhr angesetzt. Er musste dem Staatsanwalt Material in die Hände geben. Wenn nicht, war auch Al-Fahtani wieder auf freiem Fuß.

Vielleicht war Julie doch vor ihm zu Hause.

In einer halben Stunde würde die Sonne aufgehen. Die verblassenden Sterne am klaren Nachthimmel versprachen einen sonnigen Wintertag.

Das Rumpeln der ersten Tram hatte Keller aus dem Schlaf geholt, viel zu früh für einen normalen Arbeitstag. Was davon kam, wenn das Fenster über Nacht offen blieb, weil nach dem Sex keiner mehr Lust hatte, aus dem warmen Bett zu steigen.

»Don't slam the door …«, murmelte Julie schlaftrunken.

Keller drückte ihr sachte einen Kuss auf die Wange. »Natürlich nicht.«

Auch heute würde es nichts werden mit dem gemeinsamen Frühstück. Julies Vorgesetzte beim FBI saßen an der US-Ostküste, weswegen sie oft bis spät nachts arbeitete. Er wiederum sollte um sieben Uhr im Büro sein, zur morgendlichen Lagebesprechung in der Zentrale der Schweizer Bundeskriminalpolizei.

Er schlich sich aus dem Zimmer, duschte, zog sich an und machte sich auf den Weg zur Arbeit.

Am Nachmittag stand ein Besuch in Zürich auf dem Programm, wo ein Komplize des Al-Fahtani in Untersuchungshaft saß. Zwei Monate waren seit den Festnahmen vergangen. Und nun, so hatte der Verteidiger des Komplizen ausrichten lassen, wolle sein Klient gerne etwas mitteilen.

Der Intercity nach Zürich fuhr aus dem Hauptbahnhof

und überquerte die Aare. Keller liebte das Smaragdgrün des Flusses, der tief unter ihnen hindurchrauschte, und überlegte, wie oft er diese Strecke in seinen fünfundvierzig Jahren wohl schon zurückgelegt hatte. Heute jedenfalls öfter als früher.

Vor zwanzig Jahren hatte er in Zürich die Polizeiausbildung gemacht, war wie jeder junge Polizist Streife gefahren und hatte sich so seine ersten Sporen verdient. Mehr als Blaulichtfahrten und die Jagd auf mehr oder weniger kleine Verbrecher hatte ihn in diesen Jahren aber die offene Drogenszene auf dem Platzspitz geprägt, einer einst herrlichen Grünanlage mitten in der Stadt, direkt neben dem Landesmuseum. Tausende Süchtige hielten sich in jenen Tagen dort auf. Es gab Schichten, bei denen er gleich mehrere Male den Rettungsdienst hatte aufbieten müssen, um tote Drogensüchtige aus dem Park zu bergen. Ein Ort des Verfalls und des Elends.

Was Keller wirklich interessierte war die Kripo. Nach fünf Jahren in Uniform hatte er zur Kriminalpolizei Zürich wechseln können, und damit konnte er sich jetzt um jene kümmern, die für einen Großteil des Elends verantwortlich waren – die Drogenhändler.

Später dann kam der Einsatz im Kosovo. Einen Preis für das Abenteuer hatte er allerdings zu bezahlen, denn die Beziehung zu Aline, einer Flugbegleiterin der Swissair, hatte es nicht überlebt. Sie sei nun mit einem Flugkapitän zusammen, hatte sie ihm später gesagt, als sie ihre letzten Sachen aus ihrer gemeinsamen Züricher Wohnung holen kam. Er hatte es nicht über sich gebracht zu fragen, seit wann denn genau.

Mitten in dem Chaos des Kosovo-Einsatzes hatte ihn Pius Moser angerufen, der soeben zum Abteilungsleiter

Organisierte Kriminalität in der neu gegründeten Bundeskripo in Bern berufen worden war.

»Ich könnte ein paar gute Leute hier gebrauchen. Überleg es dir, bevor du dir da unten noch eine verdammte Kugel einfängst.«

Lange überlegen musste er nicht. Keller hatte seine Sachen gepackt, kehrte in die Schweiz zurück und ging nach Bern.

Keller stand im Hof der Züricher Hauptwache und hatte sich eine Zigarette angezündet. Die Befragung des Al-Fahtani-Komplizen war zu Ende. Keller konnte zufrieden sein. Er hatte, was er brauchte. Er hatte ein Geständnis, und Al-Fahtani ein Problem.

»David! Einen Augenblick noch!«

Karl Wirtz, mit dem er seinerzeit seine ersten Streifengänge absolviert hatte, hastete über den Hof.

Karls Atem ging schwer. Alter und Dienstgrad hatten ihn schon vor Jahren vom dienstlichen Sportunterricht entbunden – zum Nachteil seines körperlichen Allgemeinzustands.

Karl drückte Keller eine Akte in die Hand.

»Hab gehört, dass du hier bist: Jemand müsste sich dem hier mal annehmen. Und wenn du mich fragst, besser noch in diesem Jahrzehnt.«

Keller musste an Mosers Worte bei der letzten Teamsitzung denken. Und dass, wenn er sich nicht beeilte, er seinen Zug nach Bern verpassen würde.

»Und mit jemand meinst du uns? Keine neuen Fälle. Weisung von Pius.«

»Schon klar. Nur, das hier kommt aus *deinem* Stall. Eine Anfrage von Interpol Bern.«

»Das Interpol-Büro gehört nicht zur Bundeskripo, andere Abteilung. Muss ich dir doch nicht erklären.«

Wirtz rümpfte die Nase. »Da hat sich aber einer gut eingelebt in der Hauptstadt. Den Kleinkram hübsch an die Kantone abschieben. Ist aber kein Kleinkram. Ganz im Gegenteil. Und die Frage ist, wieso wir dazu seit zwei Monaten nichts mehr hören.«

»Jetzt rate mal, wieso ich hier bin? Genau: Al Kaida. Auf meinem Flur hat sich ein ganzes FBI-Team eingenistet. Amtssprache ist jetzt Englisch.«

»Mir kommen gleich die Tränen.« Wirtz wies mit dem Kinn auf die Akte in Kellers Händen. »Jetzt lies einfach mal.«

Keller blickte auf die Uhr. Einen Moment Zeit hatte er noch.

»Okay. Um wen gehts?«

»Walter Baumann. Finanzberater, Ex-Banker und nach dieser Meldung hier auch Drogenschmuggler. Hat eine Firma hier in Zürich.«

Keller zog das Deckblatt aus der Akte. Wie bei Interpol üblich, war das Schreiben in Französisch und in Versalien verfasst.

LAHAYE 2002CB005019966 21 OCTOBRE 2002
URGENT

INTERPOL BERN
NOTRE DOSSIER NO.: 2002CB005019966

AM 09-10-02 WURDEN IM HAFEN VON ANTWERPEN/BELGIEN 3 065 KG KOKAIN BESCHLAGNAHMT. DIE DROGEN WAREN IN EINEM CONTAINER

MIT BANANEN AUS VENEZUELA VERSTECKT. DER CONTAINER WAR AN EINE FIRMA IN DEN NIEDERLANDEN ADRESSIERT. DIE BELGISCHEN BEHÖRDEN HABEN DIE NIEDERLÄNDISCHEN BEHÖRDEN UM ERÖFFNUNG EINES STRAFVERFAHRENS ERSUCHT.

Keller stieß einen langen Pfiff aus.

»Drei Tonnen? Auf einen Schlag? Herzlichen Glückwunsch an die Kollegen. Bringt, na ja, einhundert Millionen auf der Straße. Könnte ein Rekord sein.«

Karl nickte. »Jedenfalls verdammt viel.«

Keller las weiter.

DIE DEN-HAAGER POLIZEI HAT EIN VERFAHREN ERÖFFNET.

ES WURDE FESTGESTELLT, DASS BAUMANN PN WALTER DER ORGANISATOR DES TRANSPORTS WAR UND KONTAKT ZU MITGLIEDERN EINE KRIMINELLEN ORGANISATION IN SÜDAMERIKA UNTERHÄLT.

BAUMANN WALTER IST INHABER DER SCHWEIZER TEL. NR. (DETAILS SIEHE S. 2). BAUMANN WOHNT MIT EINER GEWISSEN RITA, SPANISCH SPRECHEND, ZUSAMMEN. SIE KÖNNTE VENEZOLANISCHER HERKUNFT SEIN.

BAUMANN STEHT IN KONTAKT MIT MITGLIEDERN KRIMINELLER ORGANISATIONEN VON HÖCHSTEM RANG IN MEXIKO, DEN NIEDERLANDEN, DEN VEREINIGTEN STAATEN, DEN NIEDERLÄNDISCHEN ANTILLEN UND VENEZUELA. BAUMANN VERFÜGT ÜBER GROSSE FINANZIELLE RESSOURCEN. SO WURDE ER ZWECKS INVESTMENT IN EIN LUFTFAHRTUNTERNEHMEN AUF DEN ANTILLEN ANGEFRAGT.

Dem Text folgte die übliche Bitte um Bekanntgabe von Erkenntnissen.

Keller kratzte sich am Hinterkopf. »Starker Tobak. Hört sich so an, als ob dieser Finanztyp, dieser Baumann ...«

»... ganz weit oben in der Organisation sitzt. Sagen die Holländer«, ergänzte Karl. So langsam war er zu Atem gekommen.

»Genau. Sagen die Holländer. Übersetzt heißt das dann wohl, sie hören mit. Und bei euch hat Baumann eine saubere Weste, sagst du?«

Karl nickte. »Keine Vorgänge. Könnte theoretisch auch sein, dass ihm das Handy geklaut wurde und der Mann gar nichts damit zu tun hat. Glaub ich nur nicht.«

»Dann hätte er die Nummer längst sperren lassen. Hmm ... Baumanns Wohnsitz ist in der Schweiz?«

»Nein. Nur eine Geschäftsadresse, hier in Zürich. Über diese läuft auch die Handynummer aus der Interpol-Meldung. Baumann ist seit Anfang der Neunziger in den USA gemeldet.«

»Haben wir ein Foto?«

Karl griff in die Akte und zog ein Blatt hervor. »Das ist Walter Baumann.«

Keller spürte, wie sich ihm die Nackenhaare kräuselten. Vor seinem Auge tauchten hässliche Bilder auf.

Die Schüsse.

Die Schreie der alten Frau.

Der Padre auf der Piazza, in seinem Blut liegend.

Der Chor der wütenden Menge.

Und die Schwarz-Weiß-Aufnahmen, zerstreut auf dem Boden der Sakristei.

Das Gesicht auf dem Foto hatte einen Namen bekommen: Walter Baumann. Es würde den Padre nicht wieder lebendig machen, wahrscheinlich nicht einmal zu seinem Mörder führen. Aber nun hatte sich eine Tür in eine düstere Welt geöffnet, wenigstens einen Spalt breit, in der ein Leben nichts bedeutete, wenn bestimmte Interessen gestört wurden.

»Gibts ein Problem?« Wirtz sah Keller leicht verwirrt an.

Kellers Sinn stand nicht mehr nach langen Erklärungen. Er lächelte kurz. »Nein … alles gut. Mir ist nur eingefallen, dass es außer Al Kaida noch was anderes gibt.«

Wirtz lachte auf. »Na, siehst du! Wusste ich's doch.« Er griff in die Jackentasche und zog einen Aktenhefter hervor. »Noch etwas: Baumann scheint auf dem Papier vielleicht ein Saubermann zu sein. Aber es gibt da eine Akte zu einem Suizid. 1996 in Kloten. Wer sich da eine Kugel in den Kopf gejagt haben soll, war Peter Röthlisberger. Und dieser Röthlisberger war der Pilot von Walter Baumann, wenn der wieder mal im Privatjet unterwegs war. Nach Aktenlage wohl ziemlich oft.«

Keller blätterte den Schlussbericht durch. Er war kaum fünf Seiten lang. »Selbstmord wegen einer Affäre also … Siehst du einen Zusammenhang?«

»Nebst dem Büro im Kreis 9 ist es das Einzige, was ich zu Baumann gefunden habe. Du kennst doch Urs Gehrig aus dem Dezernat Leib und Leben? Gehrig hat damals den Röthlisberger-Suizid bearbeitet.«

»Gehrig? Der lief doch diese verrückten Marathonrennen.«

»Genau. Nur trinkt er mittlerweile für meinen Geschmack etwas zu viel. Ist nicht mehr der Gleiche. Wie auch immer. Vielleicht solltest du mal mit ihm reden.«

Keller nickte und wedelte mit den Papieren. »Also. Darf ich?«

»Ich dachte, du darfst nicht?«

»Sagte ich das? Da musst du mich falsch verstanden haben.«

Bereits im Treppenhaus roch Keller den Duft frischer Pancakes. Julie musste schon zu Hause sein. Zu Hause sollte heißen: seine Wohnung. Manchmal – selten – verbrachten sie ihr zuliebe auch eine Nacht in ihrer Wohnung.

Keller musste sachte grinsen. Nach ihrer ersten gemeinsamen Nacht hatte Julie ebenfalls Pancakes gebacken. So hatte es begonnen, als Affäre. Nun waren sie zwar mehr als das, allerdings nicht in der Öffentlichkeit. Nicht, weil einer von ihnen verheiratet oder anderweitig offiziell gebunden gewesen wäre.

Julie Banks' Arbeitgeber war das FBI, eine US-Regierungsbehörde, er arbeitete für eine Schweizerische, was die Sache mit ihrer Beziehung kompliziert machte. Denn genau genommen, hätten sie ihre vorgesetzten Dienststellen über ihr Verhältnis informieren müssen. Was aber bedeuten könnte, dass einer von ihnen seinen Job aufgeben müsste oder versetzt werden würde. Andere Paare hatten mit misstrauischen Ehepartnern zu tun, sie mit misstrauischen Arbeitgebern.

Keller und Julie hatten sich darauf geeinigt, die Dinge auf sich zukommen zu lassen. Er wurde dieses Jahr fünfundvierzig, Julie fünfunddreißig. Niemand wusste, was in sechs Monaten, in einem Jahr sein würde. Julie könnte, zum Beispiel, nach Moskau versetzt werden (potenzieller Trennungsgrund für Keller), oder Keller nach Rom (potenzieller Heiratsgrund für Julie).

Julie hatte einen ganzen Berg Pancakes gebacken. Keller warf Jacke und Tasche auf die Couch, gab Julie einen

Kuss, schwang sich auf den Barhocker und schnappte sich das oberste Stück.

»Ich liebe deine Pancakes. Das Rezept deiner Mom? Wie kommt es, dass du schon hier bist? Keine Arbeit im Büro?« Keller aß und sprach gleichzeitig.

Julie sah ihn tadelnd an. »Wenn ich verstehen würde, was du sagst, könnte ich dir auch antworten. Ich probier's mal: ›Nein‹, von Grandma. Und ›ja‹, aber auf morgen verschoben.«

Keller schluckte den Bissen hinunter und lächelte. »Sagte ich doch.«

Julie schob die letzte Portion fertiger Pancakes zum Warmhalten in den Ofen und setzte sich neben Keller.

»Wie ist denn dein Tag gelaufen? Vielleicht bringt uns ja diese Diskussion weiter.«

»Mein Tag? Sehr erfolgreich, danke der Nachfrage. Ich habe genau das gemacht, was der Chef sagte, was ich nicht tun sollte.«

»Wieso überrascht mich das nicht. Ich hatte schon länger den Verdacht, ohne Ärger wirds dir schnell langweilig. Und was genau hast du gemacht?«

Keller leckte sich die Fingerspitzen ab und goss einen großzügigen Schuss kanadischen Ahornsirup über Pfannkuchen vier und fünf.

»Ich habe einen Fall aus Zürich nach Bern geholt. Eine Interpol-Meldung. Und weil unser Interpol-Büro sowieso in Bern sitzt, kann Moser nichts dagegen haben, stimmts?«

Julie deutete mit den Daumen nach oben und nickte aufmunternd. »Ein schlagendes Argument. Unantastbar.«

»Eben.«

»Um was gehts? Al Kaida?«

»Nein, Liebes. Für diesmal keine Al Kaida. Nur die gute

alte Organisierte Kriminalität. Geldwäsche, Drogen. So was hat die Welt noch selten gesehen.«

»Hört, hört!«, lachte Julie spöttisch.

»Wenn ich's dir sage. Drei Tonnen. Mindestens.«

Julie blieb der Bissen im Mund stecken. »Drei wie viel?«

»Drei Tonnen. Reinstes Kokain. Im Hafen von Antwerpen.«

Julie schaute Keller ungläubig an. »Holy Shit! Ich nehme alles zurück. Und wo liegt der Haken?«

»Welcher Haken?«

»Bei so einer Sache gibt es immer einen Haken.«

»Ich würde es nicht Haken nennen.«

»Wie denn?«

»Nennen wir es … eine Frage der Betrachtung. Der Organisator der Lieferung ist ein Schweizer Ex-Banker.« Keller schnitt einen weiteren Pancake auseinander. »Der ermordete Padre letztes Jahr in Palermo, Montis Informant? Du erinnerst dich?«

»Natürlich. Und?« Julie sah Keller aufmerksam an.

»Nun, sieht so aus, als hätten wir einen neuen Ansatz, um aus dem Material etwas zu machen. Ich muss mit Monti sprechen.«

Julie klatschte in die Hände. »Mein Gott, das wäre großartig!«

»Ich sage, der Fall gehört hierher, zu uns nach Bern. Moser ist dagegen. Sagt er zumindest. Keine neuen Mafia-Fälle, solange Al Kaida läuft. Pius glaubt selbst nicht an diesen Mist. Dafür kenne ich ihn zu gut.«

Julie ging hinter die Anrichte und bereitete die letzten vier Pancakes zu. »Muss ich mir Sorgen machen? Eines Tages wirst du mich wegen Moser verlassen, Darling.«

»Nicht, solange du diese Pancakes machst.«

Julie drehte sich um und warf Keller einen schelmischen Blick zu. »Dein Boss, hat er auch so was anzubieten?«

Aufreizend langsam löste sie den Knoten ihres seidenen Kimonos und ließ ihn kurz aufschwingen. Darunter trug sie nicht viel mehr als ihr Parfum. Keller musterte Julies schlanken Körper mit gespielter Sachlichkeit.

»Hmm ... gute Frage. Es ist schon eine ganze Weile her, aber ... nein. Nicht, dass ich mich erinnern könnte.«

Julie nickte zufrieden und knotete den Kimono wieder zu. »Hätten wir auch das geklärt.«

»Ich weiß nicht ... vielleicht müsste ich noch einmal etwas genauer ...«

»Sagtest du nicht, die Pancakes schmecken kalt nicht?«

»Und du wolltest doch noch das Ende der Geschichte hören.«

»Ich höre.«

Keller legte den Zeigefinger vor seinen Mund und flüsterte. »Nicht hier, Sweety. Es könnte doch jemand zuhören.«

»Du bist mein Held. Und wo sind wir sicher?«

Keller, einen Meter achtzig groß und trotz ein, zwei Kilos zu viel in kräftiger Verfassung, hob Julie hoch, die ihre Beine um seine Hüfte schlang. »Folgen Sie mir in unser Schlafgemach, Miss Banks!«, sprach er in gespielt kindlichem Ton.

Julie strich ihm durch sein gewelltes dunkelblondes Haar. »Ich Dummerchen«, hauchte sie in sein Ohr.

»Sein Name ist Walter Baumann. Keine Vorgänge, zumindest nichts, was wir bis heute wissen.«

»Fantastico, David! Ich sag's ja, irgendwann geht eine Türe auf!«

Keller konnte Andrea Monti die Freude durchs Telefon anhören, das Hochgefühl, das sich einstellte, wenn ein Puzzleteil endlich einen Sinn bekam.

»Zu Padre Alfonso – seid ihr da irgendwie weitergekommen?«

Keller stand in Boxershorts an der Küchentheke und riss einen kalten Pancake auseinander, das Telefon zwischen Schulter und Kinn eingeklemmt. Draußen dämmerte es, und die letzten Sonnenstrahlen fielen schräg durch die Fenster.

Monti seufzte. »Wir wissen im Grunde, dass der Auftrag von U siccu kam. Fest steht, dass mit dieser Waffe vier weitere Anschläge verübt worden sind, drei davon tödlich. Aber das ist es auch schon. Der Rest ist, na ja, Schweigen.«

Das war nicht einmal sarkastisch von Monti gemeint. Die Omertà, das Gesetz des Schweigens, war nach wie vor die stärkste Waffe der Mafia. So wurde auch Padre Alfonso wie so viele andere Opfer zu einer stillen Nummer auf einer langen Liste von Opfern.

»Er würde sich freuen zu hören, dass seine Arbeit nicht umsonst war, dass sie uns weiterhilft, David.«

»Ja. Wenigstens hab ich jetzt ein Fadenende in der Hand. Mal sehen, wo das hinführt.«

»Meld dich, und *in bocca al lupo*!«

»Dito.«

Keller legte das Handy beiseite und registrierte schuldbewusst, dass nur noch ein Pancake übrig war. Nur: Dummerweise hatte er immer noch Hunger.

Keller musste ein paar Minuten warten, bis Jolanda, die Archivarin, mit der Akte zurückkam. Der Umschlag war kaum zehn Seiten dick.

»Das ist alles?«, fragte er verwundert.

»Der Rest ist bei Bigler.«

»Ich verstehe. Danke, Jolanda.«

Zwei Minuten später stand Keller bei Bigler im Büro. Biglers Arbeitsplatz war säuberlich aufgeräumt. Es schien, als hätte der Kollege schon länger nicht mehr an seinem Schreibtisch gesessen.

»Hast du Ruedi gesehen?«, fragte Keller Iris, die am Arbeitsplatz gegenüber auf ihren Bildschirm starrte.

»In Prag«, lautete die knappe Antwort. »Macht dort Aushilfe für Müller. Hatte einen Fahrradunfall, der Arme.«

»In Prag. Ich verstehe. Und das seit wann?«

»Seit Mai. Liest du zwischendurch auch mal die internen Mitteilungen?«

»Selten. Und wer erledigt Ruedis Arbeit?«

»Gegenfrage: Siehst du sonst noch jemanden hier? Kann ich dir vielleicht weiterhelfen?«

»Hoffe ich doch. Die Akte Baumann. Interpol Holland. Müsste bei dir sein. Wie siehts da aus?«

»Baumann ... Holland ... Al Kaida?«

Keller verdrehte die Augen. »Nein, es ist nicht Al Kaida. Stell dir vor.«

Iris deutete lakonisch auf einen Stapel Akten am Boden. »Wenn's nicht Al Kaida ist, dann liegt sie da hinten und muss warten.«

Keller sah auf den hüfthohen Aktenberg und schüttelte ungläubig den Kopf. Solche Zustände kannte er aus italienischen Dienststellen. Er musste unbedingt mit Moser reden.

»Spar dir deine Kommentare, David«, meinte Iris, ohne vom Bildschirm aufzuschauen. »Was erwartest du, wenn wir keine zusätzlichen Leute bekommen? Mehr geht nicht.«

»Schon klar, Iris. Nicht persönlich gemeint.«

Keller fischte den Hefter aus dem Stapel, der nicht viel dicker als der erste aus dem Archiv war. Er hielt den Hefter hoch. »Viel zusammengetragen hat Bigler aber nicht wirklich, oder?«

Iris warf ihm über den Rand ihrer Brille einen Blick zu, der sich weitere Kommentare dieser Art verbat. Keller seufzte ergeben.

»Ich lass die Akte auf mich umschreiben, okay?«

Iris lachte spöttisch. »Nur zu. Bedien' dich. Nimm, so viel du willst.«

»Fürs Erste reicht's mir damit. Aber danke für den Vorschlag.«

Keller hing tief in den Papieren der Akte und aß geistesabwesend von dem Risotto, das Julie gekocht hatte. Seine Augen blieben dabei fest auf die Seiten geheftet.

»Hoffe doch sehr, es schmeckt …«

Keller brummte lediglich ein kurzes »Ja, natürlich« und ließ die Gabel über seinem ohnehin schon fast leeren Teller schweben, als habe er sie dort vergessen. Was vermutlich auch der Fall war.

»Fertig?«

Nach ein paar Sekunden blickte er auf und sah in ihr grinsendes Gesicht. Julie hatte bereits zu Ende gegessen und offenbar fasziniert das kontemplative Bild betrachtet, das er mit seinem intensiven Studium abgab.

»Mh? Oh, tut mir leid …«

Julie stand auf, räumte die Teller ab und drückte ihm einen Kuss auf die Stirn. »Schon in Ordnung. Es entspannt mich, dich so konzentriert arbeiten zu sehen. Ich muss los in die Botschaft. Call mit New York. Du hast also den ganzen Abend für dich und deine Akten.«

»Wie nett von dir. Ich werde erst mal eine Runde am Fluss drehen. Bestell meine besten Grüße nach New York. Sag, ich komme mich persönlich beschweren, wenn sie deinen Urlaub nicht bewilligen.«

Julie schnappte sich ihre Tasche und schenkte Keller einen tadelnden Blick. »Hervorragende Idee. Aber vielleicht kommt dir beim Laufen ja noch eine bessere.«

Er lief bereits eine Dreiviertelstunde, es war ein kalter Winterabend, und trotzdem lief ihm der Schweiß in Strömen am Körper hinab. Er sollte wieder mehr Sport machen, das hatte er sich vorgenommen. Und vielleicht auch weniger rauchen.

Vom Restaurant auf der anderen Aareseite war Jazzmusik zu hören. Hoch über ihm zur rechten Seite erschien die hell erleuchtete Fassade des Bundeshauses. Ein eleganter Gebäudekomplex, erbaut Anfang des zwanzigsten Jahrhunderts im Stil der Neorenaissance. Ein erhabener Bau, staatstragend, aber nicht protzig. Für Keller ein würdiges Symbol seines Landes.

Mit Moser hatte er gestern nochmals gesprochen. Natürlich wusste sein Vorgesetzter erstens, dass dieses Al-Kaida-Gepolter reine Amtspolitik war. Nur laut sagen durfte man es nicht. Und zweitens kannte Moser das Drama um den ermordeten Informanten aus Palermo. Und dass sie mit den Ermittlungen zu Baumann kaum weiter waren als vor einem halben Jahr. Wegen Al Kaida.

Dass nun das Baumann-Antwerpen-Dossier seit Wochen verwaist auf dem Schreibtisch eines seiner Mitarbeiter lag, beziehungsweise darunter, gab für Moser den entscheidenden Ausschlag. Jemand musste sich endlich der Sache annehmen. Und Moser hatte ganz folgerichtig entschieden, dass dieser jemand David Keller war.

In Gedanken ging Keller nochmals die Fakten durch. Was sie bisher hatten, war eine Telefonnummer, die vermutlich Baumann gehörte, dazu wussten die Niederländer wahrscheinlich mehr. Er würde Moser vorschlagen, bei der Bundesanwaltschaft auch einen Antrag auf technische Überwachung von Baumanns Telefonanschluss in dessen Züricher Büro zu beantragen. Zuvor wollte er die Aktenlage des Walter Baumann bei der Bundesanwaltschaft abfragen. Nach heutigem Stand war es zwar kaum anzunehmen, aber was es zu vermeiden galt, war, in laufende Ermittlungen anderer Abteilungen hineinzustolpern, traditionell eine nicht sonderlich populäre Sache unter Kollegen.

Als Erstes jedoch musste er die holländischen Kollegen anrufen, um den Stand der Ermittlungen in den Niederlanden und Belgien zu erfahren. Und sich am besten eine gute Ausrede zurechtlegen, wieso sich die Schweiz erst jetzt meldete.

Der steile Anstieg vom Flussufer hinauf zum Bundesplatz lag noch vor ihm. Er hatte sich vorgenommen, ihn diesmal laufend zu meistern. Beim letzten Versuch war er noch gescheitert. Julie ebenso, und immerhin lagen gute zehn Jahre zwischen ihnen. Trotzdem, es ärgerte ihn.

Unter einer Laterne auf einer kleinen Rasenfläche tanzte eine Frau leichtfüßig von einem Bein aufs andere. Den Oberkörper geduckt, warf sie die Arme nach vorne, links rechts, links rechts. Ihre langen dunklen Haare hatte sie zu einem Pferdeschwanz gebunden. Ihr weißer Hoodie vermochte ihren durchtrainierten Körper kaum zu verbergen.

Als er auf ihrer Höhe ankam, ließ die Frau für einen Moment die Arme sinken und schaute in seine Richtung. Auch bei ihr lief der Schweiß in Strömen. Dunkle Hautfarbe, Typ Südländerin, vielleicht Lateinamerika. Keller zeigte ein entspanntes Lächeln, soweit er dazu nach fast sechzig Minuten Laufen noch in der Lage war.

Er hatte die Frau schon einmal gesehen. Aber wo? Er warf nochmals einen Blick zurück und bemerkte, dass auch die Frau ihm hinterhersah.

Die knackige Steigung entlang der Gleise der quietschroten Standseilbahn hinauf zum Bundesplatz verhinderte jede weitere Überlegung. Diesmal hatte er das Biest im Laufen bezwungen. Trotzdem sollte er besser ganz mit dem Rauchen aufhören. Er würde darüber nachdenken, morgen dann.

Es war kurz vor acht Uhr am Morgen, als Keller die Kleine Schanze betrat, den beschaulichen Park im Herzen von Bern, von dem aus man einen malerischen Blick über die Aare hinweg auf die verschneiten Berner Alpen mit Eiger, Mönch und Jungfrau hatte.

Keller kannte den Besitzer des Schanzen-Cafés. Es war noch geschlossen, wurde aber gerade mit frischer Ware beliefert. Drei Professionelle hatten sich dort eingefunden, um ihre Nachtschicht mit einem heißen Kaffee abzuschließen. Ein kleiner Schwatz mit Wilu, dem Besitzer, hatte auch Keller einen Becher perfekt zubereiteten Espresso eingebracht.

Ein Blick auf die Uhr, er musste weiter. Schnellen Schrittes durchquerte er den Park und betrat das graue, kreuzförmige Gebäude der Schweizerischen Bundesanwaltschaft. Er nahm den Fahrstuhl und ging den langen Flur entlang, in der linken Hand die Polizeiakte Baumann, in der rechten seinen Pappbecher Kaffee. Sein Ziel war der gläserne Schalter mit der Aufschrift KANZLEI ganz am Ende.

In den meisten Büros links und rechts des Ganges herrschte noch Dunkelheit. Bei einer Türe blieb Keller stehen und steckte den Kopf durch den Spalt. Staatsanwalt Robbi saß bereits an seinem Arbeitsplatz.

»Schönen guten Morgen, Alberto! Zurück aus Sierra Leone?«

»Sieh mal an, Morgen, David. Seit letzter Woche, ja.«

Robbi und Keller hatten bereits mehrere Fälle zusammen bearbeitet, man kannte und schätzte sich. Die letzten Monate war Robbi für die UNO in Afrika unterwegs gewesen. Dem Stapel Akten auf dem Schreibtisch nach zu schließen hatte sich in seiner Abwesenheit niemand ernsthaft um die Verfahren gekümmert.

»Einiges liegen geblieben, was? Ich muss erst zu Brigitte. Ein Kaffee nachher?«

Robbi hob den Daumen. »Auf einen Kurzen.« Er wedelte über seinen mit Ordnern übersäten Schreibtisch. »Du siehst ja selbst …«

Vor dem Tresen der Kanzlei hatten sich bereits zwei Kollegen in Stellung gebracht. Die Zeit konnte er besser nutzen. Keller ging zwei Stockwerke höher, setzte sich an einen der Tische der um diese Uhrzeit noch verwaisten Außenterrasse der hauseigenen Cafeteria und steckte sich eine Zigarette an. Nach mehreren Bitten, kurz in der Leitung zu bleiben, schien er die richtige Person am Draht zu haben. Die Kollegin der niederländischen Drogenfahndung stellte sich als Emma vor.

»Wir waren so weit zu glauben, die Schweiz hätte Drogen legalisiert und niemand hat es mitbekommen.«

»Noch nicht, Emma, noch nicht. Eine, sagen wir, Verkettung unglücklicher Umstände. Ihr bekommt von mir noch ein offizielles Schreiben. Ein paar Fragen hätte ich aber jetzt schon, wenn ich darf?«

»Bitte.«

»Das Wichtigste zuerst: Die Schweizer Mobilnummer aus eurer Interpol-Meldung läuft auf besagten Walter Baumann, wenigstens diese Information hattet ihr von uns erhalten. Jetzt sind acht Wochen vergangen, deshalb würde mich interessieren: Wird diese Mobilnummer noch benutzt, seht ihr sie in eurer Telefonüberwachung?«

»Nein. Baumanns Leute hier in Holland hatten ihn nur ein einziges Mal darauf angerufen, wenige Stunden, nachdem die Ladung aufgeflogen war, in Panik. Wir glauben, dass das so nicht abgesprochen war. Baumann hat getobt.«

»Baumann?«

»Seine Leute nannten ihn Walter, deswegen gehen wir davon aus, es war tatsächlich Walter Baumann.«

»Ich verstehe. Die Holländer, Baumanns Männer, was ist ihre Aufgabe?«

»Es sind Logistiker der Drogenkartelle, mit Basis in Holland. Ihre Spezialität sind die guten Verbindungen zu Hafenarbeitern und Zollagenten, meist Landsleute oder Verwandte. Die einzige Aufgabe dieser Logistiker ist der Warenempfang in Antwerpen. Wir überwachen sie seit Langem, und deswegen wussten wir, da ist etwas im Anmarsch. Und deswegen haben die Belgier den Fall an uns abgetreten.«

»Was wurde besprochen?«

»Die Logistiker riefen Walter an, berichteten, was passiert war, und haben Anweisungen verlangt.«

»Deshalb glaubt ihr, Baumann ist der Organisator der SELINA-Lieferung?«

»Keine Frage. Was uns fehlt ist, was danach besprochen wurde. Dafür haben sie Nummern benutzt, die wir nicht kennen.«

»Okay. Und seither habt ihr keine Schweizer Nummer mehr gesehen?«

»Nein. Nur dieses eine Mal.«

»Ihr kennt ja jetzt Baumanns Stimme. Ist er wiederaufgetaucht?«

»Schwer anzunehmen, dass sie reden. Wir versuchen, die Nummern herauszufinden, bis jetzt ohne Erfolg.«

»Dass sie zweimal den gleichen Fehler machen, darauf können wir uns nicht verlassen.«

»Werden wir nicht. Jetzt noch eine Frage meinerseits«, meinte Emma zum Schluss.

»Sicher.«

»Wer ist Walter Baumann?«

Keller zögerte. Jetzt dumm dazustehen, darauf hatte er wenig Lust. Und an Emmas Stelle hätte er die gleiche Frage gestellt. »Ein Mann aus der Finanzbranche. Wir sind dabei, uns ein Bild über ihn zu machen. Gebt uns noch ein paar Tage, dann wissen wir mehr.«

Schon bald wünschte sich Keller, diese letzte Bemerkung nie gemacht zu haben.

»Wo brennt's?«, begrüßte ihn Brigitte wie gewohnt ohne Umschweife und setzte ihre Brille auf. Sie war Anfang sechzig und verwitwet, auch ihr Mann war Polizist gewesen. Dem Vernehmen nach lebte sie jetzt mit einer Horde Katzen zusammen.

Brigitte war auch bekennende Frühaufsteherin. Letzteres war der Grund, wieso Keller den Wecker auf sechs Uhr gestellt hatte. Denn wer es nachmittags versuchte, musste damit rechnen, vor einem geschlossenen Schalter zu stehen.

»Auch dir einen guten Morgen, Brigitte«, erwiderte Keller betont freundlich und schob das Formular über den Schalter.

Brigitte tippte die Angaben in die Tastatur. »Dann lass uns mal sehen, was du da Schönes mitgebracht hast ... 1996 ... lange her.« Sie klickte sich weiter durch die Bildschirmseiten, aber anstatt hinter den Archivregalen zu verschwinden, wie sie es sonst tat, sah sie ihn mit einem Blick an, als hätte Keller soeben selbst ein Kapitalverbrechen begangen.

»Was ist? Hab ich was Falsches gesagt?«

»So etwa in der Art, ja. Du fragst nach einer gesperrten Akte, David.«

Keller war sich nicht sicher, ob er sich vielleicht verhört hatte. »Gesperrt? Und das bedeutet?«

»Du verstehst Deutsch, oder? Bedeutet, sie ist gesperrt. Keine Herausgabe.« Brigitte schob den Zettel zurück.

»Warte!« Keller winkte ab. »In welchen Fällen können Akten denn gesperrt werden? Du kennst die Vorschriften.«

»Ja, das tu ich. In einem Wort: politische Delikte. Also verbotene nachrichtendienstliche Aktivitäten, Verfahren gegen politische Exponenten, Diplomaten, Militärs und so weiter. Ergibt das für dich einen Sinn?«

Keller wedelte energisch mit den Händen. »Nein, tut es

nicht! Nichts davon spielt hier eine Rolle. Nicht im Entferntesten.«

Brigitte hob gelassen die Schultern. »Was soll ich sagen, David?« Sie tippte auf das Papier. »Nimm das und stell einen neuen Antrag, und diesmal beim Bundesanwalt. Dann komm wieder.« Sie zwinkerte ihm über die Brillenränder zu. »Vielleicht täuscht sich ja selbst der große David Keller mal?«

Keller hielt beim Kaffeeautomaten an, besorgte sich zwei Espressi und ging zurück in Robbis Büro.

»Wieso sperrt die Bundesanwaltschaft eine OK-Akte?« Keller deutete auf das Formular, das nun vor Robbis Nase lag.

Robbi sah Keller mit einem Hauch von Resignation an. »Mit dem Wort ›wieso‹ beginnen die meisten Diskussionen hier bei der Bundesanwaltschaft. Enden tun sie mit: ›Ist halt so.‹«

Robbi überflog den Antrag und widmete sich dem Computer. »Sachbearbeiter war Kollege Andermatt, die Sperre verfügt hatte ihre Majestät höchstpersönlich, Bundesanwalt Heiniger. Mehr sehe auch ich nicht. Andermatt ist in Rente. Soweit ich weiß, lebt er jetzt auf Mallorca. Heiniger ist gestorben.«

»Hmm … Sagt dir der Name Walter Baumann etwas?«

»Nie gehört. Müsste ich?«

»Nein. Na schön«, meinte Keller verärgert. »Dann muss eben ein neuer Antrag her. Danke für die Info.«

»Danke für den Kaffee.«

»Wie kann das sein? Ein Fehler?« Keller stand in Mosers Büro und wirkte noch immer ratlos.

»Nein. Daran glaub ich nicht.« Moser schüttelte entschieden seinen wuchtigen, kahl geschorenen Kopf. In jungen Jahren war Moser Kranzschwinger gewesen, eine in der Schweiz äußerst populäre Form des Freistilringens im Sägemehl. Über seinem Arbeitsplatz hingen gerahmte Bilder von Siegerehrungen, und Pius Moser hatte die meisten seiner Kämpfe gewonnen. Die Fotos zeigten ihn in kurzen Zwilchhosen, auf den Schultern seiner Kontrahenten, mit aufgesetztem Lorbeerkranz. Kräftig war Pius noch immer, mit Händen wie Schaufeln, aber nun, dreißig Jahre später, auch deutlich fülliger.

Moser setzte seine Hornbrille ab. »Ich rede mit dem Bundesanwalt. Wir müssen wissen, was in der Akte steht. Vor allem jetzt.«

»Und ich versuche, Gehrig ausfindig zu machen. Er hatte damals den Bericht zum Suizid vom Baumanns Piloten geschrieben.«

»*Urs* Gehrig?«

»Du kennst ihn? Hast du mit ihm gearbeitet? Bin ihm nie begegnet.«

»Nicht näher. Er war erst beim Kanton, bevor er zu uns zur Stadtpolizei kam.« Nachdenklich klopfte Moser mit dem Kuli auf seinen Notizblock. »Baumanns Pilot hat sich die Kugel gegeben, sagst du? Was war das Motiv?«

»Gehrigs Bericht sagt, ein Seitensprung, Schuldgefühle.«

Moser nickte. »Dann sprich mit Gehrig. Und wenn es nur deshalb ist, weil er Baumanns Pilot war.«

Gegen elf Uhr fuhr Keller los Richtung Zürich, diesmal mit dem Dienstwagen, in der Tasche auf dem Beifahrersitz die dünne Akte über den Selbstmord des Piloten.

Peter Röthlisberger war im Juli 1996 bei einem Waldstück unweit des Flughafens Zürich-Kloten tot aufgefunden worden. Spaziergänger hatten ihn entdeckt, am Steuer seines Autos sitzend, in der rechten Schläfe ein Loch. Eine Pistole hatte im Fußraum gelegen.

Spuren, die auf ein Verbrechen hindeuteten, konnten Urs Gehrig und seine Kollegen jedoch nicht finden.

Als Ehemann einer stadtbekannten Politikerin machte der Todesfall Röthlisberger zwangsläufig Schlagzeilen. Politik und Öffentlichkeit forderten eine rasche Aufklärung. Gehrig und seine Leute begannen, Röthlisbergers persönliches Umfeld nach möglichen Motiven auszuleuchten, und stießen alsbald auf die Flugbegleiterin Susanna.

Nach tagelangen Befragungen und unter Tränen gab die erschöpfte Susanna zu Protokoll, dass Röthlisberger das Geheimnis um ihr Verhältnis – möglicherweise – doch stärker als gedacht belastet haben könnte und er sich deshalb, wenn auch völlig unerwartet, selbst das Leben genommen habe.

Da laut Gehrigs Ermittlungsbericht auch sonst keine Tatortspuren und Umfeld-Ermittlungen auf eine Beteiligung Dritter hindeuteten, kam die Staatsanwaltschaft Zürich zum Ergebnis, dass keine Hinweise auf ein Verbrechen bestanden. Die einzig plausible Erklärung für den Tod von Peter Röthlisberger sei Selbstmord, ausgelöst durch Schuldgefühle über seine außereheliche Beziehung zu einer Arbeitskollegin.

Keller hatte noch keine wirkliche Idee, was er sich überhaupt vom Gespräch mit Gehrig erhoffen konnte. Todesfälle im Umfeld von Baumann jedoch waren zumindest Pflichttermine.

3

Miami, 1995

Das leicht körnige Monitorbild zeigte in kontrastreichem Schwarz-Weiß das elegante Interieur eines Hotelzimmers. Ein Schatten wanderte über den Teppichboden. Jemand bewegte sich im Raum.

Ein Mann trat in das Blickfeld der Kamera. Er trug einen Bademantel, selbst auf dem kleinen Überwachungsmonitor noch gut sichtbar das goldene »R« der Hotelkette auf der Brusttasche. Der Mann, sportliche Figur und nach hinten gegelte Haare, durchquerte den Raum und legte sich wieder auf das Bett. Auf dem Bett lag eine junge Frau. Der Mann sagte etwas, die Frau lachte.

»Der Ton! Was ist mit dem Ton, Bob?«, rief Mike Sorbello.

Bob warf seinen McDonalds-Hamburger beiseite, sprang aus dem Sessel und machte sich am Kabel entlang der Fußleiste zu schaffen, das in ein Loch in der Wand führte.

»Verfluchtes Kabel … besser so?«

Die Überwachungskamera, versteckt hinter dem Gitter der Klimaanlage im Zimmer nebenan, hingegen funktionierte nach wie vor einwandfrei. Sie war dem Mann zum Bett gefolgt, nun zeigte sie, wie sich die junge Frau rittlings auf den Mann setzte und der Mann seine Hände um ihre Brüste legte.

»Sekunde, Bob …« Lustvolles Stöhnen drang aus Sorbellos Headset. »Yep, Ton ist wieder da.«

Sorbello konnte sich wieder ganz seiner Aufgabe vor dem Bildschirm widmen. Die Stunden vor dem Monitor hatten ihm beißende Tränen in die Augen getrieben. Er wartete, bis das Gesicht des Mannes in einem guten Winkel zur Kamera stand, klickte ein letztes Mal auf den Save-Image-Knopf und legte dann den Kopfhörer zur Seite. Sie hatten genug Material. Erschöpft rieb er sich das Gesicht. Das Treiben im Schlafzimmer nebenan ging bereits in die vierte Runde.

»Junge, Junge … Wie wär's mit einer Pause?«, raunzte er den Mann auf dem Monitorbild beinahe flehentlich an. »Du bist auch nicht mehr der Jüngste, du Idiot!«.

Der Job als Pilot bei einer Privatjet-Airline hatte zweifelsohne seine angenehmen Seiten. Man konnte, als Beispiel, auf der Poolterrasse des St. Regis in Miami liegen, in Shorts und Shirt, Drink in der Hand, und sich das lockere Treiben von Miamis Oberschicht anschauen. Sein Co-Pilot zum Beispiel nutzte den Nachmittag auf der hoteleigenen Golfanlage, um an seinem Handicap zu arbeiten. Meist blieben sie mehrere Tage, was auch hieß, mehrere Nächte.

Von einem Mädchen in einem Hauch von Bikini hatten sie eine Einladung zu einer Beachparty für später am Abend erhalten. Der Rückflug war für übermorgen geplant. Eine kurze Partynacht war in jedem Fall noch drin.

Im Hintergrund spielte *The Girl from Ipanema*, eines seiner Lieblingslieder. Vielleicht noch ein bisschen ausruhen, falls es doch später werden würde heute Abend.

Peter Röthlisberger setzte seine Ray-Ban auf, schloss die Augen und ließ sich von der entspannten Atmosphäre davontragen.

»Darf ich?«

Die Stimme kam von rechts. Er musste wohl eingenickt sein. Röthlisberger blinzelte verschlafen über den Rand seiner Pilotenbrille. Über ihm stand eine attraktive Frau, Röthlisberger schätzte sie auf Mitte dreißig. Sportliche Figur, eins siebzig groß, Schokoladenhaut, die Haare zu einem Pferdeschwanz gebunden. Über dem Bikini trug sie ein transparentes Strandkleid, dazu einen breitkrempigen Strohhut und Sonnenbrille, gut erkennbar aus dem Hause Chanel. Über der Schulter baumelte eine für Röthlisbergers Geschmack leicht überdimensionierte Strandtasche.

Die Frau deutete fragend auf die Liege neben ihm.

»Nun ja ...« Röthlisberger schaute sich kurz um. »Eigentlich ist sie besetzt.«

»Ich weiß. Ihre Flugbegleiterin Susanna. Süß, die Kleine. Toller Hintern. Ich bin sicher, es wird sie nicht stören. Zwischen uns liegen gute zehn Jahre.«

Röthlisberger glotzte die Frau, die sich wie selbstverständlich auf den freien Platz neben ihn gelegt hatte und sich jetzt eine Zigarette ansteckte, ratlos an.

Die Strandschönheit hielt ihm ihre Marlboros entgegen. »Sie rauchen?«

»Ähm ... Danke, aufgegeben.«

Susanna? Toller Hintern? Zehn Jahre jünger? Dürfte hinkommen, dachte Röthlisberger. Er ging in Gedanken seine letzten Einsätze nach Miami durch. Es gab da ein paar Frauen, klar. Er kam ja auch schon seit zehn Jahren nach Florida. Aber die attraktive Latina neben ihm? Er konnte sich nicht erinnern.

Ein Kellner servierte der neuen Liegestuhl-Nachbarin einen Tequila Sunrise. Röthlisberger beschloss, einen Versuch zu wagen.

»Ähm … Vielleicht lässt mich meine Erinnerung etwas im Stich. Die Silvesterparty letztes Jahr? Mein Boss war draußen auf der Jacht. Und Sie haben an der Bacardi-Bar vorne am Strand gearbeitet, stimmt's?«

Die Frau lehnte sich mit aufreizender Entspanntheit auf der Liege zurück und blies Rauchkringel in die Luft. »Sorry, Captain. Ich arbeite nicht an Bars.«

Als von Röthlisberger keine weiteren Vorschläge kamen, griff sie in ihre Strandtasche.

»Okay, dann will ich Ihnen mal auf die Sprünge helfen.«

Ein brauner Umschlag landete in Röthlisbergers Schoß.

»Das ist für Sie. Und glauben Sie mir, wir haben uns wirklich Mühe gegeben. Modernste Technik.« Die Frau zwinkerte ihm zu. »Und bloß keine Hemmungen. Erwachsen sind wir ja beide.«

Röthlisberger öffnete den Umschlag, und ein Stapel Fotos fiel ihm entgegen. Er schaute sich das erste Bild an, und obwohl die Lufttemperatur dreißig Grad anzeigte, trat kalter Schweiß auf seine Stirn. Rasch wühlte er sich durch den Rest der Aufnahmen.

»Das Ganze gibt es auch als Video, mit Ton«, fügte die Frau an, so als wollte sie sichergehen, dass Röthlisberger auch wirklich den vollen Umfang seines Problems verstanden hatte. Ein unnötiger Hinweis.

Die Frau hatte nicht zu viel versprochen, die Fotos waren tatsächlich von bester Qualität. Aus Röthlisbergers

Gesicht war alle Farbe gewichen. Ein diffuses Gefühl der Panik erfasste ihn. »Wer sind Sie? Was wollen Sie?« Es sollte selbstbewusst klingen.

Die Frau nahm ihre Brille ab. In ihren kastanienbraunen Augen war keine Sympathie für ihr Gegenüber erkennbar.

»Nun, Captain Röthlisberger. Die Sache ist die: Ich frage mich … Was denkt wohl Ihre Frau, wenn sie diese Fotos sieht? Wenn es dumm läuft, in einer Zeitung?«

Röthlisberger schnappte nach Luft, während die kühle Latina neben ihm ungerührt fortfuhr. »Einundvierzig Jahre, Anwältin und Partnerin in einer der besten Kanzleien von Zürich. Mutter von zwei Kindern, acht und zehn Jahre. Vor einem Jahr in das Stadtparlament gewählt. Sprecherin der konservativen Partei. Man spricht von einer großen Zukunft. Man sagt, sie könnte bald einmal Ministerin in Bern werden.«

Röthlisberger starrte wortlos auf die Frau, wie sie mit dem Strohhalm zwischen den Lippen an ihrem Drink saugte und ihn erwartungsvoll ansah.

»Wie gesagt«, fuhr die Frau fort, als vom Piloten keine Antwort kam, »Ich frage mich: Was denkt wohl Ihre Frau über die Schäferstündchen mit Ihrer Flugbegleiterin?«

»Ich kann Geld auftreiben. Wie viel wollen Sie?«, antwortete Röthlisbergers mit zitternder Stimme.

Die Frau schaute den Captain einen Moment verwundert an und tippte sich dann mit der Hand an die Stirn. »Wie konnte ich nur! Ich hatte mich ja noch gar nicht vorgestellt.« Sie zog ein schwarzes Lederetui aus ihrer Strandtasche und klappte es in einer tausendfach geübten Bewegung vor Röthlisbergers Gesicht auf. »Martha Lopez, Special Agent der Drogenbehörde der Vereinigten

Staaten. Wie der Name schon sagt, sorgen wir unter anderem dafür, dass keine verbotenen Rauschgifte ins Land kommen. Klappt vielleicht nicht immer. Aber dann holen wir uns wenigstens die, die glauben, schlauer zu sein als wir. Sie sehen also – wir wollen nicht Ihr Geld, wir wollen Ihre Kooperation, Captain.« DEA-Agent Lopez drückte ihre Zigarette aus und erhob sich. »Wenn Sie dann so freundlich wären, mir zu folgen. Ihr Passagier hat den Rückflug für übermorgen geplant. Richtig? Bis dahin sollten wir noch ein paar Einzelheiten miteinander besprechen.«

Die mondlose Nacht ließ den Atlantik unter ihnen als endlose schwarze Fläche erscheinen. Die Bordinstrumente tauchten das Cockpit des Bombardier Learjet 45 in einen schwachen rötlichen Lichtschein. Captain Röthlisberger fasste hinter seinen Sitz und tastete nach der kleinen Reisetasche.

»Zeit für einen Kaffee. Übernimmst du? Ich setz mich für eine halbe Stunde nach hinten.«

Der Co-Pilot warf einen Blick auf die Instrumente. »Alles klar. Bis zum Tankstopp in Grönland sind's noch knapp zwei Stunden.«

Röthlisberger legte das Headset ab, schnallte sich von den Sitzgurten los und öffnete sachte die Tür zur Passagierkabine.

Der Raum lag im Halbdunkel, die Nachtbeleuchtung war bereits eingeschaltet. Susanna, ihre Flugbegleiterin, hatte die breiten Ledersessel nach dem Abendessen zu Betten hergerichtet und schlief jetzt auf ihrem Platz direkt hinter dem Cockpit. Ihr Passagier hatte zum Abendessen eine Flasche Château Beauregard getrunken. »Geht aufs

Haus«, hatte Röthlisberger nach dem Start beim Besuch in der Kabine gesagt. Die Idee war ihm am Nachmittag vor der Abfahrt zum Flughafen gekommen. Er hatte Susanna einhundert Dollar in die Hand gedrückt und sie zu einem Weinladen am South Pointe Drive geschickt.

Nun schlief Walter Baumann tief und fest auf seinem bequemen Schlafplatz.

Röthlisberger entdeckte den Aktenkoffer auf dem freien Sitz neben Baumann. Der Waschraum befand sich am Ende des Ganges. Nur ein paar Meter, aber sie erschienen ihm wie eine unendlich lange Wegstrecke.

Er beugte sich über den leise schnarchenden Baumann und bekam den Griff des Aktenkoffers zu fassen. Wachte der auf, war er ein toter Mann. So viel hatte er kapiert.

Im Waschraum zog er den Beutel mit dem Fotoapparat aus seiner Reisetasche, den ihm die DEA-Agentin mitgegeben hatte – ebenso wie die Zahlenkombination für den Aktenkoffer.

Die beiden Klappverschlüsse sprangen auf. Die Kombination stimmte. Kurz musste er darüber nachdenken, wie zum Henker Lopez an den Code von Baumanns Koffer gekommen war. Nun, vermutlich nicht viel anders als bei ihm selbst. Diese DEA-Truppe war rücksichtslos, sie zerstörten anderer Menschen Leben gerade so, wie es ihnen passte. Mittlerweile hasste er sie, egal weswegen sie hinter Baumann her waren.

Im Koffer lagen Dokumente, vielleicht dreißig Seiten. Ihr Inhalt interessierte den Captain nicht. Er beeilte sich, aber er hatte größte Mühe, die Kamera ruhig zu halten. Seine Hände zitterten.

Wenige Minuten später lag der Koffer wieder an seinem Platz. Baumann hatte sich nicht gerührt.

Captain Röthlisberger landete die Maschine um kurz vor vier Uhr morgens auf dem Narsarsuaq International Airport. Baumann wurde vom Bodenpersonal empfangen und zur Business-Lounge begleitet.

»Beschissenes Wetter. Ich geh rüber zum Tower und besorge uns aktuelle Wetterdaten. Machst du Außencheck und Betankung?«

Sein Co-Pilot hob den Daumen.

Susanna war dabei, die Kabine aufzuräumen. Im Vorbeigehen drückte sie Peter einen Kuss auf die Wange. »Alles klar bei dir? Du siehst schrecklich aus.«

»Alles okay. Vielleicht werde ich tatsächlich langsam zu alt für diesen Job.«

Susanna lachte. »Quatsch! Geh an die frische Luft. Tut dir gut.«

Röthlisberger hatte sich beim Tower den neuesten Wetterbericht geholt und stand nun am Tresen des Cafés in der kleinen Empfangshalle. Er bestellte drei Lachssandwiches und einen schwarzen Kaffee.

Sein Blick ging durch die Halle. Ein paar Flughafenangestellte waren zu sehen, ansonsten herrschte kaum Betrieb. Baumann war bereits wieder an Bord.

Er warf einen nervösen Blick auf seine Uhr. In fünfzehn Minuten sollten sie wieder in der Luft sein. Und Regen und Wind waren heftiger geworden.

Ein Arbeiter einer Frachtagentur stellte sich an den Tresen.

»Hi. Mieses Wetter, was?«

Röthlisberger nickte schweigend.

Der Frachtarbeiter bestellte einen Kaffee.

»Hab Ihre Landung gesehen.« Der Frachtarbeiter hob den Daumen. »Guter Job.«

Röthlisberger stutzte. Saß der Typ etwa im Tower? »Sie sind US-Amerikaner?«

»Waschechter. Sie sind Schweizer?«

Als Röthlisberger nickte, fügte der Mann nach einer kurzen Pause hinzu: *»Switzerland has the best cheese.«*

Röthlisberger hielt den Atem an.

Es war das Codewort.

»But way too expensive«, erwiderte er vorsichtig.

Der Mann stellte sich nun direkt neben Röthlisberger, der die ausgestreckte Hand des DEA-Agenten ignorierte.

»Sie haben etwas für mich, Captain?«

Röthlisberger griff in seine Reisetasche und legte den Stoffbeutel auf den Tresen.

Der DEA-Agent öffnete die Tasche und warf einen kurzen Blick auf den Inhalt. »Sehr schön. Hat alles geklappt?«

»Es sind etwa dreißig Aufnahmen«, meinte Röthlisberger. »Ich hoffe, Sie wissen, was Sie tun. Unterschätzen Sie Baumann nicht.«

Der DEA-Agent lächelte knapp. Eine Antwort blieb er schuldig.

»Wie auch immer …«, Röthlisberger tippte zum Gruß an seine Mütze, »… ich bin raus.«

Röthlisberger lief hinaus auf das Rollfeld. Kalter Regen peitschte ihm ins Gesicht. Die Triebwerke liefen bereits, die Positionslichter warfen rote Blitze in die Dunkelheit.

Der Albtraum war vorbei. Und jetzt nichts wie weg von hier.

Röthlisberger war schon lange klar, dass mit Walter Baumann etwas nicht stimmte. Ganz und gar nicht. Und der Pilot wollte seinen Fehler wiedergutmachen.

Er hatte sich einen Plan zurechtgelegt. Und wenn er

alles geregelt hatte, würde er es seiner Frau sagen. Es gab immer noch diese Fotos, und er traute Martha Lopez und der DEA nicht. Also besser dazu stehen. Er hatte genug gesehen, um die Polizei auf die Spur von Baumann zu bringen.

Er musste sich mit Urs Gehrig treffen. Urs war ein alter Schulfreund von ihm – und Ermittler bei der Kripo in Zürich.

4

Zürich, 2003

Es war kurz nach fünf Uhr abends. Der Gastraum der Pizzeria Geppino in Zürich-Altstetten war noch leer.

Gehrig saß an einem Tisch neben der Theke, vor ihm eine ausgetrunkene Stange Bier. Keller ahnte, dass es nicht sein erstes Glas war an dem Abend.

»Urs?«

Urs Gehrig drehte langsam den Kopf und sah sich leicht verwundert um. »David ...?«

Gehrigs Blick wirkte stumpf, seine Augen trugen dunkle Ringe und schimmerten glasig. Karl hatte richtiggelegen. Vor ihm saß nicht mehr jener Urs Gehrig, den er als junger Kripo-Beamter kennengelernt hatte, einen energischen Ermittler, leidenschaftlichen Hundeführer und Marathonläufer. Im Büro hatten sie Gehrig »Duracell« genannt, denn wie dem Hasen in der Werbung schien Gehrig die Energie nie auszugehen. Jetzt war davon nichts mehr zu sehen. Sein Atem roch nach Alkohol.

»Hast dich verlaufen? Bist du nicht in Bern, bei den ganz Schlauen?«

Keller versuchte, Gehrigs Zustand zu ignorieren. »Überhaupt nicht«, antwortete er betont gelassen und setzte sich. »Im Büro sagte man mir, du wärst vielleicht hier. So was wie dein Stammlokal?«

Gehrig lachte verhärmt auf. »Mein Stammlokal? Blödsinn.«

»Wie läufts? Wie gehts Theo, deinem Spürhund?«

Ein Herr im bereits gesetzteren Alter mit dickem Bauch war hinter der Theke erschienen. Gehrig hob sein Glas.

»Pino, un altra.«

»Certo, Urs. E per il signore?« Nicht nur der Name der Pizzeria, auch das Personal war offenbar authentisch italienisch. Keller bestellte einen Espresso.

Gehrig schien keine Absicht zu haben, auf Kellers Fragen einzugehen. Auf seine Art hatte sein Kollege ja bereits alles gesagt.

»Was willst du hier?«, fragte Gehrig, ohne aufzuschauen.

Pino kam mit den Getränken an den Tisch. Keller nickte höflich und wandte sich wieder Gehrig zu.

»Gut, Urs. Ich sehe, du bist beschäftigt. Ich will dich auch nicht länger aufhalten. Eine Frage nur: 1996 fand man bei einem Waldstück hinter dem Golfclub Breitenloo östlich vom Flughafen einen gewissen Peter Röthlisberger.« Gehrigs Kopf zuckte hoch, in seinen Augen blitzte ein Flackern auf. Keller fuhr fort. »Am Steuer seines Autos, mit einer Kugel im Kopf. Röthlisberger war Pilot bei einer Business-Airline. Du hast den Ermittlungsbericht geschrieben. Du erinnerst dich?«

Gehrig starrte schweigend auf einen imaginären Punkt vor sich auf dem Tisch.

Keller war sich nicht sicher, ob ihm sein Kollege überhaupt zugehört hatte. »Urs? Was mich interessiert: Dein Bericht besagt, es war Selbstmord. Kannst du dich erinnern?«

Gehrig griff zum Bierglas und trank es in einem Zug

aus. Keller bemerkte das leise Zittern von Gehrigs Händen.

»Du hast ja den Bericht gelesen. Steht alles drin.«

»Ja, hab ich. Wirtz hat ihn mir gegeben. Wir stellen uns die Frage, ob es wirklich ein Suizid war. Deshalb wollte ich mit dir reden.«

Zum ersten Mal sah Gehrig Keller direkt in die Augen. »Wenn nicht Suizid, was dann, David? Mord? Willst du das sagen?«

Keller hob die Schultern. »Ja. Möglicherweise.«

Gehrig sah Keller mit einem müden, selbstverachtenden Grinsen an. »Ich verstehe. So ist das also. Was willst du damit sagen? Dass ich Mist gebaut habe? Dass ich Mord nicht von Selbstmord unterscheiden kann?«

»Niemand behauptet das. Darum gehts nicht. Sondern darum, dass du damals nicht wissen konntest, was wir heute zu wissen glauben.«

Gehrig nickte ein paarmal stumm vor sich hin. »Ja, ich weiß. Und jetzt verschwinde«, sagte Gehrig plötzlich leise. Seine Stimme bebte.

Keller sah ihn erstaunt an. »Du weißt? Was weißt du? Ich glaube, du verstehst das völlig falsch, Urs. Es geht nicht um ...«

Gehrig hieb mit beiden Fäusten derart auf den Tisch, dass das leere Glas kippte, zu Boden fiel und klirrend zersprang. Gehrigs Gesicht hatte sich in eine wütende Fratze verwandelt.

»Ich hab gesagt, raus hier!« Die letzten Worte hatte Gehrig förmlich in Kellers Gesicht gespuckt.

Keller starrte sein Gegenüber für einen langen Moment an, sprachlos über das, was er gerade erlebte. Wars das? Wenn er Gehrig ansah, wie er das nächste Glas bestellte und in einem Zug wegkippte, war die Antwort wohl ein Ja. Keller schüttelte fassungslos den Kopf, erhob sich und ging. Die Hoffnung auf Informationen, die sie hätten weiterbringen können, hatte sich innerhalb von Minuten zerschlagen. Verärgert über Gehrig und sich selbst ging er über den Vorplatz zu seinem Fahrzeug zurück, steckte sich eine Zigarette an und wählte Mosers Nummer. Eigentlich hätte er bei Geppino zu Abend essen wollen, er hatte nur Gutes gehört. Auch dieser Plan hatte sich erst mal in Luft aufgelöst.

»Was für ein Arschloch«, platzte es aus ihm heraus.

»Gehrig? Ein Sonderling war Urs schon immer. Was hast du herausgefunden?«

»Sonderling ist gut. Urs hat ein Alkoholproblem, Pius. Er ist ausgeflippt. Er hat nichts gesagt, außer ›ich weiß‹. Weiter bin ich nicht gekommen.«

»Er weiß? Das hat er gesagt? Was meint er damit?«

»Woher soll ich das wissen? Was ich hingegen sagen kann, es war nicht unsere letzte Unterhaltung. Wirtz hatte wohl das richtige Gespür. Lass uns das morgen weiter besprechen.«

Keller bemerkte eine Imbissbude auf der gegenüberliegenden Straßenseite – und das war immer noch besser, als hungrig nach Hause fahren. Er ließ sich eine St. Galler Bratwurst mit Brot und einer Rivella geben, stellte sich an einen wackeligen Stehtisch und überlegte, was das eben zu bedeuten hatte. Gehrigs heftige Reaktion, das kryptische ›ich weiß‹. Verdammt. Wusste Gehrig mehr über Röthlisbergers Tod? Wieso sein Absturz? Keller hatte keinen Schimmer. Es konnte tausend Gründe dafür geben.

Immerhin konnte er Julie sagen, dass er früher zurück

war. Wenn er sich beeilte, reichte es vielleicht noch für einen Kinobesuch, *Catch me if you can* mit dem schönen Leonardo DiCaprio stand aktuell ganz oben auf Julies Wunschliste.

Keller hatte gerade zum Telefon gegriffen, als laute Wortfetzen von der gegenüberliegenden Straßenseite zu hören waren. Vielleicht ein Streit? Eine Hecke verdeckte die Sicht, Keller musste sich ein paar Schritte von der Wurstbude entfernen. Tatsächlich: Da standen Gehrig und Pino vor dem Seitenausgang der Pizzeria. Da war dem Italiener wohl der Geduldsfaden gerissen, nachdem Gehrig noch ein paar Gläser mehr zu Boden geschmissen hatte.

Keller wollte gerade zurück zu seinem bescheidenen Abendessen gehen, als er urplötzlich stehen blieb. Hatte er sich verhört? War soeben das Wort »pilota« gefallen? War das Pino gewesen? Keller versuchte, genauer hinzuhören, aber der zunehmend dichtere Feierabendverkehr war zu laut.

Er wartete eine Lücke im Verkehr ab, eilte auf die andere Straßenseite und duckte sich hinter einen Müllcontainer. Vorsichtig lugte er um die Ecke.

Pino hatte sich vor Gehrig aufgebaut, sein Gesicht nahe an dem des Kriminalbeamten. Mit seinen Händen hielt er Gehrig am Kragen gepackt.

»Hai capito?«, stieß Pino aus. »Cazzo …!«

Gehrig hing mehr an Pinos Armen, als dass er stand.

»Il pilota ha fatto suicidio! Basta!« Pino ließ Gehrigs Kragen los und gab ihm einen Stoß hinterher. »Maledetto ubriacone! Adesso vattene! Via!« Mit diesen Worten ließ Pino Gehrig stehen und verschwand durch die Seitentür im Restaurant.

Vor Kellers Augen tauchten die Bilder von vorhin auf:

Er hatte mit Gehrig am Tisch gesessen, er hatte über Röthlisberger gesprochen, den Piloten, und Gehrigs Suizid-Bericht. Im Restaurant war niemand sonst gewesen. Außer sie beide.

Und der Kellner. Der dicke Pino.

Keller schloss verzweifelt die Augen und ließ sich gegen den Müllcontainer fallen. Nein, es konnte nicht sein. Er musste sich irren. Nicht hier, nicht in seinem Land. Und doch, er hatte es gerade mit eigenen Augen gesehen: Ein Mitarbeiter einer Pizzeria, ein Italiener, hatte einen Züricher Kripo-Beamten angegriffen und bedroht. Und das wegen des Suizids eines Piloten. Oder besser gesagt dem Mord.

Es ging um den Mord an Peter Röthlisberger.

Und es ging wohl auch um die Mafia.

Das Aufheulen eines Motors schreckte ihn aus seinen Gedanken auf.

Scheiße! Keller sprang auf und sah, wie Gehrig am Steuer eines VW Golf über den Vorplatz schoss und mit viel zu hohem Tempo in die Hauptstraße einbog. Blockierende Reifen kreischten über den Asphalt, Keller stockte der Atem – um Haaresbreite wäre Gehrig einem anderen Fahrzeug in die Seite gekracht.

Keller notierte sich das Kennzeichen von Gehrigs Golf, rannte zu seinem Fahrzeug und nahm die Verfolgung auf, aber es war zwecklos. Gehrig bretterte durch den dichten Abendverkehr wie ein Verrückter, bereits an der zweiten Ampel hatte er ihn aus den Augen verloren.

Er wählte die Nummer der Notrufzentrale der Züricher Polizei, gab sich als Bundespolizist zu erkennen und bat die Kollegen, nach Gehrigs Fahrzeug zu suchen.

»Urs ist ein Kollege von euch. Er hat getrunken und

sollte nicht mehr am Steuer sitzen. Wenn ihr ihn findet, gebt mir Bescheid. Ich kümmere mich um ihn.«

»Verstanden. Wir geben eine Suchmeldung raus. Danke für den Hinweis.«

Keller fädelte wieder in den Verkehr ein und fuhr durch die Straßen, aber ohne wirkliches Ziel. Er hatte immer noch die Hoffnung, dass er Gehrig finden würde, bevor es seine Kollegen der Streife tun würden. Zumindest diese Demütigung wollte er Urs ersparen.

Nach dreißig langen Minuten kam endlich der Anruf der Züricher Notrufzentrale.

»Sie haben ihn gefunden. Höhe Gessnerbrücke.«

»Gut. Ich komme hin.«

»Nicht nötig. Sie bringen ihn ins Uni-Spital.«

»Verfluchter Mist. Ein Unfall?«

»Ja. Er ist gegen ein Tram gefahren.«

»Scheiße. Schlimm?«

»Kann ich dir nicht sagen. Er ist zumindest ansprechbar.«

Keller wendete scharf und schaltete einen Gang höher. »Sag den Streifenkollegen, dass ich auf dem Weg ins Spital bin.«

Die Krankenschwester kam mit einem Lächeln auf ihn zu.

»Herr Keller? Die Untersuchungen sind abgeschlossen. Herr Gehrig wird in zehn Minuten entlassen. Sie können hier auf ihn warten.«

»Schön. Vielen Dank.«

Keller hatte die vergangenen drei Stunden im Warteraum der Notfallaufnahme verbracht. Zwischendurch hatte er sich einen dünnen Kaffee aus dem Automaten gezogen und mit Julie gesprochen, dass er erst spät nachts zurück sein werde. Dann hatte er mit Moser über Gehrigs Amokfahrt wie auch die Szene vor der Pizzeria gesprochen.

»Ist es nun auch in der Schweiz so weit mit dem organisierten Verbrechen?«, erwiderte Moser zerknirscht. »Ich hoffe, du hast dich verhört.«

»Kaum, Pius. Ich wünschte, es wäre so.«

»Wie auch immer. Falls die Ärzte Gehrig entlassen, bleib bei ihm«, schlug Moser vor. »Rede mit ihm, vielleicht ist jetzt der Moment gekommen. Er soll verdammt noch mal sagen, was da los ist!«

Dass Gehrig nur leicht verletzt war, hatte er bereits von den Beamten der Verkehrspolizei erfahren. Sie hatten ihm Bilder vom Unfallort gezeigt. Demnach hatte Urs beim Auffahren auf die Gessnerbrücke in einer Kurve die Kontrolle verloren und war gegen die Zugmaschine einer Tram gekracht. Der VW Golf war schrottreif. Gehrig wiederum musste an diesem Abend ein ganzes Heer von Schutzengeln an seiner Seite gehabt haben: Seine schlimmste Verletzung war ein gebrochener linker Unterarm.
So durfte Gehrig nach dem Eingipsen auch wieder nach Hause. Und er war einverstanden, dass Keller ihn begleitete.

»Wohin gehts?«, fragte Keller, als sie im Auto Platz genommen hatten. Gehrigs linker Arm hing in einer Trageschlaufe. Ansonsten sah er unverletzt aus.

»Ins Seefeld. Feldeggstraße.«

»Oh ... Nette Gegend.«

Gehrig antwortete mit einem unverständlichen Brummen.

Keller bog auf die breite Rämistrasse ein und fuhr Richtung Stadtzentrum. Es war kurz nach zehn Uhr abends, der Verkehr hatte wieder nachgelassen.

»Du hast verdammtes Glück gehabt. Das weißt du.«

Gehrig sah nachdenklich aus dem Seitenfenster. »Wenn du meinst ...«

»Ja, das meine ich. Du könntest jetzt tot sein.«

Sein Kollege schien keine Lust auf weitere Konversation zu haben. Keller seinerseits kannte sich in der Stadt bestens aus, und so verlief der Rest der Fahrt schweigend.

Als sie sich auf der Seefeldstraße der Kreuzung Feldeggstraße näherten, meldete sich Gehrig erstmals wieder zu Wort.

»Hier links abbiegen. Dann das zweite Haus rechts.«

Keller fand einen freien Parkplatz, setzte rückwärts ein und warf einen Blick auf die Umgebung.

Urs Gehrig wohnte demnach in einem dreistöckigen Haus aus der Jahrhundertwende. Im Erdgeschoss befanden sich ein Friseur- und ein Elektrofachgeschäft. Jede der sechs Wohnungen besaß einen Balkon mit einem hübsch geschwungenen Art-déco-Geländer. Die graue Putzfassade ließ das Gebäude zwar etwas heruntergekommen erscheinen, aber Keller ahnte, dass das für die Wohnungen selbst kaum gelten dürfte. Sie befanden sich in einer der nobelsten Wohngegenden in einer der teuersten Städte der Welt. Zum Seeufer und seinen gepflegten Liegewiesen waren es fünf Gehminuten, ebenso zum Bellevueplatz mit Opernhaus und Quaianlagen.

Keller deutete auf drei Taschen, gefüllt mit Gegenständen, die die Kollegen der Streife aus dem Golf geborgen hatten. »Ich helfe dir damit.«

Gehrig winkte ab. »Lass nur, geht schon.«

»Mit einer Hand? Wie denn?«

Gehrig zögerte, musste aber einsehen, dass es anders wohl nicht ging.

»Welches Stockwerk?«

»Ganz oben.«

Gehrig ging die Stufen voran, öffnete die Wohnungstüre und schaltete das Licht an. »Stell es auf den Boden. Ich mach das dann.«

Die Wohnung war tatsächlich ein kleines Schmuckstück. Die Böden waren mit altem Dielenparkett belegt. Vom engen Flur aus führte die erste Türe in das Wohnzimmer. Und wie bei Wohnungen aus dieser Epoche üblich, bildete das Wohnzimmer mit den alten Decken-Stuckaturen und dem Balkon das Herzstück.

Erst auf den zweiten Blick fiel Keller die spärliche, schmucklose Möblierung auf. Sie bestand aus einem billigen Sofa mit einem Beistelltisch aus Glas. Auf dem Boden davor standen eine leere Flasche Rotwein und ein Weinglas. Auf der rechten Zimmerseite befand sich ein viel zu wuchtiger Esstisch mit vier roten, plüschgepolsterten Stühlen.

Die Fenster waren nackt, ohne Vorhänge, ebenso die Wände, an denen keine Bilder hingen. In einem Topf in einer Ecke neben dem Fernseher stand ein Bananenbaum. Er schien schon vor langer Zeit verdorrt.

»Schöne Wohnung. Wohnst du hier alleine? Entschuldige, wenn ich frage. Wir hatten noch gar keine Gelegenheit …«

Sie standen beide im Flur, und Gehrig sah Keller aus müden Augen an. »Du willst meine Familiengeschichte hören? Im Ernst jetzt?« Er deutete mit der unverletzten Hand wage umher. »Die Wohnung gehörte meiner Mutter. Nett, dass du mich hergebracht hast. Wenn ich dich jetzt bitten darf ...«

»Selbstverständlich. Es war ein … langer Tag.«

Über Gehrigs Schulter hinweg sah Keller das Holster mit Gehrigs Dienstwaffe an der Garderobe hängen.

»Nun, na ja … anderseits: Ich denke, vielleicht solltest du nicht alleine sein im Moment.«

»Soso. Denkst du das? Bist jetzt auch noch Samariter geworden?«

»Wie gesagt, du hattest einen … schweren Tag. Du bist Polizist, hast getrunken und einen Unfall gebaut. Man wird Antworten haben wollen, wie es so weit kommen konnte, Urs.«

Gehrig sah ihn trotzig an. »Hab ich jemanden totgefahren? Verletzt? Nein! Es war mein Auto. Lass das mein Problem sein.«

Keller spürte eine Mischung aus Unglauben und Wut in ihm aufsteigen. »Ach ja? Dein Problem? Ich habe dich bei Geppino wegfahren sehen. Völlig rücksichtslos. Es hat dich einen verdammten Scheiß interessiert, falls andere dabei draufgegangen wären. Hast du überhaupt mitbekommen, dass du ein anderes Auto gerammt hättest, wenn dessen Fahrer keine Vollbremsung gemacht hätte? Es war eine Frau, ihr Kind saß daneben. In einem kleinen Fiat Punto. Sie hätten keine Chance gehabt. Dein Problem? Unter uns Kollegen gesagt – fick dich, Urs.« Mittlerweile war auch das letzte Bedauern, das er für Gehrig übrig gehabt hatte, verflogen. »Willst du wissen, was *ich* denke? Zwei Sachen: Erstens, du bist krank. Alkoholkrank. Du solltest deinen Dienstausweis und deine Waffe an den Nagel hängen. Und falls du es nicht schon getan hast, dich in Behandlung begeben.«

Gehrig machte einen Schritt zurück, als wollte er Kellers Worten ausweichen.

»Zweitens, dass du mir eine Erklärung schuldest. Nicht nur mir. So ziemlich allen, mit denen du in den letzten Jahren zusammengearbeitet hast. Kollegen, Vorgesetzte, Staatsanwälte, Richter, Opfer, Angehörige.«

In Gehrigs Gesicht waren Trotz und Verbitterung verschwunden, schleichende Verzweiflung hatte ihren Platz eingenommen. Keller musste ihm wie eine Heimsuchung erscheinen.

»Du weißt, wovon ich rede«, setzte Keller nach. »Richtig?«

Gehrigs Mundwinkel begannen zu zittern, dann glitt er die Wand entlang auf den Dielenboden und verbarg sein Gesicht in den Armen.

Hilflos rieb sich Keller das Gesicht. Aber es half nichts, er musste es Gehrig sagen. Er setzte sich neben den Kollegen, schwieg, und dachte nach. »Nun, wenn du dich jetzt wunderst, die Wahrheit ist: Ich habe euch gesehen, dich und Pino, am Seitenausgang beim Geppino. Ich habe hinter der Mülltonne gehockt. Erste Reihe sozusagen. Ich habe euch nicht nur gesehen, ich konnte euch auch reden hören. Jedes Wort.« Letzteres war zwar eine Lüge, aber das war es Keller wert. »Womit wir bei der Erklärung wären: im Restaurant sagtest du ›ich weiß‹. Was weißt du? Wer ist Pino? Und was zum Teufel hat er mit Röthlisbergers Tod zu tun?«

Gehrig saß auf dem Sofa, Keller auf einem der hässlichen roten Plüschsessel ihm gegenüber. Gehrigs Gesicht war von Schmerz gezeichnet. Es war kein körperlicher Schmerz. Der gebrochene Arm hatte wenig damit zu tun. Es war die Erkenntnis über das eigene Versagen.

Keller hatte schon viele Geständnisse erlebt. Über die Jahre mussten es Hunderte gewesen sein. Dazu gehörten die banalen, alltäglichen, die spätestens bei Dienstschluss vergessen waren. Dann gab es solche, die nachhallten, die einen für eine bestimmte Zeit betroffen machten, manchmal nachdenklich oder auch traurig.

Gehrigs Aussagen gehörten zu einer dritten Gruppe, Keller hatte sie nicht oft erlebt. Geständnisse, die er nicht vergessen würde, nicht nur, weil sie seine eigene Vorstellungskraft überstiegen, sondern auch, weil sie sich wie ein persönlicher Verrat anfühlten.

»Ich denke, ich sollte ein paar Anrufe machen.« Keller sah auf die Uhr. »Es ist … zwei Uhr, mal sehen ob ich Karl Wirtz erreiche. Ist das okay für dich?«

Gehrigs Augen waren rot unterlaufen. In den zwei Stunden hatte er viel geredet, und auch geweint.

»Ja … ja, mach nur«, meinte Gehrig mit schwacher Stimme.

Gehrig musste nicht mitbekommen, was er mit Wirtz besprach. Keller stand auf und ging hinaus auf den Balkon. Es dauerte, bis Karl antwortete.

»Kannst du zu Gehrig in die Feldeggstraße kommen?«

»Jetzt? Was ist passiert?«, fragte Wirtz zurück, der offensichtlich bereits geschlafen hatte.

»Gehrig hat gestanden. Ich erkläre es dir nachher.«

»Gestanden? Was soll er gestanden haben?«

»Er …« Keller brach mitten im Satz ab. »Urs, um Himmels willen … mach keinen Scheiß!«

Gehrig stand in der Balkontüre und hielt seine Dienstwaffe auf Keller gerichtet. Eine schwere SIG 226, dasselbe Modell, das auch Keller benutzte. Allerdings lag seine 226er im Fahrzeug, eingeschlossen im Handschuhfach.

Gehrig wirkte gefasst, sein Blick fest, kein Zittern oder Wackeln. Und Gehrig war Rechtshänder.

Wirtz' Stimme tönte aus dem Telefon. »David? Was ist da los?«

Gehrig wedelte kurz mit der Pistole. »Weg von dem Balkon.«

»Urs, ich bitte dich! Ich spreche mit Wirtz. Wir … wir wollen dir helfen.«

Gehrig lachte hämisch auf. »Helfen? Wie wollt ihr mir denn helfen? Also, runter da!« Gehrig hob die Pistole und zielte nun auf Kellers Stirn. »Ich geb dir noch fünf Sekunden.«

Wieder plärrte Wirtz' Stimme aus dem Telefon in Kellers Hand. »David! Antworte!«

Keller hob instinktiv die Arme. »Gut, Urs. Ich komme jetzt rein. Aber leg die verdammte Waffe weg!«

Gehrig schüttelte den Kopf und trat noch einen Schritt zur Seite. »Nein. Jetzt du zuerst.«

Langsam stieg Keller über die Schwelle in die Wohnung.

»Hinsetzen, auf den Stuhl. Das Telefon, zu mir.«

Keller sank in den Plüschsessel und schob das Gerät zu Gehrig.

»Wirtz? Hier ist Urs … Moment, ich stell' auf Lautsprecher. Dann kann dein Freund hier auch mithören.«

»Urs!«, rief Wirtz ins Telefon, »Herrgott noch mal! Was geht da vor sich? Wo ist David?«

»Er ist hier bei mir. Sag doch mal hallo, David.«

Keller sah zu Gehrig, der die Waffe auf ihn gerichtet hielt und ihn schief angrinste. »Nein, Urs. Ich sag's nochmals: Leg jetzt endlich die verdammte Pistole weg. Das ist kein Spiel.«

»O ja, David. Ganz im Gegenteil. Das ist bitterer Ernst.«

»Urs, ich bitte dich!« Wirtz' hektische Stimme plärrte aus dem Handy, Schritte polterten, eine Türe schlug. »Ich bin auf dem Weg zu euch. Dann reden wir in Ruhe über alles. Gebt mir fünfzehn Minuten.«

Gehrig lächelte Keller an, und in diesem Augenblick hatte Keller zum ersten Mal das Gefühl, dass die Sache hässlich enden könnte. Das Lächeln gehörte einem Menschen, dessen Verstand sich von der Realität verabschiedet hatte. Es war das Lächeln eines Irren.

»Schön. Beeil dich. Die Uhr tickt.«

Eine Autotür fiel ins Schloss. »Natürlich.«

Wieder zeigte Gehrig sein fast schon seliges Lächeln. »In der Zwischenzeit wird dir David eine kleine Geschichte erzählen. Meine Geschichte.«

Keller sah Gehrig hilflos an. »Urs, was soll das? Was machen wir, wenn Karl ...«

Gehrigs Arm schoss nach oben, die Mündung auf Kellers Stirn gerichtet. »Ich sag's kein zweites Mal. Rede!«

»David, mach nur. Ich höre.« Wirtz versuchte, ruhig zu klingen, doch nun hatte auch ihn die aufkommende Panik erfasst.

Keller glaubte, verstanden zu haben, was Gehrigs Absicht war. Wenn er überhaupt eine Chance haben wollte, diese absurde Geschichte möglichst unbeschadet zu überstehen, durfte er Gehrig keine Sekunde aus den Augen lassen.

Keller atmete einmal tief durch. »Wie ihr wollt.«

Was folgte, war die Geschichte von Gehrigs Niedergang vom Kriminalbeamten zum Informanten der italienischen Mafia.

Es war 1996, Anfang Juli, als sich Peter Röthlisberger bei Gehrig gemeldet hatte. Röthlisberger hatte ihm eine Geschichte anvertraut, die Geschichte über einen besonderen Kunden, den Züricher Privatbankier Walter Baumann, den er seit Jahren zu Geschäftsterminen um den Globus flog. Und dass er, Röthlisberger, zu wissen glaubte, dass Baumann für die italienische und südamerikanische Drogenmafia als Geldwäscher arbeite. Davon erfahren hatte Röthlisberger anscheinend durch Zufall, als bei Reinigungsarbeiten während eines Tankstopps ein Bündel Geschäftsunterlagen im Flieger entdeckt wurden. Die Unterlagen hatte Röthlisberger an Baumann zurückgegeben, die Dokumente aber zuvor abfotografiert. Noch im Cockpit hatte Röthlisberger die Daten auf eine zweite Speicherkarte überspielt, und später an Gehrig übergeben: Dutzende Seiten von Bankunterlagen, Verträgen und Gesprächsnotizen.

Gehrig hatte sich Röthlisbergers Fund angesehen, ihm aber zu verstehen gegeben, dass er für Fälle von Organisierter Kriminalität nicht zuständig sei, die Information aber an die Kollegen der OK-Abteilung weiterleiten würde.

»Nur, das hat er nie getan, Karl. Erst ist er zwei Wochen in den Urlaub gefahren. Sagt er jedenfalls. Und danach war es zu spät.«

»Und warum nicht, um alles in der Welt?«, rief ein um Fassung ringender Karl über den Handylautsprecher. Keller schwieg, und Gehrig, anstelle einer Antwort, schwenkte den Lauf der Pistole durch die Luft: Weiter!

Keller ließ Gehrig nicht aus den Augen.

»Fakt ist: Zwei Wochen später wurde Röthlisberger tot aufgefunden, mit einer Kugel im Kopf, die Waffe in der

Hand. Polizei und Staatsanwaltschaft sind sich einig: Eindeutig Selbstmord. Röthlisbergers Affäre mit der Flugbegleiterin passte ganz wunderbar ins Bild. Jedenfalls für dich, Urs.«

»Was soll das heißen?«, meldete sich Wirtz über den Telefonlautsprecher.

»Es war nicht Suizid, Karl, es war *Mord*, und Urs wusste es.«

»Verdammter Lügner! Nichts wusste ich!«, blaffte Gehrig zurück.

»Oh doch. Du wusstest es«, erwiderte Keller so gelassen, wie er es in Anbetracht der auf ihn gerichteten Waffe konnte. »Nicht die Einzelheiten. Aber dir war eines völlig klar: dass Röthlisberger ermordet wurde.«

Gehrigs Mund zuckte, Schuld und Schmerz breiteten sich plötzlich wie zähe Lava über sein Gesicht aus.

»Du wolltest dieses … absurde Tribunal«, fuhr Keller fort. »Und ich habe mich erst gefragt, warum. Es geht gar nicht um mich oder Karl. Du willst es für *dich*. Weil du selbst nicht glauben, nicht fassen kannst, was du getan hast. Andere mussten die Wahrheit aussprechen: Du hast Röthlisberger an Pino verraten. An die Mafia. Du hast Röthlisberger in den Tod geschickt.«

Es wurde still, nur das leise Atmen von Karl aus dem Lautsprecher war zu hören.

»Was hast du getan, Urs?« Es war Karls Stimme, verzweifelt, und kaum hörbar.

Fahrig wischte Gehrig mit der verletzten Hand über seine nassen Augen. »Mach weiter, David.«

Urs Gehrig hatte Spielschulden, seit vielen Jahren. Als er diese irgendwann nicht mehr zurückzahlen konnte, beging er seinen ersten Fehler: Er lieh sich Geld bei den Organisatoren seiner Pokerrunden, einer Gruppe Italiener unter Führung eines gewissen Pino, dem Betreiber mehrerer Pizzerien in Zürich, so auch dem Geppino. Doch Gehrig wuchsen die Spielschulden über den Kopf. Seine Kreditgeber wiederum ließen wenig Zweifel aufkommen, dass es mit Gehrig ein böses Ende nehmen werde, wenn sie ihr Geld nicht bald zurückerhalten würden.

Es gäbe aber möglicherweise eine Lösung, hatte Pino irgendwann gemeint: Die Schulden seien vergessen, im Austausch für Informationen. Gute Informationen. Interna aus der Kriminalpolizei.

Das Kalkül der Italiener, über Generationen geübt im Umgang mit gefallenen Staatsdienern, war aufgegangen. Gehrig lieferte. Mittlerweile seit über zehn Jahren.

Und auch Röthlisbergers Informationen zu Baumanns Geschäften hatten die Reise von der Züricher Kriminalpolizei über Pino, den Pizzeria-Betreiber, nach Italien angetreten.

»Zufrieden?«

Gehrig hatte sich seit der Unterbrechung nicht mehr gerührt. Nun schien sein leerer Blick durch Keller hindurchzugehen.

David streckte seine Hand aus. »Gibst du mir nun die Pistole?«

Gehrigs Augen blinzelten kurz, so als wäre er mit seinen Gedanken wieder in der Gegenwart angekommen.

»Wirtz?«, rief Gehrig zum Telefon. »Hast du gut zugehört?«

Keller warf einen verstohlenen Blick auf die Uhr. Die fünfzehn Minuten waren längst um.

»Ja, hab ich«, meldete sich Karl. In seiner Stimme war die Erschütterung hörbar. »Hör zu, Urs. Das bekommen wir wieder hin. Du musst jetzt nur das Richtige tun. Leg einfach die Waffe weg.«

»Wo bist du?«

»Unten vor deinem Haus.«

Gehrig machte drei Schritte rückwärts auf den Balkon und warf einen schnellen Blick auf die Straße, dann sah er wieder zu Keller.

»Richtig. Da steht er.«

Und wieder dieses entrückte Lächeln.

»Ich glaube, nun ist alles gesagt. Bleibt noch, mich bei dir zu bedanken.«, flüsterte Gehrig.

Da war er, der Moment. Er hatte noch so viel vorgehabt in seinem Leben. Und er würde alles dafür tun, dass Gehrig nicht derjenige war, der es ihm nahm.

Nicht hier. Nicht jetzt.

Es war eine Wette mit Gehrigs verlorenem Verstand. David hatte sich bereits entschieden, was er tun würde, wenn Urs ihn mit in den Tod nehmen wollte.

Gehrig stand in der offenen Balkontür. Als er feuerte, war Keller bereits in der Luft. Mit aller Kraft hatte er sich nach rechts in den Durchgang zum Essraum geworfen. Das Projektil schlug in der Korridortür hinter ihm ein und zertrümmerte das Schloss. Die spätere Tatort-Vermessung ergab, dass die Flugbahn der Kugel ziemlich genau auf Höhe seines Schädels verlief, aber für einen tödlichen Treffer vermutlich zu weit links. Ob mit Absicht oder nicht, würde für immer Gehrigs Geheimnis bleiben.

Dann ein zweiter Schuss und das grässliche Geräusch, als Gehrigs Körper auf der Straße aufschlug.

Was folgte, war absolute Stille. Kein Schreien. Kein Stöhnen.

Die Schüsse hatten ein schmerzhaftes Pfeifen in Kellers

Ohren hinterlassen. Halb taub rappelte er sich vom Boden auf und rannte hinaus auf den Balkon. In den umliegenden Gebäuden gingen Lichter an, Fenster wurden geöffnet, Leute traten aufgeregt auf die Balkone.

Keller sah nach unten. Vor dem Eingang zum Friseurgeschäft, im Schein einer Straßenlaterne, lag der zerschmetterte Körper Gehrigs.

Wirtz stand neben ihm, die Pistole in den Händen. Mit offenem Mund starrte er nach oben. Langsam ließ er die Waffe sinken.

»Heilige Scheiße«, stieß Wirtz hervor. »Bist du okay?«

Keller hob den Daumen.

»Warst du das?«, rief er leise nach unten.

Wirtz nickte, sicherte die Waffe und steckte sie zurück ins Holster.

Inzwischen war es halb vier Uhr morgens. Er war todmüde, er wollte nur noch nach Hause, zu Julie, obwohl sie sicher schon längst schlief.

Wäre es nach Keller gegangen, wäre er schon längst auf dem Heimweg. Gehrigs Leichnam war vor einer Stunde weggebracht worden, die Spezialisten der Spurensicherung hatten ihre Arbeit aufgenommen. Seine formale Aussage würde er irgendwann in den kommenden Tagen machen.

Keller steckte sich eine neue Zigarette an. Wenn Karl nicht bald auftauchte, würde er sich von hier verabschieden.

»Eine Minute später, und ich wäre weg gewesen«, blaffte Keller, als Karl endlich aus dem Kommandofahrzeug kletterte.

Wirtz reichte ihm eine handgeschriebene Notiz. »Ich

habe mit unseren OK-Leuten gesprochen: Die Pizzeria Geppino gehört einem gewissen Giuseppe Mattarella, genannt Pino. Sein Heimatort ist Castelvetrano, Territorium von Cosa Nostra Boss Matteo Messina Denaro. Gehrig hatte sich definitv die falschen Freunde ausgesucht.«

Keller überlegte. »Ich habe mich auch schon gefragt, ob ich das Geppino kenne. War das nicht mal eine Quartierbeiz? Zur Linde, oder so?«

»Ja. Gekauft von den Italienern vor zwei Jahren. Mattarellas fünfter Laden in drei Jahren. Unsere OK-Leute sagen, dass sie Hinweise haben, dass keiner davon sauber ist. Aber konkrete Beweise? Fehlanzeige.«

Keller steckte den Zettel ein. »Ich kümmere mich darum.«

Wirtz umarmte Keller zum Abschied kräftig. »Himmel, bin ich froh, dass du noch lebst. Verfluchter Gehrig, Gott hab ihn selig.«

Keller erwiderte Wirtz' Umarmung. »Ich auch, glaub mir – und dass du ein verdammt guter Schütze bist.«

Wirtz stieg in sein Auto und fuhr los. Kellers Wagen stand in einer Parkreihe ein paar Meter die Straße hoch. Ein Flugblatt steckte unter dem Scheibenwischer. Keller fragte sich, was es diesmal wohl sein würde. Es war ein bunt bedruckter Werbeflyer einer Pizzeria.

Keller warf den Zettel zu Boden, setzte sich ans Steuer und ließ den Motor an. Plötzlich hielt er inne, stieg wieder aus und hob das zerknüllte Papier auf. Vorsichtig strich er es glatt.

Pizzeria Geppino
Pizza, Pasta und mehr!
Deine Pizzeria in Zürich-Altstetten!

Und darunter mit Filzstift:

Umdrehen

Quer über die Rückseite gekritzelt stand nur ein kurzer Satz:

Abbiamo un menù a sorpresa per te.

Keller sah sich um. Vor dem Eingang zu Gehrigs Haus standen noch zwei Beamte der Tatort-Gruppe, ansonsten war die Umgebung menschenleer. Er ließ den Blick über die anderen Fahrzeuge in der Straße schweifen. An keinem anderen Wagen war ein Flyer unter dem Scheibenwischer zu sehen. Und Keller wusste auch, warum.

Das Überraschungsmenü galt nur ihm.

5

Bern, 2003

Der Schock kam mit Verspätung, ohne Vorwarnung. Kellers Hände begannen derart heftig zu zittern, dass er das Fahrzeug nicht mehr in der Spur halten konnte. Er fuhr rechts auf den Seitenstreifen, sprang aus dem Auto und übergab sich. Als er endlich die Kontrolle über seinen Körper wiedergewonnen hatte, steckte er sich die letzte Zigarette an, die er noch übrig hatte und setzte sich wieder ans Steuer.

Zu Hause angekommen, riss er sich als Erstes die Kleider vom Leib und stellte sich unter die Dusche. Vielleicht würde das Wasser die dunklen Bilder wegspülen, wenigstens für den Moment.

Julie schlief tief und fest. Kurz überlegte Keller, ob er sie wecken sollte. Doch er hätte nicht gewusst, wie er die vergangenen Stunden, die beinahe seine letzten gewesen wären, hätte in Worte fassen sollen. Leise legte er sich zu ihr ins Bett, aber die Bilder wollten nicht aus seinem Kopf verschwinden. Er wälzte sich hin und her.

Nach einer Weile schlich er sich nochmals ins Badezimmer, nahm erst eine, dann eine zweite Schlaftablette. Dann schickte er Moser eine kurze SMS, dass es spät geworden war, Gehrig tot sei und er erst mal schlafen müsse.

Als er aufwachte, war es zehn Uhr vorbei, und die Sonne schien. Julie war schon längst im Büro. Und natürlich hatte Moser angerufen.

Keller steckte den Kopf durch die Türe. Die Gespräche im Sitzungszimmer verstummten, die Blicke der Abteilungsleiter wandten sich ihm zu, und das deutlich länger als ihm lieb war. Sie wussten also Bescheid. Keller nickte kurz in die Runde und sah zu Moser.

»Pius, hast du eine Minute?«

»Ah, Keller …«, meldete sich stattdessen der Amtsdirektor vom Kopfende der Tafel. »Wir sprechen gerade über die schreckliche Tragödie von gestern Nacht. Setzen Sie sich.«

Keller zögerte. Verflucht. Daran hätte er vielleicht vorher denken sollen. Aber jetzt war es zu spät.

»Wie geht es Ihnen, Keller?«, wollte der Direktor wissen, nachdem Keller wiederwillig Platz genommen hatte.

»Hab schon mal besser geschlafen. Aber alles gut.«

»Unterschätzen Sie nicht die Nachwirkungen. Ich habe Pius angewiesen, Sie zu einer Psychologin zu schicken. Sind Sie einverstanden?«

Keller zuckte mit den Schultern. »Wie gesagt. Es geht mir gut. Aber natürlich, wenn Sie darauf bestehen.«

»Das tue ich.« Der Direktor hob ein Dokument in die Höhe. »Wir haben den Bericht der Stadtpolizei Zürich erhalten. Ich kann mich an nichts Vergleichbares erinnern. Sie haben ihn gelesen?«

»Ja, vorhin.«

»Ihr Kommentar dazu?«

»Nun, ich kann vielleicht zwei Punkte dazu ergänzen.«

»Bitte.«

Keller reichte den Werbeflyer an Pius. »Vor der Rückfahrt gestern Nacht wurde das hier am Tatort hinterlegt. Es klemmte unter meiner Windschutzscheibe.«

Der Direktor sah fragend zu Pius und dann zu Keller. »Und was ist das?«

Pius sah erschrocken zu Keller und reichte das Papier an den Direktor. »Eine Drohung, eine Morddrohung.«

Der Direktor betrachtete das Papier und gab es mit steinerner Miene in die Runde.

»Das … So was sehe ich zum ersten Mal.«

»Der zweite Punkt hängt unmittelbar damit zusammen,« fuhr Keller fort.

»Wie das?«

»Den Züricher Gastrounternehmer Giuseppe Mattarella, genannt Pino, kennen Sie aus dem Bericht vor Ihnen. Ich habe mit dem Kollegen Monti der DIA Palermo gesprochen. Giuseppe Mattarella ist ein Cousin ersten Grades von Matteo Messina Denaro, genannt U siccu, dem aktuellen Anführer der Cosa Nostra. Pino ist also Mitglied der sizilianischen Mafia. Vermutlich ist er der Statthalter der Cosa Nostra in der Schweiz.«

Für einen Moment wusste der Polizeidirektor nicht, was er antworten sollte. Verblüfft sah er zu Keller. »Was soll das heißen? Die Cosa Nostra betreibt eine Zelle in Zürich? Und die DIA ist sich da sicher?«

»Die gleiche Frage habe ich auch gestellt. Die Antwort ist: Ja.«

Der Direktor sah konsterniert in die Runde. »In Zürich sollen eine Cosa-Nostra-Zelle *und* ein Mafia-Spitzel sitzen? Das sind doch sehr … abenteuerliche Behauptungen. Bringen Sie mir Beweise, dann reden wir weiter. Und *wenn* es denn so sein sollte, bleibe ich dabei: Gehrig ist … war … ein Einzelfall.«

Moser nickte. »Vielleicht, vielleicht auch nicht. Fakt ist, wir wissen noch zu wenig. Aber es gibt leider noch ein anderes Problem: eine gesperrte Baumann-Akte bei der Bundesanwaltschaft. Und wir fragen uns, wie es dazu gekommen ist.«

»Die Baumann-Akte? Wieso weiß ich davon nichts?«

»Weil wir es auch erst vor ein paar Tagen erfahren haben. Ich erwähne es, weil der Bundesanwalt auf meine Anfrage noch nicht reagiert hat.«

Der Direktor nickte. »Ich gehe der Sache nach.«

Mosers Anruf am Morgen war der erste, aber nicht der einzige geblieben. Die Ereignisse der vergangenen Nacht hatten auch die Runde auf den Korridoren der Bundeskriminalpolizei gemacht. Kollegen erkundigten sich besorgt nach seinem Befinden, und dann gab es noch die anderen, die Gruppe der neugierigen Tratschtanten. Keller schaltete den Fernseher ein und erkannte den Grund für die plötzliche Anteilnahme: eine Geiselnahme, eine Schießerei und ein toter Polizist – für Zürichs lokale TV-Stationen eine mittlere Sensation. Reporter waren losgeschickt worden, die im Viertelstundentakt live vom Ort des Geschehens berichteten, unterbrochen einzig vom Werbespot der Neueröffnung eines bekannten Bettwarenhändlers an der Badenerstraße.

Er musste unbedingt Julie anrufen.

Julie war für ein Treffen mit einer FBI-Delegation aus Washington nach Genf gereist. Sie wollte morgen wieder zurück sein. Es dauerte, bis sie antwortete, sie hatte noch keine Nachrichten gehört, zum Glück.

»Ich bin okay, Honey. Keine Sorgen.«

»Jesus Christ …«, stammelte sie, und Keller glaubte zu hören, wie sie mit sich rang, um nicht gleich in Tränen auszubrechen. »Aber wieso hast du mich nicht aufgeweckt, verdammt!«

»Weil ich es erst mal selbst begreifen musste. Darum.«

»Gott … Aber dir ist nichts passiert, das ist das Wichtigste. Ich lass mich für den Empfang entschuldigen. Bis zum Abendessen bin ich zurück.« Dann flüsterte sie ein »Love you« hinterher.

Erst hatte Keller etwas kochen wollen, doch dann übermannte ihn die Erschöpfung. Er schlief noch auf dem Sofa ein, und als er wieder hochschreckte, stand Julie in der Tür. Sie umarmten sich, und für lange Zeit fiel kein Wort.

»Auf der Heimfahrt im Zug, da musste ich immer wieder daran denken, was ich tun würde, wenn du … wenn du nicht mehr hier wärst. Es wäre so schrecklich.« Als sie sich irgendwann von ihm löste, wischte sie sich die feuchten Wangen ab und sah Keller mit erbostem Blick an. »Tu das nie wieder! Hast du mich verstanden?«

Keller küsste sie zärtlich und strich ihr über den Kopf. »Ich bin ja hier«, flüsterte er. »Alles ist gut.« Keller sah zum halb fertig gedeckten Tisch. »Tja, eigentlich wollte ich uns etwas kochen …«

Julie rang sich ein verschmitztes Lächeln ab und sah ihn dann eindringlich an. »Ich hab jetzt vieles, nur keinen Hunger.«

Sie lagen nackt auf dem Bett, Julie hielt eine Zigarette zwischen den Fingern und blies langsam den Rauch gegen die Decke. Eine Gewohnheit oder besser Ritual von ihr, das sie nur nach dem Sex pflegte.

Sie reichte Keller die Zigarette, sah ihn dabei nachdenklich an und strich über die lang gezogene Narbe, die sich um seine linke Schulter zog. Eine Verletzung, die er sich bereits als siebzehnjähriges Eishockeytalent zugezogen hatte. Es war das abrupte Ende einer vielversprechenden Laufbahn gewesen.

»Du *konntest* gar nicht sterben. Weißt du das?«

Keller drehte sich zu ihr um. »Nein, wusste ich nicht. Und wieso nicht?«

»Ganz einfach«, meinte sie grinsend, »nur Päpsten steht das Recht zu, auf einem roten, hässlichen Plüschsessel zu sterben.« Dann gab sie ihm einen Kuss und ging ins Badezimmer. »Und jetzt hab ich Hunger«, rief sie durch die offene Tür. »Wir bestellen uns eine Pizza und schauen uns einen Film an. Einverstanden?«

»Einverstanden. Wenn ich den Lieferdienst auswählen darf.«

Julie warf einen erstaunten Blick durch die Tür. »Traust du mir das etwa nicht mehr zu? Aber bitte, heute darfst du alles, Sweety. Sogar den Film auswählen.«

Keller hatte ihr alles über die vergangene Nacht erzählt, nur nicht von Pinos Nachricht. Die hatte er für sich behalten.

Auf andere wirkte die zierliche Danielle Gonnet zurückhaltend, manche würden es vielleicht gar menschenscheu nennen. Mit fünfunddreißig Jahren war sie zudem die Jüngste im Team der Staatsanwälte bei der Bundesanwaltschaft, und wer sie nicht kannte, konnte leicht dem Irrglauben verfallen, sie zu unterschätzen. Aber mit der Zeit hatte Gonnet diesen Umstand zu schätzen gelernt, ganz besonders im Umgang mit Beschuldigten und Verteidigern. Deshalb sah sie auch keinen Grund, ihr Auftreten zu ändern.

Auch dass Danielle Gonnet vor ihrem Wechsel nach Bern bereits eine beachtliche Karriere bei der Genfer Staatsanwaltschaft hingelegt hatte, wurde gerne übersehen. Genf bedeutete auch, dass sie sich mit komplexen Verfahren aus der Finanzbranche auskannte. Der Fall des Schweizer Ex-Bankiers und Neo-Drogenschmugglers Walter Baumann schien ihr jedenfalls keine schlaflosen Nächte zu bereiten. Ganz im Gegenteil. Das Dossier hatte ihr Interesse geweckt.

Gerade saßen Moser und Keller bei Gonnet im Büro im vierten Stock des grauen Verwaltungsgebäudes an der Berner Taubenhalde. Die Besprechung zog sich bereits seit einer Stunde hin.

Gleich zu Beginn des Treffens konnte Gonnet mit zwei zumindest halbwegs guten Neuigkeiten aufwarten. Sie hatte sich die Akte freischalten lassen; und sie hatte sich bei älteren Kollegen umgehört: 1996, noch bevor das Verfahren gegen Baumann eröffnet worden war, war der mittlerweile verstorbene Bundesanwalt an den Justizminister herangetreten und hatte um eine formelle Verfahrensermächtigung ersucht. Der Grund: Der Fall Baumann war als politisches Delikt eingestuft worden. Und ohne Ermächtigung der Landesregierung gab es keine Strafuntersuchungen zu politisch motivierten Straftaten. Dies hatte nichts mit vorauseilendem Gehorsam der alten Garde der Bundesanwaltschaft zu tun. So lautete das Strafgesetz, auch heute noch. Die Aktensperre war eine Folge davon.

»Wenn außen- oder sicherheitspolitische Interessen höher gewertet werden als das Interesse an einer Strafverfolgung, kann der Bundesrat eine Genehmigung verweigern«, fügte Gonnet an.

»So weit, so klar«, meinte Moser. »Aber hat sie nun – oder hat sie nun nicht?«

»Genau das kann mir niemand sagen, Pius. Derjenige, der es mit Sicherheit wüsste, weilt nicht mehr unter uns. Kurzum, ich weiß es nicht«, meinte Gonnet leicht ratlos.

Das Problem der Sperre hatte Gonnet mit einer Unterschrift ihres Chefs gelöst, die Akte lag nun vor ihnen, daneben der wesentlich bescheidenere Polizeihefter. Und es schien offensichtlich – mit den Unterlagen stimmte etwas nicht. Die eigentliche Frage blieb unbeantwortet: Wie kam es, dass Baumanns Drogengeldverfahren in den USA zu einem politischen Delikt in der Schweiz erklärt wurde? Was war der Grund, und was geschah in den Jahren danach? Die Unterlagen lieferten keine Antworten. Denn dazu hätten sie vollständig sein müssen.

Moser hatte sich durch den nächsten Schwung Papiere gelesen und legte sie nachdenklich ab. »Ich verstehe nicht, was 1996 wirklich untersucht wurde. Die Papiere ergeben keinen Sinn.«

Danielle Gonnet stand an ihren Schreibtisch angelehnt, nippte schweigend an ihrem Kaffee und band ihr feines rötlich blondes Haar zu einem frischen Dutt. Verärgert schnippte sie den leeren Kaffeebecher in den Abfallkorb. »Nein, das tun sie nicht. Auch wenn ich das im Namen meiner Behörde vielleicht nicht sagen sollte – ein weiterer Punkt, den ich nicht verstehe.«

Moser konnte sich ein kurzes Schmunzeln nicht verkneifen. »Bleibt unter uns … Bloß, was wissen wir denn mit Sicherheit? Von Walter Baumann gibt es eine Aufnahme, die ihn bei einem Treffen mit einigen von Matteo Messina Denaros Leuten zeigt. Das war vor etwa eineinhalb Jahren.« Moser schob das Bild zu Gonnet, die sich wieder an den Tisch gesetzt hatte. »Diese Aufnahme hat Keller von einem Informanten erhalten, zusammen mit anderen Unterlagen über Banktransaktionen und dergleichen. Das war vor einem Jahr. Dass es sich dabei um Baumann handelt, wissen wir allerdings erst seit wenigen Wochen, seit der Interpol-Meldung der Niederländer. Übrigens wurde der Informant, ein Franziskanermönch, noch am selben Tag erschossen. In Palermo, mitten auf der Straße. David war dabei.«

Die Staatsanwältin schaute betroffen zu Keller. »*Mon Dieu!* Hat man die Täter gefunden?«

Keller schüttelte den Kopf. »Man kann es sich an einer Hand ausrechnen, wer den Auftrag erteilt hat. Was bisher fehlt, sind Aussagen, Beweise.«

»Immerhin schließe ich daraus, dass wir bereits über die richtigen Kontakte bei den italienischen Behörden verfügen. Das wäre hilfreich.«

»Wir arbeiten mit der DIA Palermo zusammen. Das ist das geringste der Probleme«, meinte Keller. »Was uns viel mehr Sorgen bereiten muss: Die Röthlisberger-Gehrig-Ermittlung zeigt eine direkte Verbindung auf zwischen Baumann und der sizilianischen Mafia. Nun müssen wir feststellen, dass Ihre Baumann-Akte nicht vollständig ist, Teile davon wurden entfernt. Eigentlich … na ja, fast undenkbar. Kann es trotzdem sein?« Die Frage ging von Keller an die Staatsanwältin.

Gonnet wirkte, als hätte Keller ausgesprochen, was sie als Staatsanwältin nicht konnte. Sie schwieg und sah aus dem Fenster, wo sich der Himmel verdüstert hatte. Ihre helle sommersprossige Haut mutete jetzt noch etwas blasser an.

»Ich will es mal so formulieren: Es *sollte* nicht sein, natürlich nicht. Ich werde mich nochmals mit dem Bundesanwalt besprechen. Die Sache schmeckt mir nicht. Ganz und gar nicht.« Gonnet erhob sich. »Arbeiten wir erst mal mit dem weiter, was wir haben. Ich habe bei den Kollegen von Eurojust Den Haag nachgefragt: Die drei Tonnen von Antwerpen sind anscheinend der größte Kokainfund, den es jemals in Europa gegeben hat. Allemal Grund genug, ein Verfahren gegen Baumann zu eröffnen, auch wenn die Informationslage in Den Haag nicht viel besser zu sein scheint als hier – Baumann, das Phantom. Dann noch ein Internum: Die Interpol-Meldung blieb zwei Monate liegen.« Gonnets strafender Blick ging zu Moser. »Wie konnte das passieren?«

Moser hatte mit einer Schelte gerechnet. »Ja, das hätte nicht passieren dürfen. Unsere Kräfte sind bei den Al-Kaida-Ermittlungen gebunden, ein Ergebnis der aktuellen Amtspolitik, Danielle. Sie sollten es bei der nächsten Sitzung mit unserem Amtschef vorbringen. Würde uns allen helfen.«

»Ich überlege es mir. Machen wir uns an die Arbeit. Als Erstes stelle ich Ihnen den Überwachungsbeschluss aus. Ich will wissen, ob uns Baumanns Anschluss weiterbringt. Das wär's. Noch Fragen?«

Moser hob die Hand. »Im Moment nur eine: Der Beschluss liegt vor?«

»Geben Sie mir fünf Minuten.«

Über das Treppenhaus gelangten sie zum Eingang eines unterirdischen Verbindungstunnels. Mit ihren Ausweiskarten öffneten sie die Sicherheitsschleusen und glitten anschließend auf einer steilen, endlos scheinenden Rolltreppe von der Berner Taubenhalde hinunter zu ihrem Bürogebäude am Flussufer. Die röhrenförmige Konstruktion aus Zeiten des Kalten Krieges wirkte wie die futuristische Kulisse von *Raumschiff Enterprise*. Der Architekt musste ein Liebhaber der Serie gewesen sein.

Im übertragenen Sinn konnte man den Verbindungstunnel zwischen Bundesanwaltschaft und Polizei auch als Geburtskanal bezeichnen. Und wie bei ihrem biologischen Gegenstück erblickten an dessen Ausgang gesunde und weniger gesunde Schöpfungen das Tageslicht. Im Moment trug die Baumann-Akte alle Anzeichen einer Geburt mit defektem Erbgut.

Als sie am Fuß der Rolltreppe ins Freie traten, drückte Moser Keller die Beschlüsse der Staatsanwaltschaft in die Hand.

»Ab morgen läuft die Baumann-TÜ. Ich besorge uns noch zwei Leute für den Abhörraum. Und ein Observationsteam.«

»Wollen wir wetten?«

»Wetten auf was?«

»Dass wir auf die Schnelle kein Obs-Team bekommen.«

»Lass das mein Problem sein, David. Kümmere du dich darum, alles über diesen Baumann in Erfahrung zu bringen. Red mal direkt mit Holland und Italien. Und dann mach den Rest über Europol.«

Keller nickte geflissentlich. »Bereits notiert.« Aber Keller ging etwas anderes durch den Kopf. Er blätterte die Seiten seines Notizblocks durch. »Mir ist da etwas aufgefallen. In der Akte der Bundesanwaltschaft steht der Name Marc Hug, Baumanns Strafverteidiger in der Schweiz.«

Im Ergebnis gab die Akte Walter Baumann mehr Rätsel auf als Antworten: Zweifelsfrei belegt war einzig, dass Walter Baumann achtzehn Monate einer Reststrafe von fünfundsiebzig Monaten in der St. Galler Strafvollzugsanstalt Saxerriet abgesessen hatte. Kassiert hatte Baumann das Urteil in den USA wegen Geldwäsche.

Das war vor sieben Jahren.

Dass die Akte aber kaum Informationen über das Strafverfahren in den USA enthielt, war den beiden Ermittlern und der Staatsanwältin mehr als suspekt erschienen. Was hatte die US-Behörden auf die Spur von Baumann gebracht, welche Beweise hatten zum Urteil geführt? Und wieso wurde er danach in die Schweiz abgeschoben?

Ein vollständiges Dossier hätte diese Fragen beantwortet. Dass in einer Akte einzelne Schriftstücke fehlten, aus Unachtsamkeit, so was kam schon mal vor. Dass aber ganze Verfahrensteile fehlten, hatten weder Moser noch Keller noch Gonnet je erlebt. Ein Fehler? Kaum. Es konnte nur Absicht sein.

Und einer, der eigentlich mehr dazu wissen müsste, war Baumanns Rechtsbeistand.

»Und?«

»Wieso ihm nicht einmal einen Besuch abstatten?«

»Im Ernst? Über mehr als das Wetter wird er kaum reden wollen.« Moser wirkte wenig überzeugt von der Idee. »Nein. Er wird sich auf das Anwaltsgeheimnis berufen.«

Mosers Einwand war natürlich berechtigt. Grundsätzlich.

»Schon klar – unter normalen Umständen. Wir sind uns einig, normal ist in dieser Sache wenig bis gar nichts. Da müssen Sachen gelaufen sein, die nicht dem ... üblichen Vorgehen entsprechen, um es mal ganz vorsichtig auszudrücken. Und Baumanns Anwalt muss davon gewusst haben. Anwälte haben Auflagen und Pflichten nicht nur gegenüber ihren Mandanten, sondern auch gegenüber der Justiz. Der Punkt ist: Könnte es im Interesse Hugs sein, mit uns zu reden?«

Moser haderte. Das Gefährliche an der Baumann-Akte waren ihre Lücken. Sie mussten sie schließen. Und solange sie das nicht konnten, glich ihre Arbeit einer Tauchfahrt ohne Sonar. Und Moser hatte wenig Lust auf Feindkollision auf offener See. »Etwas viel Spekulation, David, findest du nicht?«

»Ich weiß. Hast du einen besseren Vorschlag?«

»Hab ich. Noch wichtiger scheint mir, dass du bei dieser Julie Banks nachfragst. Schließlich ist sie die offizielle Ansprechperson beim FBI. Würde mich nicht wundern, wenn die da was über Baumann wissen.«

Das Verfahren war eröffnet, der Auftrag war erteilt. Für Keller als Sachbearbeiter des Falles waren es erst mal wenig aufregende Tage. Es galt, sich in die Akten einzulesen – so sie denn überhaupt vorhanden waren: Der Stapel an Rückmeldungen auf seinem Schreibtisch wollte nur langsam wachsen. Andererseits störte ihn die Hektik in den Büros der Kollegen, die sich um Al Kaida zu kümmern hatten. Und da er damit bis auf Weiteres nichts mehr zu tun hatte, war die Gelegenheit gekommen, sich möglichst unsichtbar zu machen. So verlagerte sich sein Arbeitsplatz nach und nach in ihre Wohnung – zum hörbaren Ärger von Julie.

»Natürlich mach ich das. Ich kläre Baumann in Washington ab. Ganz offiziell.«

Keller gab ihr einen dicken Kuss. »Ich bin wirklich froh um jede Information.«

»Wenn du mir versprichst, nicht noch mehr Arbeit nach Hause zu schleppen.«

Keller deutete missmutig auf die Hefter, die über den Wohnzimmertisch verteilt herumlagen. »Kann ich dir versprechen. Viel mehr als das wird es nicht. Und es kotzt mich ehrlich gesagt langsam an.«

Von Zeit zu Zeit ging er von seinem Büro aus zwei Stockwerke tiefer in den gesicherten Bereich jener Kollegen, die Walter Baumanns Mobiltelefon überwachten. Aber Keller bekam nur ein Kopfschütteln als Antwort. Baumanns Telefon blieb stumm. Keine Anrufe, keine SMS. Sie überwachten den Anschluss eines Kriminellen, der sehr genau wusste, dass man ihm auf der Spur war. Und deshalb war Keller weder überrascht noch wirklich enttäuscht. Sie mussten geduldig bleiben.

Schließlich war es so, wie Gonnet es angedeutet hatte: kaum eine Behörde, die überhaupt einen Vorgang zu Baumann melden konnte. Ein verlorener Reisepass hier, eine verdächtige Geldtransaktion da, und eine unvollständige Akte über einen mysteriösen Koffer angeblicher Drogengelder in Miami, Florida.

Baumanns Aufstieg zu einem Topshot der Drogenmafia, so wie es der Antwerpener Kokainfund vermuten ließ, blieb ein Rätsel.

Das änderte sich schlagartig mit dem Tag, an dem eine Kuriersendung aus Rom auf Kellers Schreibtisch lag. Absender war Andrea Montis oberste Dienststelle, die Direzione Nazionale Antimafia. Nun endlich bekam Keller eine Vorstellung davon, wer Walter Baumann war.

Oder zumindest war es das, was er glaubte.

Das Aktenkonvolut beschrieb eine der dunkelsten Stunden aus Italiens Bankenwelt, in dem Walter Baumann allerdings nur als Randfigur auftauchte und dessen Rolle bis zum heutigen Tag niemanden wirklich zu interessieren schien. Aus den DNA-Unterlagen ging ebenfalls hervor, dass Walter Baumanns Karriere in den dunkleren Bereichen der Hochfinanz bereits vor über zwanzig Jahren begonnen hatte: Im Laufe des Jahres 1984 war eine kleine Mailänder Privatbank in Schieflage geraten, was im Grunde erst mal keinen interessierte, bis auf diejenigen, die um die wahren Geschäfte des Bankhauses wussten.

Nach Auffassung der Mailänder Staatsanwaltschaft war die Banca Rasini hingegen nichts anderes als die Waschmaschine par excellence der Cosa Nostra. Nach jahrelangen Ermittlungen schlugen die Behörden am Valentinstag des Jahres 1983 zu. Die Operation »San Valentino« bedeutete Endstation für einige der einflussreichsten Capi der Cosa Nostra, und enorme Summen Bankkapitals wurden beschlagnahmt, weshalb die Rasini an den Rand des Bankrotts geraten war.

Um ihr Geschäft und den Rest ihres Rufes zu retten, hatte der Verwaltungsrat der Bank auf Vorschlag zweier Mailänder Anwälte, Roberto Rossi und Michele Bianchi, einem Schweizer Finanzberater und früherem Bankmanager das Mandat eines außerordentlichen Verwalters erteilt, damit der die Bilanzen des Geldhauses wieder in Ordnung bringe.

Der Name des Verwalters: Walter Baumann.

Der Schweizer Nothelfer hatte es dann erstaunlich schnell geschafft, neues Kapital aufzutreiben und die Löcher, welche die beschlagnahmten Mafiagelder in die Bilanzen gerissen hatten, in Rekordzeit zu stopfen.

Und wie aus dem Nichts stand auch schon ein Käufer vor der Tür: die Unternehmerfamilie Rovelli, deren herausragendste Leistung es bisher war, über ihr Chemieunternehmen SIR Rumianca die größte Firmenpleite der italienischen Nachkriegsgeschichte verantwortet zu haben, Korruptionsskandal inklusive.

Die Frage, mit welchem Geld der Kauf der Rasini zustande gekommen war – sie kümmerte keinen der Beteiligten. Eine Haltung, die auch die italienische Bankenaufsicht teilte, nicht aber die Mailänder Staatsanwaltschaft. Doch deren Fragen wollte bei den politischen Verantwortlichen in Rom offenbar keiner hören.

»Die Rasini? Complimenti! Eindrücklicher Lebenslauf, den unser Walter da zeigt.« Die Skandalbank und die Mailänder Operation San Valentino waren also auch Andrea Monti ein Begriff, wie so ziemlich jedem Kriminalbeamten Italiens.

»Eben. Und Baumann schafft es sogar, die Bank zu retten. Nur – mit welchem Geld? Ich kann mir nicht vorstellen, dass da alles sauber abgelaufen ist.«

Einmal mehr saß Keller zu Hause am Wohnzimmertisch. Die letzten Tage und Nächte hatte er wenig geschlafen, zu elektrisierend waren die Informationen aus Italien. Den Telefonhörer zwischen Kopf und Schulter eingeklemmt, blätterte er durch seine lange Liste an Notizen. »Knapp zehn Jahre später wird er in den USA wegen Geldwäsche verurteilt, sitzt interessanterweise aber nur einen kleinen Teil seiner Strafe ab, und das auch noch in der Schweiz. Ungefähr zu diesem Zeitpunkt kommt sein Stammpilot Röthlisberger um, wahrscheinlich – ach was, mit Sicherheit durch die Mafia. Weil er von Baumanns Machenschaften wusste und sich einem von uns anvertraut hat, der sein Scheißleben nicht im Griff hatte!« Keller hatte den letzten Satz mit scharfer Bitterkeit in den Hörer gezischt.

Am anderen Ende blieb es für einen Moment still. »Wie gehts dir damit? Ich meine, wegen Gehrig …«

Wie ging es ihm damit? Die gleiche Frage hatte ihm schon die Amtspsychologin gestellt, und absolut jeder, den er in den letzten Wochen gesprochen hatte. Und wieso sollte es ihm nicht gut gehen? Er hatte schließlich überlebt. Aber er hatte schnell gemerkt, dass es so einfach nicht war.

Dass ein Kollege so sehr in seinem Leben abschmieren konnte, bis er in die Fänge der Mafia geraten war und am Ende alles verloren und dabei andere, wie Peter Röthlisberger, mit in den Abgrund gerissen hatte – das war Gehrigs eigenes Versagen. Sosehr er Gehrig als Kollege verabscheute und sich über sein eigenes Überleben freute – er fühlte sich trotzdem elend. Weil er wusste, dass er das ganze Drama hätte verhindern können – wenn er Gehrigs Waffe an sich genommen hätte, als er noch die Möglichkeit dazu gehabt hatte. Die Pistole hatte an der Garderobe gehangen. Er hätte einfach nur hingehen müssen. Tausendmal schon war er die Situation durchgegangen, wieder und wieder.

»Wird schon. Ich hab hier einen Berg Akten, das hält mich beschäftigt.«

»Ja, das kenn ich.«

Keller spürte, Monti wusste genau, wovon er sprach, und das tat gut.

»Weswegen ich überhaupt anrufe: Gibt es auf eurer Seite Bewegung? Die Sache in Zürich müsste U siccu doch etwas Sorgen machen, wenn sein Cousin Pino mit drinhängt.«

»Wir sind dran, David. Wir hören ständig mit. Sie reden viel, aber sagen nichts. Du weißt, was ich meine.«

Keller seufzte. »Schon klar. Ich dachte nur, dass ... Ach, verdammt, ich hoffe einfach nur, dass irgendwer Baumann erwähnt und uns einen Schritt weiterbringt. Der ist schließlich der Auslöser für den ganzen Wirbel, da muss doch irgendwann mal sein Name fallen!«

Keller war sich bewusst, dass hinter seinem frommen Wunsch schlicht nagende Ungeduld steckte; er fühlte sich dünnhäutig und gereizt, im Moment zerrte jede Kleinigkeit an seinen Nerven. Das spürte auch Monti.

»Du weißt, dass es nicht so einfach läuft. Den Gefallen tun sie uns nicht. Nur Geduld, David. Ich halt dich auf dem Laufenden.«

»Gut. Ich werd' bei Baumanns Anwalt wegen dieser Sache in Miami anklopfen. Mal sehen, ob er uns etwas zu sagen hat. Ich will verdammt noch mal wissen, wie das alles zusammenpasst.«

»Wie meistens, David – nichts geschieht aus Zufall. Und gib mir mal das Aktenzeichen der DNA. Besser, ich besorge mir eine Kopie.«

Nach dem Gespräch starrte Keller stumm auf die Akten vor sich. Geduld, ja, die brauchte er jetzt. Aber die aufzubringen war ihm noch nie so schwergefallen.

6

Vaduz, 1984

Walter Baumann hatte sich verspätet, ausnahmsweise. Der Fahrer seines eleganten weinroten Jaguar XJ musste ihn im Halteverbot aussteigen lassen, direkt vor dem Bürohaus im Zentrum von Vaduz. Dabei fiel sein Blick auf die trutzige Festung des Schlosses Hohen-Liechtenstein, das düster auf seinem Felssporn über dem kleinen Ort mit dem großen Finanzplatz thronte, Hauptstadt des Fürstentums Liechtenstein, Heimat für knapp dreißigtausend Bürger und gleichzeitig Sitz von fast achtzigtausend Verwaltungsgesellschaften.

Schnellen Schrittes betrat er das Gebäude und eilte die Stufen hinauf in den ersten Stock, wo ihn eine Empfangsdame in das Besprechungszimmer geleitete.

Der Besucher aus Zürich war bereits erwartet worden. Am Tisch saßen *dottore* Bianchi und *dottore* Rossi, Partner einer italienischen Anwaltskanzlei mit Filialen in Mailand und Palermo, sowie Peter Wenzel, Patron der gleichnamigen Liechtensteiner Treuhandfirma und Gastgeber der Runde. Teure Anzüge, edle Krawatten und sauber gescheitelte Frisuren ließen keinen Zweifel daran, dass diese Herrenrunde sehr erfolgreich war mit dem, was sie für ihre Kunden – und damit natürlich für sich selbst – taten.

Als Gastgeber lag es an Peter Wenzel, Walter Baumann, den geschmeidigen jungen Banker aus Zürich, mit einer erwartungsvollen Geste an den polierten Holztisch zu bitten, über dessen Kopfende als auffälligster Wandschmuck ein Foto Wenzels hing, in schwarzem Frack und einer dreireihigen goldenen Amtskette mit den päpstlichen Insignien – der Tiara, den gekreuzten Schlüsseln Petri und dem Wappen der Vatikanstadt. Es war eine Aufnahme Wenzels in der Uniform eines Gentiluomo di Sua Santità, eines Edelmanns Seiner Heiligkeit, verliehen von Papst Johannes Paul II. Peter Wenzel war also auch Mitglied der päpstlichen Familie. Aber nicht nur: Daneben, etwas kleiner, hing eine gerahmte Auszeichnung, die Peter Wenzel als ehemaligen Präsidenten des fürstlichen Staatsgerichtshofes Liechtensteins auswies. Die Liste staatlicher Institutionen, die sich Peter Wenzel gegenüber für sein Lebenswerk zu Dank verpflichtet fühlten, war einerseits kurz, andererseits aber umso beeindruckender.

In erster Linie aber war Peter Wenzel Jurist und Treuhänder. Und das so erfolgreich, dass sein Ruf vom Vatikan aus bis nach Sizilien getragen wurde. Und von dem Gast aus Zürich wusste man, er hatte das Zeug dazu, trotz seines jungen Alters zu ihrer Welt der erfahrenen Anwälte und Treuhänder dazuzugehören, den Silberrücken der Branche.

Jetzt, da auch Walter Baumann Platz genommen hatte, konnte Peter Wenzel das Treffen eröffnen. Es war nicht ihr erstes Treffen, man kannte sich bereits, hatte sich beschnuppert. Jetzt ging es darum, ob der Neue auch wirklich liefern konnte.

»Ich danke Herrn Baumann für sein Erscheinen. Nochmals herzlich willkommen auch Dottore Bianchi und Dottore Rossi.« Sein Italienisch war passabel. Zu den Gästen aus Italien gewandt: »Herrn Baumann kennen Sie bereits von unserem letzten Treffen. Dann schlage ich vor, beginnen wir. Herr Baumann, bitte.«

Der Besucher aus Zürich erhob sich geschmeidig. Seine ganze Haltung strahlte selbstsichere Kompetenz aus. Er war circa fünfunddreißig Jahre alt und schlank, mit dunklem, kurz geschnittenem Haar und gefälligen, leicht gebräunten Gesichtszügen. Walter Baumann war zweifelsohne ein gut aussehender Mann, jedoch hing seiner Attraktivität jene flüchtige Oberflächlichkeit an, die jeden Anwesenden Baumann seltsam unscharf in Erinnerung behalten ließ. Hätten sie ihn beschreiben müssen, so hätten die meisten geantwortet: gut aussehend, geschmeidig, kompetent. Mehr nicht.

Und Walter Baumann konnte jederzeit ein gewinnendes Lächeln anknipsen. Einen aufmerksamen Beobachter hätte jedoch irritiert, wie wenig die hellen Augen des Mannes dessen Lächeln widerspiegelten. Sein Blick war scharf und abschätzend, die Augen eines Jägers. Die Stimme, mit der Baumann jetzt zu sprechen begann, hatte wiederum einen angenehm dunklen, ruhigen Klang.

Baumanns Italienisch war fließend. Er hatte gute Neuigkeiten zu berichten.

»Die Zusicherung der Investoren steht. Zwanzig Millionen US-Dollar. Und erhält meine Firma das Mandat als außerordentlicher Verwalter der Banca Rasini, haben wir praktisch freie Hand.«

Die Herren Bianchi und Rossi waren sichtlich erleichtert. Auf den Schweizer war Verlass.

Avvocato Bianchi ergriff das Wort.

»Das Präsidium der Banca Rasini ist, wie Sie wissen, sehr beunruhigt. Es braucht eine Lösung, bevor die Staatsanwaltschaft weiteren Schaden anrichtet und die Gerichte über das Schicksal der Bank entscheiden. Aber das wissen Sie natürlich. Deswegen sind wir ja hier. Die Rasini ist ein wertvoller Partner für die, ähm, Kunden aus Sizilien. Und die Bank ist ebenso das Lebenswerk von Direttore Luigi Berlusconi, dem Vater unseres verehrten Cavaliere Silvio Berlusconi.«

Bianchi nickte zu Wenzel. »Mit Herrn Wenzel hatte Direttore Berlusconi stets einen verlässlichen Partner in Liechtenstein an der Seite, für die, na ja, delikateren Transaktionen.«

Bianchi erntete zustimmendes Kopfnicken.

»Damit kommen wir zum nächsten Punkt«, fuhr Bianchi fort. »Über die Rasini investieren unsere sizilianischen Freunde viel Kapital in die Unternehmen von Sohnemann Silvio. Und das seit vielen Jahren. Wenn es mal kleinere Probleme gab, wurden sie diskret gelöst. Aber jetzt ...« – Avvocato Bianchi erhob sich von seinem Stuhl und fuchtelte mit dem Zeigefinger in Richtung Süden, womit er auf die Metropole in Mailand abzielte –, »... aber jetzt, nach diesem fürchterlichen Chaos sagen sie: ›Der Staat hat unser Geld genommen! Und er hat unsere besten Leute ins Gefängnis gesteckt.‹«

Bianchi blickte vielsagend in die Runde. Jeder am Tisch wusste, wovon er redete. Und wer es nicht wusste, hätte es in den Zeitungen nachlesen können, was am Valentinstag des vorigen Jahres passiert war: Quer durch das Land, von Palermo bis Mailand, waren Dutzende Personen verhaftet worden, denen man Mitgliedschaft in der Cosa Nostra vorwarf. Viele davon waren Kunden der Banca Rasini, Gesellschaften und Immobilien wurden beschlagnahmt, Konten, Aktien und Schecks im Wert von mehreren Hundert Milliarden Lire. Die Staatsanwälte in Mailand sprachen von Mord, Entführung, Erpressung, Bestechung, Geldwäsche.

Bianchi hatte noch nicht zu Ende gesprochen.

»Luigi Monti, Antonio Virgilio, Romano Conte, Carmelo Gaeta, Antonio Enea, Giovanni Ingrassia, Claudio Giliberti, Giuseppe Bono – sie nennen sie Mafiosi. Nein! Es sind ehrenwerte Männer, und jetzt sitzen sie im Gefängnis! Unsere sizilianischen Freunde haben uns wissen lassen: ›Über all die Jahre waren wir eure verlässlichen Partner. Unser Geld hat euch zu dem gemacht, was ihr heute seid. Aber jetzt ist der Moment der Solidarität gekommen. Schafft das Problem aus der Welt. Ruft eure Freunde an, in der Regierung, in der Justiz. Gebt ihnen Geld, Häuser, Frauen. Egal!‹« Bianchi hatte sich wieder gesetzt, er sprach nun beinahe flüsternd. »Ich darf Ihnen versichern: Unsere sizilianischen Freunde wären … nun, sehr unglücklich, wenn uns das nicht gelingen sollte.«

Dass eine Lösung hermusste, das war ihnen allen klar. Dafür waren sie zusammengekommen, und für einen Moment schien jeder der Herren am Tisch den eigenen Gedanken nachzuhängen, vor den Augen die düstere Angst vor dem Unaussprechbaren.

»Wir sollten uns dabei immer eines bewusst sein …« Er hatte lange geschwiegen, doch nun meldete sich Dottore Rossi zu Wort, und es schien ihm ein Bedürfnis zu sein, ein paar grundsätzliche Punkte ihrer Auftraggeber aus Sizilien in Erinnerung zu rufen. »Ohne ihre sizilianischen Familien wäre die Banca Rasini niemals – ich betone, niemals! – in der Lage gewesen, Silvios Projekte zu unterstützen.« An seiner goldberingten Hand zählte Dottore Rossi ab, wieso ihr heutiges Treffen von nationaler Bedeutung für Italien war: »Silvio ist ein Genie, und deshalb hat er das Vertrauen der Sizilianer. Ich sage nur: Canale 5, das erste Privatfernsehen Italiens; die viertausend Wohnungen von Milano 2; die Mannschaft des AC Milan, der erfolgreichste Fußballclub der Welt ...«

Walter Baumann hatte durchaus Erfahrungen gesammelt mit der Sorte Klientel, von der die Anwälte Bianchi und Rossi sprachen. Man fand sie in Europa, den USA, Südamerika, und Bianchi und Rossi schienen eines genau verstanden zu haben: Die Cosa Nostra hatte zwar zu Recht den Ruf, ein besonders anspruchsvoller Mandant zu sein. Als ihr Konsulent in Strategie- und Rechtsfragen aber noch viel mehr, wenn die Familien um ihre Investitionen fürchteten. Konnte man hingegen Lösungen anbieten, bestimmte Probleme aus der Welt schaffen – dann sah die Sache rosiger aus. Dann nämlich war man selbst Teil eines zwar hochkriminellen, aber äußerst lukrativen Wirtschaftssystems. Eine Position, die man nicht ohne Weiteres bereit war, wieder herzugeben.

Walter Baumann schenkte Bianchi sein gewinnendstes Lächeln.

»Signori! Wir – und ich spreche jetzt im Namen meiner Investoren –, wir alle kennen und bewundern die großartigen Erfolge von Silvio Berlusconi. Sie sind beeindruckend, und meine Investoren haben weiterhin vollstes Vertrauen in ihn. Darum sind sie auch bereit, in diesem, nun, sicherlich schwierigen Moment zu helfen. Wie ich bereits sagte: Die Lösung liegt vor Ihnen. Wenn Sie verhindern wollen, dass die Bank in fremde Hände fällt oder liquidiert wird, erteilen Sie unserer Firma das Mandat als außerordentlichem Verwalter.« Baumann wandte sich nun direkt an Rossi.

»Ein Wunsch, oder sagen wir vielleicht besser eine Empfehlung wurde mir von meinen Investoren noch mitgegeben: Wenn die Investoren einsteigen, müssen Sie Ihre Kontakte spielen lassen, damit die italienische Bankenaufsicht und die Mailänder Staatsanwaltschaft ihre Untersuchungen beenden. Ich hoffe, Sie werden verstehen: Meine Investoren wollen zu diesem Punkt noch mehr Sicherheiten haben. Sie kennen und schätzen den Wert der Geschäftsbeziehungen mit ihren Partnern aus Sizilien. Aber die Lage muss unter Kontrolle bleiben.«

Rossi winkte beschwichtigend ab. »Das ist auch ganz im Interesse unserer sizilianischen Freunde. Wenn wir uns somit einig sind, würde Sie Silvio heute Abend gerne in Mailand empfangen. Sein Flieger kann Sie in Zürich abholen. Sie können auf dem Landsitz in Arcore übernachten, falls Sie das wünschen. Silvio ist ein wunderbarer Gastgeber!«

Baumann lächelte bescheiden. »Richten Sie Silvio aus, das ist sehr freundlich von ihm. Wir nehmen die Einladung gerne an. Allerdings habe ich morgen früh weitere Termine. Deswegen müsste ich leider wieder zurück in die Schweiz.«

»Wie Sie wünschen. Selbstverständlich.«

Rossi schob einen Zettel über den Tisch. »Wir wären Ihnen zudem dankbar, wenn Sie sich in Vorbereitung der anstehenden Transaktionen mit diesem Herrn in Verbindung setzen könnten. Ein Advokat und Landsmann von Ihnen.«

Baumann las den Namen auf der Notiz. »Ich verstehe. Ich habe von Rubino Mensch gehört. Sitzt er nicht auch im Verwaltungsrat der Banca Commerciale Lugano?«

»Genau so ist es. Daneben vertritt er die Interessen

einiger der einflussreichsten italienischen Unternehmerfamilien. Eine ideale Kombination. Der Punkt ist: Avvocato Mensch hat einen möglichen Käufer für die Banca Rasini gefunden. Vorausgesetzt, die Bücher kommen wieder in Ordnung.«

Baumann sah Rossi an. Ruhig und mit Überzeugung sprach er seine abschließenden Worte. »Dafür bin ich hier. Und wenn wir alle unseren Teil der Vereinbarung einhalten, steht dem nichts entgegen.«

Die Herren der Runde nickten zustimmend. Schließlich waren sie ehrenwerte Männer, auf deren Wort man sich verlassen konnte.

Baumann wandte sich an Wenzel. »Was schlagen Sie nun vor, lieber Peter? Sie sind Bevollmächtigter der drei institutionellen Großaktionäre der Rasini. Oder gab es Änderungen? Ich frage nur wegen der Razzien vom vergangenen Valentinstag ...«

Wenzel lächelte beschwichtigend. »Nein. Der Einfluss der Mailänder Staatsanwaltschaft in Liechtenstein ist bekanntlich begrenzt, um nicht zu sagen, er tendiert gegen null. Ein paar Änderungen bei den Vollmachtinhabern schienen mir allerdings sinnvoll, als reine Vorsichtsmaßnahme, und nur vorübergehend. Kurz gesagt, ich verwalte nach wie vor ein Drittel der Rasini-Aktien, gesteuert über die Brittener AG und Wootz AG in Liechtenstein sowie die Manlands SA in Genf.«

»Ich nehme an, das Geld meiner Investoren sollte dann wohl an diese drei Gesellschaften fließen.«

Wenzel nickte. »Genau so ist es.«

Damit war das Treffen beendet. Auf dem Weg nach draußen hielt Dottore Bianchi den Schweizer Finanzexperten noch einmal auf.

»Signor Baumann, ich bin sehr glücklich, einen Mann mit Ihren Qualitäten gefunden zu haben. Und damit bin ich nicht allein.« Er reichte Baumann die Hand und gab dem leicht überrumpelten Schweizer zwei angedeutete Wangenküsse. »*Auguri.* Sie haben sich heute wichtige Freunde gemacht, Baumann. Und wie Sie vielleicht gemerkt haben, Freunde mit besten Verbindungen.«

»Das habe ich, Dottore. Und ich bin sicher, es wird sich für uns alle auszahlen.«

»Sollten wir Ihnen mal einen Gefallen tun können – wenn Not am Mann ist sozusagen –, zögern Sie nicht. Melden Sie sich einfach.«

Walter Baumann hatte sich erst kürzlich ein Autotelefon zugelegt. Auf dem Rückweg nach Zürich machte er aus dem Fond des Jaguars ein paar Anrufe.

Der erste galt der Firma Eagle Air am Flughafen Zürich, Terminal für Privatjets.

Der zweite ging an seine Sekretärin. Er müsse heute noch nach Mailand, die Vorstandssitzung der Limmat Privatbank solle auf morgen Nachmittag verschoben werden.

Der letzte Anruf Baumanns ging nach Kolumbien.

Auch Bianchi griff nach dem Treffen zum Telefon, und auch er hat sich die neueste Technologie aus den USA in seine Karosse einbauen lassen. Sein Anruf ging nach Sizilien: Man möge »*Zu Binnu*« ausrichten, das Geschenk sei eingepackt.

Am anderen Ende der Leitung wurde wortlos aufgelegt.

Walter Baumann durfte zufrieden sein.

Das sinkende Schiff namens Banca Rasini wieder flottbekommen zu haben – es war sein Gesellenstück als Investmentberater und Geldwäscher eines der mächtigsten Drogenkartelle gewesen. Dass dieser Investor Pablo Escobar gewesen war, der Kopf des kolumbianischen Medellín-Kartells, verlieh dem Ganzen eine besonders süße Note.

Walter Baumann war im Geschäft.

Die Regeln zu kennen, und mehr noch, ihre Lücken, war das eine. Für die wirklich fetten Deals mit den mächtigsten Verbrecherorganisationen der Welt waren aber noch andere Qualitäten gefragt: Ganz zuoberst jene zu erkennen, welche Dienstleistung eine bestimmte Klientel von ihm erwartete, ohne dass sie es jemals aussprach, geschweige denn niederschrieb. Und dass er, Walter Baumann, auch genau das liefern konnte, verlässlich, pünktlich und mit dem unverzichtbaren Siegel der Legalität.

Wo Geld war, war Macht nicht fern, und wer viel von dem einen hatte, wollte am Ende beides.

Zu dieser Erkenntnis war der Schweizer Banker bereits früh in seiner Karriere gelangt. Und er beschloss, die Begehren der Mächtigen und Reichen zu verwalten, zum Besten seiner Zunft zu werden. Damals hatte er sich auf der Innenseite seines linken Unterarms ein diskretes Tattoo stechen lassen: Avaritia, oder eben Habgier. Nach Hochmut war sie die zweite der sieben Todsünden. Sie bildete die Grundlage jedes Handelns seiner Kunden.

Und damit war sie auch sein eigener Schlüssel zum Erfolg.

7

St.Gallen, 2003

David Keller stoppte vor der Schranke, zog ein Ticket und fuhr hoch in die dritte Ebene des Parkhauses Brühltor im Zentrum von St. Gallen. Sein Gesprächspartner hatte auf diesen Ort als Treffpunkt bestanden.

Keller fuhr einmal im Kreis und hielt Ausschau nach dem schwarzen Toyota Lexus. Das Parkhaus war gut belegt, freie Plätze gab es nur noch wenige. Er fuhr eine zweite Runde, ein Lexus aber war nicht zu sehen. Keller parkte rückwärts in eine Lücke und schaltete den Motor aus. Dass er eine halbe Stunde zu früh dran war, war Absicht, eine reine Vorsichtsmaßnahme.

Keller beobachtete die ein- und ausfahrenden Wagen, in seinen Gedanken aber war er bei Baumanns Akte, dem eigentlichen Grund für seine Fahrt nach St. Gallen.

1996 war Baumann vom US-Bezirksgericht Virginia wegen Drogengeldwäsche in Höhe von zwei Millionen Dollar im Auftrag eines mexikanischen Kartells zu sechseinhalb Jahren Gefängnis und 500.000 Dollar Geldstrafe verurteilt worden. Absitzen durfte Baumann die Strafe in der Schweiz. Nach achtzehn Monaten in der Vollzugsanstalt Saxerriet im St. Galler Rheintal wurde Baumann auf Bewährung entlassen.

Von sechseinhalb Jahren hatte Baumann demnach eineinhalb Jahre abgesessen. Und nun, sieben Jahre später, war er erneut in Erscheinung getreten, als Organisator einer monströsen Kokainlieferung. Von der Idee der Resozialisierung im Strafvollzug war auch bei dem Ex-Banker Walter Baumann nichts übrig geblieben.

Vergangene Woche dann hatte Keller zum Telefon gegriffen und die Nummer von Hugs St. Galler Kanzlei gewählt. Pius hatte nur verständnislos den Kopf geschüttelt.

»Tu, was du nicht lassen kannst.«

Stattdessen hatte ihm sein Chef ein rot markiertes Spesenformular zur Nachbearbeitung auf den Schreibtisch gepfeffert, mit besten Grüßen der Finanzverwaltung. Irgendetwas musste Pius gründlich die Laune verdorben haben. David tippte auf das Formular.

Erschrocken fuhr Keller zusammen.

»Hug … gütiger Gott!« Wie aus dem Nichts stand Kellers Rendezvous am Seitenfenster und hob verhalten die Hand zum Gruß.

»Wo zum Teufel kommen Sie her? Und wo steht Ihr Toyota?«

»Das zweite Auto in der Reihe dort drüben.«

»Das ist ein Fiat, kein Toyota …«

»Es ist das Auto meiner Frau. Sie musste den großen Wagen nehmen, um die Kinder zur Schule zu fahren.«

Keller schüttelte hilflos den Kopf. »Gut. Steigen Sie ein.«

Am Telefon hatte Marc Hug David mit der Frage überrascht, ob es um seine Meldung von damals gehe.

Keller war hellhörig geworden.

Welche Meldung?

Zu seiner Zeit als Baumanns Rechtsanwalt habe Hug eine vertrauliche Meldung an die Bundesanwaltschaft weitergegeben. Er wollte sein Unbehagen über bestimmte Personen melden, die Baumann regelmäßig im Gefängnis besuchten. Hug war sich sicher, dass da etwas nicht in Ordnung war. Wenn Keller mehr wissen wolle, müsste man sich persönlich treffen. Und dann vielleicht besser nicht in seiner Kanzlei.

Jetzt drückte Hug Keller einen Umschlag in die Hand. »Das ist eine Kopie meiner Meldung von damals.«

Keller blätterte durch die Unterlagen. »Und das hatten Sie damals der Bundesanwaltschaft übergeben?«

»Indirekt. Ein Studienkollege von mir arbeitete seinerzeit beim Justizdepartement. Wir hatten uns dann kurz getroffen. Er wollte die Informationen an die Bundesanwaltschaft weiterleiten. Soweit ich weiß, hat er das auch getan.«

»Dieser Studienkollege, Sie können mir seinen Namen nennen?«

»Lassen wir seinen Namen außen vor. Aus Ihrer Frage schließe ich, Sie sehen diese Informationen zum ersten Mal. Ich bin erstaunt, um es mal vorsichtig zu sagen.«

»Ich schon lange nicht mehr.«

Keller ging weiter durch die Papiere, bis er auf ein Foto stieß. In seinem Kopf begann sich eine entfernte Erinnerung zu formen. Aber noch konnte er sich keinen Reim darauf machen. Er reichte das Foto an Hug.

»Und wer ist das?«

»Ah ...« Hug lächelte. »Genau. Das ist Martha Lopez. Sie ist, oder vielleicht auch war, stellvertretender Wirtschaftsattaché der USA in der Schweiz.«

Keller hob verwundert die Brauen. »Sie sind sich sicher? Was sollte ein stellvertretender Wirtschaftsattaché der USA mit dem Strafgefangenen Walter Baumann zu tun haben?«

»Ha, gute Frage! Ich hatte sie mir zu Anfang auch gestellt, als Walter Baumann mich eines Tages gebeten hatte, ein Treffen mit Frau Lopez zu arrangieren. Nun, Frau Lopez hat sich mit Baumann getroffen. Mehrfach, als Baumann von Saxerriet zu Arztbesuchen in die Stadt gefahren wurde. Lief alles heimlich ab, in einem getrennten Zimmer der Arztpraxis. Die Aufpasser haben nichts mitbekommen.«

»Klingt ziemlich abenteuerlich.« Keller gab sich nicht die Mühe, seine Skepsis zu verbergen. »So einfach?«

»St. Gallen ist eine kleine Stadt. Man kennt sich. Und ich kenne den Arzt.«

»Verstehe«, meinte Keller nachdenklich, aber tatsächlich war er immer noch dabei, Hugs Informationen zu ordnen, ihnen einen Sinn zu geben. »Und weiter? Wer hat das Foto gemacht?«

»Ich. Ich saß im Auto und wartete gegenüber dem Eingang zur Arztpraxis. In der Akte sind noch mehr davon.«

»Weil Sie misstrauisch wurden?«

»Ja. Und weil ich mich selbst absichern wollte.«

»Wie lautete Ihr Verdacht?«

»Ich war mir irgendwann sicher, Frau Lopez ist vieles, aber kein Wirtschaftsattaché. Ich hatte mit Frau Lopez zwei-, dreimal telefoniert. Wegen der Arzttermine. Dann wusste ich, ich musste etwas unternehmen …«

»… und haben Ihren Studienkollegen beim Eidgenössischen Justiz- und Polizeidepartement verständigt.«

»Genau.«

Keller betrachtete wieder das Foto von Baumanns Führungsagentin. Führungsagentin. Plötzlich war die Erinnerung zurück.

Es war die Frau, die er vor ein paar Tagen erst auf seiner Joggingrunde gesehen hatte, am Ufer der Aare.

Und er begriff, dass sie sich kannten. Ein kurzes »Hallo, wie gehts« im Garten der US-Residenz, bei einem der traditionellen Barbecues am Unabhängigkeitstag. Mehr nicht.

Keller überlegte und sah nachdenklich aus dem Fenster. Ein aufgemotzter Pick-up mit überbreiten Stollenreifen und US-Flagge auf der Heckscheibe rollte röhrend die gewundene Ausfahrt hinab. »Nein, Wirtschaftsattaché ist sie wohl eher nicht.«

»Es war ein Versteckspiel«, fuhr Hug fort. »Und ein höchst illegales dazu. Meiner Meinung nach war es nichts weniger als eine verdeckte Operation der Amerikaner, mit Baumann mittendrin. Und das habe ich in meiner Meldung zum Ausdruck gebracht.«

Keller trommelte versonnen mit den Fingern auf das Lenkrad. Langsam, aber sicher ergab Hugs Geschichte einen Sinn, genauso wie die Tatsache der gesäuberten Akte bei der Bundesanwaltschaft. Sechs Jahre nach Baumanns Entlassung aus dem Gefängnis war Martha Lopez noch immer in der Schweiz.

Wegen Walter Baumann.

»Sie sind Anwalt«, fuhr Keller fort. »Sie unterstehen dem Anwaltsgeheimnis. Zur Klarstellung: Sie teilen Ihr Wissen aus demselben Grund, der schon bei Ihrem Studienkollegen beim EJPD gegolten hatte.«

Hug lächelte vielsagend. »So ist es.«

»Weil Sie glauben, Zeuge eines Verbrechens geworden zu sein. Sie wollen sich nicht selbst strafbar machen.«

Hug nickte.

Keller dachte an sein Gespräch mit Pius Moser und musste grinsen. »Eine letzte Frage: Was genau hat man Baumann in den USA eigentlich vorgeworfen? Und wie haben sie ihn geschnappt?«

Marc Hug sah ihn ungläubig an. »Du meine Güte, Keller! Wisst ihr überhaupt etwas über Baumann?«

Keller fühlte sich wie der Schuljunge an der Tafel, der das Einmaleins versemmelt hat. »Wie Sie sehen, arbeiten wir daran.«

Hug sah zögernd auf seine Uhr. »Meinetwegen. Dann ruf ich in meiner Kanzlei an. Ich hoffe, Sie haben genug Zeit mitgebracht.«

Keller nickte. »So viel Sie wollen.«

»Ich zeige Ihnen den Weg, fahren Sie los. Ich brauch jetzt erst mal ein Bier.«

»Na schön.«

Moser und Keller saßen in Mosers Büro. Moser hatte vorsichtshalber einen Zettel außen an die Türe geklebt. »Nicht stören.«

»Nur damit ich das richtig verstehe: Baumann tritt erstmals Ende der Achtzigerjahre als Sonderverwalter der Rasini in Erscheinung. Baumann rettet die Bank wahrscheinlich mit Escobars Drogendollars. Richtig?«

Keller nickte. »In Kurzform ist es das, was uns die DNA Rom übermittelt hat.«

»Gut. Dann verliert sich Baumanns Spur mehr oder weniger, bis 1996. Die DEA kommt ihm auf die Spur, stellt ihm eine Falle, er nimmt das getürkte Drogengeld entgegen. Er bekommt sechseinhalb Jahre aufgebrummt, wird in die Schweiz zum Vollzug überstellt und kommt nach achtzehn Monaten frei. Richtig?«

»Wissen wir jetzt von Hug.«

»Immerhin das. Ich werde es beim Bundesamt für Justiz nachprüfen lassen. Die müssen doch Unterlagen dazu haben!« Moser presste Daumen und Zeigefinger auf die Nasenwurzel und atmete einmal tief durch. »Ich fasse es nicht. Wo sind wir denn hier, Teufel noch mal? In einer gottverdammten Bananenrepublik?«

Keller grinste sarkastisch. »Vielleicht besser, du gewöhnst dich schon mal an den Gedanken.«

Moser stemmte sich mürrisch aus dem Drehstuhl. »Also, Baumann taucht erneut ab, für weitere sieben Jahre. Bis Antwerpen. Und die Holländer sind sich sicher, dass Baumann die Antwerpen-Lieferung organisiert hat?«

»Ja. Nur ein einziger Anruf, der ist dafür Gold wert. Was die BA als Nächstes tun muss, ist, diese verdammte Akte der Holländer einfordern.«

»Und auch wir hören sein Telefon ab, aber er schweigt?«

Keller nickte. »Keine Anrufe mehr. So dumm ist er nicht.« Er nahm einen Schluck Kaffee.

»War ja klar. Also nochmals: Hug sagt, die DEA führt Baumann als Quelle? Dann wohl von der Schweiz aus?«

»Das mein ich ja! Hug ist überzeugt davon. Er sagte auch, er habe das schon vor Jahren an die BA gemeldet. Kein Wort dazu in den Akten der BA.«

Moser kaute nachdenklich auf seinem Stift. »Wenn das so war – wieso hatte die Bundesanwaltschaft diese Meldung damals aus den Akten entfernt? Nebst allem anderen?«

»Gute Frage. Vielleicht, weil sie es musste?«

»Das könnte dann nur ein, wie nennt man es noch, Ersuchen der Amerikaner gewesen sein. Ein Wunsch, den die Schweiz nicht ablehnen konnte – und mit Schutzgarantie aus dem Bundeshaus für den, der die Akte gesäubert hat.«

Keller sah Moser forschend an. »Woran denkst du?«

Moser schwieg und sah aus dem Fenster. David wartete, aber Pius schien in Gedanken versunken.

»Dann sag ich dir, woran du denkst«, unterbrach David das Schweigen. »An die Crypto AG.«

»Tu ich das?«

»Du wärst blöd, es nicht zu tun.«

Seit Jahren, oder besser Jahrzehnten, gab es mehr oder weniger handfeste Belege, dass die Schweizer Firma Crypto AG manipulierte Verschlüsselungsgeräte an Regierungen rund um den Globus verkaufte, um insbesondere deren – angeblich – abhörsicheren Funkverkehr zwischen Heimatland und diplomatischen Vertretungen weltweit zu belauschen. Und nicht nur auf den Fluren der Justizbehörden in Bern war es ein offenes Geheimnis, dass die Schweiz hierbei stiller Mitwisser und Handlanger der Drahtzieher der Spionageoperation war: des amerikanischen Auslandsgeheimdienstes CIA wie auch des deutschen Auslandsgeheimdienstes BND. Und dass die Schweiz ihren Teil des Kuchens abbekam, natürlich nur so lange, wie sie mitspielte und den Mund hielt.

David wusste von Pius, dass dieser den Auftrag erhalten hatte, eine Ermittlung zur Crypto AG zu führen, hochgeheim und offiziell ohne Ergebnis. Und dass Pius den Auftrag zutiefst verabscheut hatte, weil das Ergebnis seiner Arbeit bereits festgelegt worden war, als er mit den Ermittlungen noch nicht einmal begonnen hatte.

»Wie heißt es so schön? Ohne meinen Anwalt sage ich gar nichts.« Moser sah auf die Uhr. »Genug für heute, Helen wartet. Am Wochenende ist unser Dreißigjähriges. Sie meint, Zeit für einen neuen Anzug.«

»Sie hat recht. Diesen hier hast du schon zu Züricher Zeiten getragen. Aber hey, meinen Glückwunsch!«

Moser erhob sich und lächelte kurz. »Danke.« Er räumte die Unterlagen vom Schreibtisch und schloss sie im Korpus ein.

Jetzt erst bemerkte David die Pistole unter Pius' Jackett. Wann hatte er seinen Chef zuletzt mit einer Waffe gesehen? Hatte er das *überhaupt* einmal?

Bevor sie den Raum verließen, hielt Pius nochmals inne. »Wir müssen jetzt sehr, sehr vorsichtig sein, David. Wir sehen eine Akte, in der Teile fehlen. Was wir tatsächlich sehen, ist das hässliche Gesicht wahrer Macht.«

Monti rief um neunzehn Uhr an. Keller hatte sich da bereits in eine voll besetzte Tram gequetscht und war auf dem Weg nach Hause. Selbst eine gemächliche Stadt wie Bern kannte so etwas wie eine Rushhour.

»Eine Sekunde, bleib kurz dran.«

Sie näherten sich der Haltestation am Helvetiaplatz, wo er ausstieg. Den Rest konnte er zu Fuß gehen.

»Also, was gibts?«

»U siccu hat Baumann angerufen.«

Keller blieb stehen. »Wow! Das ist ja ein Ding. Und wie kommst du darauf?«

»Wir haben das Gespräch abgefangen.«

»Schon klar. Ich meine, dass es die beiden waren.«

»Erfahrung und Logik. Messina Denaro mag seit zwanzig Jahren untergetaucht sein, er mag sein Gesicht operiert haben. Vieles von ihm wissen wir nicht. Aber wir wissen, wie seine Stimme klingt. Wir können sie aus Zehntausenden von überwachten Gesprächen herausfiltern, wie einen Fingerabdruck. Egal, welches Telefon er benutzt.«

»Na gut. Ich bin beeindruckt. Und woher weißt du, dass es Baumann war?«

»Wenn sich U siccu direkt meldet, gibt es einen guten Grund. Er kennt das Risiko. Drei Tonnen Koks sind verdammt viele gute Gründe, selbst für den Boss der Bosse. Er hat codiert gesprochen, wie alle Mafiosi. Kein Wort zu viel. Aber wir verstehen ihre Sprache. Er hat über Antwerpen geredet. Kurz gesagt, U siccu hat sein Gegenüber vor die Wahl gestellt: Entweder er besorgt Ersatz, oder er wird ihm eine Rechnung schicken, *una fattura*. Übersetzt, er wird ihn umbringen.«

»Das bedeutet auch, er weiß, wo er Baumann findet.«

»Ich fürchte, ja. Und es war eine Schweizer Nummer. Es kann nur Baumann sein.«

»Okay. Ich brauche es offiziell, Andrea. Wie lange dauert das? Erst dann kann ich die Überwachung in die Wege leiten.«

»Ist bereits mit Rom abgesprochen. Wird morgen mit Kurier zugestellt.«

8

Miami, 1996

Rose's Bar an der Washington Avenue also. Nicht das Cameo, das Amnesia oder das Les Bains. Nein, Baumanns bevorzugtes Nachtlokal an der Miami South Beach war die unspektakuläre Rose's Bar.

DEA Special Agent Martha Lopez war fast ein bisschen enttäuscht, vom Geldstrategen eines mexikanischen Drogenkartells hatte sie eigentlich mehr Extravaganz erwartet: Luxus, Frauen, Party, Drogen.

In den vergangenen Monaten hatten sie Walter Baumann gut kennengelernt. Sie hatten ihn observiert, und vor allem hatten sie es geschafft, sein stattliches Anwesen im nördlich gelegenen West Palm Beach zu verwanzen. Die Profiler der DEA konnten das Persönlichkeitsbild eines kriminellen Geschäftsmannes zeichnen, bei dem der finanzielle Erfolg an erster Stelle stand. Die Rolle des ehrgeizigen, aber diskreten Finanzgenies war sein Spielfeld. Und dort, so gab er seinen Kunden zu verstehen, war er der Beste seines Fachs. Einen moralischen Kompass schien Walter Baumann nicht zu besitzen.

Es durfte auch einmal eine Party in einem der exklusiven VIP-Clubs der Celebrities aus Mode, Musik und Film sein. Wie beispielsweise jene, zu welcher Popstar Gloria Estefan ins Les Bains geladen hatte und bei der Baumann zur Überraschung seiner Beschatter auch tatsächlich auftauchte. Solche Eskapaden blieben jedoch die Ausnahme. Baumann wirkte hinter den Kulissen. Ganz in der Tradition eines Schweizer Bankers.

Ansprechend im Aussehen und eloquent im Auftreten, fanden die Frauen sehr wohl Gefallen an dem vermögenden Europäer aus der Finanzwelt. Wie auch er an ihnen. Aber möglicherweise lag es daran, dass Baumann – zumindest auf dem Papier – noch verheiratet war. Denn den Profilern schien unzweideutig, dass Baumann unnötige Risiken, die seine wichtigste Mission gefährden konnten, prinzipiell vermied.

Baumann war also alles andere als leichtsinnig. Und das galt auch für seine Geschäftspartner.

Was die DEA aus Baumanns abgehörten Gesprächen und der Raumüberwachung erfuhr, reichte nicht für eine Festnahme. Es wurden keine Namen genannt, es wurde nicht über Drogen oder Geldwäsche gesprochen. Keine Chance, damit eine Jury von einer Anklage zu überzeugen.

Was sie erfuhren: Baumann war leidenschaftlicher Billardspieler. Und einer der Gründe, wieso Baumann regelmäßig Rose's Bar besuchte.

Lopez hatte sich an die Bar gesetzt und einen Drink bestellt. Baumann stand im hinteren Teil des Lokals und unterhielt sich mit Jacques, dem Manager des Lokals. Mike, einer der neuen Mitarbeiter, sprach Jacques an, der kurz darauf Richtung Eingang verschwand.

Lopez schlenderte zu Baumanns Pooltisch.

»Jacques hat Sie sitzen lassen? Wollen Sie die Wartezeit mit einer kleinen Partie überbrücken?«

Baumann betrachtete Lopez mit leicht arrogantem Blick. »Wenn es nicht ihr erstes Mal ist?«

»Ist es nicht, keine Sorge.«

Baumann taxierte sie für einen Moment und wies einladend zum Pooltisch.

»Dann mal los. Sie haben den Anstoß.«

Lopez legte sich die weiße Kugel zurecht und stieß an. Die ersten beiden Spiele gingen noch knapp an Baumann, die folgenden drei an Lopez.

Auch wenn er es sich nicht anmerken lassen wollte – entspannter Umgang mit Niederlagen war nicht seins. Er konnte sich nicht erinnern, je einmal eine Partie gegen eine Frau verloren zu haben.

Lopez schaute entschuldigend auf die Uhr. »Ich sollte nun langsam nach Hause. Aber danke für das Spiel. Sind Sie öfters hier?«

»Wenn ich in Miami bin, ja. Und Sie?«

»Hin und wieder. Sie sind … Brite?«

Nur für einen Bruchteil eines Augenblicks sah Baumann Lopez erstaunt an, schien sich dann insgeheim aber viel eher über seine funktionierende Tarnung zu freuen. »Ahm, genau. Ich bin John. John Howard.«

Lopez schenkte Baumann einen dezent verführerischen Blick und reichte ihm ihre Hand. »John, freut mich. Cynthia Brown.«

»Ganz meinerseits. Sie sind aus der Gegend? Nun … wie wäre es mit einer Revanche? Morgen Abend vielleicht?«

»Ich lebe in Miami, ja. Morgen Abend geht leider nicht. Termine. Übermorgen?«

»Dann übermorgen. Ich bin meistens ab neun Uhr hier.«

»Abgemacht. Dann bis übermorgen.«

Lopez nahm ihre kleine Handtasche, lächelte und ging betont langsam Richtung Ausgang. Sie widerstand der Versuchung, sich umzudrehen, um festzustellen, ob Baumann ihr nachsah. Sie war Profi genug, es zu unterlassen – und Frau genug, sich dessen sicher zu sein.

Es war fast zum Lachen, dass die Nummer so gut wie immer funktionierte: Der Reiz einer Frau konnte selbst so vorsichtige und kontrollierte Männer wie Baumann aus der Reserve locken. Genau deswegen hatten sie sein Privatleben so intensiv durchleuchtet; doch letztlich kam es auf die persönliche Begegnung an – und auf Baumanns Selbstbewusstsein in Bezug auf Frauen, das im Wesentlichen durch Geld unterfüttert wurde. Das Wissen darum gab ihr den entscheidenden Vorteil. Dazu kamen ihre Qualitäten als Poolspielerin, ihr umwerfendes Aussehen und eine erstklassige Figur, die in erster Linie ihrer Leidenschaft für das Boxen geschuldet war.

Beim Hinausgehen sah Lopez zu Mike an der Bar und nickte unmerklich mit dem Kopf. Der Anstoß war gemacht.

Zwei Tage und fünf Spiele später saßen sie beide in einer ruhigen Ecke von Rose's Bar. Baumanns Laune war nun besser. Die Revanche hatte er gewonnen. Dass seine Spielpartnerin hin und wieder eine Kugel haarscharf danebensetzte, sobald sie drohte zu gewinnen, Baumann hatte es nicht bemerkt.

Denn diese Cynthia hatte sein Interesse geweckt. Seine Spielpartnerin war nicht nur äußerst attraktiv. Sie war auch Investmentberaterin.

»Ob Sie's glauben oder nicht, ich bin im gleichen Geschäft. Seit über zwanzig Jahren. Meine Basis ist Zürich. In Miami besitze ich ein Haus. Welche Klientel betreuen Sie?«

Cynthia lachte. »Meine Klientel ist anspruchsvoll. Und diskret.«

»Noch eine Gemeinsamkeit«, erwiderte Baumann. »Sagen wir es so: Ich arbeite in einem Nischenmarkt. Stiftungen und Offshore. Ich betreue eigentlich nur Großkunden. Dementsprechend ist das Bargeldvolumen.«

»Oh, interessant … riskant?«

Sie wurden von Mike dem Barmann unterbrochen, der an ihrem Tisch vorbeischaute. »Na, ihr beiden! Alles bestens bei euch? Noch einen Drink?«

Cynthia antwortete, bevor Baumann etwas sagen konnte. »Danke Mike, sehr aufmerksam. Für mich einen Bluecoat Gin mit Tonic, auf Eis. Und könntest du mir meine Handtasche bringen? Sie liegt an der Garderobe.«

»Sofort, Cynthia. Und was darf's für den Herrn sein?« Baumann entschied sich für einen Whiskey Soda.

Fünf Minuten später war Mike mit der Bestellung und Cynthias Tasche zurück. Baumanns Begleitung wühlte in ihrer Börse, zog elegant ihre roten Lippen nach und legte Stift und Handtasche in die Mitte des runden Clubtischs.

Sie lehnte sich zurück.

»Sie haben mein Interesse geweckt, Mr. Howard.«

Lopez' teure Alexander McQueens landeten mit Schwung in der Ecke.

»Verfluchte High Heels! Jetzt sag mir bitte, dass ich nicht für nichts gelitten hab.«

Barkeeper Mike Sorbello, im Hauptberuf Lopez' Partner bei der DEA, saß am Aufnahmegerät in einer Abstellkammer im hinteren Teil von Rose's Bar und applaudierte. Er besaß die klassischen, scharf geschnittenen Gesichtszüge der Italo-Amerikaner, und sein dunkles, leicht gelocktes Haar wurde bereits grau an den Schläfen. Sorbello war jetzt vierzig, nach wie vor mit seiner ersten Frau Libby verheiratet und Vater von drei Kindern. Ein breites Grinsen lag auf seinem Gesicht.

»Jedes Wort auf Band. *Good Job!*«

Lopez' Schminkstift war eine kleine Wunderwaffe. Nicht nur hatte er Baumanns Aufmerksamkeit auf Marthas Gesicht mit den verführerischen Lippen gelenkt, er hatte auch jedes Wort des Tête-à-Têtes mitgehört.

»Ich meine, der Kerl ist doch das, was wir schon immer wussten.«

Mike legte den Kopfhörer zur Seite. »Bringt uns aber nur weiter, wenn er auf deinen Vorschlag eingeht. Und die entscheidenden Worte fallen. Und das alles auf Tonband. Liegt also an dir, meine Liebe.«

»Er wird. Ich weiß es.«

»Baumanns Codename ist? Genau: Skorpion. Keine zufällige Wahl. Er wird dich beobachten, er wird dich überprüfen. Und wenn ihm nicht gefällt, was er sieht, wenn er nur den kleinsten Verdacht schöpft, wird er zustechen. Wir haben Monate gebraucht, deine Legende aufzubauen. Wir haben eine Firma aufgesetzt, dir eine neue Identität gegeben. Cynthia Brown existiert. Aber nur, solange er dir glaubt.«

Lopez sah ihn leicht gereizt an. Ihr Abend war schon anstrengend genug gewesen, und Sorbellos logisch-bedächtige Art, die sie sonst an ihm schätzte, ging ihr gerade mächtig auf die Nerven.

»Hey! Ratschläge von dir sind das Letzte, was ich jetzt

brauche. Ich weiß, wie so was läuft. Ein paar Treffen noch und ich hab ihn bei den Eiern.«

»Und du liebst es, wenn du sie bei den Eiern hast, stimmts?«

»Halt's Maul, Mike«, schnauzte Lopez zurück. »Wir sehen uns dann morgen im Büro.« Sie sah auf ihre Uhr. »Was mich betrifft, frühestens vierzehn Uhr.«

Wortlos sammelte sie die verstreut in der Ecke liegenden McQeens ein und schaffte es trotz der schmerzenden Füße, einen tadellos eleganten Abgang hinzulegen. Nichts anderes hätte ihr Stolz zugelassen.

Der weiße, fensterlose Dodge Ram stand schon seit dem frühen Morgen in einer Seitenstraße um die Ecke von Baumanns Anwesen in West Palm Beach. Chief Lundgren und Special Agent Sorbello saßen vor der Monitorwand im Heck des Wagens und verfolgten jede Bewegung und jedes Geräusch. Die Luft war stickig, es roch nach Fast Food und abgestandenem Kaffee, den der Chief mit bedächtigen Bewegungen aus einem Pappbecher nippte. Chief Lundgren war ein vierschrötiger, hellhäutiger Riese Ende fünfzig mit Bürstenhaarschnitt und langen, kräftigen Armen. In dem breiten, teigig wirkenden Gesicht funkelten stahlblaue Augen, was ihm die Ausstrahlung eines halbwegs gezähmten Wikingers verlieh, Lundgrens Erbe als Nachkomme skandinavischer Einwanderer. Obwohl Lundgren äußerlich ruhig wirkte, konnte Sorbello die gleiche Anspannung bei seinem Chef spüren, die sich auch in ihm breitmachte. Auf diesen Moment kam alles an – wenn Lopez jetzt gute Arbeit leistete, könnte es ihr lang ersehnter Durchbruch sein.

»Eins Komma neun Millionen sagst du?«

»Fürs Erste, ja. Plus zwanzig Prozent Kommission für dich. Das scheint mir fair.«

Baumann lehnte sich auf der Couch zurück, zündete sich eine Zigarre an und nippte am Whiskeyglas.

»Und wieso kommst du damit zu mir, Cynthia? Du kennst noch andere Finanzverwalter. Nehme ich mal an.«

»Nun, ganz einfach …« Lopez sah Baumann direkt in die Augen. »Mein Kunde ist ein mittelgroßes, sagen wir, Familienunternehmen aus Südamerika. Kein Großkunde, wie du sie kennst. Du verstehst? Meine Partner in der Branche verfügen nicht über die Finanznetzwerke, wie du sie hast, mit Ablegern in der Schweiz, Liechtenstein, Panama. Darum sind meine Kunden auch großzügig. Sie geben dir zwanzig Prozent.«

Baumann nahm einen Schluck aus dem Whiskeyglas und blies den Zigarrenrauch gegen die Decke. »Hmm … Familienunternehmen. Ich bin mir nicht sicher, was ich davon halten soll, Cynthia.«

Lopez ging hinüber zu Baumann und stellte sich herausfordernd vor ihn. Er blickte erwartungsvoll durch den Zigarrenrauch zu ihr auf.

Bei den letzten Treffen hatte sie ihre Reize sehr bewusst zum Einsatz gebracht, und jedes Mal ein bisschen mehr. Sie war sich absolut sicher, dass sich der vor Selbstbewusstsein strotzende Banker mehr von ihr versprach als nur ein gutes Geschäft. Also hatte sie mit jeder Begegnung sein Begehren etwas mehr angefüttert. Den letzten Schritt hatte sie allerdings nicht gemacht, und Lopez war sich auch nicht sicher, ob sie dazu auch bereit wäre.

Langsam setzte sie sich auf Baumanns Schoß. Seine Hände wanderten wie selbstverständlich über ihren nackten Rücken und suchten nach dem BH-Verschluss. Zu seiner Überraschung stellt er fest, dass es keinen gab, weil Cynthia nichts unter ihrem Kleid trug.

»Damit wir uns richtig verstehen: Bei einer solchen Kommission … dann ist es schmutziges Geld?«

»So ist es. Na ja, das meiste zumindest.«

»Wie schmutzig?«

»Ziemlich.«

Baumanns Hände wanderten weiter zu Cynthias Schoß.

»Drogen?«

»Drogen.«

Seine Hände fuhren unter Cynthias Kleid, dann zu ihrem Hintern.

Baumann lächelte. »Sorry, Cynthia.«

Im Van starrten sie auf den Monitor. Hatte Baumann soeben sorry gesagt? War das ein Nein?

»Sorry?« Lopez blickte Baumann verwundert an. »Was meinst du mit sorry, John?«

»Ich meine, nicht für zwanzig.«

Baumann hatte die erste Kugel gelocht.

Na gut. Lopez rutschte langsam von Baumann Schoß, richtete ihr Kleid und band ihre offenen Haare zusammen. Dann goss sie sich einen Gin Tonic ein, setzte sich in einen Sessel gegenüber von Baumann und schaute ihr Gegenüber einen Moment schweigend an. Sie schlug dabei ihre Beine aufreizend übereinander.

»Du verlangst also mehr als zwanzig? Nun, mein lieber John. Kein Vorwurf. Aber wir kennen uns noch nicht so lange. Ich glaube nicht, dass meine Kunden das gerne hören. No way.«

No way?? Was zur Hölle …? Chief Lundgren riss sich das Headset vom Kopf und sah fassungslos zu Sorbello. Der DEA-Agent mahnte den Chief mit einem stummen Handzeichen zur Geduld: *Abwarten. Lopez bekommt das hin*. Hoffentlich.

»Was ist denn dein Anteil, Cynthia? Wenn du mir die Frage gestattest?«

Lopez schaute Baumann ungerührt an. »Fünf. Du siehst, von uns beiden machst *du* das dicke Geschäft. Ist mir recht. Ich baue mir grade meine Zukunft auf. Ich muss strategisch denken. An Investitionen.«

Baumann stand auf, ging hinaus auf die Terrasse und blickte über den weitläufigen Park mit Kokospalmen und mächtigen Virginia-Eichen.

Die DEA-Agentin sah ihm aufmerksam hinterher; der Schweizer spielte tatsächlich großes Theater vor großer Kulisse.

Unvermittelt drehte er sich um.

»Kommission bei Übergabe?«

Jetzt hab ich dich, du kleiner Wichser, schoss es Lopez durch den Kopf. Gelassen nippte sie an ihrem Drink.

»Wie gesagt. Wir sind bereit. In einer Stunde kann das Geld hier sein. Deine Entscheidung.«

Baumann schien nachzudenken, dann setzte er sich wieder an den Couchtisch. Ein Lächeln erschien auf seinem Gesicht, es wirkte selbstgefällig.

Der Schweizer hob sein Whiskeyglas. »Na gut, Miss Cynthia Brown. Auf den Deal.«

Lopez stand auf und schmiegte sich eng an Baumann. »Dann entschuldige mich kurz, Mister John Howard«, hauchte sie. »Ich bin gleich zurück.«

Was Baumann nicht sah, war ihr kurzes Augenzwinkern hinter seinem Rücken. Es galt ja auch nicht ihm. Es war an den kleinen schwarzen Knopf, versteckt im Feuermelder an der Decke, gerichtet.

Die taktisch notwendige, aber nervenzehrende Stunde seit Baumanns Zusage war vorbei. Streifenwagen hatten das Quartier weiträumig abgeriegelt. Sorbello reichte den Geldkoffer an Lundgren.

»Auf gehts, Chief, schnappen wir uns den Kerl!« Nur allzu gerne hätte Sorbello den Einsatz selbst gemacht. Aber seit seinem Auftritt als Barmann in Rose's Bar war er für den Schlussakt ihrer Operation verbrannt.

Lundgren straffte den Rücken, schlug in Sorbellos Hand ein und schlüpfte aus dem Van. Zu Baumanns Anwesen war es nur eine Gehminute. Die linke Hand in der Hosentasche und in der rechten den Geldkoffer, ging er über die Straße. Seine Handflächen schwitzten, krampfhaft umklammerten die Finger den Ledergriff des Koffers.

Seit drei Jahren waren sie hinter Baumann her, mit Dutzenden von Ermittlern. Tausende Arbeitsstunden lagen hinter ihnen.

Lopez hatte ihren Teil erledigt, jetzt lag es nur noch an ihm. Danach ging es zurück ins Büro, mit Korkenknallen und Applaus, mit der versprochenen Beförderung, auf die er nun schon so lange wartete.

Oder mit bleiernem Schweigen.

»Señor Winter? Sie werden bereits auf der Terrasse erwartet.« Chief Lundgren trat über die Schwelle und folgte der mexikanischen Haushälterin durch das weitläufige Anwesen.

Lopez erhob sich aus ihrem Korbsessel.

»Alfred! Schön, dass es geklappt hat. John, darf ich vorstellen, Alfred Winter. Alfred, John Howard.«

Die beiden Herren schüttelten sich die Hände.

»Sehr erfreut. Meine Kunden sind sehr glücklich, dass sie auf Sie zählen können, John.«

»Ganz meinerseits. Bitte setzen Sie sich. Mit Cynthia haben Sie eine sehr talentierte Vermittlerin zur Hand. Ich denke, wir werden Ihre Mandanten nicht enttäuschen.«

»Davon sind wir überzeugt. Über Cynthia kennen wir Ihre Referenzen. Sie sind ausgezeichnet.«

»Vielleicht einen Whiskey, Alfred?« Baumann deutete auf eine Flasche edlen Balvenie auf dem Barwagen.

»Danke, sehr freundlich von Ihnen. Ich habe noch einen langen Arbeitstag vor mir. Aber ein Glas Wasser wäre nett.«

Der enthaltsame Gast wuchtete den schweren Koffer auf den Tisch in der Mitte der Sitzgruppe.

»Wollen Sie sich kurz überzeugen? Es ist beides da, Ihre Kommission und das Geld für die Schweiz. Zuoberst Ihr Anteil, vierhundertachtzigtausend Dollar. Darunter die restlichen eins Komma neun Millionen. Apropos Schweiz, wie kommt das Geld in die Schweiz? Wenn Sie die Frage gestatten.«

Baumann blätterte die obersten Geldscheine durch, klappte den Deckel wieder zu und lächelte. »Keine Blüten. Was ich auch nicht erwartet hätte. Zu Ihrer Frage: Privatjet mit einer zuverlässigen Crew. Absolut diskret.«

»Ausgezeichnet.« Lundgren nickte zufrieden und schob den Koffer über den Tisch zu Baumann. »Dann sind wir uns einig?«

Baumann streckte die Hand aus. »Sind wir.«

Lundgren schlug ein. »Dann ist es nun Ihr Baby. Passen Sie gut darauf auf.«

Baumann zwinkerte zurück und hievte das schwere Gepäck neben sich auf den Boden. »Sie werden zufrieden sein, Alfred. Schweizer Qualität, Schweizer Diskretion.«

Lundgren schenkte Baumann das denkbar ergebenste Lächeln und nickte zu Lopez.

»Cynthia Brown ist unsere Vertrauensperson. Sie wird die weiteren Formalitäten mit Ihnen regeln.«

Lopez hatte sich unauffällig in Baumanns Rücken postiert. »Der Ordnung halber sollten wir einen Punkt vielleicht gleich jetzt klären.«

Entspannt drehte sich Baumann zu der Stimme hinter ihm um.

Der Lauf von Lopez' Revolver zielte direkt auf seine Stirn. Lopez' Stimme war ruhig.

»Keine Bewegung. Und nun langsam die Hände über den Kopf.«

Baumann glotzte ungläubig in die Mündung der Waffe. Der hässliche Revolver wollte so überhaupt nicht zum eleganten Äußeren von Cynthia passen. Lopez neigte ihren Kopf leicht zur Seite.

»Mr. Baumann? Habe ich mich vielleicht nicht klar genug ausgedrückt?«

Baumann bewegte seinen Mund, aber es war kein Ton zu hören.

»Sie wollten etwas sagen? Reden Sie, nur zu. Das müssen Sie früher oder später so oder so.«

Baumann schielte in Richtung des Besuchers mit dem Geldkoffer. Wenn er sich Hilfe von dem Mann erhofft hatte, der ihm eben noch zwei Millionen Dollar übergeben hatte, musste er feststellen, dass seine Lage ziemlich beschissen war. Auch der Geldbote hatte eine Waffe auf ihn gerichtet. Um seinen Hals baumelte eine Dienstmarke.

»Machen Sie schon, Baumann! Hände über den Kopf!«, blaffte der Koffermann in seine Richtung. »Sind Sie Walter Baumann, Schweizer Staatsbürger, alias John Howard, britischer Staatsbürger? Und weiß der Teufel, wer Sie sonst noch sind …«

Wenn er die Dienstmarke richtig erkannt hatte, war er in eine Falle der DEA getappt.

Jenseits der Terrasse bemerkte er, wie schwarz vermummte, bewaffnete Einsatzkräfte des Miami Police SWAT-Team zwischen Palmen und Virginia-Eichen über den gepflegten Rasen vorrückten.

Das Anwesen war umzingelt, es war vorbei.

Sein Haupt zwischen die Schultern gezogen, hob Baumann langsam die Hände. »Okay … Okay! Ich habe verstanden. Aber müssen Sie unbedingt auf meinen Kopf zielen?«

Lundgren und Lopez ließen ihre Waffen sinken, wenn auch nur um ein paar Zentimeter.

Für einen kurzen Augenblick huschte ein seltsam entspanntes Lächeln über Baumanns Gesicht.

»Danke. Und ja, mein Name … mein richtiger Name ist Walter Baumann.«

»Na schön, Walter Baumann. Hätten wir das geklärt. Ich bin Special Agent Martha Lopez. Und das ist mein Boss, Chief Lundgren. Bundesdrogenbehörde der Vereinigten Staaten. Sie sind festgenommen. Sie haben das Recht zu schweigen, Sie haben das Recht auf einen Anwalt.« Lopez wandte sich an den Einsatzleiter des SWAT-Teams. »Danke, Miguel. Die Haushälterin ist okay? Keine weiteren Personen im Haus? Gut. Durchsuchen Sie den Gentleman hier. Dann Handschellen an, und raus mit ihm.«

Als sie ihn abführten, blieb Walter Baumann kurz stehen und warf einen betrübten Blick zurück in den weitläufigen Wohnraum; wie ein Tourist, der nach einem endlos scheinenden, traumhaft schönen Urlaub wieder in die Realität zurückkehren muss.

Die hinterste Sitzreihe war für sie reserviert. Baumann saß in der Mitte, Lopez rechts und ein stämmiger Agent des Federal Air Marshal Service links neben ihm.

Es musste um 1980 gewesen sein, als Baumann zuletzt Economy geflogen war. Das war nach Abschluss seines Studiums in Wirtschaftsrecht an der Universität Zürich, bei einer Urlaubsreise nach Gran Canaria. Baumann wusste bereits damals, dass er in Zukunft First Class reisen würde. Oder eben im Privatjet.

Nun reiste er zum zweiten Mal in seinem Leben in der Economy, sieben Stunden über den Atlantik, von Florida nach Zürich. Aber für diese Reise hätte er selbst im Frachtraum Platz genommen.

Nach der Landung in Zürich verließen die Passagiere das Flugzeug über die vordere Gangway. Baumann, Lopez und der Air Marshal blieben auf ihren Plätzen sitzen und warteten, bis Schweizer Justizbeamte die Kabine betraten. Die Formalitäten dauerten nur wenige Minuten. Baumann wurden Handschellen angelegt. Dann wurde er zum bereitstehenden Gefangenentransporter geführt, der ihn zu seinem vorübergehenden Zuhause in die Strafvollzugsanstalt Saxerriet fuhr.

Er kannte das Dorf im Osten der Schweiz. Auf dem Weg zu Geschäftsterminen in Vaduz war er oft an dem weitläufigen Gelände der Strafanstalt mit Gefängnistrakt, Viehstallungen und Ackerland entlanggefahren. Liechtenstein lag nur wenige Kilometer weiter Richtung Süden, auf der anderen Seite des Rheins.

Nun kehrte er als Sträfling nach Saxerriet zurück.

Baumann konnte trotzdem zufrieden sein. Nach achtzehn Monaten Reststrafe in einer Vollzugsanstalt in der Schweiz würde man ihn vorzeitig entlassen. So stand es in einem geheimen Urteilszusatz, zuvor vereinbart zwischen den US-amerikanischen und Schweizer Justizbehörden.

Lopez und Baumann hatten bei der Übergabe kein unnötiges Wort gewechselt, dafür war in den Wochen zuvor ausreichend Zeit gewesen.

Als die Amerikaner verstanden, dass Baumann für sie draußen mehr wert war als drinnen, musste er der DEA und dem District Attorney's Office klarmachen, dass der Plan, ihn zurück nach Mexiko zu schicken, nur dann funktionieren würde, wenn er weiterhin über sein Geflecht an Offshore-Gesellschaften, Stiftungen und Bankkonten verfügen konnte. Was sonst hätte er den Kartellen anbieten sollen?

Sie begriffen rasch, weshalb der Prozess vor dem District Court in Miami auch unter Ausschluss der Öffentlichkeit stattgefunden hatte.

Das Gericht hatte auch abzusegnen, was nun folgte: Baumann beriet die DEA, wie und wo sie Gesellschaften gründen musste, damit ihre Ermittler die Geldflüsse seiner Kunden überwachen konnten. Dabei ging es nicht um irgendeinen Kunden. Es ging um das mexikanische Sinaloa-Kartell des Joaquín Archivaldo Guzmán Loera, genannt El Chapo, der Kurze, Boss der mächtigsten Narco-Organisation der Welt.

Am Ende hatte Baumann nicht nur sein Geldwäsche-System zurück – es war noch raffinierter als zuvor.

Die Frage war einzig, ob ihm die Mexikaner nach seiner unerwarteten Auszeit noch vertrauen würden.

Beide, Baumann und die DEA, wussten, sie mussten bald, sehr bald, mit einer guten Geschichte um die Ecke kommen, wieso Baumann für die nächste Zeit nicht erreichbar sein und keine Reisen würde machen können. Denn an Baumanns achtzehn Monate Gefängnis führte kein Weg mehr vorbei.

Nicht, dass die DEA nicht mit allen Mitteln versucht hätte, eine Haftstrafe für Baumann zu vermeiden. Chief Lundgren reiste nach Washington, traf sich mit Vertretern des US-Justizministeriums und später mit dem Richter am District Court in Miami und versuchte, den Juristen darzulegen, warum ihre Topquelle, um glaubwürdig zu bleiben, sich nicht wie ein normaler Bürger in ein Sabbatical verabschieden konnte. Es half nichts. Wohl stimmten die Beamten in Washington einer Undercover-Operation und Straferleichterungen zu. Sie bestanden aber auf einer Gefängnisstrafe.

Die Bezirksrichter stießen ins gleiche Horn. In ihren Augen war es schlicht undenkbar, dem Geldwäscher eines Drogenkartells keine Gefängnisstrafe aufzubrummen. Egal, wie viel Gutes er in Zukunft – angeblich – für die Vereinigten Staaten noch leisten würde.

Es war ein Rückschlag. Aber noch gab sich die DEA nicht geschlagen. Dafür war die Quelle Walter Baumann zu wertvoll. Im Gegensatz zu den Sesselfurzern in der Hauptstadt und am District Court glaubten Chief Lundgren, Sorbello und Lopez an ihre Chance, und die wollten sie nutzen.

»Wie wäre es mit Krebs? Nichts Tödliches, aber er muss ihn operieren lassen. Dann eine Therapie und anschließend Reha. Das dauert dann locker ein Jahr. Und danach nimmt er seine Arbeit wieder auf und macht dort weiter, wo er aufgehört hat.«

Sorbello blickte gespannt in die Gesichter von Lopez und Chief Lundgren.

»Warum nicht gleich auf die Internationale Raumstation? Die Mexikaner werden es verstehen.«

»Ausgezeichneter Beitrag, Lopez.« Chief Lundgren warf Lopez einen ratlosen Blick zu.

»Wenn Sie keine Lust mehr haben, dann sagen Sie es. Ich finde Ihnen schon morgen einen Job im Archiv. Ob Sie es glauben oder nicht: Uns alle kotzen diese bescheuerten Bürokraten in Washington und Miami an. Aber wir ziehen das durch.«

Chief Lundgren sammelte seine Unterlagen ein. »Die Krebsgeschichte gefällt mir, das könnte klappen. Dass uns nicht viel Zeit bleibt, dürfte allen klar sein. Sprecht mit Baumann, schließlich muss er die Geschichte an El Chapo verkaufen. Bereitet ihn darauf vor. Dann macht einen Einsatzplan. Bis Montag liegt er auf meinem Tisch. Fragen?«

»Ja. Heute ist Freitag«, stellte Lopez lakonisch fest.

Der Chief hatte den Raum bereits verlassen, steckte den Kopf aber nochmals durch den Türspalt. »So ist es, Lopez. Im Gegensatz zu Mike oder mir haben Sie aber keine Familie, der Sie erklären müssen, warum Sie auch dieses Wochenende nicht zu Hause sein werden. Oder irre ich mich?«

Lopez' Stinkefinger hatte der Chief nicht mehr mitbekommen. Aber er hatte ihn sich denken können.

Drei Wochen nach seiner Festnahme schickte Baumann mit seinem Nokia-Handy unter Lopez' Aufsicht eine kurze Textnachricht an El Chapos Stellvertreter, Ismael »El Mayo« Zambada García:

Melde dich nur, wenn dringend.
Sag es auch den anderen.
Ich ruf dich zurück.
1433.

1433 war ein Codewort. Die Zahl 14 war Baumanns Nummer. Jeder im inneren Zirkel des Kartells hatte seine eigene Kennzahl. Die 33 stand für »Nachricht ist echt«. Hätte er die Nachricht mit 66 anstelle 33 signiert, würde es »Falschmeldung, Falle« bedeuten. Sollte also jemand in die Fänge der Polizei oder rivalisierender Kartelle geraten und gezwungen werden, eine Nachricht abzusetzen, konnte man mit dem Codesystem eine Warnung absetzen, die nur Eingeweihte verstehen würden.

Ismael hatte sich das System ausgedacht, nachdem sie einen Verräter in ihren Reihen enttarnt hatten, den ihnen die Arellano-Felix-Brüder vom Tijuana-Kartell untergeschoben hatten. Zumindest war es das, was El Chapo und Ismael damals glaubten. Der Mann, einer ihrer Fahrer, hatte es bis zuletzt bestritten und um sein Leben gefleht. Bevor sie ihm den Gnadenschuss gaben, schnitten sie ihm beide Ohren sowie die Zunge ab und stachen ihm die Augen aus. So verfuhr El Chapo mit jenen, die seiner Meinung nach zu viel gehört, geredet und gesehen hatten. Anschließend karrten sie die Leiche in den Norden des Landes und warfen sie vor einem Lagerschuppen des Tijuana-Kartells auf die staubige Straße.

Seine Betreuer bei der DEA waren überzeugt, dass die Textnachricht an Ismael Walter Baumanns erster Verrat am Kartell war. Und dass sie damit den ersten Schachzug im Krieg gegen das Sinaloa-Kartell gemacht hatten.

Nichts von alledem traf zu. Dass sie zu diesem Zeitpunkt bereits verloren hatten, konnten die DEA-Ermittler nicht wissen.

9

Schweiz, 2003

Noch zwei Kilometer bis zur Raststätte. Es war Urlaubszeit, die Sonne brannte vom Himmel, ein endloser Strom deutscher, holländischer und anderer sonnenhungriger Nordeuropäer quälte sich über die zweispurige Gotthard-Autobahn Richtung Alpen ihrem Ziel Mittelmeer entgegen.

Keller war genervt über die Urlauber, er war durstig, und sowieso brauchte er eine Pinkelpause. Nach mehreren Runden fand er einen freien Platz unter einem schattenspendenden Baum. Er wollte die Toiletten aufsuchen; die lange Schlange von Vätern mit ihren quengelnden Söhnen ließ ihn jedoch seine Meinung ändern. Dann eben doch die Birke beim Parkplatz.

Mit zwei kalten Dosen Red Bull aus dem Automaten setzte er sich auf eine Parkbank neben seinem Auto und steckte sich eine Zigarette an. Den unvermeidlichen Stau vor dem Tunnel hatte er noch vor sich. Vor dreizehn Uhr würde er nicht im Hotel sein. Da konnte er ebenso gut seine Pause ein bisschen ausdehnen.

Julie hatte ihm den Gefallen getan und bei ihrer Zentrale nachgefragt. Ja, Walter Baumann war auch beim FBI verzeichnet. Aber die Einträge dienten der reinen Information, Baumann war kein FBI-Target – die Daten bezogen sich auf das bekannte Verfahren der DEA aus dem Jahr 1996.

Moser hatte sich mehr erhofft. Aber Julie hatte ihre Erwartungen bereits vorab gedämpft, und das zu Recht: Zuständig für Drogenermittlungen in den Vereinigten Staaten ist nun mal die DEA, nicht das FBI. Und beste Freunde war man sowieso nicht.

Sie hatten es zumindest versucht.

Hatte Moser eine Observation organisieren können? Hatte er nicht. »Schlechter Moment, Phantome zu jagen. Kommt wieder, wenn ihr wisst, wo wir überhaupt ansetzen sollen«, hieß es aus dem Observationsdienst. Die Wette ging an Keller.

Der Anruf von U siccu auf die unbekannte Schweizer Nummer hatte die erste große Wende in dem Fall gebracht. Wer immer am anderen Ende der Leitung war, er steckte bis zum Hals im Antwerpen-Debakel. Daran hatte der Boss der Cosa Nostra wenig Zweifel gelassen. War es Baumann? Monti war sich sicher. Auch Keller hatte wenig Grund, an Montis Version zu zweifeln. Es war die einzig logische Erklärung.

Die neue Mobilnummer war noch gleichentags zur Überwachung aufgeschaltet worden. Angemeldet war sie auf die Reuther Global Invest, einer Sitzgesellschaft auf den Bahamas mit einer Zweigstelle im World Trade Center Lugano – natürlich im WTC, wo denn sonst, genauso wie viele der dubiosen Briefkastenfirmen in der Südschweiz, bei denen außer dem besagten Briefkasten nichts zu finden war. Das vielleicht Interessanteste beim Mobilfunkvertrag aber war ein unscheinbarer Hinweis, versteckt in den Kundenzusatzinformationen auf der letzten Seite: Die Rechnungsadresse war nicht das WTC Lugano. Auf Kellers Nachfrage bei der Kantonspolizei Tessin gehörte diese zu einer privaten Liegenschaft in der Gemeinde Caprino, einem verschlafenen Nest am Südufer des Luganer Sees, das sich an der Staatsgrenze zu Italien befand.

Gespräche waren auf der Nummer bisher keine festgestellt worden. Es überraschte Keller nicht. Wer immer das zweifelhafte Privileg genossen hatte, von Matteo Messina Denaro persönlich an seine Pflichten erinnert zu werden, würde jetzt gut daran tun, sich unsichtbar zu machen.

Es gab noch andere Fragen zur Reuther Global Invest, die er unbedingt mit Monti besprechen musste. Für Keller aber hatte die Abfuhr der Observationseinheit erst mal eine Dienstfahrt in die Südschweiz bedeutet, zur Liegenschaft nach Caprino. Ein toter Baumann nützte ihnen nichts. Sie mussten ihn finden, solange er noch am Leben war.

Der Stau setzte schon kurz nach dem Anstieg zum Gotthard-Portal ein. Im Radio wurden sieben Kilometer gemeldet, das wären dann etwa eineinhalb Stunden. Großartig. Er stellte den Motor aus und stellte die Klimaanlage auf Maximum. Irgendwann hatte er auch den verfluchten Stau und den Tunnel hinter sich gelassen.

Nach dem Einchecken im Hotel im Zentrum von Lugano stellte er sich als Erstes unter die kalte Dusche, legte sich auf das kühle Bettlaken und döste ein.

Bei Einbruch der Dämmerung fuhr er los, entlang der Hauptstraße über die Seebrücke von Melide, die das westliche mit dem östlichen Ufer des Luganer Sees verband, dann noch ein Stück weiter südlich. Bei Maroggia bog er links ab, fuhr den Berg hoch und folgte der Straße, bis auf der Rückseite die Lichterketten von Lugano auftauchten. Nach einem weiteren Kilometer enger Haarnadelkurven parkte er sein Auto vor dem Grotto San Rocco am Ufer des Lago di Lugano.

Abends bot das Grotto ein spektakuläres Panorama mit Sicht auf das Wahrzeichen der Südschweiz, den Monte San Salvatore, einer Art kleinem Bruder des Pão de Açúcar, dem Sinnbild Rio de Janeiros. Die Kennzeichen der Sport- und Luxuskarossen auf dem Vorplatz verrieten, dass die Klientel überwiegend aus Vertretern der Mailänder Oberschicht bestand. Wassertaxis mit Gästen aus Lugano konnten am hauseigenen Bootssteg anlegen. Den Ort umwehte ein Hauch von Capri.

Das Lokal war bis auf den letzten Platz besetzt, mit schick gekleideten Pärchen, die sich zum romantischen Stelldichein verabredet hatten. Wenn Julie und er bei ihrem schon lange geplanten Wochenende in Mailand einen Halt machen würden, dann sollte es hier sein.

Nach längerem Warten fand ein Cameriere dann auch den Weg zu seinem Tisch. Keller gab den gegrillten Fisch auf Apfelrisotto in Auftrag, dazu ein Glas Weißwein aus der Region – und ein paar Scheiben Brot, denn er vermutete, dass das mit dem Fisch noch einen Moment dauern könnte.

Und wären die anderen Gäste nicht so sehr mit sich selbst und der Umgebung beschäftigt gewesen, hätten sie sich vielleicht sogar über ihn gewundert, den einzigen Gast ohne Begleitung, den das mediterrane Ambiente kaum zu interessieren schien.

Der ernste Hintergrund von Kellers Besuch im San Rocco stand in scharfem Kontrast zur unverfänglichen

Stimmung im Lokal. Wenn die Kollegen der Tessiner Polizei ihre Hausaufgaben richtig gemacht hatten, war das elegante, weiß getünchte Haus mit Grünfläche am Hügel direkt über dem Grotto die Privatliegenschaft im Besitz der Reuther Global Invest. Und die Terrasse des Grotto bot einen unverstellten Blick von außen auf das vor fremden Blicken sorgfältig geschützte Anwesen.

Die Funktechniker in Kellers Büro hatten festgestellt, dass hier auch der Standort jener Swisscom-Mobilfunkantenne war, welche den Anruf Matteo Messina Denaros, dem Boss der Bosse der Cosa Nostra, auf ein Schweizer Mobiltelefon übermittelt hatte, in welchem dieser seinem Gegenüber seine kurze, düstere Einschätzung der Lage seines Gesprächspartners mitgeteilt hatte. Und wenn es nach Andrea Monti der DIA Palermo ging, hieß der Angerufene Walter Baumann.

Gut möglich also, dass sich an diesem verwunschenen Flecken am Luganer See ein weiteres Puzzleteil in das noch verschwommene Bild von Kellers Fall einfügte.

Das Klingelschild am Eingangstor war nicht beschriftet. Natürlich nicht. Keller ging die Straße zurück, auf der Suche nach einer Lücke im dichten Buschwerk, welches das Grundstück der Reuther Global Invest umgab. Doch es blieb ihm nur ein Kirschbaum auf der Wiese nebenan. Er schätzte die Distanzen ab. Von dem Baum aus müsste er in das Anwesen sehen können. Er blickte in die Krone, gute dreieinhalb Meter über ihm. Da musste er hin. Er suchte nach einem geeigneten Ast auf Armhöhe und zog sich mit einem Klimmzug nach oben.

Dann kletterte er weiter zu einer breiten Astgabel, wo er sich halten konnte, und zog sein Nachtsichtgerät aus der Schultertasche. Die Position war perfekt. Nun hatte er freie Sicht auf das Anwesen.

Die breite Glasfront zur Terrasse stand offen. Auf dem Rasen davor befand sich ein in sanftes Licht getauchter Pool, umgeben von hochgewachsenen Hanfpalmen, auf dem sorgsam gepflegten Rasen standen Sonnenliegen und Gartentische. Am Beckenrand lagen Werkzeuge zur Poolreinigung. Keine Frage, dass das Anwesen von Angestellten in Schuss gehalten wurde. Es schien auch nicht von einer Familie bewohnt zu sein. Er sah keine Spielsachen für Kinder, keine Wasserbälle, keine Schwimmringe. Dafür eine Minibar neben dem lang gezogenen Esstisch auf der Terrasse, gefüllt mit diversen Alkoholika.

Auf dem Steinboden neben dem Esstisch lag eine Katze. *Klar*, dachte Keller, *immer auf der Suche nach dem wärmsten Platz*. Ein schönes, kräftiges Exemplar mit goldbraunem, schwarzgepunktetem Fell, vielleicht eine Bengal.

Aber etwas stimmte nicht. Keller justierte den Lichtregler, holte das Bild noch näher heran – und zuckte angewidert zurück.

Der Kopf der Katze lag abgetrennt neben dem Körper, ebenso ihre Pfoten. Das arme Vieh war definitiv tot. Allerdings war kein Blut zu erkennen. War das Tier an einem anderen Ort getötet und später auf der Terrasse drapiert worden?

Und wer tat so etwas? Er hatte Fälle von Tierquälerei erlebt. Soziopathen meist, manche gemeingefährlich, die ihre Opfer auch unter Menschen suchten. Dann gab es Leute, die Tiere als reines Mittel zum Zweck quälten oder töteten. Eine Form der wortlosen Kommunikation, ein Mittel, anderen Menschen eine stille, aber eindeutige Botschaft zu übermitteln.

Der blutige Pferdekopf im Bett des starrsinnigen Filmproduzenten etwa, der sich weigert, Johnny Fontane, Patensohn von Boss »Don« Vito Corleone eine Filmrolle anzubieten, war Filmgeschichte und Fallstudie zugleich. Und auch der Satz *»It's a Sicilian message. It means Luca Brasi sleeps with the fishes«* fällt in *Der Pate*: Dons Leibwächter Luca Brasi verschwindet, und die Familie fragt sich, was wohl mit ihm passiert sein könnte. Die Antwort kommt umgehend, in Form eines mysteriösen braunen Pakets.

Der Inhalt? Zwei Fische, eingewickelt in eine kugelsichere Weste.

Clemenza, die Nummer zwei, versteht die Nachricht hingegen sehr wohl: Luca Brasi wurde ermordet, sein Leichnam ins Wasser geworfen.

Es sind dies die Botschaften nach Brauch der Cosa Nostra.

Über die Jahre hatte Keller gelernt, die Mafia ernst zu nehmen. Und dass sie auch dann spricht, wenn sie nicht redet. Dass sie kommuniziert, auch wenn die Telefone stumm bleiben. Wie jetzt beim Bewohner dieses Hauses.

Das ist die letzte Warnung. Denk noch mal nach. Du könntest der Nächste sein.

Zuerst nahm er nur einen verzerrten Schatten wahr. Dann trat eine Person in sein Sichtfeld, der Silhouette nach ein Mann. Er durchquerte den vorderen Loungebereich mit einem breiten Designer-Sofa, einem rechteckigen Salontisch in der Mitte, gegenüber zwei elegante Sessel. Der Mann sprach am Telefon.

Dann trat er zögerlich durch die offene Schiebetüre. Er schien das Schicksal der Katze bereits zu kennen. Unvermittelt ging das Terrassenlicht an.

Der Mann trug Bart und Brille und hatte einen deutlichen Bauchansatz. Trotzdem erkannte Keller ihn sofort: Der Mann, der wohl gerade über die Exekution seiner Katze berichtete, war Walter Baumann. Baumann hatte sich verändert, und Keller mutmaßte, dass es nicht allein an den verflossenen Jahren lag, sondern auch an der nicht eben komfortablen Situation, in der sich der Ex-Banker gerade befand.

Keller machte rasch ein paar Fotos, packte seine Sachen in die Umhängetasche und kletterte wieder hinunter. Dann überquerte er die Wiese und setzte sich auf einen Stein am Straßenrand.

Na gut. Teil eins war erledigt. Er hatte Baumann gefunden. Aber seine Feinde waren wohl schneller gewesen, und sie hatten eine Grußkarte hinterlassen.

Kellers Telefon vibrierte.

»Wo bist du?« Max gehörte zu ihrem TÜ-Team. Der junge Techniker befand sich in einem fensterlosen Raum in Bern und hörte die überwachten Telefone ab.

»Bei dem Haus in Caprino. Was gibts?«

»Es ist so weit, Baumann hat seinen ersten Anruf gemacht.«

»Ich denke, ich habe ihn dabei beobachtet, Max.«

»Du hast ihn *gesehen*? Dann hast du gehört, was er gesagt hat?«

»Ich war zu weit weg. Wen hat er angerufen?«

»Die US-Botschaft. Also einen Mobilanschluss, der ganz offiziell auf die DEA-Station der US-Botschaft in Bern registriert ist.«

»Du verarschst mich, oder?«

»Nein!«

»Wen hat er gesprochen?«

»Eine gewisse Martha. Baumann hat Schiss, irgendwas ist passiert. Sie sprachen über eine tote Katze. Ist wohl ein Code für irgendetwas.«

»War es, aber anders als du denkst. Die tote Katze gibt es wirklich. Die Frau, die er angerufen hat, war Martha Lopez. Was hat sie gesagt?«

»Er solle sich beruhigen. Und sie und jemand namens Sorbello würden ihn jetzt abholen. Sie sagte, Baumann müsse für eine Weile abtauchen.«

»Sagte Lopez, wann sie bei Baumann sind?«

»Nein. Ist jetzt nur so mein Gefühl, aber viel Zeit werden sie sich nicht lassen.«

»Ja, das denke ich auch. Gute Arbeit, Max. Stell fest, wo Lopez bei dem Anruf war. Und melde dich, wenn sich in der Leitung was tut.«

Ein Volltreffer. Jetzt hatten sie es unwiderlegbar auf Band, ein Beweis für das, was sie befürchtet hatten: Baumann arbeitete für die Amerikaner. Und Lopez war kein verdammter Wirtschaftsattaché. Aber wieso zum Henker über eine offizielle Leitung? Was hatte sich Lopez bloß dabei gedacht? Dass Baumanns Handy überwacht wurde, damit *musste* sie rechnen. Nun, andere kochten auch nur mit Wasser – *quod erat demonstrandum.*

Keller erwischte seinen Chef beim Abendessen mit seiner Helen, was aber mehr seine Frau als Moser selbst zu ärgern schien.

»Sorry, wenn ich euch störe. Ich hab ihn, er ist in dem Haus. Zweitens – wir haben einen Anruf von Baumann an Lopez' Diensthandy der DEA aufgezeichnet. Das war vor einer halben Stunde. Also wissen wir jetzt auch, für welche Behörde Lopez wirklich arbeitet. Und sie will Baumann wegschaffen.«

»Er hat Lopez auf dem *Diensthandy* angerufen??«

»Hört sich nach einem Witz an, ist es aber nicht.«

Es dauerte einen Moment, bis Moser die Sprache wiedergefunden hatte. Was der Anruf für ihren Fall bedeutete, dafür brauchte er keine weiteren Erklärungen. Jetzt hatten sie die DEA bei den Eiern. Für die Amerikaner war das Spiel gelaufen – oder in ihrer Sprache: *game over*. Sie wussten es nur noch nicht.

»Ich lach mich tot. Wie konnte ihnen ein *solcher* Fehler passieren? Nun gut, Danke schön!«

»Es war die Panik, Pius. Das hatten wir schon, denk an die Logistiker in Antwerpen. Jetzt sind es Baumann und die DEA, die den Bock geschossen haben, ihnen geht gerade mächtig die Muffe. Und jetzt hör dir das an: Baumann hat eine Katze, oder besser gesagt, hatte. Jemand hat sie geköpft und ihm auf die Stufen gelegt. Kein netter Anblick. Die Bedeutung ist auch klar: eine letzte Warnung der Sizilianer oder Mexikaner. Wir haben keine Zeit mehr. Ich muss zu Baumann.«

»Jetzt?«

»Ja, jetzt.«

»Das ist riskant. Du bist allein.«

»Wir wissen noch nicht, wo Lopez beim Anruf war, Max klärt es ab. Aber sie ist auf dem Weg hierher, Pius. Baumann ist vieles, aber kein Rambo. Ich wette, er weiß noch nicht einmal, wie man eine Pistole bedient.«

Moser stieß ein paar gequetschte Verwünschungen aus. Baumanns stärkste Waffen waren Stift, Papier und Telefon, so viel war auch ihm klar. Nun aber lagen Baumanns Nerven blank, wer garantierte ihm, dass dieser nicht trotzdem eine Knarre versteckt hielt? So, wie so ziemlich jeder seiner Kunden?

Ihr Problem war die Zeit, die sie nicht hatten.

»Und du bist dir sicher?«

»Nein! Aber dann sag mir verdammt noch mal, was ich tun soll!«

Moser stöhnte auf. »Verflucht, David …« Und nach einer langen Pause: »Meinetwegen, versuch's. Ich bete zu Gott, dass ich das nicht bereuen werde.«

Keller legte auf, machte sich auf die Suche nach einer besseren Position und griff wieder zum Nachtsichtgerät. Freie Sicht auf das gesamte Anwesen hatte er auch diesmal nicht, doch es schien, dass nun alle Lichter aus waren.

***

Es musste vor etwa zwei Stunden geschehen sein, und noch immer hing ätzender Brandgeruch in der Luft. Brandermittler in Schutzkleidung waren bereits dabei, Spuren zu sichern. Der Staatsanwalt hielt sich ein Taschentuch vor das Gesicht und hob das Laken an.

Das Opfer lag vor dem Eingang zum Bürotrakt. Der Mann trug die Uniform eines Sicherheitsdienstes, das Gesicht intensiv grau, als wäre es mit Grafit eingerieben worden. Der Staatsanwalt hatte sich nicht vorstellen können, dass ein Mensch diese Farbe annehmen kann, ob tot oder lebendig. Dann war da die Frage nach der Todesursache und wieso der Wachmann nicht in der Lage gewesen war, sich rechtzeitig in Sicherheit zu bringen. Eine Rauchvergiftung? Hatten ihn die Attentäter getötet? Die Gerichtsmediziner würden hoffentlich Antworten liefern können – vorausgesetzt, sie würden sich endlich mal am Tatort zeigen.

Der Staatsanwalt sah sich weiter um. Die Eingangstüre zum angrenzenden Büroraum war aufgebrochen, und das Wasser auf dem Teppichboden stand knöchelhoch. Die Feuerwehr hatte ganze Arbeit geleistet.

Soweit er erkennen konnte, befanden sich zwei Arbeitsplätze in dem Raum. An der Rückwand stand ein aufgebrochener Safe, dahinter schwarze Brandspuren, die bis zur Decke reichten.

Die Gebäudeversicherung jedenfalls dürfte für das Objekt im achten Stock des tristen Bürogebäudes an der Badenerstraße in Zürich einen Totalschaden feststellen.

Wer als Nächstes schnaufend die Stufen hochgelaufen kam, war Karl Wirtz.

»Schau, schau, die Kripo ist auch schon da. Fehlt nur noch die Gerichtsmedizin. Haben Sie sich verfahren?«

Wirtz warf dem Staatsanwalt einen stechenden Blick zu. Er kannte den Mann weder lange noch besonders gut, hatte aber gehört, dass der Jurist mit dem sauberen Seitenscheitel eine merkwürdige Auffassung von Humor haben sollte.

»Haha. Sehr witzig.« Und er ärgerte sich, dass er immer noch um Luft ringen musste.

Wirtz sah zum toten Wachmann zu ihren Füßen.

»Eine Brandleiche so kurz vor dem Essen, da muss doch auch ihr Herz vor Freude hüpfen, nicht wahr?« Wenn der Kerl witzig sein wollte, bitte, das konnte er haben.

Der Staatsanwalt quittierte Wirtz' Bemerkung mit einem dünnen Lächeln. Karl deutete auf den Bürotrakt, gleich neben dem Aufzug.

»Bevor das alles in Schutt und Asche gelegt wurde, war es das Zuhause der GB Financial Consulting. Sie gehört einem Schweizer Geschäftsmann, Walter Baumann.«

Der Staatsanwalt rückte seine Brille zurecht und warf einen Blick auf seine Unterlagen.

»Walter Baumann … Er ist in einen Drogenfall involviert?«

Wirtz hob die Brauen. »*Involviert?* Nett gesagt. Die belgische Zollfahndung hat eine Sendung Kokain sichergestellt, aus Venezuela, schlappe drei Tonnen. Vieles spricht dafür, dass Baumann der Organisator war. Die Bundesanwaltschaft hat ein Verfahren gegen Baumann eröffnet. Weitere Verfahren laufen in Holland und Italien. Ein komplexer Fall. Organisierte Kriminalität, Drogenschmuggel, Geldwäsche. Einiges wissen wir, aber vieles ist noch unklar. Wir stehen erst am Anfang.«

»Ich verstehe. Sie sehen einen Zusammenhang mit … dem hier?«

Wirtz schaute sich um. »Erst mal sehe ich einen Einbruch, einen Brandanschlag und einen Toten. Aber man müsste schon sehr viel Fantasie aufbringen, *keinen* Zusammenhang zu sehen.«

»Wissen Sie bereits, wer die Angestellten sind, die hier gearbeitet haben? Was sich im Safe befand?«

Wirtz zog sein kleines Notizbuch zurate, blätterte es auf und ging durch seine Aufzeichnungen. »Eine erste Mitarbeiterin konnten wir telefonisch erreichen. Sie sagte, dass hier nur Anrufe und Post entgegengenommen werden, es aber keinen Kundenverkehr gibt. Baumann selbst soll nur alle paar Monate hier gewesen sein. Sein letzter Besuch liegt etwa acht Wochen zurück. Im Safe befanden sich Geschäftsunterlagen zu den Firmen, die hier verwaltet wurden. Urkunden, Geschäftsberichte, Bankunterlagen. Und etwa vierhunderttausend Franken in bar.«

»Und was fehlt?«

»Alles, was wir im Moment sagen können, ist: Der Safe ist leer. Ob aktuell überhaupt etwas drin war, wissen wir noch nicht.«

»Spricht für eine klassische Briefkastenfirma.«

Wirtz nickte. »Jedenfalls, der oder die Täter sind nachts gekommen. Womit Baumann selbst offenbar nicht das Ziel war. Oder sagen wir, noch nicht. Es ging wohl um Informationen, Unterlagen. Vielleicht auch um das Geld.«

»Und wir haben einen Toten«, bemerkte der Staatsanwalt trocken.

Wirtz schüttelte nachdenklich den Kopf. »Das war bestimmt nicht Teil des Plans.«

Schweigend betrachteten die beiden Ermittler den zugedeckten Leichnam des Wachmannes. Der Mann hätte sich nach der Brandmeldung besser gleich in Sicherheit gebracht, statt selbst etwas zu unternehmen. Er hatte versucht, ein Gebäude zu retten, das ihm im Grunde egal sein konnte und dafür mit dem Leben bezahlt. Zu viel Arbeitsethos konnte manchmal tödlich sein.

Wirtz wischte den Gedanken beiseite.

»Die Täter waren kaltblütig genug, um zu wissen, was zu tun ist. In den Augen der Cosa Nostra hat der Besitzer dieses Büros hier drei Tonnen Kokain verloren, die ihr gehören, oder besser gesagt, gehörten. Stoff im Wert von einhundert Millionen.«

»Oh …« Der Staatsanwalt schaute sich unsicher um, als fürchtete er, der Überfall sei noch im Gange. »Sie meinen, das war ein Mafia-Anschlag?«

»Meiner Vermutung nach ja. Darauf läuft es wohl hinaus.«

Der Staatsanwalt wirkte durch Wirtz' Kurzanalyse sichtlich erschüttert. Die Vorstellung eines Feldzugs der sizilianischen Clans auf Zürichs Straßen schien ihm nicht geheuer.

»Es muss nicht dazu kommen«, fügte Wirtz beschwichtigend an. »Aber wir müssen uns etwas einfallen lassen.« Das »Wir« bezog sich dabei in erster Linie auf eine Person, auf Keller. David musste diesen verfluchten Banker finden, und das am besten noch lebend. Wirtz zog sein Handy aus der Tasche. »Sie entschuldigen mich? Zeit, den Kollegen der Bundeskripo zu informieren.«

Damit stapfte er über den durchnässten Teppich den Korridor entlang und war erst mal dankbar, dem Staatsanwalt entkommen zu sein.

10

El Salado, Mexiko, 2001

Baumanns Beziehungen zu einigen der einflussreichsten Mafiaclans Siziliens reichten zurück bis in die Achtzigerjahre, und sie hatten ihre ganz eigene Geschichte. Niemand musste den Sizilianern erklären, dass ihnen Baumanns Coup mit den Narco-Dollars des Pablo Escobar ihre Geldwaschmaschine namens Banca Rasini gerettet hatte. Und damit auch das Wirtschaftsimperium ihres treuen Gefährten Silvio Berlusconi. Der Wertschätzung der Bosse konnte sich Baumann also sicher sein.

Baumanns Interesse, dem Sinaloa-Kartell die Türen zu den *capi dei capi* der Cosa Nostra zu öffnen und umgekehrt, hatte wiederum wenig mit Loyalität zu tun. Weder gegenüber den Italienern noch den Mexikanern, und schon gar nicht gegenüber der DEA. Es war schlicht lukrativ. Je größer der Deal, umso üppiger die Kommissionen, die er kassierte.

Schon vor längerer Zeit hatte Baumann Ismael vorgeschlagen, seine Fühler nach Sizilien auszustrecken. Ismael wusste um Baumanns ausgezeichnete Verbindungen nach Italien. Ihm war klar, dass mit den dortigen Clans viel Geld zu machen war. Aber Ismael wusste auch, dass sie nicht die Einzigen waren, die um neue Märkte in Europa kämpften.

Die größte Konkurrenz kam direkt von nebenan, aus Tijuana, vom Arellano-Felix-Kartell. Nur wollte Ismael keinen neuen Drogenkrieg vor der eigenen Haustüre riskieren. Der letzte lag noch nicht lange zurück, ein wahres Gemetzel, und der Frieden, wenn man ihn überhaupt so nennen konnte, war brüchig.

El Chapo aber sah den Moment gekommen, in Italien strategische Partnerschaften zu bilden. Zu lukrativ der Markt, ihre Clans mit Ablegern auf der ganzen Welt zu einflussreich, um ihn nicht zu erobern. Wenn es sein musste, auch für den Preis eines Kampfes mit dem Tijuana-Kartell. El Chapo hatte wenig Zweifel, dass sie diese Schlacht, wenn sie denn kommen sollte, auch gewinnen würden. Und El Chapos Expansionswille war Baumanns Chance. Nach achtzehn Monaten Auszeit in »Therapie« war er zurück im Geschäft. Zuvor, vor seiner Abreise aus den USA zum Haftantritt in die Schweiz, hatte Baumann mit Ismael die einfachste aller Lösungen abgesprochen: Bis zu seiner Rückkehr wird das Drogengeld erst mal gebunkert. Gewaschen wird danach.

Wieder aus der Haft entlassen, flog Baumann auf direktem Weg nach Mexiko. Ismael beglückwünschte ihn zu seiner Genesung und gab grünes Licht, mit den Sizilianern zu verhandeln – der Wunsch nach Wachstum war größer denn je.

Zurück in der Schweiz, arrangierte Baumann ein erstes Abendessen in Mailand mit einem alten Freund, von dem er wusste, dass er über die richtigen Beziehungen verfügte. In den darauffolgenden Wochen machten sich weitere Abgesandte aus Sizilien auf den Weg nach Norden. Eine Allianz mit dem Sinaloa-Kartell? Darüber konnte man gerne reden.

Für die folgende Verhandlungsrunde wurde Baumann nach Trapani beordert. Die *capi* luden zum Essen, schwärmten von alten Zeiten, Baumanns besonderem Talent und den Möglichkeiten, die ihnen die Zukunft bot. In den Augen der Denaro-Bosse lag das Geld – welch makabre Ironie – auf der Straße. Millionen. Und wenn sie es richtig anstellten, Milliarden.

Zum Ende des Abends war man sich einig, dass von einer Kooperation beide Seiten gleichermaßen profitieren würden. Die *capi* reichten Baumann die Hand: Das Sinaloa-Kartell erhielt den Zuschlag als Kokain-Lieferant der mächtigsten aller Cosa-Nostra-Familien.

Das Abkommen lag bereits einige Jahre zurück. Fünf, um genau zu sein. Und sie hatten sich nicht getäuscht: Der Markt explodierte, die Gewinne waren atemberaubend. Wie so oft weckt Erfolg Neider, und mit dem Aufstieg der kalabrischen 'Ndrangheta-Familien hatte die sizilianische Mafia mächtige Konkurrenz im eigenen Land erhalten. Die Kalabresen drängten in den Drogenmarkt, und mit ihrer Brutalität übertrafen sie selbst ihre Vettern aus Sizilien.

Der Fehdehandschuh war geworfen.

Wollten sie ihre Stellung behaupten, mussten die Bosse im Westen Siziliens reagieren. Statt eines blutigen Machtkampfs auf der Straße wählten sie die diskrete Variante eines Wirtschaftskriegs. Man wollte den Markt mit Kokain überschwemmen. Die Maßnahmen bedeuteten tiefere Preise und weniger Marge, aber das galt auch für die Kalabresen. Der Kuchen war groß genug, der Kokainhandel blieb auch so ein Milliardengeschäft. Dementsprechend fiel auch die neueste Bestellung der Sizilianer aus. Sie war nicht einfach nur groß. Sie war gigantisch: drei Tonnen, vermittelt durch Walter Baumann.

Für Ismael war nun der Moment gekommen, seinem Sohn Vicente, gerade achtundzwanzig geworden, die erste wichtige Aufgabe als künftige Nummer zwei des Sinaloa-Kartells zu übertragen. »El Vicentillo« sollte die Planung der Megalieferung an die Sizilianer übernehmen.

Sowieso hatte Vicente einen Lauf. Bei einem rauschenden Fest einige Monate zuvor hatte er Rosa Isela Guzmán geheiratet, eine Tochter El Chapo Guzmáns.

Klar war auch, ohne Baumann würde es nicht gehen, der Schweizer musste mitspielen.

»Amigo! Wie gehts? Hervorragende Arbeit, mein Glückwunsch, auch von Joaquín.«

Baumann saß auf der Terrasse seines Anwesens im Tessin. »Alles bestens, danke, Ismael. Jetzt müssen wir nur noch liefern.«

»Werden wir. Kannst du herkommen? Ich möchte etwas mit dir besprechen.«

»Natürlich. Nächste Woche, okay?«

»Je früher, desto besser. Gib Bescheid. Du kennst das Prozedere.«

Zu Baumanns Missfallen konnte ihm die Charterfirma diesmal keinen Privatjet zur Verfügung stellen, alle Maschinen waren bereits gebucht. Er war schon länger unzufrieden mit dem Service, und das nicht erst, seit sein Stammpilot Röthlisberger verstorben war. Es war an der Zeit, sich nach einem neuen Anbieter umzuschauen.

Für den Moment blieb ihm nur ein Linienflug. Baumann buchte ein First-Class-Ticket für den folgenden Montag, ließ sich ein paar Tage später mit dem Taxi nach

Mailand bringen, flog nach Mexiko-Stadt, und danach weiter in die Provinz nach Culiacán.

Einer von Ismaels Leibwächtern – Baumann kannte ihn als »El Ramoncito« – holte ihn am Flughafen ab. Ein Fahrer fuhr sie in das hügelige Umland der vierzig Kilometer südlich gelegenen Kleinstadt El Salado. Auf dem Weg wechselten sie dreimal die Fahrzeuge. Wo Ismaels Hazienda genau lag, in welcher der verschiedenen Anwesen sie sich treffen würden, das wusste Baumann nicht. Es brauchte ihn auch nicht zu kümmern.

Ismael empfing ihn auf den Stufen der Veranda. Ihr letztes Treffen lag schon einige Zeit zurück, und Baumann fiel auf, dass die Nummer zwei des Sinaloa-Kartells reichlich an Gewicht zugelegt hatte. Den schwarzen Schnurrbart hielt er ordentlich gestutzt, und wie eigentlich immer trug der Mexikaner ein Paar blaue Jeans von Levi's, ein Poloshirt von Lacoste und einen hellbraunen Sombrero im Cowboy-Stil als Schutz vor der brennenden Sonne.

»El Mayo« begrüßte ihn mit einer freundschaftlichen Umarmung. *»¡Me alegro de verte! ¡Por favor tome asiento! ¿Tuviste un buen viaje?«*, begrüßte er den Schweizer auf Spanisch.

»Danke, kein Grund zur Klage.«

»Deine Gesundheit? Du gehst doch regelmäßig zur Nachkontrolle?«

»Ah … ja natürlich. Ich bin kerngesund«, antwortete Baumann grinsend. Er musste noch nicht einmal die Krebslüge bedienen. Vergangene Woche erst war er für einen Gesundheitscheck beim Arzt gewesen.

»Gracias a Dios! Ich wusste es.«

»Und selbst?«, fragte Baumann nach. Nur wenige wussten, dass Ismael an Diabetes litt und auf eine Insulinbehandlung angewiesen war.

Ismael winkte ab. »Mir geht es bestens. Lass uns lieber erst ein bisschen übers Geschäft reden, dann essen wir zu Mittag. Magst du ein Bier?« Ismael gab seinem Leibwächter ein Zeichen. »Ramón! Bring uns zwei Bier.«

Die beiden stießen an, und Ismael lehnte sich entspannt zurück.

»Die Brauerei ist von hier, aus Jalisco. Ich habe sie letztes Jahr gekauft«, meinte der Drogenbaron mit sichtlichem Stolz.

»Tatsächlich? Eine gute Entscheidung. Die Bierindustrie ist äußerst rentabel.« Baumann nahm einen kräftigen Schluck. »Schmeckt jedenfalls ausgezeichnet!«

Ismael nickte. »Ich bin ganz zufrieden. Aber wir wollen expandieren. Vielleicht komme ich auf dich zurück, wenn es so weit ist.«

»Natürlich, jederzeit gerne. Und, wie geht es Joaquín?«, wollte Baumann wissen.

Der Mexikaner lachte zufrieden. »Er genießt seine wiedergewonnene Freiheit.«

»Wer könnte es ihm verdenken!«, meinte Baumann mit einem Grinsen. »Ich hatte eigentlich gehofft, er wäre ebenfalls hier.«

»Das wäre zu riskant. Wir müssen vorsichtig sein, Walter. Aber ich werde ihm von unserem Treffen berichten. Er lässt dich grüßen. Er ist begeistert von deiner Arbeit. Und wie gut die Geschäfte mit den Italienern laufen. Großartige Arbeit! Vielleicht das nächste Mal.«

Ismael wirkte angespannter als sonst. Seit El Chapos Flucht aus Puente Grande vor knapp zwei Jahren mit den weltweiten Schlagzeilen, die sein Coup ausgelöst hatte, sah sich die bis auf die Knochen blamierte mexikanische Regierung genötigt, den Verfolgungsdruck auf das Sinaloa-Kartell zu erhöhen. Was Ismael wiederum den Schlaf raubte, und das im wahrsten Sinn des Wortes. Er wollte nicht wie El Chapo für Jahre oder Jahrzehnte hinter Gittern landen. Denn Don Ismael, ein vergleichsweise leise auftretender Boss der alten Schule, war nicht aus dem gleichen Holz geschnitzt wie Joaquín. Ismael glaubte nicht daran, im Gefängnis überleben zu können. Und Baumann wusste das.

»Kein Problem. Kann ich verstehen. Aber kommen wir zum Thema. Du hast mich hergebeten. Um was gehts?«

Ismael steckte sich eine Zigarre an. »Du sollst Vicente kennenlernen. Er ist mein ältester Sohn und soll meine Nachfolge antreten. Ich will vorbereitet sein, falls ich eines Tages … na ja, nicht mehr hier bin. Ich möchte, dass du bei der Lieferung an die Sizilianer mit Vicentillo zusammenarbeitest.«

Baumann nickte. »Gut. Selbstverständlich. Ist er hier?«

»Er ist noch in Mexiko-Stadt. Er wird zum Abendessen da sein. Und du hast sicher Hunger. Lass uns etwas essen, und dann ruhst du dich erst mal aus.«

Später würde Baumann sagen, dass er es hätte wissen müssen. Dass er auf sein Gefühl hätte hören sollen, spätestens in dem Moment, als er Vicente »El Vicentillo« Zambada zum ersten Mal traf, an diesem Abend in El Salado, Mexiko.

Ismael hatte ein Barbacoa zubereiten lassen, die mexikanische Variante eines Barbecues. Die Vorbereitungen hatten bereits am späten Nachmittag begonnen. Im Hof wurde ein großer Tisch aufgestellt, und als die Nacht einbrach, versammelten sich die Gäste im Hof und ließen sich von den Bediensteten üppige Teller mit *carne asada* servieren, Maistortillas gefüllt mit zartem Grillfleisch. Dazu gab es reichlich Wein und Bier.

Baumann hatte keinen der Gäste vorher je getroffen. Von den freundlichen, aber belanglosen Unterhaltungen, die er führte, schloss er, dass die Anwesenden Verwandte oder Geschäftsfreunde Ismaels waren, meist auch beides.

Irgendwann fuhr ein Geländewagen auf den Hof. Aus dem Fond stiegen ein junger Mann, Baumann schätzte ihn auf knapp dreißig, begleitet von einer sehr viel jüngeren Frau, deren Kleid für Baumanns Geschmack zu wenig Saum und zu viel Ausschnitt hatte. Ismael hatte beide mit einer Umarmung in Empfang genommen, und begleitete sie zum Tisch.

Einige Gäste standen auf und taten es Ismael gleich. »Vicentillo, mi amor!«

Damit wusste auch Baumann, wer eingetroffen war, und als die Reihe an ihm war, erhob er sich ebenfalls.

»Señor Baumann. Mein Vater hat mir schon einiges über Sie erzählt. Freut mich, Sie kennenzulernen.«

»Ganz meinerseits, Vicente.«

»Für Sie Señor Zambada, Señor Baumann.«

»Oh, wie Sie wünschen. Ihr Vater und ich, wir …«

»… genießen Sie den Abend, Señor Baumann«, unterbrach ihn Vicente. »Wir sprechen uns morgen.« Vicentes Mund lächelte, nicht aber seine Augen.

Baumann hatte schon Dutzende Figuren der kriminellen Halb- und Unterwelt kennengelernt. Alle hatten sie ihre ganz eigene Persönlichkeit. Rücksichtslosigkeit, auch Boshaftigkeit waren verbreitete Charakterzüge. Bei Vicente Zambada erkannte Baumann vor allem eines:

Überheblichkeit. Eine Eigenschaft, die er nicht von seinem Vater geerbt haben konnte. Und sicher nicht die beste, um im Führungsgremium eines weltweit operierenden Drogenkartells einen Job zu erledigen. Zumindest keinen erfolgreichen.

Am darauffolgenden Tag hatten Baumann und Ismael ihr Frühstück bereits beendet, als Vicente auf der Veranda auftauchte. Er trug weiße Bermudashorts, dazu ein buntes Hemd und eine goldumrandete Ray-Ban-Sonnenbrille. Am Handgelenk baumelte ein ebenfalls goldener Rolex-Chronograf.

Eine Hausangestellte kam an den Tisch. »Señor?«

»Das Übliche«, antwortete Vicente mit einer flüchtigen Handbewegung.

Ismael lachte. »Hattest du eine lange Nacht?« Und zu Baumann gerichtet: »Er soll sich jetzt noch die Hörner abstoßen. Denn bald wird er dafür keine Zeit mehr haben. Stimmts, mein Sohn?«

Vicente schniefte zum wiederholten Mal und rieb sich die Nase. »Ja, ja, Papa«, murmelte Vicente sichtlich übel gelaunt, schwang sich aus dem Sessel und bellte in Richtung Küche. »Maria, verdammt! Wo bleibt das Frühstück!«

Es war eine weitere Erkenntnis, und sie gefiel Baumann genauso wenig: Ismaels Sohn hatte ein Kokainproblem, und wohl kein zu knappes.

Dass Vicente die Aussicht auf seine neue Stellung in der Organisation offensichtlich gar nicht gut bekam, war die letzte und beunruhigendste Feststellung für Baumann an diesem Tag in Ismaels Haus. Vicentes Ego schien analog zu seiner Position gewachsen zu sein, genau wie sein

Kokainkonsum. Vicentillo schien besessen von der Idee, eine göttliche Macht habe nun endlich seine Genialität als Chefstratege des größten Deals des Kartells erkannt. Die Ware sollte auf mehrere Schiffe verteilt werden, über diverse Routen, das stand für Baumann außer Frage. Doch Vicente sah dafür keine Notwendigkeit. Wieso kompliziert und teuer, wenn's auch einfach und billig ging? Wieso zehn Reedereien, zehn Zollbehörden schmieren, wenn es nur eine brauchte? Die ganze Ladung getarnt zwischen Bananenkisten auf einem Containerschiff, und das Ding war geritzt.

Irgendwann im Laufe der immer heftiger gewordenen Diskussionen hatte Baumann beschlossen, Ismaels Sohn wieder beim Vornamen zu nennen. Vicente, gleichermaßen berauscht vom Koks und sich selbst, schien es nicht einmal zu bemerken.

»Vicente, das ist *verrückt*! Was, wenn alles auffliegt? Was dann? Dann sind drei Tonnen weg. DREI!«

Vicente grinste und schniefte, zum gefühlt hundertsten Mal an diesem Morgen. »Wird es aber nicht, Walter! Und wenn, dann besorgen wir uns neues aus Kolumbien. Die Lager dort unten laufen über!«

Baumann ging unruhig auf der Veranda auf und ab. Vicentes Kokainproblem war ihm herzlich egal. Das war Ismaels Job. Nicht egal war ihm das Geschäft.

Wo zum Teufel war Ismael?

»Vicente, hör mir jetzt wenigstens einmal zu! Hast du überhaupt eine Ahnung, was uns das kosten würde? Was es deine Organisation kosten würde? Und die Sizilianer? Matteo würde durchdrehen, er würde unsere Leute in Europa kaltmachen, ohne auch nur mit der Wimper zu zucken.« Kurz zuckte es durch seinen Kopf, dass er damit auch sich selbst auf eine Todesliste Messina Denaros gesetzt hatte. Ebenso rasch wischte er den Gedanken wieder beiseite.

»Die Sizilianer?« Vicente lachte hysterisch auf. »Wenn sie Eier hätten, würden sie hierherkommen und mir ihr Problem ins Gesicht sagen! Haben sie aber nicht. Sie wissen, sie würden es nicht einmal bis Culiacán schaffen. Sie wären schon in Mexiko-Stadt tot.«

Vicente steckte sich eine Zigarette an, auch schon seine x-te an diesem Morgen, und sah Baumann mit triumphierendem Blick an. »Wir sind grade dabei, unsere eigene Cargo-Airline zu gründen.«

Baumann, eben noch in dunkle Gedanken versunken, hob überrascht den Kopf. »Eine *Cargo-Airline*? Und was heißt wir?«

»Wir heißt: das Sinaloa-Kartell, Walter. Schon vergessen, wo du bist? Ich habe Jesusito in Mexiko-Stadt getroffen. Wir brauchen dich. Für den ganzen Finanzierungskram. Alles muss perfekt sein.«

»Jesús, El Chapos Sohn?«

»Yep.«

»Und was zum Teufel wollt ihr mit einer Cargo-Airline?«, fragte Baumann vorsichtig, wobei er bereits ahnte, was die Antwort sein würde.

Vicente gackerte vor Vergnügen. »Damit fliegen wir das Kokain von Kolumbien direkt hierher nach Mexiko. Wir haben auch schon einen Partner in Spanien. Und einen Namen: Air Cargo Lines.«

Baumann drehte sich um und sah über Ismaels weitläufige Hazienda und die grünen Hügel, die sich dahinter entlangzogen. Eine eigene Airline? Es war verrückt, größenwahnsinnig. Aber er kannte die Mexikaner, und er kannte die Kolumbianer. Vermutlich meinten sie es tatsächlich ernst. Dass dabei eine ganze Liste staatlicher Behörden in beiden Ländern mit drin hingen, lag auf der Hand.

Ein verstohlenes Lächeln huschte über Baumanns Gesicht. Jemand an der US-Ostküste wird begeistert sein, wenn er von dieser letzten Neuigkeit hört.

»Na wunderbar. Immerhin habt ihr schon mal einen Namen. Aber für mich alles noch Zukunftsmusik, Vicente. Jetzt sollten wir uns besser mit der Gegenwart beschäftigen, den Sizilianern.« Baumann schaute sich um. »Wo ist dein Vater?«

Vicente trug wieder denselben überheblichen Blick wie am Abend zuvor. Er hatte seine Ray-Ban abgesetzt, seine Pupillen waren dunkel und weit, die Augen rot unterlaufen. Wieder kicherte er wie ein kleines Kind und schüttelte belustigt den Kopf.

»Ach Gott, Walter. Mein Vater ist ein wichtiger Mann. Und wichtige Männer haben wichtige Besprechungen. Was immer du auf dem Herzen hast – sag es mir.«

In Baumann wuchs allmählich die Verzweiflung. Dem Schweizer war nur allzu klar, was es bedeuten würde, sollte mit der Lieferung etwas schieflaufen. Er war der Vermittler des Geschäfts. Sein Name stand ganz zuoberst auf Messina Denaros Liste der Verantwortlichen.

»Vicente, verflucht noch mal! So läuft das nicht! Ich kann nicht glauben, dass dein Vater mit deinem gottverdammten Plan einverstanden ist. Ich muss ihn sprechen. JETZT!« Baumann wandte sich ab und ging zum gegenüberliegenden Ende der Veranda, möglichst weit weg von Vicente. Er konnte ihn und sein hysterisches Gehabe nicht länger ertragen. Er sah hinaus auf die grüne Hügellandschaft, die El Mayos Hazienda umgab, im Herzen dieses Königreichs namens Sinaloa. Sein Bauchgefühl sagte ihm, dass dies für lange Zeit sein letzter Besuch am Hof seiner Herrscher war.

Ismael saß da bereits bei El Chapo. Der Boss des Sinaloa-Kartells ließ sich darüber unterrichten, dass Planung und Umsetzung der Lieferung in besten Händen lagen: bei Walter Baumann.

So wie immer.

War die Ware erst mal bei den Sizilianern, hatte Ismael alle Zeit der Welt, den Monsterdeal in eine Erfolgsgeschichte von Zambada junior und senior umzuschreiben – El Chapos verlässliche Weggefährten auf dem Weg in den Olymp des Drogenhandels.

Und falls doch was schiefging, nun ja …

11

Schweiz, 2003

Keller war noch etwa zwanzig Meter vom Eingangstor des Anwesens entfernt, als sich sein Handy meldete. Er fluchte leise, als er das summende Gerät aus der Gesäßtasche fummelte; heute Abend schien er ein begehrter Gesprächspartner zu sein.

»David, Karl hier.«

Keller war stehen geblieben und ließ den Blick die Straße entlangschweifen.

»Was gibts?«

»Ich fass mich kurz. Ich stehe hier vor Baumanns GB Financial Consulting. Jemand hat sein Büro in Schutt und Asche gelegt und wohl auch den Safe ausgeräumt. Ein Wachmann ist tot.«

Keller schwieg, er musste die Nachricht erst mal verdauen. Karl hustete geräuschvoll ins Telefon. »Der nächste Tote, David.«

»Verdammt …«

»Wo bist du?«

»Vor einer Villa am Luganer See. Und wenn ich mich nicht täusche, ist Baumann auch da. Es kommt Bewegung in die Sache, Karl. Aber danke erst mal.«

Bevor sein Züricher Kollege noch antworten konnte, hatte Keller schon aufgelegt. Dann hielt er auf das Tor zu, stellte sich in den Lichtkegel, drückte den Knopf der Gegensprechanlage und hielt seinen Polizeiausweis in die Kameralinse. Der Lautsprecher blieb stumm. Auch beim zweiten Versuch – keine Reaktion.

Für einen kurzen Moment dachte er daran, Baumann auf dem Handy anzurufen, nur um die Idee gleich wieder zu verwerfen – kaum anzunehmen, dass Baumann bei einem unbekannten Anrufer antworten würde. Er musste es anders versuchen. Er suchte seinen Hosentaschen ab, fand einen alten Tankbeleg und kritzelte ein paar Worte auf dessen Rückseite:

Wir müssen reden. Ihr Leben ist in Gefahr.

Den Zettel hielt er zusammen mit seinem Dienstausweis in die Kamera und wartete.

Sekunden verstrichen, aber immer noch keine Reaktion. Doch dann sprang plötzlich die Verriegelung auf, das schmiedeeiserne Tor hatte sich einen Spalt breit geöffnet.

Hatte er eine Antwort aus der Sprechanlage überhört?

»Baumann? Falls Sie etwas gesagt haben, ich habe Sie nicht hören können. Ich komme jetzt rein. Okay?«

Als immer noch keine Antwort kam, schob er das Gitter auf, trat unter dem efeubewachsenen Torbogen hindurch und blieb stehen.

Das zweistöckige Gebäude lag im Dunkeln. Auch die Terrassenbeleuchtung auf der Rückseite war wieder ausgeschaltet. Zu sehen oder zu hören war niemand. Die ebenerdigen Weglichter gingen an. Sie verliefen entlang von Rosensträuchern zur vorderen Eingangstüre. Es sollte wohl eine Aufforderung sein. Keller schritt die Plattenstufen hoch und blieb unter dem Vordach der Eingangstüre stehen.

Die Türe wurde geöffnet, doch vor ihm stand nicht Walter Baumann. Es war noch nicht einmal ein Mann. Die Frau im Hauseingang war eher klein gewachsen, schlanke Statur, dunkelhaarig, circa Mitte dreißig.

Für einen Moment wusste Keller nicht, was er sagen sollte. War es doch das falsche Haus? Auf die Frau musste er gerade einen ziemlich dämlichen Eindruck machen.

Keller zog zum dritten Mal seinen Ausweis hervor. »Das ist … hier wohnt Walter Baumann, richtig?«

Die Frau antwortete mit einem kurzen Nicken und bedeutete Keller, rasch einzutreten.

»Danke, sehr freundlich.« Keller trat über die Schwelle und stieß im Stillen ein paar unschöne Verwünschungen aus. Die Haushälterin? Sie nützte ihm nichts. Wo war Baumann?

Die Frau hielt ihm höflich die Hand entgegen, ihr Blick jedoch wirkte unruhig – grundsätzlich nichts Ungewöhnliches, wenn die Polizei um Einlass bat. Doch was Keller sah, war nicht jene Nervosität, die Kriminelle für gewöhnlich zeigten, wenn es hieß, das Spiel ist aus. *»Soy Rita, la pana de Walter.«* Entschuldigend fügte sie an: *»Mi alemán no es bueno. ¿Entiendes el español?«*

Ihre Stimme war weich und leise. Keller neigte sich ihr unwillkürlich zu, nicht, weil die Frau so leise sprach, sondern weil sie so fragil wirkte.

Es hatte zwar einen Moment gedauert, doch nun hatte er begriffen: Von wegen Haushälterin – die Frau war Rita Pereira Gonçalves. Sie hatte er nicht auf dem Schirm gehabt. Ihr Name stand in der Interpol-Meldung. Rita war Baumanns Lebenspartnerin, eine Venezolanerin.

Gott, wann hatte er zuletzt Spanisch gesprochen?

»Ein wenig«, erwiderte er in holperigem Spanisch. »Ähm … Walter? Ist er zu Hause?«

Rita deutete in den großen Wohnraum. »Walter geht es nicht gut.«

Er schaute in Richtung Wohnzimmer, konnte aber niemanden sehen.

»Dann ist er hier? Was ist mit ihm?«

»Er ist hier. Aber es gibt ein Problem: Walter hat höllische Schmerzen. Sie sind kein Arzt, aber Sie sind von der Polizei. Walter weiß, dass Sie da sind. Kommen Sie mit.«

Baumann lag zusammengekrümmt auf der Couch, die Augen geschlossen, auf der Stirn kalter Schweiß. Auf dem Fußboden neben ihm stand ein Eimer mit Erbrochenem.

Keller hatte sich das erste Zusammentreffen mit dem Banker definitiv anders vorgestellt.

»Wie lange geht es ihm schon schlecht?«

»Seit einer halben Stunde vielleicht. Walter hat einen Whiskey getrunken. Wegen der Katze. Kurz danach fing es an. Er muss dauernd erbrechen. Ich habe keine Ahnung.«

»Einen Whiskey, sagen Sie?« Keller schaute sich um und deutete auf die Bar. »Von hier? Welche Flasche?«

Baumann öffnete kurz die Augen und zeigte auf die Terrasse: »Nein … da draußen.«

»Okay, und woher haben Sie die Flasche? Gekauft?«, fragte Keller, obwohl er die Antwort erahnte.

»Ein Geschenk …«, flüsterte Baumann.

Rita setzte sich neben ihn und wischte mit einem Tuch seine Stirn trocken. Baumanns Gesicht war aschfahl.

»Tienes que ir a un hospital. No te ves bien.«

Rita hatte recht. Baumanns Zustand verschlechterte sich von Minute zu Minute. Für Keller gab es eine Menge guter Gründe, weshalb Baumann nicht hier und nicht jetzt sterben sollte.

»Ihre Frau hat recht. Ich denke, wir sollten einen Rettungswagen rufen.«

Rita nickte. »*¿Podrias hacer eso?*«

Fünfzehn Minuten später fuhr die Ambulanz vor. Die Rettungssanitäter luden Baumann auf und brausten in Richtung Regionalspital Lugano davon. Baumann war zu diesem Zeitpunkt kaum mehr ansprechbar.

Keller hatte sich dem Rettungsdienst gegenüber als Ermittler der Bundeskripo ausgewiesen. Die Ärzte im Krankenhaus würden den Behörden ihren Befund melden müssen. Vorausgesetzt, es bestätigte sich, was Keller von der ersten Sekunde an glaubte: Dass sich im Körper des Patienten Gift befand.

Mit Rita verabredete er sich für den kommenden Tag im Krankenhaus, dann verabschiedete er sich. Er blieb auf den Eingangsstufen stehen, atmete einmal durch und steckte sich eine Zigarette an. Im Quartier herrschte vollkommene Stille, die Nacht war dunkel und mondlos, und in den wenigen Gebäuden rundherum waren die Lichter bereits aus. Am Straßenrand, in etwa zweihundert Meter Entfernung und im Schatten von zwei Laternen geparkt, stand ein schwarzer Geländewagen. Das Fahrzeug schien verlassen, doch nach etwa einer Minute setzte es sich langsam in Bewegung. Die Scheinwerfer blieben aus, die Nummernschilder waren entfernt worden. An der Kreuzung vor Baumanns Haus hielt es an und bog dann ab nach rechts auf die Zufahrtsstraße Richtung Melide.

Martha Lopez' Diensthandy wurde nicht überwacht. Nach heute stand es jedoch ganz oben auf der Liste. Keller brauchte keine Funkzellendaten, um zu wissen, dass es in genau diesem Moment mit dem Sendemast am Hügel über ihnen verbunden war. *Wohl nicht dein Tag, Lopez!*, dachte Keller zufrieden und machte sich auf den Weg zurück zu seinem Auto.

Zurück im Hotel klingelte Keller Moser aus dem Schlaf, und Mosers erste Reaktion war, Gonnet anzurufen. Doch am Ende entschied er sich dagegen. Mittlerweile war es nach elf Uhr abends. Es würde nichts an der Sache ändern.

»Gütiger Gott!« Julie klang erleichtert.

Keller lag auf dem Hotelbett, auf dem Beistelltisch eine ausgegessene Pizzaschachtel und zwei leere Dosen Bier. Im Hintergrund lief leise der Fernseher.

»Hätte leicht schiefgehen können für Baumann. Und noch hat er es nicht überstanden.«

»Die tote Katze … Hört sich für mich nach Mafia an. Gift auch.«

Keller murmelte ein erschöpftes »Ja, wahrscheinlich …« in den Hörer. Giftmorde gehörten zum Werkzeugkasten der Mafia. Meist traf es *pentiti*, jene von den Familien so gefürchteten wie verhassten Kollaborateure der Justiz, die so zum Schweigen gebracht wurden, und selbst solche, die bereits im sicheren Gefängnis saßen.

»Oje, da ist jemand ziemlich knocked-out«, lachte Julie. »Dann lass uns jetzt schlafen, Darling.«

Keller fühlte eine wohlige Wärme in sich aufsteigen. Die Anspannung der letzten Stunden fiel von ihm ab. Julies Stimme zu hören tat verdammt gut.

Er schickte ihr noch einen Gute-Nacht-Kuss durch die Leitung, nahm die letzten Schlucke aus der Bierdose und legte sich schlafen.

Er trug noch die Sachen vom Vorabend, als ihn das Handyklingeln weckte. Es war Rita: Die Ärzte hatten Walter den Magen ausgepumpt. Die Laboruntersuchungen hätten gezeigt, dass Walter mit Tollkirschensaft vergiftet worden war. Er wolle ihn sprechen. Ob es David möglich wäre, ins Krankenhaus zu kommen?

Ob Baumann denn wirklich etwas von Bedeutung zu sagen habe, wollte Keller wissen. Wenn nicht, erübrige sich ein Treffen.

Aber Rita versicherte, dass Walter bereit war, mit der Schweizer Polizei zu reden. Und zwar, wie sie es nannte, über »alles«. Rita sprach Spanisch, trotzdem glaube Keller, dass in ihren Worten ein Gefühl der Erlösung mitschwang.

Also rief Keller erneut im Hauptquartier an. Das Gespräch mit Pius war kurz, doch bereits zum zweiten Mal innerhalb von vierundzwanzig Stunden erlebte Keller seinen Boss auf gänzlich ungewohnte Weise: Moser zeigte Nerven. Die Frage war ja durchaus von Bedeutung: Würde Baumann *tatsächlich* reden?

Nach dem Anruf machte sich Keller frisch und ging zur Hotelrezeption. Dort stellte er sich neben das Faxgerät und wartete, bis es jenen Stapel Papiere ausspuckte, den er bei Moser angefordert hatte. Dann bat er um ein Taxi und ließ sich zum Regionalspital Lugano fahren.

Die Dämmerung war bereits angebrochen, vor dem Zimmerfenster tauchten die Lichter der Siedlungen entlang der gegenüberliegenden Seeseite auf. Zehn Stunden saß Keller bereits bei Baumann. Gegessen hatte er bis dahin noch nichts. Eine Krankenschwester hatte dann irgendwann Erbarmen gezeigt und ein Tablett mit Getränken und belegten Broten aufs Zimmer gebracht.

»Das wäre es, mehr habe ich erst mal nicht zu sagen.« Keller goss sich Kaffee nach, nun sah er Baumann fragend an.

Der Ex-Banker blinzelte nervös, und wie so oft an diesem Tag wich er auch jetzt Kellers Blick aus. »Okay, Keller. Okay. Ich hab's verstanden. Ich bin am Arsch. Zufrieden?«

War er zufrieden? Er empfand nicht die geringste Sympathie für Baumann. Einem wie ihm, der beschlossen hatte, sein Talent, sein Wissen, sein gesamtes Leben in den Dienst der größten Verbrecherorganisationen der Welt zu stellen und das ohne jeden Anflug von Skrupel – dem konnte er nicht viel abgewinnen. Seiner professionellen Aufmerksamkeit aber konnte Baumann sicher sein.

Wenn Baumann bereit schien, seinem alten Leben adieu zu sagen, dann mochte er viele Gründe dafür haben. Reue gehörte nicht dazu. Baumann war kein Mitglied der Cosa Nostra oder der Kartelle, hatte nie deren Treueschwüre geleistet. Begriffe wie Ehre und Loyalität, so abstrus falsch sie im kriminellen Milieu auch benutzt wurden, waren ihm fremd. Baumann war ein Dienstleister. Seine Welt war bestimmt durch Angebot, Nachfrage und Gewinn. Er war das Paradebeispiel eines Opportunisten. Und als solcher hatte er erkannt, dass es die Schweizer Behörden waren, bei denen er nun am meisten zu gewinnen hatte. Was nichts weniger war als sein Leben.

Baumann war eingebrochen, und wenn sie es richtig anstellten, wurde der Geldwäsche-Champion, dem die DEA den Decknamen Skorpion gegeben hatte, ihr Kronzeuge.

Und Keller hatte für seinen Freund Andrea Monti eine erste gute Nachricht. Walter Baumann war gefasst. Das machte Padre Alfonso nicht wieder lebendig, sein Mörder war noch immer auf freiem Fuß. Aber immerhin.

Keller legte Baumann den Umschlag mit den Dokumenten aus dem Faxgerät auf das Krankenbett.

»Was ist das?«

»Unter anderem ein Beschluss des Haftrichters. Sie sind festgenommen.«

Baumann nahm die Nachricht ohne sichtbare Regung auf.

»Irgendwann heute Nachmittag sagten Sie, Sie wollen ins Zeugenschutzprogramm. Um es gleich vorwegzunehmen: Davon sind wir noch weit entfernt, Baumann. Im Moment sind Sie ein Schwerkrimineller auf den Weg ins Gefängnis, und das für viele Jahre. Lesen Sie die Unterlagen durch. Danach erzählen Sie uns über Ihre Arbeit für die DEA. Und wir sehen uns morgen früh wieder.«

Baumann schloss verzweifelt die Augen, Ritas Blick schoss von Keller zu ihrem Lebenspartner.

»¿Qué? ¿DEA? ¿De que sta hablando?«

Keller, der bereits auf dem Weg zur Türe war, blieb stehen.

»Ach so, ich verstehe. Walter hat Ihnen nichts davon erzählt? Machen Sie ihm keinen Vorwurf, Rita. Er hat sich nur an die Regeln gehalten, vielleicht zum ersten Mal in seinem Leben. Aber ich denke, jetzt ist der Moment gekommen, wo er es Ihnen erklären wird. Und übrigens: Vor Ihrem Krankenzimmer ist von nun an ein Polizeibeamter postiert. Betrachten Sie es in erster Linie zu Ihrem Schutz.«

Keller stand auf dem Parkplatz vor dem Krankenhaus und wählte Andrea Montis Nummer.

»Wir haben Baumann.«

Keller konnte hören, wie Monti mit der Faust auf den Tisch hieb. »Grande … Grande David!«

»Yep, das hat geklappt. Und er redet. Aber beinahe wäre er uns über den Jordan gegangen. Er liegt im Krankenhaus.«

»'Azz! Wie das? Angeschossen?«

»Nein, man wollte ihn vergiften, auch nicht viel besser. Den Verdächtigen Nummer eins kennen wir beide. Wobei auch die Kartelle nicht mehr ganz glücklich mit ihm sein dürften. Ziemliches Gedränge. Er wirds selbst am besten wissen. Ich bin gespannt.«

»Wo hatte er sich versteckt?«

»In einem kleinen Kaff namens Caprino, im Tessin.«

»Noch nie gehört.«

»Das Treffen in Vaduz zur Banca Rasini vor zwanzig Jahren? Sagt dir das was?«

»Hab die Akte bekommen, ja.«

»Genau. Mit Baumann waren auch zwei Mailänder Anwälte da: Roberto Rossi und Michele Bianchi.«

»Und?«

»Bianchi ist Prokurist mehrerer Firmen, darunter der Reuther Global Invest auf den Bahamas – und die ist Eigentümerin der Liegenschaft in Caprino.«

»*Eccoci!* So ein Zufall aber auch …«

»Könnte doch sein, dass Vaduz der Beginn einer wunderbaren Freundschaft war, die vielleicht noch andauert. Kannst du Bianchi und Rossi bei euch abklären? Das Übliche halt, du weißt, was ich meine.«

»Mach ich. Und: Gute Arbeit, David.«

Keller blickte auf die andere Seeseite, wo wenige Lichter den kleinen Ort Caprino verrieten. Sie hatten einen großen Schritt gemacht, und Keller genoss den Augenblick. Dass die Aktion nicht ohne Antwort bleiben würde, war ihm ebenso klar.

Dann sollte es so sein. Er war bereit.

12

Sizilien, westliche Inselhälfte

Der Motorradfahrer hatte Trapani bereits hinter sich gelassen und hetzte nun auf seiner Malaguti Enduro auf der Strada Statale 113 in östliche Richtung. »Beeil dich!«, hatten sie ihm gesagt. Nach zwanzig Kilometern sanft geschwungener Kurven tauchten die Lichter von Calatafimi und die Spitze des Monte Barbaro auf. Der Fahrer verlangsamte seine Fahrt, zog seine Geländemaschine scharf nach rechts, fuhr für weitere fünf Minuten auf der 188 in südlicher Richtung und bog dann links auf die Provinzstraße 15 ab. Im Gegensatz zu den frisch sanierten Schnellstraßen war die Fahrbahn der SP 15 nicht nur wesentlich schmaler, sondern auch schlecht beleuchtet und übersäht mit Schlaglöchern. Die letzten Kilometer waren dann nur noch unbefestigter Feldweg in karger, baumloser Landschaft, und die Staubwolke, die das Fahrzeug hinterließ, war selbst in der mondlosen Dunkelheit dieser Nacht weithin sichtbar – genau so, wie der Empfänger der Nachricht es sich wünschte.

Die Fahrt endete vor dem Tor einer mit einer verwitterten Steinmauer umschlossenen Liegenschaft. Hinter der Umzäunung befand sich ein ebenso baufälliges zweigeschossiges Gebäude. Auf dem Gelände parkten ein Kühltransporter und ein Traktor, daneben Türme von Transportkisten für Früchte und Gemüse. Der Fahrer sprang aus dem Sattel und schlug das Klopfzeichen gegen die hohe Metallpforte.

»Und versau es nicht!«, auch das hatten sie ihm mit auf den Weg gegeben. Noch fünfmal musste er für sie fahren. Dann konnte er das Motorrad behalten. Das hatten sie ihm versprochen.

Er lauschte, aber es war niemand zu hören. Nervös schaute er sich um. Es war stockfinster. Seit er sich erinnern konnte, hatten die Laternen in dieser Straße noch nie funktioniert. Und er war immerhin schon dreizehn Jahre alt.

Noch einmal klopfte der Junge gegen das Tor, diesmal fester. Plötzlich öffnete sich die Klappe, ohne dass er jemanden kommen gehört hätte. Man hatte ihn also beobachtet. Man wollte wohl sicher sein, dass er auch wirklich allein gekommen war.

Wortlos reichte der Junge den Zettel durch die Luke, sprang auf seine Maschine und bretterte wieder davon.

Der Mann steckte das zerknüllte Papier ein und stieg ein Stockwerk höher, wo sich das Prozedere wiederholte, diesmal vor einem unscheinbaren Wohnungseingang. Ein weiterer Mann öffnete und nahm den Zettel grußlos entgegen. Wieder in der Küche, stellte sich der Empfänger des Papiers an den mannshohen Kühlschrank, schob das schwere Gerät zur Seite, bis die hintere Rückwand frei lag. Dann öffnete er eine im Fußboden eingelassene Metallklappe, worauf ein leises Summen ertönte. Zentimeter für Zentimeter glitt die Rückwand zur Seite. Eine Zeigerumdrehung später lag der Zugang zu einem quadratischen, fensterlosen Raum offen.

An der Decke über dem Esstisch hing eine nackte Glühbirne, in der hinteren Ecke stand ein billiges Möbelhausbett, an der Wand darüber hing ein Fernseher. Auf der gegenüberliegenden Seite befand sich eine kleine Anrichte mit Gasherd, zugestellt mit ungewaschenem Geschirr.

Ein schmaler Durchgang führte zu einem winzigen Bad. Auf einem Beistelltisch stand eine Statue der Santa Rosalia, der Stadtheiligen von Palermo. Am hochgereckten rechten Arm hielt sie das Kreuz fest, in der linken Hand die Bibel, beschwert mit einem Totenschädel.

Das einzige Fenster befand sich im Bad, es diente auch als Fluchtweg. Gebraucht worden war es noch nie – bis jetzt zumindest.

Bereits seit zehn Jahren lebte Matteo Messina Denaro im Untergrund, zwei davon in diesem Loch. Begonnen hatte seine Flucht am 15. Januar 1993, mit dem Tag, als Salvatore »Totò« Riina, der Boss aller Bosse, wegen der tödlichen Bombenattentate gegen die Richter Giovanni Falcone und Paolo Borsellino festgenommen worden war und er, Matteo Messina Denaro, zur Nummer zwei der Cosa Nostra aufstieg. Alle mussten sie an dem Tag abtauchen. Auch Bernardo »Zu'Binnu« Provenzano aus Corleone, der Totò Riina, einem weiteren Corleonesi, auf den Thron gefolgt war.

Wie immer während der brütend heißen Sommermonate trug Messina Denaro, wegen seiner hageren Statur *U siccu* genannt, nur das Nötigste – ein ausgeleiertes Unterhemd und Unterhosen. Denn die Klimaanlage, sie musste ausgeschaltet bleiben. Eine weitere Mühsal, die er mit anderen untergetauchten *capi* teilte. Denn früher oder später würden die praktischen, aber stromfressenden Teile ihre Verstecke an die Anti-Mafia-Jäger verraten – in welchem abgelegenen Gehöft liefen rund um die Uhr elektrische Geräte, wenn dort doch niemand gemeldet war?

Vor Messina Denaro auf dem Tisch stand ein Teller Pasta, dazu hausgemachter Rotwein, und frische Trauben. Im Fernsehen lief seine liebste Telenovela: Don Matteo, der sizilianische Priester, der Kriminalfälle löste.

»Giusè, was gibts? Setz dich. Iss was.«

Giuseppe, U siccus Consigliere, reichte ihm den Zettel. »Danke, ich hab schon gegessen. Eine Nachricht von Zi'Umberto aus Mailand. Ein Vertreter der Mexikaner hat sich bei ihm gemeldet. El Chapo hat einen Vorschlag, um die Sache in Antwerpen zu regeln.«

Matteo Messina Denaro schob sich eine weitere Gabel Spaghetti in den Mund, während er die handgeschriebenen Zeilen las. Wütend warf er das Stück Papier zurück über den Tisch. »Was soll das? Wir sollen für El Chapo den Banchiere aus dem Weg räumen? Cazzo! Wer sind wir denn? Seine Arschwischer?«

»Vergiss jetzt mal deinen Stolz, U siccu.« Giuseppe tippte auf den Zettel. »Die Mexikaner haben sich eigene Leute besorgt, Dilettanten. Weiß der Teufel, wo sie die aufgetrieben haben. Sie haben das Büro des Banchiere in Zürich abgefackelt und ihm einen vergifteten Whiskey untergejubelt. Hat nicht geklappt. Baumann lebt. Dafür ist ein Wachmann draufgegangen. So. Und jetzt wollen sie Profis, die die Sache zu Ende bringen. Uns.«

»Hmm.«

»Und dann steht da, dass sie eine Tonne für uns haben. Sie *schenken* uns eine Tonne Koks, Matteo! Als Wiedergutmachung für Antwerpen. Wenn wir Baumann erledigen.«

Messina Denaro aß schweigend den Teller leer, trug ihn zur Spüle und setzte sich wieder. »Der Banchiere ist ein verdammtes Genie. Deshalb haben wir ihn geschützt.«

»Der Banchiere hat versagt, Matteo. Es gibt noch andere. Unser Mann in Liechtenstein wird das für uns regeln. Er wird einen Neuen finden.«

»Was haben wir noch auf Lager?«

»Das Koks wird knapp. Achthundert Kilo. Zweihundert liegen noch in Holland.«

Messina Denaro nahm den letzten Schluck Wein. »Va bo', machen wir es. Zi'Umberto soll den Mexikanern sagen, ich bin einverstanden.«

»Wird gemacht. Wen nehmen wir dafür?«

»Rede mit Pino *U pizzaiulu*.«

»Pino, deinen Cousin?«

»Wen denn sonst? Pino ist unser *capodecina* in Zürich. Sag ihm, ich erwarte seinen Vorschlag.«

»Gute Entscheidung, U siccu.«

Ein kaltes Grinsen erschien auf dem schlecht rasierten Gesicht des Bosses aller Bosse der Cosa Nostra. Seine rechte Hand tätschelte die Wange des Consigliere. »Ich weiß, *scemo* …«, flüsterte er in höhnischem Unterton. »So wie bei Padre Alfonso, stimmts? *Che Dio lo benedica*. Aber leider auch er ein Dummkopf.«

Giuseppe ließ es geschehen. Den Kopf hinhalten, weshalb auch immer, gehörte genauso zu seinen Aufgaben wie alte Allianzen beenden, neue schaffen, oder Killerkommandos organisieren. Sein Blick wanderte zur heiligen Rosalia. »Meine Meinung zum Padre kennst du.«

»Kenn ich, ja.«

»Es war ein Fehler.« Giuseppe erhob sich und ließ U siccu grußlos zurück. Don Vito Corleone, der ihn vom

Filmplakat neben der heiligen Rosalia herab anstarrte, schien es nicht weiter zu kümmern. Don Vito war tot. Den Zettel hatte er wieder eingesteckt, auch wenn es nun niemanden mehr gab, dem er ihn hätte geben können. Auch Alfonso war tot. Blieb noch die Frage, wann er an der Reihe war.

***

Das Rustico lag auf einer Anhöhe im hinteren Teil des Verzasca-Tals, dessen gleichnamiger Fluss in den Lago Maggiore mündete. Auf der anderen Seeseite war Italien. Keller kannte den Ort. Er war schon öfters hier oben gewesen.

Nach Baumanns Einlieferung war Keller täglich ins Krankenhaus gefahren, hatte Baumanns Aussagen auf Band aufgenommen und sie per Kurier nach Bern geschickt.

Und nachdem der gefallene Banker beschlossen hatte zu kooperieren, sah die Bundesanwaltschaft die Chance gekommen, eine der umfangreichsten Operationen der Schweizer Justizgeschichte zu starten: das »System Baumann« aufzurollen, bis in die hintersten Winkel der Erde. Der erste Schritt war, beim Justiz- und Polizeidepartement einen Antrag zur Aufnahme Baumanns in das Zeugenschutzprogramm zu stellen. Ein Verfahren, das in der Vergangenheit immer wieder zu mehr oder weniger heftigen Kabbeleien zwischen der obersten Polizeibehörde und den Verfahrensleitern geführt hatte. Denn es ging, wen sollte es überraschen, ums Geld. Zeugenschutz war aufwendig bei Personal und Organisation und damit ein Fall für die Wächter über die begehrten Geldtöpfe: neue Identität, neue Heimat, ausgeklügelte Schutzmaßnahmen. Im Fall Baumann waren sich jedoch alle einig. Oder wie Pius es auf den Punkt gebracht hatte: Wenn nicht jetzt, wann dann?

Baumann und seine Rita würden vorerst auf einigen Komfort verzichten müssen. Das Rustico bestand aus einem Raum mit Gasküche und Kamin, Esstisch, Waschbecken mit Quellwasserspeisung. In einem zweiten Zimmer, ausgestattet mit zwei Einzelbetten und einem Kleiderschrank, wurde geschlafen. Kurz gesagt, die Einrichtung war je nach Betrachtungsweise zeitlos schön oder schrecklich veraltet. Ebenso fehlte ein Stromanschluss. Für Nachtlicht sorgten zwei Petroleumleuchten an den Decken und eine dritte über der Eingangstüre. Immerhin: Ihre neuen, anonymen Handys konnten Walter und Rita über eine umgebaute Autobatterie laden.

Vor dem Haus lag eine Schiefersteinterrasse mit Sitzbank und einer Feuerstelle. Die Aussicht über das Tal war traumhaft. Ein perfekter Ort für ein Wochenende mit Freunden. Im Moment war es vor allem eines: ein sicheres Versteck.

»Und wie lange sollen wir Ihrer Meinung hier oben bleiben?«, fragte Baumann konsterniert, der begriff, dass sie ihren Alltag erst mal abseits der Zivilisation führen würden.

»Keine Ahnung, Baumann. Ein, zwei Monate?«

»Ein, zwei Monate? Ich meine, hier oben? Ohne Strom, warmem Wasser …«

»Es ist nicht das Ritz-Carlton, Baumann. Wollen Sie in Ihr Haus zurück? Bitte, ich fahre Sie hin.«

»Schon gut, Keller. Und weiter?«

»Ich werde Ihnen hin und wieder Gesellschaft leisten. Wir beide haben einiges zu besprechen. Und ein paar Hausaufgaben habe ich auch für Sie. Ich schlage vor, als

Erstes fahren Rita und ich ins Tal und kaufen ein. Lebensmittel und alles, was Sie für die nächste Zeit so brauchen. Bargeld haben Sie?«

Baumann öffnete eine Reisetasche und zeigte auf den Inhalt. »Bitte.«

Die Tasche war bis obenhin gefüllt mit Bündeln Schweizer Eintausender-Geldscheinen. »Wollen Sie mich verarschen?« Keller starrte ungläubig auf das Geld.

»Ist eine halbe Million. Ich bin nicht gänzlich unvorbereitet.«

»Himmelarsch, Baumann! Woher kommt das ganze Geld? Wobei, vergessen Sie's. Ich will's gar nicht wissen. Wir gehen in einem *Dorfladen* einkaufen, nicht im Londoner Harrods. Haben Sie es zufällig auch eine Nummer kleiner?«

Baumann warf Keller einen verständnislosen Blick zu, Rita aber winkte ab. »Sehen Sie es ihm nach, David. Walter hat es manchmal nicht so mit den praktischen Dingen des Lebens. Ich hab Kleingeld dabei. Vámonos.«

Fürs Erste waren Baumann und seine Begleitung an einem sicheren Ort, und wenn alles nach Plan lief, würden die beiden in ein paar Wochen auch eine ordentliche Unterkunft erhalten.

Keller seinerseits wurde noch diesen Abend in Bern zurückerwartet. In ein paar Tagen würde er in die Tessiner Berge zurückkehren und mit Baumann an seinen Aussagen arbeiten, in die die Schweizer Bundesjustiz doch so große Hoffnungen setzte.

13

Keller gab Lopez ein paar Minuten Vorsprung. Dann folgte er ihr in die Trainingshalle. Die DEA-Agentin stand in der gegenüberliegenden Ecke und bereitete sich auf eine Sparring-Session vor. Im Ring standen sich noch zwei Boxer gegenüber, lautstark angefeuert durch ihre Trainer und Clubkollegen. Nach wenigen Minuten war der Kampf entschieden. Blaue Hose gewann und trat gegen Lopez an.

Keller war beeindruckt, wie ausgeglichen der Kampf verlief. Mit dem Gong ging Lopez in den Angriff und konnte gleich mehrere Treffer landen. Der Kampf ging über vier Runden. Keller war kein Boxexperte. Wer den Fight gewonnen hatte, konnte er nicht sagen. Lopez wirkte ausgepowert, aber ebenso ihr Gegner – ein Mann. Keine Frage, die DEA-Agentin war topfit. Keller war nicht unglücklich darüber, dass er ihr außerhalb des Rings begegnen würde. Und das auch nicht alleine. Pius wartete vor dem Gebäude beim Fahrzeug.

Lopez tauchte fünfzehn Minuten später frisch geduscht wieder auf, sprach ein paar Worte mit ihrem Trainer, setzte ihre Kopfhörer auf und verließ die Halle.

Moser empfing sie am Fuß der Außentreppe.

»Miss Lopez? Mein Name ist Moser, der Gentleman hinter Ihnen ist mein Kollege Keller. Bundeskriminalpolizei. Hätten Sie einen Moment Zeit?« Moser hielt ihr seine Dienstmarke entgegen.

In Gedanken musste Lopez die Situation schon tausendmal durchgegangen sein. Ein, zwei Sekunden genügten, dann hatte sie sich wieder gefasst. »Ähm … selbstverständlich.« Lopez hatte sich umgedreht und schien nun auch Keller wiedererkannt zu haben. »Täusche ich mich, oder wurden wir uns bereits vorgestellt?«

»In Ihrer Botschaft, Miss Lopez. Ein Barbecue. Ist schon eine Weile her.«

»Richtig. Ich erinnere mich.«

»Mr. Michael Sorbello … und ich meine damit Ihren Partner bei der DEA, ist er zufällig in der Nähe?«

Bei dem Wort DEA schoss ein Flackern in Lopez' Blick.

»Wir würden Sie gerne beide sprechen«, schob Moser hinterher, nachdem von Lopez keine Antwort gekommen war.

»Wie soll ich Ihre Frage verstehen, Mr. Moser? Ist das ein Verhör? Ich bin Diplomatin der US-Regierung. Das wissen Sie.«

»Ja, das wissen wir, Miss Lopez. Wie könnten wir das vergessen! Aber es gibt da ein Problem, und unsere Regierung hätte gerne Klarheit. Wir haben uns nämlich irgendwann die Frage gestellt, welchem Auftrag Sie hier in der Schweiz eigentlich nachgehen, Miss Lopez?« Moser machte eine kurze Pause, um seinen Worten die gewünschte Bedeutung zu verleihen. »Vielleicht können Sie uns eine überzeugende Erklärung liefern, die beiden Seiten dient. Sie wollen sicher nicht der Auslöser für einen diplomatischen Zwist zwischen unseren beiden Regierungen sein? Also nochmals: Michael Sorbello, wäre er ebenfalls zu sprechen?«

Lopez nestelte nervös am Schlüsselbund. Wie sollte sie darauf antworten? Viele Möglichkeiten blieben ihr nicht.

»Gehe ich richtig in der Annahme, dass wir von Walter Baumann sprechen?«

Sie ist zum Angriff übergegangen, dachte Keller amüsiert. Wie im Ring.

»Würde es Sie überraschen, Miss Lopez?«, antwortete Moser gelassen.

»Lassen Sie es mich so ausdrücken: nicht gänzlich.« Lopez zog ihr Mobiltelefon hervor. »Ich schlage vor, ich erkundige mich bei Mr. Sorbello, ob er Zeit hat.«

Mike Sorbello hatte Zeit.

Chief Lundgren hatte es geahnt: Am Ende würde ihnen der Erfolg der Europäer in Antwerpen die gesamte Operation versauen.

Nach dem Treffen mit Moser und Keller waren Lopez und Sorbello auf direktem Weg in die Botschaft gefahren. Mittlerweile war es zwei Uhr nachts. »Tut uns leid, Chief«, schloss Sorbello seine Zusammenfassung.

»Damit konnte niemand rechnen. Nicht euer Fehler. Habe ich das richtig verstanden? Die Schweizer *haben* Baumann?«

»Pah … Sie behaupten es zumindest«, meinte Lopez, die ihren Frust nur mit Mühe im Zaum halten konnte.

»Wir haben versucht, ihn zu erreichen. Er antwortet nicht. Ich denke mal, das war kein Bluff der Schweizer. Vermutlich haben sie ihn tatsächlich«, warf Sorbello ein.

»Baumann ist Schweizer. Also keine Auslieferung. Da müssen wir uns etwas einfallen lassen. Ich werde das mit Washington besprechen. Andere Frage: Was ist mit euch? Haben sie dazu etwas gesagt?«

Sorbello zögerte. »Nun … Wir denken, sie haben Überwachungen am Laufen. Sie wissen, dass Marthas Akkreditierung eine Tarnung ist. Und sie haben Andeutungen über Marthas Treffen bei Baumanns Arzt gemacht. Ist einige Jahre her. Wir denken, sie haben genug in der Hand, um uns Ärger zu machen.«

Der Chief ächzte mürrisch in die Leitung. »Dann muss ich das ebenfalls mit Washington besprechen. Packt eure Koffer. Wenn die Schweiz reagiert, kann es sein, dass ihr noch am selben Tag ausreisen müsst.«

Auch damit lag der erfahrene Chief richtig. Die Reaktion folgte in der Woche darauf. Das Schweizer Außendepartement ließ der US-Botschaft eine diplomatische Note zukommen: Martha Lopez und Michael Sorbello waren zu *Personae non gratae* erklärt worden. Ihnen wurden vierundzwanzig Stunden Zeit gegeben, das Land zu verlassen.

***

Pius Moser erhielt viele Anrufe, nur kamen die wenigsten davon aus dem Verteidigungsministerium VBS. Auch seinen Grundwehrdienst hatte er schon vor Ewigkeiten geleistet.

Er solle bitte um vierzehn Uhr im Hauptquartier des VBS an der Papiermühlestraße erscheinen, teilte ihm eine Assistentin lapidar mit, deren spitze Stimme ihn sogleich an Olga erinnerte, die zwanghaft affektierte Klaviermeisterin am Konservatorium seiner Tochter Lilly. Er mochte Olga nicht. Das Außenministerium sei ebenfalls geladen, flötete Olgas akustisches Pendant hinterher.

»Ich fühle mich geehrt, aber sind Sie sich sicher, dass Sie mich meinen? Es arbeiten zweihundertdreiunddreißig Moser bei der Bundesverwaltung.«

»*Pius* Moser, Bundeskriminalpolizei?«

»Das bin ich.«

»Dann sind Sie gemeint.«

»Und der Grund der Sitzung?«

»Ich kann Ihnen keine Details nennen.«

»Ich habe Sie nicht um Details gebeten. Nur kann ich nicht an irgendeiner Besprechung teilnehmen, wenn ich den Grund dafür nicht kenne. Sollte einleuchten …« – *Olga!*, hätte er beinahe hinterhergerufen.

»Einen Moment …« DJ Bobo's *Dance with me* plärrte aus der Leitung des Verteidigungsministeriums. War das Patriotismus? Oder bereits Chauvinismus? Eine schwer verdauliche Offenbarung, in jeglicher Hinsicht. Moser dämpfte die Hörmuschel, bis sich die Assistentin wieder meldete.

»Es geht um die Ausweisung der beiden US-Diplomaten.«

»Sagt wer?«

»Ich wurde nur gebeten …«

Mosers Ungeduld wuchs. »Geben Sie mir doch einfach Ihren Vorgesetzten«, unterbrach er die Assistentin.

»Einen Moment.« Nun leistete ihm DJ Bobo mit *Chihuahua* ungefragt Gesellschaft. Heute war wohl nicht sein Tag.

»Oberst Altmann«, blaffte es aus dem Hörer.

»Moser hier. Wegen der Sitzung. Klären Sie mich auf, Oberst.«

»Wir hatten gehofft, Sie könnten uns aufklären. Wie gesagt, es geht um die kürzliche Ausweisung von DEA-Personal. Es gibt Gesprächsbedarf.«

»Falsche Adresse, Oberst. Ausweisungen sind nicht Sache der Polizei. Wenden Sie sich ans Außendepartement.«

»Hierbei geht es um Sie und Ihre Rolle. Sie haben die Ermittlungen geleitet. Richtig?«

»Sie kennen den Ablauf. Stellen Sie ein Amtshilfeersuchen. Dann kann ich Auskunft geben.«

»Es liegt bei Ihrem Amtsleiter auf dem Tisch. Und ist bereits bewilligt.«

Mosers Blick fiel auf eine Notiz, die seit heute Morgen auf seinem Schreibtisch lag. Er hatte sich noch nicht darum gekümmert. Das könnte es erklären. »Ich werde der Sache nachgehen. Nur noch zum Verständnis – Ihre Aufgabe im Verteidigungsministerium, Oberst?«

»Aufklärung. Im weiteren Sinn.«

»Ich verstehe. Machen wir ja alle irgendwie, jeder auf seine Weise, stimmts?«

In militärisch knappem Ton hatte Oberst Altmann sein Votum vorgetragen, und nun ruhten die erwartungsvollen Blicke auf Moser. Das Treffen dauerte bereits eine ganze Weile, ohne dass die beiden Gastgeber ihrem Ziel entscheidend nähergekommen wären.

Moser überlegte. »Nun, ich vermute mal, Sie beziehen sich auf einen Kronzeugen in einem unserer Verfahren. Trotzdem fürchte ich, ich verstehe immer noch nicht ganz. Könnten Sie vielleicht noch etwas … konkreter werden? Eine Berufskrankheit, Sie verstehen sicher.«

Der Oberst und der Staatssekretär aus dem Außenministerium wirkten zunehmend ungeduldig.

»Ich bedaure. Sie müssen sich mit dem zufriedengeben, was wir Ihnen vorgelegt haben«, warf der Staatssekretär mit säuerlichem Ton ein.

Moser bemühte sich, aufrichtiges Verständnis zu zeigen. Es gelang ihm nur halbwegs. »Ich würde ja gerne behilflich sein. Aber wenn es so ist, wie Sie sagen, bin ich der falsche Mann für Sie.«

Oberst Altmann sah in der Bockigkeit des Bundespolizisten nichts Geringeres als Landesverrat. »Hier steht etwas viel Größeres auf dem Spiel, Sie … Trottel! Können wir unsere Abhörfähigkeiten behalten, wie sie sind, oder nicht? Das ist die Frage! Ist es also zu viel verlangt, dass Sie Ihren Mann von der Notwendigkeit überzeugen, dass er der US-Justiz für ein paar Tage zur Verfügung stehen muss?«

Der Staatssekretär feuerte dem Militär einen entsetzten Blick über den Tisch zu.

Moser konnte sich ein Grinsen nicht verkneifen. »Danke für die Klarstellung, Oberst. Das war sehr … nun, ja, erhellend. Ich fasse zusammen: Bestimmte Stellen in der US-Regierung haben zu verstehen gegeben, die Schweiz – das heißt Ihre nachrichtendienstliche Abteilung – aus einer gemeinsamen Spionageoperation zu werfen, es sei denn, die US-Justiz bekommt von uns unseren Kronzeugen beziehungsweise ihren DEA-Spitzel zurück. Das alles für die Anklage gegen El Chapo. Und wir sollen unseren Mann dahingehend … bearbeiten, diesem Vorschlag zuzustimmen. Ich darf anfügen, bei der Bundeskriminalpolizei kennen wir das Spionageprogramm ebenfalls. Als Verfahrensakte, unter dem Namen des Herstellers der Verschlüsselungsgeräte Crypto AG. Natürlich erzähle ich Ihnen da nichts Neues.« Mosers Blick ging über den Tisch. »Korrekt?« Moser konnte die Anspannung im Raum förmlich spüren. Hatte er da ein paar Schweißperlen auf der Stirn des Staatssekretärs entdeckt?

»Es steht Ihnen frei, Ihre eigenen Schlüsse zu ziehen,

Moser«, antwortete der Staatssekretär indigniert. »Unsererseits wäre alles gesagt.«

»Schön. Dann hätten wir wenigstens diese Frage geklärt.« Moser erhob sich und nickte kurz in die Runde. »Ich wage zu bezweifeln, ob hier bloßes Zureden genügt. Aber wir werden unser Bestes tun, unseren Mann von der Wichtigkeit seiner Aufgabe zu überzeugen. Im Dienst seines Vaterlands, wenn ich Sie richtig verstehe.«

Der Nachrichtendienstoffizier und der Staatssekretär warteten, bis Moser den Raum verlassen hatte. Altmann hieb mit der Faust auf den Tisch. »Dieser kleine Wichtigtuer!«

»Was meinen Sie, wird Moser Wort halten? Können wir uns auf ihn verlassen?«, fragte der Mann vom Außenministerium, um dann sichtlich erschüttert anzufügen: »Ihre Reaktion vorhin – was haben Sie sich dabei bloß gedacht? In Ihrer Position sollten Sie Ihre Emotionen besser im Zaum halten, Oberst.«

»Moser ist der, der sich besser vorsehen sollte. Und nein, wir sollten uns nicht auf ihn verlassen.«

»Moser? *Wir* sind die, die sich vorsehen müssten, lieber Altmann. Wer hat denn mehr zu verlieren? Er oder wir? Also. Lassen Sie sich etwas einfallen.«

»Ich bin nicht von gestern, Herr Staatssekretär. Stimmt, ihr habt etwas zu verlieren – aber wir noch viel mehr. Und jetzt entspannen Sie sich. Von nun an werden wir Moser und seinen Ermittler, diesen David Keller, eng … begleiten. Wir werden also mitbekommen, was sie vorhaben.«

Der Staatssekretär sah erschrocken auf. »Eng begleiten? Mitbekommen? Was wollen Sie damit sagen? Dass Sie sie *abhören*? Das ist … das wäre völlig illegal. Wie wollen Sie das begründen? Dafür gibt es keine Rechtsgrundlage.«

»Sagten Sie nicht gerade noch absolut treffend, wir haben viel zu verlieren? Das sieht auch unser Verteidigungsministerium so. Jedenfalls haben wir grünes Licht. Die besten Informationen versprechen wir uns bei David Keller. Er spricht mit Baumann, und er spricht mit Moser. Und ganz nebenbei: Er wohnt auch nicht alleine.«

Der Staatssekretär zuckte mit den Schultern. »Ich wohne auch nicht alleine, Altmann. Oder worauf wollen Sie hinaus? Ein Seitensprung? Interessiert mich nicht im Geringsten.«

»Keller ist nicht verheiratet, nein«, antwortete Oberst Altmann kühl. »Aber die Frau, die bei ihm eingezogen ist, ist ein amerikanischer Special Agent.«

»Wie? Der CIA?«

Der Oberst lachte auf. »Selbstverständlich nicht! Des FBI natürlich.«

Der Staatssekretär stieß einen leisen Pfiff aus. »Wer hätte das gedacht.« Der Staatssekretär erhob sich und ging zum Ausgang. »Das ist natürlich Ihre Entscheidung. Und nur, dass wir uns auch ja richtig verstanden haben: Dieses Gespräch, es hat nie stattgefunden.«

Am übernächsten Morgen fuhr ein Wartungsfahrzeug der Berner Elektrizitätswerke vor einem Mehrfamilienhaus an der Thunstraße im Berner Kirchenfeldquartier vor.

Der herbeigerufene Hausmeister wurde informiert, dass ein Kurzschluss gemeldet worden sei. Der Hausmeister, ein Primarlehrer in Rente und erklärter Freund ordentlich gepflegter Hecken und Gehwege, führte die Wartungstechniker zur Schaltanlage im Untergeschoss. Rasch kamen die Techniker zum Ergebnis, dass das Problem wohl eine schadhafte Leitung in der Dachwohnung, Treppenhaus links, sein musste. Pflichtbewusst rief der Hausmeister den Mieter auf dem Handy an, aber dessen Anschluss erwies sich ausgerechnet jetzt als nicht erreichbar. Und wann David Keller nach Hause kommen würde, wusste auch keiner. Die Wartungstechniker wurden ungeduldig – schließlich habe man auch nicht den ganzen Tag Zeit, andere Aufträge warteten. Irgendwann erklärte sich der sichtlich überforderte Hausmeister bereit, die Wartungsarbeiter in die Wohnung des Herrn Keller zu lassen. Höchstens fünfzehn Minuten würde die Reparatur dauern, meinten die nun wieder freundlicheren Techniker.

Wenn er schon extra hierhergekommen war, dann konnte er sich auch gleich um die Schließanlage unten beim Hauseingang kümmern, dachte sich der Hausmeister. Dummerweise hakte auch sie seit heute.

***

Die Lage war vertrackt. Ohne es je beim Wort zu nennen, machten die verantwortlichen Stellen im Verteidigungsministerium deutlich, dass das Spionageprogramm mit den USA nicht sterben durfte. Nicht wegen dieser Geschichte. Es war schlicht keine Option.

Andererseits war es unmöglich, einen Schweizer Staatsbürger dazu zu zwingen, vor einem US-Gericht als Zeuge aufzutreten. Auch daran führte kein Weg vorbei.

Den Ministerialbeamten im Justizdepartement war somit klar, dass man Baumann und seinen Anwälten etwas überaus Überzeugendes anbieten musste, um schadlos aus der Nummer herauszukommen.

Für Baumanns Anwälte kam die Post aus dem Justizministerium völlig unerwartet: Falls ihr Mandant seine Verfügbarkeit gegenüber der US-Justiz bestätigte, könnten Aufgrund »besonderer Umstände« von bestimmten Anklagepunkten im Schweizer Verfahren »abgesehen« werden, womit ein »entgegenkommendes Urteil« möglich wäre. Auch würden die laufenden Zeugenschutzmaßnahmen angepasst. Und das alles selbstverständlich nur zum Vorteil ihres Mandanten.

Konnte das legal sein? Was war mit »besondere Umstände« gemeint? Es brauchte sie erst mal nicht zu kümmern. Ihrem Klienten wurden mehrere Jahre Gefängnis erspart. Da wollte man nicht den Eindruck der Undankbarkeit erwecken, indem man zu viele Nachfragen stellte.

»Baumann? Wie gehts? Neuigkeiten?«

Als der Anruf einging, war Keller gerade dabei, die Wohnung in Ordnung zu bringen. Diese Woche war er mit Putzen an der Reihe. Es war Freitagabend, in einer halben Stunde würde Julie von der Arbeit zurück sein. Wirklich weit war er noch nicht gekommen.

»Wir haben den Vorschlag bekommen.«

»Und? Sind Sie zufrieden?«

»Hört sich erst mal okay an. Einige Anklagepunkte sollen wegfallen. Und der Zeugenschutz ausgedehnt werden.«

»Und? Haben Sie sich entschieden?«

»Meine Anwälte sagen, so etwas hätten sie noch nicht erlebt. Nicht in der Schweiz.«

»Ist doch toll. Sie können nur profitieren.«

»Ist das so? Ich meine, nicht dass ich den ganzen Zirkus vor Gericht in den USA mitmache, und am Ende heißt es dann: ätsch, reingefallen!«

»Dafür sehe ich keinen Grund, Baumann. Ihre Anwälte werden schon dafür sorgen, dass alles wasserdicht ist.«

»Hoffen wir's, Keller. Wie gehts nun weiter?«

»Hängt von Ihnen ab, ob Sie zusagen. Wenn ja, gehen Sie erst mal in die USA, machen Ihre Aussage und kommen wieder zurück. Um den Prozess in der Schweiz kommen Sie nicht herum, das ist Ihnen hoffentlich klar.«

»Weiß ich, Keller.«

»Wir sind dabei, eine feste Bleibe für Sie und Rita zu finden. Wie geht es ihr, ist sie okay?«

Keller war dabei, den Abwasch in den Regalschrank einzuräumen. Eine Postkarte hatte sich von der Schranktüre gelöst und landete auf dem Fußboden. *Medewi Surf Resort, Bali, Indonesia* stand in geschwungenen gelben Lettern auf der Vorderseite. Das Foto zeigte eine Reihe Strandbungalows an einem weißen, lang gezogenen Palmenstrand, im grünlich schimmernden Wasser eine Gruppe Surfer in mannshohen Wellen. Es war Julies und sein erster gemeinsamer Urlaub gewesen, über Weihnachten und Silvester vor einem Jahr.

Keller hob die Karte auf. Auf der Rückseite hatte Julie ein paar Worte gekritzelt, am Vorabend ihrer Rückreise: *We'll be back!*

Daneben aufgedrückt ein roter Lippenstift-Kussmund. Keller musste schmunzeln und pappte die Karte an ihren Platz zurück.

»Rita gehts gut. Ihr gefällt das einfache Leben hier in den Bergen. Sie kennt es aus ihrer Heimat. Kann ich von mir nicht unbedingt behaupten.«

»Auch daran arbeiten wir, Baumann. Alles nicht so einfach. Wir wollen doch nichts riskieren, oder?«

»Natürlich nicht.«

Julie kam durch die Wohnungstüre, sie war früher zurück als erwartet. Keller hob entschuldigend die Arme, Julie lächelte und gab ihm einen schnellen Kuss auf die Wange.

»Na gut, Baumann. Ich muss auflegen. Rufen Sie an, wenn Sie sich entschieden haben. Dann bringen wir Sie erst mal nach Bern.«

»Was ich Ihnen eigentlich sagen wollte: Meine Anwälte haben die Antwort bereits vorbereitet. Ich mache es. Für einen Rückzieher ist es zu spät.«

»Sie machen es? Warum haben Sie das nicht gleich gesagt? Schön, dann hätten wir das geklärt. Ich denke, es ist die richtige Entscheidung. Und ja, jetzt noch ein Rückzieher, das wäre vermutlich ungünstig ausgegangen für Sie.«

Julie hatte sich umgezogen und war dabei, das Abendessen vorzubereiten. Jetzt, da sie wieder einmal beide abends zu Hause waren, hatten sie sich vorgenommen, etwas Feines zu kochen. Es gab Filet Mignon mit Butter und Gemüse.

Staubsauger und Wischmopp standen noch im Wohnzimmer. »Sehr weit bist du ja nicht gerade gekommen«, meinte sie leise tadelnd. »Sind die beiden auch zum Essen eingeladen?«

»Wäre einen Versuch wert. Sie könnten dir spannende Geschichten über mich erzählen. Wir sind gute Freunde geworden. Die beiden begleiten mich schon mein halbes Leben.«

»Oh, unbedingt«, meinte Julie mit halbherziger Begeisterung. »Aber muss es ausgerechnet heute sein?«

Seine alten Freunde wanderten dann doch noch in den Schrank, und Keller bemühte sich, beim Eindecken einen besseren Job zu machen – mit weißem Tischtuch und Kerzenlicht.

»Und wieso jetzt die ganze Aufregung heute?«, wollte Julie irgendwann wissen. Sie saßen am Esstisch, Keller hatte seine beste Flasche Rotwein geöffnet.

»Baumann hat zugesagt. Er wird für die DEA gegen El Chapo aussagen.«

»Tatsächlich? Meinen Respekt!«

»Baumann ist kein Wohltäter, Darling. Alles andere als das. Und er profitiert davon.«

»Trotzdem. Das wird kein Sonntagsspaziergang, David. Kreuzverhöre vor US-Gerichten können ganz schön anstrengend sein. Und das über Wochen, vielleicht Monate. Um seine Sicherheit wäre ich an eurer Stelle auch besorgt. Weiß man schon, wann?«

»Keine Ahnung. Aber wir richten uns darauf ein, dass sie ihn so schnell wie möglich haben wollen. Ohne ihn kann die US-Justiz eine Anklage gegen El Chapo vergessen.«

14

Der junge Leutnant eilte die langen Flure der Zentrale des Nachrichtendienstes der Armee an der Berner Papiermühlestraße entlang, unter dem Arm eine dünne Aktenmappe. Vor dem Büro von Oberst Altmann blieb er stehen, richtete seine Uniform und klopfte an die Türe. Als er auch nach dem zweiten Mal noch keine Antwort bekam, steckte er seinen Kopf durch den Spalt. Der Arbeitsplatz des Oberst war unbesetzt. Er ging zum Büro nebenan und betrat es, diesmal ohne anzuklopfen.

»Wo ist der Oberst?«, wollte er von der Sekretärin wissen.

»Beim Chef. Kann ich etwas ausrichten?«

»Danke. Ich warte.«

Die Sekretärin blickte gleichgültig. »Wie Sie wollen. Kann aber dauern.«

»Ich habe Zeit.«

Der junge Offizier setzte sich auf einen Stuhl, schlug die Beine übereinander und blickte stoisch auf ein Gemälde an der Wand hinter der Sekretärin, ein Faksimile von Konrad Grobs berühmtestem Werk *Winkelrieds Tod bei Sempach*. Arnold Winkelried, der Mann, der sich, so die Legende, 1386 todesmutig in die Speerspitzen der habsburgischen Ritter geworfen und mit dieser Heldentat der jungen Eidgenossenschaft den Sieg über das Herzogtum Österreich und den Weg in die Freiheit gebracht hatte. Der

Leutnant kannte das Gemälde. Es hing auch in anderen Büros des Armeehauptquartiers.

Oberst Altmann tauchte eine halbe Stunde später auf. Mit einer knappen Handbewegung bedeutete er dem jungen Offizier, ihm in das Büro zu folgen.

»Neuigkeiten?«

»So ist es. Informationen aus der Thunstraße.«

»Ah! Und?«

»Baumann und Keller haben gesprochen. Baumann hat zugestimmt. Er will in den USA aussagen.«

Altmann überflog den Bericht. »Die Quelle? Raumüberwachung? Telefon?«

»Beides.«

»Sehr gut. Das war alles?«

»Ja.«

»Gut. Die Akte bleibt hier. Und alle weiteren Nachrichten direkt an mich, verstanden?«

Der Leutnant nickte, salutierte und verließ den Raum. Der Oberst las nochmals die Aktennotiz, lächelte still und rief seine Sekretärin. »Marianne, seien Sie so lieb und verbinden Sie mich mit unserem Kontakt bei der US-Botschaft.«

So unterschiedlich die Menschen sind, die militärische Kommandozentralen betreiben – in ihrer nüchternen, machteinflößenden Architektur und der kühlen Atmosphäre, die sie ausstrahlen, sind sich die Bauwerke wiederum erstaunlich ähnlich. Vermutlich auch deshalb, weil sie letztlich alle der gleichen Aufgabe dienen: in ihnen, wenn gefordert, Kriege zu planen, zu führen und zu gewinnen. Nur dass manche dieser Einrichtungen größer sind als andere. Und einige schlicht gigantisch.

Im Gegensatz zu seinem Schweizer Pendant im beschaulichen Bern war der Weg im CIA-Hauptquartier in Langley, Virginia, ausgesprochen lang. Von der Operationszentrale im Untergeschoss des Nebengebäudes bis zu den Direktorenbüros im sechsten Stock des gläsernen Hauptgebäudes dauerte er gute zwanzig Minuten. Man nahm ihn auf sich, wenn man zitiert wurde. Oder überzeugt war, Wichtiges zu berichten zu haben.

Wie zuvor der junge Schweizer Leutnant, so war sich auch der leitende Analyst der Europaabteilung beim US-Auslandsgeheimdienst sicher, genügend Material von Interesse zusammengetragen zu haben, das einen Ausflug zum Glaspalast rechtfertigte.

John Walsh, ein freundlicher Mittvierziger mit deutlichem Bauchansatz, Glatze und Hornbrille, bestieg den engen Aufzug von seinem Arbeitsplatz im Untergrund und glitt ins Erdgeschoss. Blinzelnd trat er ins Sonnenlicht, umrundete den weitläufigen Innenhof mit Grünfläche und Fischteich, betrat das Atrium im Hauptgebäude und fuhr mit dem ungleich größeren, mit Marmor und dunklem Eichenholz ausgekleideten Aufzug hoch ins letzte Stockwerk. Nach dem Verlassen der Kabine passierte er einen Sicherheitscheck und machte sich auf den Weg den langen, geräumigen Korridor entlang, bis er nach weiteren Minuten sein Ziel erreicht hatte.

Ein paar Augenblicke nur musste er sich bei der Vorzimmerdame gedulden, dann bat ihn der Direktor Operationen Europa, am wuchtigen Schreibtisch des holzgetäfelten Büros Platz zu nehmen.

»John, lange nicht gesehen. Was gibts?«

»Eine Nachricht unserer *Station* bei der Berner Botschaft.«

Der Direktor hob die Augenbrauen. »Bern, Schweiz?«

»Genau, Sir.«

»Ich hoffe doch sehr, eine gute. Schlechte gab's schon genug.« Er wedelte mit der Hand. »Los, dann mal her damit.«

John Walsh ignorierte die Bemerkung des Direktors und reichte den Hefter über den Tisch. Der Direktor überflog die Abschrift und rieb sich versonnen die Hände.

»Wenn das stimmt, dann haben unsere Schweizer Freunde die Hosen aber gehörig voll. Was meinen Sie?«

»Das glaube ich auch, Sir. Ich kann es verstehen: Unsere Leute in den *Stations* sagen, in Bern geht die Angst um, aus dem Spionageprogramm mit der Crypto AG zu fliegen, sollten sie sich weigern.«

Der Direktor nickte und lehnte sich nachdenklich im Drehstuhl zurück. »Hmm.« Nach einem Moment des Überlegens ließ er den Stuhl herumwirbeln, setzte sich aufrecht hin und grinste Walsh über den Schreibtisch an. »Wissen Sie was, John? Das ist gut, sogar richtig gut. Ich glaube, damit können wir endlich unser Problem lösen. Wer führt unseren *Operative* vor Ort?«

»Das wäre Herb. Herb Wigley.«

»Schicken Sie Wigley zu mir. Jetzt gleich. Ich will das wasserdicht haben.«

»Geht klar, Sir.«

Als Walsh wieder an dem Fischteich im Innenhof vorbeikam, gönnte er sich einen Augenblick, die Tiere darin zu betrachten.

Zwischen einem Pulk Goldfische zog auch ein mächtiger Koi-Karpfen seine Bahn und ließ die kleineren Geschöpfe in alle Richtungen stieben; sie alle kehrten anschließend wieder in seine Nähe zurück, als könnten sie

sich nicht darüber einig werden, ob der große Bruder nun gefährlich war oder doch Schutz bot.
Walsh schüttelte etwas ratlos den Kopf und ging weiter. Er hatte noch nie viel für Goldfische übrig gehabt.

***

»Sie wollen Baumann ausschalten? Ist es das, was ihr denkt?«, fragte Keller.

»Davon gehen wir aus«, antwortete Monti. »Nach allem, was wir wissen, hat El Chapo Messina Denaro ein Angebot gemacht, nach dem Motto: ›Hilf uns mit Baumann, dann bleiben wir im Geschäft.‹ Eine Art Amtshilfeersuchen unter Verbrechern.«

Keller und Monti saßen in den Büros der DNA, der Direzione Nazionale Antimafia, Montis oberstem Dienstherr mit Sitz in der malerischen Via Giulia unweit des Campo de' Fiori in Rom. Die DNA hatte zur Lagebesprechung in Sachen Matteo Messina Denaro und Cosa Nostra geladen. Denn auch zehn Jahre nach seinem Untertauchen war U siccu noch immer flüchtig, aber dennoch der *capo dei capi* geblieben. Monti und seine Kollegen der Anti-Mafia-Behörde wussten eines mit Sicherheit – wollte sich Messina Denaro an der Spitze der Cosa Nostra halten, musste er auf dem Territorium seines Clans bleiben, in Sizilien. Bloß wo? Es waren altbekannte Fragen, die gleichen wurden schon zu Bernardo Provenzano gestellt, und davor zu Totò Riina, dem Vorvorgänger an der Spitze der Cosa Nostra. Auch sie wurden nach Jahrzehnten der Flucht gefasst, spät, viel zu spät. Provenzano in Corleone selbst, Riina in Palermo.

Sie waren nie weg gewesen.

Es gab aber auch Fortschritte: So hatte Montis Team

Informationen gesammelt, wonach ein Killerkommando U siccus einen Mordanschlag auf einen Schweizer Ex-Bankier in Vorbereitung haben sollte. Beim Ziel dürfte es sich um das von Interpol gesuchte Mitglied von El Chapos Kartell handeln, Walter Baumann.

Als die Einladung zum Treffen in Rom kam, hatte Keller mit einer Nachricht dieser Art gerechnet; jetzt, wo Monti ihn tatsächlich vor einem Racheakt der Sizilianer warnte, spürte er die Anspannung. Es wurde langsam ernst.

»Unnötig, es zu erwähnen, aber ich tu's trotzdem: Es würde uns natürlich verdammt viel helfen, wenn ihr uns über Ort und Zeit informiert. Dann wissen *wir* nämlich, wie viel U siccus Leute *tatsächlich* über Baumanns Situation wissen.«

»Schon klar. Wir sind an ihnen dran, David. Sollte jemand unvorsichtig sein, wenn sich einer von ihnen bewegt, bekommen wir es mit.«

»Es wäre zu hoffen … Gleicher Fall, andere Baustelle: Habt ihr eine Spur zum Anschlag auf Baumanns Büro? Irgendetwas, was uns weiterbringt?«

»Leider nichts in dieser Richtung. Du kennst das ja selbst: Eine neue Telefonnummer, eine neue Figur, und wir fangen wieder von vorne an. Und manchmal braucht es auch das Quäntchen Glück. Wie auch immer: Wenn U siccu für Zürich verantwortlich war, werden wir es früher oder später erfahren.«

»Dann doch lieber früher.«

Monti rollte ob der lakonischen Bemerkung seines Schweizer Kollegen leicht gereizt die Augen: »Ach, tatsächlich?«

»Ich sag ja nur …«, meinte Keller mit gespieltem Ernst.

»Hab schon verstanden. Nun gut … dafür kann ich

etwas zu den beiden Anwälten des Liechtenstein-Treffens erzählen, Rossi und Bianchi. Baumann habt ihr zwar schon aus dem Verkehr gezogen, aber ich glaube, uns könnten noch ein paar Fische mehr ins Netz gehen.«

»Dann schieß los.«

Monti schob ein Blatt über den Tisch und führte Keller mit seinem Stift durch ein Schaubild von mit farbigen Linien verbundenen Passbildern. »Das hier ist Roberto Rossi, er ist vor fünf Jahren gestorben, Herzinfarkt. Finito. Sein Partner Michele Bianchi, hier, ist aber immer noch recht aktiv. So weit, so gut. Aber jetzt kommts: Die Mailänder Kollegen haben Bianchi bereits auf dem Schirm.«

»Und weswegen?«

»Ganz einfach: Bianchi bewegt sich im Dunstkreis von Cesare Previti, auch er ein Anwalt.« Monti deutete auf ein weiteres Passfoto auf dem Blatt: »Das ist Previti. Gegen Previti läuft gerade ein Berufungsprozess wegen Richterbestechung im Auftrag seines besten Kumpels, Silvio Berlusconi. Previti war mal, nebenbei gesagt, unser Verteidigungsminister. Sind wir nicht ein großartiges Land?«

»Ein einzigartiges, Andrea. Mit punktuellen Problemzonen, zugegeben.«

»*Punktuell*? In Italien steht die Scheiße so hoch, dass man Flügel braucht, David. Alle wollen ins Scheinwerferlicht, Richter, Staatsanwälte, Polizisten, Lastwagenfahrer, Hausfrauen. In Italien werden auf Beerdigungen Tote beneidet. Warum? Weil sie mehr Aufmerksamkeit bekommen als die Lebenden. Italien bedeutet, dass die Telefone eines Ex-Verteidigungsministers überwacht werden. Warum? Weil er ein Krimineller ist. Was wir wissen: Bianchi gehört zu jenen Leuten, mit denen sich Previti bespricht. Ein falsches Wort von Bianchi ...«

»… und ihr werdet es mitbekommen. Wäre zu schön. Aber Bianchi wird doch kaum so dumm sein?«

»Bianchis Problem ist nicht seine Intelligenz, es ist sein Charakter. Er will Aufmerksamkeit …«

Keller grinste. »Die Beerdigungen, ich verstehe. Bianchi redet zu viel.«

***

Lopez und Sorbello standen im Korridor beim Kaffeeautomaten im zweiten Stock des modernen Flachbaus der DEA, der sich am nördlichen Ende von Miami befand. Es war neun Uhr abends, und bis auf die Lichter ihrer Arbeitsplätze lag das Großraumbüro im Dunkeln.

Sorbello nippte missmutig am Pappbecher.

»Lass uns unten warten«, schlug Lopez vor. »Ich könnte jetzt eine Zigarette gebrauchen.«

Der Sedan des Chiefs brauste auf die Anlage zu und hielt auf dem für ihn reservierten Parkplatz neben dem Eingang. Lundgren schwang sich wuchtig aus dem Fahrzeug.

Ohne stehen zu bleiben, eilte Lundgren an Lopez und Sorbello vorbei Richtung der Eingangskontrollen.

»In zehn Minuten in meinem Büro«, rief er seinen beiden Mitarbeitern im Umdrehen zu.

Lopez nahm einen letzten Zug und warf die Zigarette frustriert auf den Asphaltboden. Die Hausordnung war so ziemlich das Letzte, was sie im Moment kümmerte.

In den Gesichtern seiner beiden Ermittler konnte Lundgren unschwer erkennen, dass es mit der Laune nicht zum Besten stand. Vorsichtig ausgedrückt.

»Nun, ihr habt es gehört: Das State Departement möchte nicht, dass ihr beiden nochmals in die Schweiz reist.«

»Das ist ein Witz, Chief! Baumann ist unser Mann. Wir sind für ihn verantwortlich«, fiel ihm Lopez ins Wort. »Wir arbeiten seit Jahren mit ihm zusammen. Er vertraut uns.«

»So ist es. Was das State Department behauptet, ist Bullshit«, schob Sorbello hinterher. »Es gäbe Möglichkeiten. Wir müssten gar nicht einreisen. Die Schweizer geben uns Baumann so zurück, wie sie ihn damals übernommen haben. Im Flieger.«

Lundgren rieb sich heftig über sein Gesicht, was er immer tat, wenn er sich ärgerte oder frustriert war. In der Abteilung war es unter den Mitarbeitern ein Running Gag, sich zu fragen, ob und wie weit sich Lundgrens Gesicht dabei abnutzte. Sowohl Lopez als auch Sorbello verkniffen sich im Moment den Gedanken daran. Der Chief konnte sehr unangenehm werden, wenn er sich verschaukelt fühlte.

»Mag schon sein. Hilft aber nichts. So wie jetzt entschieden wurde, machen alle mit. Unser Land, die Schweiz und Baumann. Und niemand möchte riskieren, dass ihr ohne Baumann zurückkommt, nur weil es dann doch irgendein Problem gibt. Können wir uns so was leisten? Nein. Können wir etwas dagegen tun? Nochmals nein. Wenn euch das State Department keine Diplomatenpässe ausstellt, könnt ihr nicht auf Dienstreise. So läuft es nun mal. Punkt.«

Es galt als ungeschriebenes Gesetz, dass die zuständigen Ermittler, die *special agents in charge,* Festnahmen und Überführungen wichtiger Figuren selbst machten. Bot der Fall Aussicht auf Schlagzeilen, wurden auch gerne Fernsehstationen und Fotoreporter aufgeboten – ein lebendiger Beweis des Sieges von Gut über Böse. Für die Gegner des Rituals hingegen war es der gefürchtete Walk of Shame. Jener Moment also, bei dem Festgenommene wie Zirkusbären in Ketten einer aufgeregten Medienmeute vorgeführt wurden, am besten mit schuldhaft gesenktem Haupt.

Lopez und Sorbello ging es nicht um den Medienauftritt. Den würde es bei Baumann nicht geben. Ganz im Gegenteil. Der Schweizer Banker war ihr streng gehütetes Geheimnis, ihr Ass im Ärmel gegen die mexikanischen Kartelle. Es ging ums Prinzip. Es wäre ihr gutes Recht gewesen, Baumann persönlich in die USA zurückzuholen.

Bei Lopez war der Ärger über die verpasste Gelegenheit noch nicht gegessen. Von seiner Ermittlerin hatte Lundgren auch nichts anderes erwartet.

»Bei allem Respekt, Chief. Aber diese Vorschrift können Sie sich sonst wo hinstecken. Baumann ist verdammt noch mal unser Mann! Und das wissen Sie.«

»Weiß ich, Lopez.«

»Und nun?«

»Und nun? Ihr habt meinen Bericht gelesen: Das Ziel der Bundesstaatsanwaltschaft des Eastern District von New York ist, Anklage gegen El Chapo zu erheben. Nur reden wir von Jahren, nicht Monaten. Was bedeutet, mit Baumann könnt ihr noch so lange Händchen halten, wie ihr wollt. Wenn ihr Pech habt, bis zu eurer Rente.«

»Ist schon klar, Chief«, meinte Sorbello mit säuerlicher Miene. »So weit haben wir verstanden. Und wer bringt Baumann nun in die USA?«

Lundgren hob entschuldigend die Hände. »Wir jedenfalls nicht. Ich weiß nur, dass das in Washington entschieden wird.«

15

Sie hatten fertig zu Abend gegessen und saßen jetzt noch am Esstisch in Kellers Wohnung bei einem Glas Wein zusammen, an dem sie eher lustlos nippten.

»Mir ist auch nicht wohl dabei, David.«

»Und nun? Was machen wir jetzt?«

Julie zuckte ratlos mit den Schultern. Sie wusste es ja auch nicht.

Vor zwei Tagen war beim Schweizer Justizdepartement die Mitteilung der US-Botschaft eingegangen, dass anstelle der »ausgereisten« DEA-Beamten Lopez und Sorbello FBI Special Agent Julie Banks mit der Überführung Baumanns in die USA beauftragt wurde. Zwei Sicherheitsbeamte des Genfer US-Konsulats sollten Special Agent Banks unterstützen.

»Ich finde es einfach fahrlässig. Irgendein so ein Sesselfurzer in Washington denkt, er hat eine geniale Idee, die auch noch Geld spart, dabei sind wir es, denen die Mafia ein Killerkommando hinterherschickt.«

»Ich weiß, Honey.« Sie lächelte ihn müde an.

Die überraschende Anordnung hatte sie beide kalt erwischt. Die Vorgehensweise des State Departments war keineswegs abwegig, ganz im Gegenteil. Aber der Fall Baumann hatte bisher in ihrer halblegalen Beziehung nur eine theoretische Rolle gespielt, wie ein strategisches Spiel, über dessen Winkelzüge sie gemeinsam beraten konnten. Was für Keller bitterer Ernst und eine moralische und berufliche Verpflichtung war, drängte plötzlich in ihren gemeinsamen geschützten Raum hinein und setzte Julie einer Gefahr aus, in die er sie auf keinen Fall bringen wollte.

Zwei Tage lang war besonders Julie ungewohnt wortkarg geblieben. Heute Abend hatten sie dann beim Essen ausführlich über die Ausgangslage gesprochen. Sie kannten die Umstände. Sie wussten, was auf dem Spiel stand.

»Kannst du nicht einfach ablehnen?« Er wusste, dass es eine ziemlich blöde Frage war.

»Gott, David! Dir muss ich nun wirklich nicht erklären, dass ich da wenig Mitspracherecht habe. Genau genommen überhaupt keins.«

»Ja, entschuldige. Es ist nur …« Keller rieb sich genervt über die Schläfen. Er fühlte sich hilflos. Es war bei Gott nicht das erste Mal, dass über seinen Kopf hinweg entschieden worden war, aber dieses Mal war es persönlich und fühlte sich gar nicht gut an.

Julie langte über den Tisch und nahm seine Hände in ihre. Sie blickte ihn eindringlich an. »Es ist eine zweistündige Autofahrt, Honey. Und ich bekomme Unterstützung aus Genf. Ich krieg das hin.«

Keller musste lächeln. Wenn sie es so sagte, klang es fast wie ein lächerlich einfaches Kinderspiel.

Sie lächelte zurück und küsste ihn. Im Grunde hatte sie recht. Sie waren schließlich ein gutes Team.

Er streckte sich, nahm einen Schluck Wein und verzog das Gesicht. »Der schmeckt echt nicht. Ich hol einen anderen.«

Keller stand auf und verschwand hinter der Küchentheke, wo sie hören konnte, wie er mit den Flaschen herumhantierte. Julie schaute ihm kurz hinterher und drehte stumm ihr Weinglas in den Händen. Ihre Zuversicht hatte plötzlich einem ernsten Ausdruck Platz gemacht.

***

»Ja, wir beide kennen uns bereits recht gut. Die Zusammenarbeit wird kein Problem sein.« Keller klang so sachlich wie ein Finanzbeamter.

»Ich denke, die Resultate der letzten Monate können sich sehen lassen«, fügte Julie mit einem charmanten Lächeln an.

Moser nickte. »Schon klar, Miss Banks. Keine Frage. Nur geht es hier nicht um Al-Kaida-Gelder auf Schweizer Bankkonten. In Ihrer Heimat ist Baumann Kronzeuge gegen El Chapo, und in der Schweiz steht er im Zeugenschutzprogramm. Und das aus gutem Grund. Die Cosa Nostra hat Baumanns Exekution angeordnet, sie hat Profis losgeschickt. Sollten sie ihn finden, werden sie ihn töten. Das wäre nicht sehr vorteilhaft. Für keinen von uns.«

»Dessen sind wir uns bewusst, Sir«, bestätigte Julie.

»Wir haben es ausführlich durchgesprochen, Pius. Wir sind gut vorbereitet.« Keller warf Julie einen Blick zu, den sie mit einem kurzen Nicken erwiderte.

»Wenn ich es richtig verstanden habe, kann uns Ihre Behörde beim Transport nach Bern unterstützen? Ihre Botschaft hat mitgeteilt, Baumann und seine Partnerin werden nur eine Nacht in Bern bleiben. Und dann mit einem Linienflug von Zürich in die USA reisen.«

Julie nickte wieder. »Soweit uns das mit unseren Mitteln möglich ist, Sir. Allerdings sind wir nicht auf komplexere operative Einsätze vorbereitet.«

»Oh? Ist das so? Wir haben da schon Erstaunliches festgestellt.« In Mosers Antwort schwang eine gehörige Portion Sarkasmus mit.

»Die DEA ist die DEA. Wir sind das FBI, Sir.«

»Das sagen sie alle, Miss Banks.« Moser hatte Julies Kommentar mit einer verärgerten Handbewegung zur Seite gewischt. Was ihn betraf, war die kaltschnäuzige Aktion der DEA vor seiner Haustüre noch nicht vom Tisch. »Wie auch immer. Die beiden Sicherheitsleute, die Ihnen zur Seite stehen, sie gehören zum FBI? Wir brauchen deren Personalien.«

»Dazu habe ich noch keine Angaben, Sir. Ich werde das abklären.«

»Das wäre nett.«

»Selbstverständlich, Sir.«

Moser drückte Keller einen Umschlag in die Hand. »Euer Auftrag. Die Amtsleitung hat ihn heute Morgen besprochen und genehmigt. Macht euch Gedanken, wie wir Baumann und seine Partnerin wohlbehalten zu uns nach Bern bringen. Nur so viel: Ich will es unauffällig, ein kleines Team. Ein taktischer Fahrzeugwechsel auf halber Strecke scheint mir sinnvoll. Was die Übernachtung in Bern betrifft: Eine Pritsche im Untersuchungsgefängnis können wir Baumann leider nicht ersparen. Damit schlafen zumindest wir besser. Danach erledigen wir die Formalitäten mit Ihrer Botschaft, Miss Banks. Dafür sollte der Vormittag reichen. Und dann ab nach Zürich und hinein in die Swiss-Maschine nach New York. Je schneller Sie und Baumann aus der Schusslinie sind, Miss Banks, umso besser für uns alle.«

Keller fuhr von der Autobahn ab, parkte neben den Tanksäulen und eilte zum überdachten Eingang der Raststätte.

Es hatte kräftig zu regnen begonnen. Der Sommer war dem Herbst gewichen. Noch war kein Schnee gemeldet. Aber hier, kurz vor dem Gotthardtunnel an der Wetterscheide zwischen Nord- und Südeuropa, war man besser auf alles vorbereitet. Handschuhe und Schneeketten lagen im Kofferraum.

Keller setzte sich an einen Tisch und bestellte eine Portion Schnitzel mit Pommes. Dann rief er Baumann an.

»Wie gehts? Koffer gepackt?«

»Wir können es kaum erwarten. Rita leidet. Sie ist diese Temperaturen nicht gewohnt. Es ist wirklich verdammt kalt geworden hier oben.«

»Ich kenne den Ort. Verfeuern Sie noch den Rest Kaminholz, Sie werden es nicht mehr brauchen. In zwei Stunden sollte ich bei Ihnen sein. Ich fahre einen schwarzen VW Transporter. Zwei Minuten vor der Ankunft rufe ich Sie nochmals an. Dann wissen Sie, dass ich es bin. So weit klar?«

»Alles klar.«

Es war noch zu früh, um Julie anzurufen. So aß er erst zu Mittag, bezahlte und fuhr weiter, hinauf auf der kurvigen Autobahn in Richtung Süden, links und rechts eingeschlossen von den schneebedeckten Gipfeln des Gotthardmassivs. Eine knappe Stunde später erreichte er das Nordportal und fuhr in den dunklen, stinkenden und endlos scheinenden Gotthardtunnel ein. Nach weiteren zwanzig Minuten hatte er das Südportal erreicht und rollte die Südflanke der Alpen hinunter in Richtung Bellinzona. Die Ferienzeit war vorüber, es herrschte nur wenig Verkehr. Wahrscheinlich würde er schneller am Ziel sein als gedacht. Auch gut.

Julie meldete sich. »Wie ist der Verkehr? Wo bist du jetzt?«

»Für einmal kein Stau, alles bestens. Bin gerade durch den Tunnel. Und du? Wann fahrt ihr los?«

»Ich bin noch zu Hause. Meine Leute holen mich gleich ab.«

»Hast du eure Fahrzeugdaten an Moser gemeldet? Er will die Polizeidienststellen entlang der Strecke informieren. Vergiss das nicht.«

»Hab ich doch gestern bereits gemacht. Immer noch der Volvo V50 von Hertz.«

»Dann verbleiben wir wie besprochen: Du rufst mich an und bestätigst, wenn ihr am Treffpunkt seid. Eine Stunde noch, dann bin ich bei Baumann.«

»Okay. Und übrigens, ich hab vorhin den Wäschekorb nach unten gebracht.«

»Ach, Mist, den hatte ich stehen lassen.«

»Hast du.«

»'tschuldige.«

Keller konnte Julies Atem hören. Ein Moment der Stille folgte. »I love you, babe«, sagte sie schließlich.

Von ihnen beiden war Julie definitiv die Gesprächigere. Trotzdem: Diese Worte hatte er von ihr schon länger nicht mehr gehört. Auch wenn sie es nicht offen aussprach – Julie schien sich mehr Sorgen zu machen als er selbst. Gestern Abend hatten sie den Ablauf nochmals durchgesprochen, beim Essen, und danach im Bett, nachdem sie sich geliebt hatten.

Julie war Finanzermittlerin. Und wie sie selbst meinte, kannte sie die italienische Mafia aus Vorträgen an der FBI-Akademie sowie aus Hollywoodfilmen. Keller hatte ihr versichert, dass niemand Baumanns Aufenthaltsort kennen konnte. Keine Chance für die Killer aus Sizilien, ihren Auftrag zu Ende zu bringen.

Und er würde nicht zulassen, dass ihr etwas zustieß.

Alles würde gut werden.

»Love you, too. Jetzt lass uns Baumann nach Bern bringen. Und wenn du ihn erst mal in Miami abgeliefert hast, nehmen wir uns ein paar Tage frei. In Ordnung?«

Wieder schwieg Julie für ein paar Sekunden, in denen er nur ihren leisen Atem hören konnte.

»Die Jungs sind da. Ich muss los.«

Eine halbe Stunde später hatte Keller die Abzweigung Richtung Verzascatal erreicht. Es folgten enge Haarnadelkurven, die ihn hoch zum Vogorno-Stausee brachten. Der Regen war noch stärker geworden. Je schneller er beim Haus ankam, umso besser.

Auf halbem Weg zwischen Gerra und Vasco bog er nach links ab. Die schmale Straße führte den Berg hoch in ein Waldstück, links und rechts standen vereinzelt schmucke Ferienhäuser in den Lichtungen. Nach einem weiteren Kilometer endete die befestigte Straße. Ein Gitterzaun versperrte die Weiterfahrt.

Auf einem Schild stand der Hinweis »Privato«. Tatsächlich gehörte das Grundstück der Armee, aber Pius Moser kannte die richtigen Leute. Wenn die Bundeskripo kurzfristigen Bedarf für eine diskrete Unterbringung hatte, wusste Moser, wen er auf ein Feierabendbier treffen musste.

Keller rief Baumann an, stieg aus dem Fahrzeug und öffnete die Schranke mit dem mitgebrachten Schlüssel. Nach weiteren dreihundert Metern durch den Wald erreichte er die Lichtung. Das Fahrzeug parkte er auf dem kleinen Vorplatz.

Es goss nun aus allen Kübeln. Rita erwartete ihn mit einem übergroßen Regenschirm in der Hand. Zusammen eilten sie ins Haus, wo Rita eine Kanne heißen Tee aufgesetzt hatte. Rita war von Anfang an die Entspanntere gewesen im Umgang mit Keller, was durchaus nachvollziehbar war. Baumann war der Kriminelle, der Gejagte, Rita bloß seine Begleitung.

Keller nippte an der Tasse. »Schmeckt hervorragend. Danke.«

»Eine venezolanische Mischung. Ohne die hätte ich nicht überlebt, hier oben.«

»Von jetzt an werden Sie in einem gut beheizten Zimmer schlafen. Keine Sorge. Das Gepäck ist bereit?«

»Alles bereit.«

»Lassen Sie nichts zurück. Noch mehr Taschen voller Bargeld zum Beispiel.«

»Welches Bargeld?«, knurrte Baumann, der mit düsterer Miene am kleinen Holztisch saß, und sich nervös die Hände rieb. »Das haben Sie.«

»Nur so ein Gedanke, Baumann. Keine Ahnung, wo überall Sie noch Geld versteckt haben.«

»Hier ganz bestimmt nicht.«

»Der Nachmieter würde sich freuen. Und wegen Ihres Geldes – das hatten wir bereits: Wenn es denn sauber ist, bekommen Sie es wieder.«

In der Zwischenzeit war die Strecke zurück ins Tal zu einer Schlammpiste geworden. Immer wieder kam der Wagen ins Schlittern, und Keller hatte größte Mühe, den Transporter in der Spur zu halten. Jetzt bloß keinen blöden Unfall.

Unten auf der Talstraße hatten sich riesige Pfützen gebildet, und bis zum Stausee musste Keller im Schritttempo fahren. Bereits während des Beladens hatte sich Julie gemeldet. Sie und ihre beiden Begleiter waren am vereinbarten Ort angekommen. Jetzt konnte er Moser anrufen. Alles lief nach Plan.

»Für dich zur Information, David: Die Tessiner Polizei hat zwei verdächtige Fahrzeuge bei Baumanns Anwesen festgestellt.«

»Wurden sie angehalten?«

»Nein, die Observation läuft noch.«

»Und Italien?«

»Ich hab mit Monti gesprochen. Keine Aktivitäten.«

»Profis halt.« Keller hielt seine Bemerkungen kurz. Im Fond saß Baumann mit Rita und hörte schweigend zu.

»Wir bleiben bei unserem Plan«, meinte Moser. »Kein Grund, deswegen etwas zu ändern.«

Als sie die schlechten Straßen hinter sich gelassen und auf die Autobahn Richtung Norden aufgefahren waren, informierte Keller seine beiden Passagiere über das weitere Vorgehen.

»Auf halber Strecke werden wir einen kurzen Zwischenhalt einlegen. Sie beide werden in ein anderes Auto umsteigen. Das Gepäck können sie hierlassen. Eine Sicherheitsmaßnahme.«

Baumann nahm es gelassen. »Was immer Sie sagen, Keller.«

Nachdem sie Luzern hinter sich gelassen hatten, fuhr Keller von der Autobahn ab, steuerte auf das Parkfeld der Raststätte Neuenkirch zu und umrundete es im Schritttempo. Nur eine Handvoll Fahrzeuge stand verstreut über das weitläufige Areal. Wenigstens etwas Gutes hatte das miese Wetter.

Julies Volvo wartete am vereinbarten Platz in der ersten Parkreihe neben der Treppe zum Restaurant Marché. Der Platz daneben war ebenfalls frei.

Keller wählte Julies Nummer.

»Wir sind hier. Können wir parken?«

»Wir sind bereit.«

Keller stoppte in der Lücke neben Julies Fahrzeug und löste die Verriegelung. Einer von Julies Sicherheitsleuten zog die Seitentüre auf und winkte wortlos ins Wageninnere. Baumann und Rita kletterten über die Sitze und stiegen auf die Rückbank des Volvos.

Bevor er die Schiebetüre wieder zuwarf, hob der Amerikaner den Daumen und zwinkerte Keller zu. Unter seiner linken Schulter lugte ein Pistolengriff hervor.

»All right man, see you later.«

Keller hob ebenfalls den Daumen, allerdings nicht mehr ganz so schwungvoll wie der Kollege, wobei er sich fragte: Julies Leute trugen Waffen? Das war definitiv nicht so vereinbart und komplett illegal. So war es eben mit den Cowboys aus Übersee. Es gab sie nur im Gesamtpaket.

Die Übergabe hatte geklappt, Baumann und seine Rita waren bei Julie. Das war erst mal das Wichtigste.

Julie saß auf dem Beifahrersitz. Keller versuchte, ihren Blick zu erhaschen. Aber sie hatte sich nach hinten umgedreht und unterhielt sich mit Baumann.

Julies Volvo setzte zurück und brauste davon. Keller blieb am Steuer sitzen und beobachtete die Umgebung. Wäre jemand dem Volvo gefolgt, hätte er sich an dessen Fersen geheftet und bei Moser Alarm geschlagen.

Aber auf dem Parkplatz blieb alles ruhig.

Sobald Julie mit ihrer Fracht auf die Autobahn Richtung Bern aufgefahren war, würde sie sich bei ihm melden. Erst mal aber war Gelegenheit für die überfällige Pinkelpause und einen Anruf bei Moser.

»Julie ist losgefahren. Niemand in ihrem Schlepptau.«

»Schön. Sie soll sich nicht zu viel Zeit lassen. Die Tessiner sind sich nicht mehr sicher, ob sie noch an den richtigen Leuten dran sind. Hat wohl einen Fahrzeugwechsel gegeben, den sie nicht gesehen haben.«

»Oops. Wie lange ist das her?«

»Zweieinhalb, drei Stunden.«

»Hm … aber mal ehrlich: Ich kann mir nicht vorstellen, dass U siccus Leute die geringste Ahnung haben, wie und wo wir unterwegs sind.«

»Man sollte es meinen. Trotzdem. Du erinnerst dich noch an die Sache bei den Tessiner Kollegen mit der schönen Riccarda? Wie nannten sie die noch mal?«

»Ach die … ungern, ja. La cozza nera.«

»La cozza nera. Drei Jahre hat es gedauert, bis jemand geschnallt hat, dass die Kellnerin des Cafés beim Tessiner Polizeikommando nicht nur eine gute Partie im Bett ist, sondern auch eine Verwandte U siccus. Gott alleine weiß, wie viel Bettgeflüster da lief. Was ich sagen will …«

»Riccarda ist weg, Pius. Alle haben daraus gelernt.«

»Ich will's hoffen«, brummelte Moser.

»Ich muss mich jetzt bei Julie melden, ich ruf dich wieder zurück.«

»Ich warte.«

»Ach übrigens: Julies Sicherheitsleute sind bewaffnet. Wusstest du das?«

»Wie bitte? Nein, das wusste ich nicht.«

»Ich behaupte mal, Julie auch nicht. Mindestens einer trägt eine Pistole. Beim anderen weiß ich es nicht.«

Moser seufzte verärgert. »Wieso bin ich nicht überrascht? Wir klären das später.«

Die zuckenden Blaulichter der Autobahnstreife waren schon von Weitem zu sehen. Die letzten zwanzig Kilometer hatte er das Gaspedal komplett bis zum Anschlag durchgedrückt, und mit quietschenden Reifen und für die enge Kurve viel zu schnell nahm er nun auch die Ausfahrt. Um ein Haar hätte er ein anderes Auto gerammt, das ihm aufgeregt hupend von rechts vor die Nase fahren wollte.

Einen halben Meter weiter, und auch die beiden Streifenpolizisten, die bei den Parkplätzen auf der Rückseite der Raststätte neben Julies Volvo auf ihn warteten, wären unter der Vorderachse des Transporters gelandet.

»Keller, Bundeskripo.« Keller hatte sich mit einem Satz hinter dem Steuer hervorgeschwungen und hielt seinen Dienstausweis in die Höhe. »Was habt ihr gesehen? Wo sind die Insassen?«

»Das fragst du uns? Das würden wir gerne von dir wissen, Kollege«, meinte der ältere der beiden. »Dein Büro meldete etwas von Zeugenschutztransport? Vielleicht Entführung?«

»Verdammt ... ja! Die Türen? Unverschlossen?«

»So siehts aus. Der Schlüssel steckt. Auch die Papiere sind alle da.«

Keller ging einmal um das Fahrzeug und betrachtete aufmerksam den Innenbereich. Keine Spuren von Gewalt. Keine Einschusslöcher. Keine Gegenstände im Fahrzeug.

Und auch kein Blut.

Keller zwang sich, ruhig zu bleiben. Bloß keine Panik jetzt. Sein Blick wanderte über den Parkplatz, in der Hoffnung, irgendeinen Hinweis, ein Zeichen von Julie und ihrer Gruppe zu entdecken. Aber nichts. Julie war weg, Baumann war weg, und der einzige Zeuge war der verlassene, sauber eingeparkte Mietwagen.

Was um Himmels willen war hier geschehen? Julie hatte sich nicht wie vereinbart gemeldet. Nach einer halben Stunde rief er sie auf dem Mobiltelefon an, dann Baumann. Keine Reaktion.

Dann der Anruf bei Moser. Hatte sich Julie bei ihm gemeldet? Sie versuchten es noch ein paarmal, aber die Telefone blieben stumm.

Nun war es doch passiert, ihr Albtraum war wahr geworden: Sie hatten sie verloren, Baumann, Julie und die Wachmannschaft. Schließlich hatte Moser entschieden, einen Entführungsalarm auszulösen.

Kaum eine Viertelstunde später hatte sich die Autobahnstreife gemeldet: Das gesuchte Fahrzeug stand auf dem Rastplatz Gunzgen Nord, Fahrtrichtung Bern.

Keller sah sich weiter um. »Was ist mit den Überwachungskameras?«

»Haben wir überprüft. Die gibt es, aber nur auf der Vorderseite, bei den Tanksäulen. Wegen der Raubüberfälle.«

Erneut spürte Keller die aufsteigende Panik. Es gelang ihm, ruhig und sachlich zu klingen. Zumindest hoffte er es. »Sie müssen ja irgendwie von hier weggekommen sein. Und wir haben wirklich keine Bilder?«

»Wie gesagt, nur, wenn sie so dumm waren und nach vorne zum Tanken gefahren sind. Wir können es versuchen. Aber wonach sollen wir überhaupt suchen?«

Nein, dumm waren die Sizilianer nicht. Sie hatten sie ausgetrickst, an der Nase herumgeführt. Und sie mussten Hilfe von außen gehabt haben, von jemandem, der ihre Pläne kannte.

So offensichtlich es schien – irgendetwas in Keller sträubte sich zu glauben, dass dieses Desaster ein Werk der Mafia war, von Messina Denaro, den Mexikanern.

Zu sauber das Ganze, zu glatt. Doch wenn nicht sie, wer sonst?

Eine letzte kleine Chance blieb: Denn wenn Baumann liquidiert werden sollte, war es jedenfalls nicht hier auf der Raststätte passiert.

Sie mussten jetzt schnell sein. Hastig wählte er Pius' Nummer.

»Folgendes: Hier wurde niemand getötet, auch keine Spuren von Gewalt, kein gar nichts. Erinnerst du dich an Zürich? Sie wollen Baumann nicht loswerden. Oder noch nicht. Sie wollen an seine Informationen, sein Geld, weiß der Teufel. Ich denke, sie halten ihn irgendwo fest. Bis sie von ihm haben, was sie wollen.«

»Was meinst du damit? Dass sie ihn wieder laufen lassen?«

»Wenn sie fertig sind, räumen sie ihn aus dem Weg. Alles andere ergibt keinen Sinn.«

Moser zögerte. »Julie und Rita?«

Die Frage hatte er aus seinen Gedanken verbannt. Er wollte sie nicht hören. Nicht jetzt. »Die anderen … keine Ahnung.«

»Okay. Reden bringt uns auch nicht weiter. Wir weiten die Fahndung aus, an jede Polizeistreife, jeden Grenzposten. Mehr können wir nicht tun.«

Moser hatte aufgelegt, Keller stand auf dem Parkplatz der Raststätte, das Telefon in der Hand, auf der Autobahn rauschte der endlose Strom an Fahrzeugen vorbei, auf dem Weg zu ihrem Ziel, zur Arbeit, zur Familie. Keller hatte seines gerade verloren. Fahl im Gesicht schleppte er sich zu den WC-Anlagen. Ihm war schlecht geworden.

16

Die Limousine rollte langsam durch die ruhigen Seitenstraßen des Berner Diplomatenviertels Kirchenfeld, bog danach auf die breite Thunstraße ab und wählte am Kreuz Ostring die Autobahnauffahrt Richtung Berner Oberland. Bereits bei der nächsten Ausfahrt verließ sie die Schnellstraße wieder und bewegte sich in südlicher Richtung. Auf Höhe des Schloss Belp bog sie erneut rechts ab auf die Zufahrtsstraße zum Flughafen Bern. Von der Anhöhe aus konnten die Fahrgäste die elegante, weiß gestrichene Gulfstream G550 auf dem tiefer gelegenen Rollfeld erkennen. Die Kabinenbeleuchtung war eingeschaltet. Ein Tankfahrzeug versorgte die Maschine mit Treibstoff.

Zehn Minuten später beobachtete der Businessterminal-Manager von seinem Bürofenster aus, dass auf dem Gästeparkplatz die Limousine mit Diplomatenkennzeichen vorgefahren war. Die Passagiere waren eingetroffen, keine Minute zu früh. Die Gulfstream war der letzte Flug an diesem Abend, und wenn er ihn pünktlich abfertigen konnte, würde sich bestimmt niemand beschweren.

»Business-Terminal bereit. Grenzbeamte bitte zu Terminal 2.« Für die Kommunikation nutzte er ein handliches Walkie-Talkie.

Hans Greminger war der zuständige Grenzbeamte an

diesem Abend. Wenn wenig Betrieb war, arbeiteten er und seine Kollegen der Grenzpolizei am Linienflug-Terminal. Die Wege am Regionalflughafen Bern waren kurz. Musste ein Geschäftsflug am Terminal 2 abgefertigt werden, waren sie in fünf Minuten zur Stelle.

Greminger ging beim Büro des Terminal-Managers vorbei und ließ sich die Passagierliste aushändigen. Sie nahm kaum eine halbe Seite ein, vier Personen, alles US-Diplomaten. Abgekürzt lautete das Routing BRN to JIB, oder Bern nach Djibouti–Ambouli International Airport. So klein er war, Bern war auch der Schweizer Hauptstadtflughafen. Jeden Tag reisten Regierungsvertreter, Beamte und Militärs aus aller Welt ein und aus.

Greminger nahm in seiner Kabine Platz, schaltete den Computer ein und wartete auf die Passagiere. Die Fluggäste, zwei Frauen und zwei Männer, reihten sich vor dem Gepäckband ein, in diesem Fall reine Formsache, denn Diplomatengepäck wurde zwar durchleuchtet, aber nicht durchsucht.

Zwei Minuten später standen die Fluggäste an Gremingers Schalter. Auch hier reine Routine. Der Beamte warf einen Blick auf die Passbilder und setzte den Ausreisestempel ein. Nach der Ausreisekontrolle wurde die Reisegruppe von einer Mitarbeiterin der Business Aviation Lounge empfangen. Eine kleine Selbstbedienungsbar bot Snacks und Getränke an.

Greminger schaute auf die Uhr. In einer halben Stunde war Feierabend. Er meldete sich beim Schichtleiter am Linienflugterminal. Alles ruhig bei euch? Gut. Dann erledige ich hier noch den Papierkram.

Ein Ground Handling Agent in gelber Weste betrat den Warteraum. Die Maschine war einsteigebereit. Die Fluggäste nahmen ihr Handgepäck und folgten dem Mitarbeiter auf das Rollfeld.

Mit den Jahren hatte Greminger einen Blick für seine Fluggäste entwickelt, und Diplomaten waren sowieso noch einmal eine Kategorie für sich, mit einer klaren Rangfolge: Der Erste an seinem Schalter und der Erste im Flieger – es war immer der ranghöchste Diplomat. Alle anderen hatten sich hinten anzustellen. Förmlichkeiten schienen in diesem Fall aber weniger eine Rolle zu spielen. Ein Senior Secretary sowie ein First Secretary, jeweils in Begleitung ihrer Partnerinnen.

Greminger sah dieser für heute letzten Gruppe Passagiere hinterher, wie sie dem Ground Handling Agent hinterher zur Treppe folgten. Der First Secretary und seine Frau hatten den Jet bestiegen, als Greminger schmunzeln musste. Die Frau des Senior Secretary, eine durchaus attraktive blonde Mittdreißigerin, schien die Schweiz wohl nur ungern verlassen zu wollen. Oder sie hatte etwas vergessen, was es in Djibouti nicht zu kaufen gab. Oder sie hatte schlicht Flugangst. Auch das kam vor. Madam Senior Secretary jedenfalls war auf halbem Weg zur Treppe stehen geblieben, und ihr Mann schien Mühe zu haben, sie zum Einsteigen zu bewegen.

Greminger griff zum Walkie-Talkie. »Probleme? Hat sie etwas liegen lassen?«, funkte er den Ground Handling Agent an, der in diskreter Distanz zu den beiden Passagieren stehen geblieben war.

Der Handling Agent ging auf das Paar zu, der Senior Secretary legte seinen Arm um die Schulter seiner Frau, und das Paar bestieg die Gulfstream.

Der Agent hob dann den Daumen in Richtung Terminal. »Alles okay.«

Bei so wenig Betrieb wie heute hatte Greminger die Formalitäten in wenigen Minuten erledigt. Feierabend. Er packte seine Sachen in eine Umhängetasche und war bereits dabei, Bildschirm und Computer auszuschalten, als eine Meldung auf dem Bildschirm aufpoppte. Das Warnfenster blinkte im Sekundentakt. Weiße Schrift auf rotem Grund, höchste Dringlichkeitsstufe.

Mist. Noch zwei Minuten bis Dienstschluss. Dann wollte er wieder vorne bei den Kollegen sein, für das Feierabendbier. Aber die Meldung war nun mal da, und er war noch im Dienst.

**ALARMFAHNDUNG –
AN ALLE POLIZEI- UND GRENZPOSTEN**

GESUCHT WERDEN FOLGENDE FÜNF PERSONEN, MUTMASSLICH OPFER, EVTL. TATBETEILIGT AN EINER ENTFÜHRUNG VON HEUTE NACHMITTAG AUF DER AUTOBAHN A1 NAHE BERN:

Die Namen auf der Fahndungsliste sagten ihm nichts. Allerdings: Neben jeder Person war auch ein Foto aufgelistet. Rasch rief er die Datenbank auf und scrollte durch die Liste der erfassten Reisepässe.

Nein, die Namen stimmten nicht überein. Und doch schrillten bei Greminger die Alarmglocken.

Ungläubig verglich er die Bilder. Keine Frage: Von den fünf Gesuchten befanden sich nun vier an Bord der Gulfstream. Zwei Frauen und zwei Männer. In der Fahndungsmeldung waren sie als Julie Banks, Rita Pereira Gonçalves, Greg Foster und Walter Baumann angegeben.

Greminger stürmte aus der Kabine, rannte den verlassenen Flur entlang und rannte in das Büro des Terminal-Managers.

»Wir haben ein Problem! Die Maschine darf nicht starten!«

Der Terminal-Manager schaute den Grenzbeamten ungläubig an. »Die Gulfstream? Nicht starten? Was ist los? Hast du getrunken?«

Greminger verzog gereizt das Gesicht. »Nein, du vielleicht? Hör mir gut zu: Soeben ist ein landesweiter Entführungsalarm eingegangen. Gesucht sind fünf Personen, vier davon sitzen *in genau der Maschine,* die auf dem Vorfeld steht. Opfer oder Täter, keine Ahnung, kann ich dir nicht sagen. Ich sag's noch mal: Die Maschine, sie darf nicht starten!«

Der Terminal-Manager überflog die Papiere auf seinem Schreibtisch. »Moment! Immer schön langsam. Das sind alles US-Diplomaten, Hans. Und die sollen in eine Entführung verwickelt sein? Ich bitte dich! Das ist Unsinn, das *muss* ein Missverständnis sein.«

»Nein! Ist es nicht! Die Pässe mögen echt sein. Aber die Namen sind falsch. Ich habe die Fotos verglichen. Vier der Gesuchten sitzen da draußen im Flieger. Ich informiere die Alarmzentrale. Und du sagst dem Tower Bescheid!«

Offensichtlich unfähig zu reagieren, verharrte der Terminal-Manager wie angefroren an seinem Platz und starrte sprachlos von Greminger zum Telefon. Greminger ahnte, was in dessen Kopf vor sich ging: Es waren amerikanische Diplomaten. Wenn das alles bloß ein Versehen sein sollte, dann würde die Hölle los sein. Dann konnte er seine Sachen packen und nach Hause gehen. Dann wäre er seinen Job los.

Aber Greminger wusste, er hatte sich nicht geirrt.

Sein scharfer Blick blieb auf dem nunmehr aschfahlen Gesicht des Terminal-Managers haften. »Worauf, zum Teufel, wartest du noch? RUF. DEN. VERDAMMTEN. TOWER. AN!«

***

Die Strecke zum Flughafen betrug nur zwölf Kilometer, aber sie stellten Mensch und Material gleichermaßen auf eine harte Probe. Es war ein wilder Ritt, mit Blaulicht und Dauersirene über Stoppschilder und rote Ampeln sowie teilweise durch den Gegenverkehr. Keller saß am Steuer des neutralen Einsatzwagens, Moser klammerte sich auf dem Beifahrersitz fest und telefonierte, zumindest so gut er dazu im Kampf gegen die Fliehkräfte in der Lage war. Mit dem Amtsdirektor, dem Leiter des Sondereinsatzkommandos und zuletzt mit Gonnet.

Die Maschine durfte auf keinen Fall starten, darüber waren sich alle einig.

Am Flughafen angekommen, sprinteten Moser und Keller die Treppe hoch in den abgedunkelten Kontrollraum des Towers. Der jüngere und fittere Keller stürmte als Erster durch die Tür.

»Haben Sie das Kommando hier?«, wollte er vom einzig anwesenden Fluglotsen wissen und schnappte sich ein Fernglas vom Arbeitsplatz des Flugleiters. »Die Maschine da hinten, ist sie das?«

Die Gulfstream stand am anderen Ende des Vorfeldes. Im Cockpit war Licht zu sehen, beide Piloten saßen an ihren Plätzen. Die Blenden der Kabinenfenster waren zugezogen.

»Sehen Sie sonst noch ein Flugzeug?«, entgegnete der

Lotse scharf. Auch wenn der Besuch längst angekündigt war – dass die Polizei in sein Reich eingedrungen war, missfiel ihm sichtlich.

»Wann ist der Start vorgesehen?«, erkundigte sich Moser. Seit dem Anruf der Grenzbehörden war kaum eine halbe Stunde vergangen.

»Seit zehn Minuten überfällig. Bis jetzt habe ich sie hinhalten können. Aber ich muss jetzt wissen, was zu tun ist. Startfreigabe ja oder nein.«

»Nein«, erwiderte Moser trocken.

»Und was bitte soll ich den Piloten sagen?«

»Dass die Maschine keine Startfreigabe hat. Was denn sonst?«

»Okay. Aber sie werden fragen, warum. Der Flugplan ist bewilligt.«

»Sagen Sie der Crew, der Luftraum ist gesperrt.«

»Der Luftraum ist gesperrt? Wer sagt das? Ich habe keine Nachricht dazu.«

»Keine Sorge. Die Anweisung wird vorbereitet. Und bis es so weit ist: Sagen Sie es einfach.«

Der Flugleiter schüttelte den Kopf. »Vergessen Sie's. Die Anweisung muss von Skyguide kommen. Ohne die mache ich gar nichts.«

Er griff zum Telefon, das anschließende Gespräch dauerte keine zehn Sekunden. Augenblicke später spuckte das Faxgerät das Dokument aus. Der Flugleiter sah ungläubig auf das Schreiben und drückte den Sprechknopf an seinem Headset.

»Gulfstream, Bern Tower. Schlechte Nachrichten. Eure Startfreigabe verzögert sich. Die Schweizer Flugsicherung hat eine Luftraumsperre gemeldet.«

»Gulfstream copy, Luftraumsperre. Für wie lange?«

»Das wissen wir noch nicht. Bleiben Sie Stand-by.«

»Copy. Bleiben Stand-by.«

Durch das Fernglas sah Keller, wie Bewegung im Cockpit aufgekommen war. »Der Captain ist nach hinten in die Passagierkabine gegangen.«

»Sie besprechen sich«, meinte Moser kurz.

»Pius?« Keller setzte das Fernglas ab und drehte sich zu Moser um. »Was verdammt noch mal läuft hier?«, flüsterte er leise. Er wollte nicht, dass der Lotse jedes Wort von ihnen mitbekam.

Seit dem Anruf der Grenzpolizei, seit klar war, dass Julie mit an Bord war, rasten seine Gedanken. Niemand hatte die geringste Ahnung, was sich da abspielte. Wer ihnen Baumann weggeschnappt hatte. Und warum.

Pius hatte sich neben David gestellt, der das Fernglas wieder hochgenommen hatte. »Ich weiß es nicht«, antwortete Moser ebenso leise. »Aber ich fürchte, nichts Gutes.«

Sekunde für Sekunde sickerte ein Gedanke in Kellers Bewusstsein, so unerträglich, dass er ihm körperliche Schmerzen bereitete.

Die Gulfstream im Fernglas wurde zu einem verschwommenen Fleck, die Übelkeit war heftig, und sie traf Keller plötzlich. Mit Mühe gelang ihm ein schwaches »Entschuldigt mich«, dann eilte er vor die Tür, klammerte sich am Geländer der Treppe fest und übergab sich. Es war das zweite Mal heute. Beim ersten Mal war er krank gewesen vor Sorge um Julie. Nun war es Panik. Ein Grauen davor, dass Julie vielleicht nicht die Person war, für die sie alle gehalten hatten, und mehr noch, für die *er* sie gehalten hatte.

Erschöpft ließ er sich auf den Treppenstufen nieder, schloss die Augen und wartete darauf, dass der kalte

Nachtwind seine dunklen Gedanken forttragen würde. Aber diesen Gefallen tat er ihm nicht.

Moser wandte sich an den Lotsen.

»Okay. Sie warten noch exakt zwei Minuten. Dann informieren Sie die Crew, dass die Sperre andauert. Und dass die Passagiere die Maschine aus Sicherheitsgründen verlassen und im Transitbereich warten müssen.«

Als das Cockpit endlich antwortete, waren lange Sekunden vergangen. Nach Kellers Dafürhalten, zu viele.

»Die PAX sollen die Maschine verlassen? Bitte bestätigen.«

»Bestätigt. Ein Ground Agent kommt zur Maschine und begleitet die Passagiere zum Terminal.«

Wieder folgte Stille, aber eine Rückmeldung blieb aus.

»Gulfstream? Bitte bestätigen.«

Moser hatte sich Kellers Fernglas genommen und spähte gebannt zur Gulfstream. »Geben wir Ihnen noch eine Minute. Dann wiederholen Sie die Aufforderung.«

»Schön. Und dann?«, wollte der Lotse wissen.

»Dann müssen wir sie da herausholen.«

»Schon verstanden. Und wie wollen Sie das machen?«

»In etwa zehn Minuten wird eine Spezialeinheit der Polizei eintreffen. Dann sehen wir weiter.«

Der Lotse sah Moser entgeistert an. »Ein zweites Mogadischu? Am Berner Flughafen? Sagen Sie mir bitte, dass das ein Witz ist!«

Moser antwortete nicht. Nein, es war kein Witz. Aber nun blieb ihm nur noch zu beten, dass sich die Besatzung der Gulfstream besann und sich, verdammt noch mal, meldete.

Was sich Momente später zu erkennen gab, war nicht etwa die Gulfstream, sondern ein kleines Walkie-Talkie auf der Konsole des Fluglotsen. »Tower. Hier Terminal-Manager. Habt ihr das mitbekommen? Die Gulfstream … Sie hat die Triebwerke gestartet.«

Der Flugleiter sprang auf und rannte hinaus auf den schmalen Außensteg, der den Tower umrundete. »Diese … diese verdammten Idioten!«, brüllte er in die Nacht hinaus. Dann sprintete er zurück an die Konsole und stülpte das Headset über.

»Gulfstream. Haben Sie die Triebwerke gestartet? Ich wiederhole. Der Luftraum ist gesperrt. Keine Startfreigabe. Ich wiederhole. Keine Startfreigabe. Bitte bestätigen.«

Doch auch jetzt blieb die Gulfstream stumm.

Keller hatte sich das Fernglas wieder geschnappt. Die Beleuchtung des Jets war nun komplett ausgeschaltet. Dann, in der Dunkelheit kaum erkennbar, setzte sich die Maschine in Bewegung.

»Sie rollt los.« Keller reichte das Fernglas an Moser. »Ich fass es nicht. Die hauen tatsächlich ab …«

»Damit hat sich das Thema Sondereinsatzkommando wohl erledigt.« Moser sah fragend zum Fluglotsen. »Nach meinem bescheidenen Verständnis ist das ein Fall für die Luftwaffe. Richtig?«

Der Lotse nickte wortlos, wählte eine Nummer und gab in knappen Sätzen die Lage durch.

»Und?« Die angespannten Blicke Mosers und Kellers ruhten auf dem Flugleiter, der an den Funkfrequenzen hantierte.

»Sie steigen auf, zwei FA-18. Wenn sie schnell genug sind, werden wir es am Funk mitbekommen. Wenn die

Gulfstream schneller ist, also wenn sie unseren Luftraum bereits verlassen hat, na ja, was soll ich sagen … Dann haben wir es wenigstens versucht.«

Sekunden später donnerte der Jet über die Startbahn und zog in einer steilen Kurve in den Nachthimmel über Bern auf. Niemand im Kontrollraum sprach. Was sich vor ihren Augen abspielte, dafür hatte niemand Worte.

»N581GA.«

Es war Keller, der die Sprache als Erster wiederfand. Er hatte den Start durch das restlichtverstärkte Fernglas verfolgt.

»Was war das?«

»Die Kennung des Jets, Pius. Sobald wir hier raus sind, sollten wir ein paar Anrufe machen.«

Aus den Lautsprechern der Funkstation im Tower drang erst ein Rauschen und Knacken, dann:

»Batman. Knock it off. Knock it off. Knock it off.«

»Copy. Knock it off.«

»New Mission. Hot Mission.«

Augenblicke später war ein entferntes Donnern zu vernehmen.

»Die FA-18«, meinte der Fluglotse knapp.

»*Hot Mission?* Bedeutet?«, wollte Moser wissen.

»Bedeutet Ernstfall. Bedeutet auch, die Bordwaffen sind scharf gestellt.«

Angespannt lauschten Keller und Moser den kurzen Kommandos im Funkverkehr, ohne zu verstehen, was über ihren Köpfen vor sich ging.

Nach Minuten hektischer Wortwechsel fiel der Befehl »Abort! Abort!«. Danach verstummten die Gespräche.

Mosers Blick hing am Gesicht des Fluglotsen. »Was ist los? Bringen sie die Maschine zurück?«

»Nein. Sie haben die Mission abgebrochen. Die Gulfstream hat den Schweizer Luftraum verlassen.«

»Scheiße.« Verzweifelt schlug Keller mit dem Kopf gegen die Wand. »Verfickte, verfluchte Scheiße ...«

Moser ließ seine massige Schwingerfaust auf die Konsole niedersausen – zu viel für das kleine Walkie-Talkie. Erst begann es heftig zu wackeln, dann fiel es krachend zu Boden.

»Na gut. Wie heißt es doch so schön: Man sieht sich immer zweimal im Leben«, zischte er leise, holte sein Mobiltelefon hervor und teilte dem Leiter des Einsatzkommandos den Abbruch der Aktion mit.

Wortlos hob der Lotse das Walkie-Talkie auf und griff zum Notizblock. »Für den Fall, dass Sie wissen wollen, was da oben überhaupt passiert ist: Die Piloten der Luftwaffe hatten Sichtkontakt mit der Gulfstream, aber die Besatzung hat nicht reagiert. Dann feuerten die beiden FA-18 Leuchttäuschkörper ab, aber wieder das gleiche Spiel: Die Gulfstream ist auf Kurs geblieben. Solche Flares sind die letzte Warnstufe. Danach bliebe nur noch der Abschuss.«

Moser sah konsterniert zum Lotsen. »Gütiger Herr im Himmel ...! Die Crew musste sich doch darüber im Klaren gewesen sein. Und trotzdem hat sie es darauf ankommen lassen?«

»Schwer anzunehmen, ja. Es sind US-amerikanische Piloten. Aber sie wussten auch, dass wir sie deswegen nicht vom Himmel holen würden. Niemals.«

»Wo ist die Maschine jetzt?«

Der Lotse sah auf seinen Radarschirm. »Wo? Keine Ahnung. Der Jet hat seinen Transponder ausgeschaltet. Ich denke, irgendwo über Italien. Das wars.«

Für Minuten herrschte komplette Stille im abgedunkelten Kontrollraum. Sie endete mit einem plötzlichen lauten Scheppern – der Flugleiter hatte seine Getränkeflasche mit Wucht in die Ecke geschleudert.

»Ein kompletter Irrsinn … Was zum Teufel war mit den Passagieren in dieser Maschine?«

Keller, der rastlos zwischen den Arbeitsplätzen im Tower umhergeschlichen war, ließ sich in einen der Stühle hinter den Konsolen fallen. Mit müden Augen sah er in das ratlose, aufgebrachte Gesicht des Fluglotsen. »Sie wollen eine ehrliche Antwort? Wir wissen es nicht. Nur eines kann ich Ihnen garantieren: Wir werden es herausfinden.«

Moser warf Keller einen wütenden Blick zu. »Ach tatsächlich? Weißt du von etwas, das ich nicht weiß?«

Nein, wissen tat Keller genauso wenig wie sein Boss. Aber in Keller hatte sich eine dunkle Ahnung festgesetzt. Jemand hatte ihnen gerade den gewaltigsten aller Stinkefinger gezeigt. Sie hatten geglaubt, ihr Gegenspieler wäre die Mafia. Falscher hätten sie nicht liegen können.

17

David Keller wusste nicht, wie lange er reglos auf dem Bett gelegen hatte. Seine Gedanken drehten sich wieder und wieder im Kreis. Noch selten in seinem Leben hatte er eine solche Ohnmacht, eine solche Wut verspürt. Aber auf wen, oder was?

Auf Lopez? Oder viel eher noch Baumann? Dem er mehr oder weniger das Leben gerettet und ein neues gegeben hatte?

Auf Julie?

Und dann die Frage: Was war überhaupt passiert?

Eine Erkenntnis aus der Farce am Berner Flughafen gab es immerhin. Sie war noch nicht einmal neu, und die Drahtzieher von Baumanns Flucht hatten sie in großen Buchstaben auf die Startbahn gemalt: Vorbei die Zeiten, als es ein Verbrechen war, Geld zu waschen, Drogen zu handeln, zu töten. Wenn es ein Verbrechen gab, dann höchstens, dabei erwischt zu werden.

Mittlerweile war es drei Uhr morgens. David stand auf, zog sich eine warme Jacke über und lief hinunter zum Fluss.

Auch Moser war noch kein Schlaf vergönnt. Bei der Bundesanwaltschaft hatten sich die obersten Kader der Schweizer Sicherheitsdienste zur nächtlichen Lagebesprechung versammelt. Ein US-amerikanisches Flugzeug mit angeblichen US-Diplomaten an Bord war entgegen den Anordnungen der Schweizer Luftsicherung außer Landes geflohen. Was sollte man dazu sagen?

In dieser Nacht jedenfalls konnte Moser keine Antworten liefern. Vielleicht würde es sie eines schönen Tages geben. Seinen knappen Bericht schloss er mit dem Hinweis, dass er nicht davon ausgehe, dann noch zum Kreis der Eingeweihten zu gehören.

Aber vielleicht würden sie auch niemals Antworten erhalten. Dass sich diese Feststellung nur schwer nach oben vermitteln ließ, damit hatte er ohnehin gerechnet.

Keller hatte sich beim Altenbergsteg ans Flussufer gesetzt und starrte auf die dunkle, träg dahinfließende Aare. Eine Entenmutter mit ihren Kleinen auf der Suche nach Futter trieb den Fluss hinunter. David steckte sich eine Zigarette an, zog sein Telefon aus der Jackentasche und wählte einen der gespeicherten Kontakte. Es dauerte eine Weile, bis jemand antwortete.

»Hello?«

»Special Agent Lopez? Keller hier.«

»Keller? Oh ... Hallo. Wie geht es Ihnen?«

Nachdem, was in den letzten vierundzwanzig Stunden alles passiert war, machte Lopez einen verdammt entspannten Eindruck. Aber eben: Die DEA Special Agent mochte vieles sein, doch auf den Kopf gefallen war sie nicht.

»Bestens, Danke. Ich hoffe, ich störe nicht. Sie müssen gerade sehr beschäftigt sein.«

»Überhaupt nicht. Reden Sie.«

»Keine Sorge, nur ganz kurz: Ich hoffe, Sie haben nichts in der Schweiz zurückgelassen. Falls doch, rate ich Ihnen dringend ab, jemals wieder einen Fuß in die Schweiz zu setzen.«

Die Leitung blieb für einen Moment still. »Okaay … das nenn ich mal eine Ansage. Und um mir das zu sagen, rufen Sie mich an?«

»Es lag mir am Herzen, wenn Sie so wollen.«

»Scheint ganz so. Ich kann Sie beruhigen, ich hatte nicht vor, in die Schweiz zurückzukehren. Dass Sie die Sache so furchtbar persönlich nehmen, wundert mich allerdings. Wir alle sind Profis, Keller. Es gibt den Deal, wir haben unseren Job gemacht, Sie Ihren. Am Ende haben beide Seiten etwas davon. Wo zum Teufel liegt Ihr Problem?«

Auch wenn ihm nicht danach zumute war, Keller musste laut auflachen. »Das soll der Deal gewesen sein? Halten Sie uns wirklich für so bescheuert, Lopez? Seien Sie wenigstens jetzt ehrlich! Baumann sollte gar nie in die Schweiz zurückkommen. Ihr habt ihm eine neue Identität gegeben, einen neuen schicken Diplomatenpass inklusive. Rita ebenfalls. Dieser ›Beide Seiten haben etwas davon‹-Scheiß – das war von Anfang an eine einzige megagalaktische Verarsche. Den Spruch können Sie sich von nun an sonst wo hinstecken.«

Am anderen Ende blieb es wieder still, diesmal länger.

»Wir haben Baumann keine neue Identität gegeben«, antwortete Lopez leise, beinahe flüsternd. »Wovon, zum Teufel, reden Sie?«

»Ist schon gut, Lopez. Vergessen Sie's. Sie müssen mir nichts erklären. Sie, Sorbello, Lundgren. Niemand. Ich wollte es nur gesagt haben. Nochmals: Es wäre besser, wenn sich unsere Wege nicht mehr kreuzen.«

Mehr hatte er nicht zu sagen.

Kalter Regen setzte ein. David zog die Kapuze über

und trabte los, den Flussweg entlang zurück Richtung Altstadt und den steilen Anstieg hinauf zur Kirchenfeldbrücke, ohne anzuhalten. Zu Hause angekommen, stellte er sich unter die heiße Dusche, kochte eine Tütensuppe auf, schenkte sich ein Glas Rotwein ein und legte sich auf die Couch.

Im Flur standen Julies Schuhe. Ihre blauen Converse, die beigen Balenciaga-Sandalen, die er so an ihr mochte. An der Garderobe hingen ihre Jacken und Mäntel. Er überlegte, im Kleiderschrank nachzuschauen, ob Julies Kleider noch da waren. Wahrscheinlich waren sie das auch.

Auf einmal war ihm dieser Ort, der einmal seine geliebte Wohnung war, zuwider. Anstatt sich ins Bett zu legen und sinnlos an die Decke zu starren, konnte er genauso gut nach einer neuen Wohnung suchen.

Irgendwann war die Weinflasche leer. Ein passendes Angebot hatte er auch keines gefunden.

Als das Telefon klingelte, lag er in eine Decke eingerollt auf dem Fußboden. Draußen war die Sonne bereits aufgegangen, der Nacken schmerzte, der Kopf um ein Vielfaches mehr.

Der Nummer nach musste es Lopez sein. *Fick dich, Lopez, schlechte Idee …*

Wieder ging das Telefon.

»Lopez, verflucht …«

»Mr. Keller? Chief Lundgren.«

Na großartig. Auch das noch. David war definitiv nicht in der Stimmung für weiteres Palaver. »Lundgren, sparen Sie sich die Mühe. Was ich zu sagen hatte, habe ich Lopez gesagt. Ich bin raus.«

»Keller! Hören Sie mir einfach kurz zu, eine Frage nur:

Wie kommen Sie darauf, dass Baumann eine neue Identität hat?«

Das Schädelbrummen wurde heftiger. Im Badezimmerschrank mussten noch Aspirin liegen. Er ging hinüber ins Bad, konnte aber keine finden. Dann musste es eben eine Dafalgan richten.

»Wieso fragen Sie? Weil er sie hat, Lundgren, ich habe es selbst gesehen. Glauben Sie, wir sind bescheuert? So, und jetzt frage ich Sie, wer bitte hat ihm US-Diplomatenpässe besorgt? Die Schweiz? Ja wohl kaum.«

»Wir auch nicht, Keller.«

Diesen Unsinn musste er sich nicht länger anhören. »Lundgren! Ich bitte Sie. Das ist lächerlich. Die Sache ist gelaufen. Ich wünsche Ihnen …«

»Wo ist Baumann?«, fiel ihm Lundgren scharf ins Wort.

»Dafür, dass es Ihre Operation ist, sind Sie erstaunlich schlecht informiert, Chief. Mittlerweile dürfte er ja gelandet sein.«

»Einen Moment!«

Das war Lopez. Das Gespräch war wohl auf Lautsprecher geschaltet.

»Was soll das bedeuten: ›Mittlerweile dürfte er ja gelandet sein‹?«

»Hallo Lopez! Langsam wirds peinlich, finden Sie nicht? Sie sollten Ihren Boss vielleicht etwas besser auf dem Laufenden halten.«

»*God dammit!* Keller!« Lundgrens Stimmung war definitiv gekippt. »Haben Sie eben gesagt, Baumann ist *abgereist*?«

Langsam beschlich Keller ein ungutes Gefühl. Unmöglich, dass sie nichts wussten. Nur – genau das schien der Fall zu sein.

»Himmel noch mal, Lundgren! Mit wem rede ich hier eigentlich? Baumann, seine Rita, Julie Banks vom FBI und Greg Foster, ihr Security-Mann – sie alle sind in Bern in eine Privatmaschine gestiegen und auf dem Weg nach Djibouti. Und Sie wollen mir allen Ernstes erzählen, Sie wissen nicht davon?«

Für einen endlos scheinenden Augenblick drang nur ein Rauschen aus der Leitung.

»Keller?« Ein Hauch von Panik schwang in Chief Lundgrens Stimme mit.

»Ich höre, Lundgren.«

»Können Sie Lopez und mir den Gefallen tun und uns sagen, WOVON ZUM TEUFEL SIE EIGENTLICH REDEN?«

Plötzlich war David wieder da, das Adrenalin, das durch seine Adern schoss, hatte das Schädelbrummen ausgelöscht: Was immer sie hier in Bern über Baumanns Verschwinden glaubten – sie konnten es gleich wieder vergessen. Es war nicht Lundgrens Truppe gewesen.

»Vielleicht täusche ich mich, es wäre ja weiß Gott nicht das erste Mal heute. Aber es will verdammt noch mal nicht in meinen Kopf, dass Sie beide nicht wissen, was mit Baumann passiert ist!«

Keller bereitete eine Mokkakanne Kaffee vor und begann, die Ereignisse des vergangenen Tages zusammenzufassen. Als er geendet hatte, blubberte der Kaffee bereits. Er goss sich eine Tasse ein, dann wartete er auf eine Reaktion.

»Hallo?«

»Keller? Entschuldigen Sie, wir hatten Sie kurz auf stumm geschaltet. Das war gerade … ähm … ziemlich schwere Kost.« Es war Lopez, die sich als Erste wieder meldete.

»Damit sind Sie nicht alleine. Was die Sache nicht einfacher macht.«

»Nicht wirklich, nein. Erste Frage: Die Gulfstream. Was sagten Sie, unter welcher Nummer ist sie registriert?«

Keller blätterte durch sein Notizheft. »N-5–8–1-G-A.«

»Okay. Eine Minute. Bleiben Sie dran.«

Keller blieb dran, und während er wartete, wanderte sein Blick durch die Wohnung. Wie grelle Blitze zuckten Erinnerungen durch seinen Kopf, und bei allen war Julie Teil davon. Beim Reden, beim Schweigen, beim Lachen, beim Essen, beim Schlafen. Er ging hinüber ins Schlafzimmer, öffnete den Schrank und starrte auf die Regale. Julies Kleider lagen alle noch an ihrem Platz.

»Keller?« Lopez' Stimme riss ihn aus seinen Gedanken.

»Sprechen Sie.«

»N581GA ist registriert auf Tepper Aviation.«

»Schön. Und wer oder was ist Tepper Aviation?«

»Nun, das kann ich Ihnen genau sagen: Tepper Aviation gehört dem Auslandsgeheimdienst der Vereinigten Staaten. Mit anderen Worten, der CIA.« Gemessen an der Ungeheuerlichkeit des Satzes kam Lundgrens Stimme überraschend ruhig über die Leitung.

Der CIA? Keller wusste nicht, was er darauf antworten sollte. Es hörte sich wie ein schlechter Witz an. Nein, es *war* ein schlechter Witz. »Das ist absurd, Lundgren.«

»Wir sind monumental in den Arsch gefickt worden, Keller.«

»Wenn das stimmt, Lundgren, dann muss Baumann der CIA wirklich sehr am Herzen liegen. Nur fehlt mir gerade jede Fantasie dafür.«

»Wenn die CIA mitspielt … Dann geht es um diesen

gottverdammten Krieg gegen den Terror. Etwas anderes kann ich mir nicht vorstellen.«

Keller dachte daran, wie Julie kurz nach den Terroranschlägen in den USA als Expertin für Geldwäsche zu seinem Team gestoßen war. An die El-Fayed-Operation in Biel, an die gemeinsamen Erfolge, die sie hatten.

»Al Kaida. Das wollen Sie damit sagen?«

»Exakt. Al Kaida.«

Keller überlegte, wo der Zusammenhang bestand. Er konnte keinen sehen. Lundgrens Aussage ergab keinen Sinn. »Wenn es diese Verbindung gäbe, dann hätten wir sie erkennen müssen, Lundgren. Wir, und Sie.«

Auch wenn er überzeugt war, damit richtigzuliegen – eine brutale Wahrheit blieb: dass nicht nur Baumann, Rita und Foster, sondern auch Julie mit an Bord des Fliegers gegangen war.

Keller war zurück in der Küche, wo er hektisch die Schränke nach Tüten von Pro Senectute durchwühlte. Alle paar Monate war Julie zur Sammelstelle der Hilfsorganisation gefahren und hatte ihrer beider Altkleider entsorgt.

»Aber wissen Sie was, Lundgren?«, fuhr Keller fort. »Selbst wenn – das ist mir gerade so was von scheißegal, wie Sie es sich vermutlich nicht vorstellen können.« Endlich hatte er gefunden, wonach er gesucht hatte. »Sie entschuldigen mich jetzt. Ich muss mich um meine Wohnung kümmern. Es gibt da einiges aufzuräumen.«

***

John Walsh war wieder einmal zu Besuch im Büro im sechsten Stock des Glaspalastes der CIA-Zentrale.

Der Direktor für Operationen zeigte ein zufriedenes

Gesicht. Die neuesten Informationen aus Altmanns Abhör-Operation schienen ihn nicht zu beunruhigen.

»Sollen die DEA und dieser Keller glauben, was sie wollen. Baumann ist aus der Schusslinie. Das wollten wir doch, oder?«

»Natürlich, Sir. Unser Team hat erstklassige Arbeit geleistet. Aber die DEA wird Fragen stellen. Und das Justizministerium. Ganz bestimmt sogar.«

Der Direktor öffnete eine Schublade und zog eine Packung Fruchtbonbons hervor. Er suchte sich ein rotes aus, betrachtete es kurz und steckte es sich genüsslich in den Mund. »Dann sollen sie. Wissen Sie, was das Gute daran ist, John? Nichts davon ist mein Problem. Wenn jemand ein Problem mit uns hat, wird es im großen Büro am Ende des Flurs geregelt. Und wenn das nicht hilft, im Oval Office.«

Er hielt dem Analysten die Tüte hin, aber Walsh lehnte dankend ab. Er hasste das Gummizeug, das einem noch ewig in den Zähnen hing.

»Und die Schweiz?«,

»Kümmert mich noch weniger. Dafür gibts das State Department. Und das Pentagon.«

»Ich wollte es nur erwähnt haben, Sir.«

»Schon gut, John. Genau dafür sind Sie ja da.«

***

»Noch ein Bier für die Herren?«, wollte die Kellnerin wissen. »Letzte Runde.«

»Noch zwei Bier, danke«, brummte Moser. »Ein Jet der CIA!« Moser lachte, aber es war ein bitteres, zynisches Lachen.

»Das wars.« Keller spielte müde mit einem Stapel Bierdeckel und warf ihn dann über den Tisch. »Baumann wird nie vor Gericht stehen. Nicht hier, nicht in den USA. Nirgendwo. Keiner hier wird auch nur einen Finger krümmen, um Baumann zurückzuholen. Dafür werden Altmann und seine Leute schon sorgen. Gott, wie ich diese verlogene Truppe hasse!« Keller trank sein Glas in einem Zug leer. »Soll ich dir was verraten? Ich bin dem lieben Gott sogar dankbar, dass es vorbei ist. Was für eine Zeitverschwendung!«

Beide nahmen sie einen kräftigen Zug aus den neuen Gläsern.

»Ich schreib dir noch einen wunderbaren Schlussbericht«, meinte Keller, »und dann bin ich raus aus der Geschichte.«

Kellers Handy meldete sich, eine neue Textnachricht. Der Absender war anonym. Keller öffnete die Nachricht.

»I'm so sorry.«

Das war alles.

»Und?«, wollte Moser wissen.

Keller saß regungslos da, sein Gesicht zu einer Maske gefroren.

»David?«

Langsam löste sich Kellers Starre. Und dann, wie aus dem Nichts, packte er das Telefon und schleuderte es quer durch das Lokal. Es prallte gegen die Vitrine, die mit Pokalen des örtlichen Fußballvereins vollgestellt war, und zertrümmerte deren Glas in tausend Stücke.

Die Kellnerin schrie erschrocken auf, Moser sah fassungslos zu Keller.

»David … um Gottes willen! Hast du sie nicht mehr alle?«

Moser stand auf, ging hinüber zur Vitrine, fingerte vorsichtig Davids Telefon unter den Glasscherben hervor und las die Nachricht.

Dann ging er zurück an den Tisch.

»So. Und jetzt noch mal: Was sollte das?« Mosers Blick ließ wenig Spielraum für Interpretationen.

Mittlerweile war es zwei Uhr dreißig in der Früh. Zu sagen gab es nichts mehr, und so saßen sie schweigend auf dem Sofa und sahen zu, wie Spezialisten aus Mosers Abteilung jede einzelne Steckdose, Lampe und Stromleitung in Kellers Wohnung unter die Lupe nahmen.

Irgendwann kam der Leiter der Truppe zu ihnen, in der Hand eine fingernagelgroße Platine, verbunden mit einem kurzen Kabel.

»Aus der Deckenleuchte im Flur.«

»Und was ist das?« Moser kannte die Antwort, aber er wollte sie trotzdem hören.

»Ein Mikrofon mit GSM-Sender. Nur, bei diesem einen wird es nicht bleiben.«

18

Rio de Janeiro

So weit weg wie nur möglich. Das war Davids einziger Wunsch. Er hatte sich Australien überlegt, vielleicht auch Bali oder Nepal. Aber am Ende war er hier in Chapéu Mangueira gelandet, an deren Fuß die Copacabana lag. Und nur fünf Minuten dauerte der Weg die abenteuerlich steilen Treppen hinunter zu Rios berühmtestem Strand.

»Nach Rio in eine Favela? Du bist verrückt!«, hatte Moser gemeint. Aber Pius war bereits zufrieden, dass sich Keller wieder einigermaßen berappelt hatte.

Seinen Urlaub in einem halb fertigen Backsteinhaus in einer Favela zu verbringen war Davinho Carvalhos Idee gewesen. Davinho war ein Kriminalkommissar aus Rio de Janeiro, David und er hatten sich auf einer Interpol-Tagung kennengelernt und den Kontakt gehalten. Davinho hatte den Polizeidienst vor drei Jahren quittiert, um die Leitung eines Streetworker-Projekts zu übernehmen. Nebenbei betrieb er das *Do Davinho*, eine Bar mit Imbissbude, deren Mobiliar einzig aus einigen abgenutzten Plastikstühlen und -tischen bestand. Sie lag an einem belebten Platz im Herzen von Chapéu Mangueira und war rasch zu einem beliebten Treffpunkt der Anwohner geworden.

Meist stand David früh auf, ging hinunter an die Copacabana oder zur angrenzenden Ipanema, mietete eine Liege mit Sonnenschirm, badete, las ein Buch oder schlenderte die Strandpromenade mit den Verkaufsständen entlang. Bei Sonnenuntergang setzte er sich an einen der wackeligen Tische von Davinhos Imbiss, sah den Kindern beim Straßenfußball zu, trank ein paar Bier und aß zu Abend. Davinho behauptete, die besten Spareribs der Welt zu machen. Keller hatte tatsächlich noch nie bessere gegessen.

Chapéu Mangueira war weitgehend friedlich. Aus umliegenden Quartieren aber waren nachts immer wieder Schießereien zwischen der Polizei und Straßengangs zu hören. Das Letzte, mit dem Keller zu tun haben wollte. Sowieso gab es keinen Grund, das Quartier zu verlassen. Davinhos Bar war der Ort, wo sich die Nachbarschaft traf. Es wurde Musik gespielt, mal Bossa Nova, mal Choro oder Samba. Es gab köstliche Caipirinhas, man tanzte, man feierte sich und das Leben.

Für Keller war Chapéu Mangueira jedenfalls weit weg von seinem Zuhause. Und das war gut so.

Hier hatte David auch Ana kennengelernt. Ana war eine von Davinhos Streetworkern, knapp dreißig Jahre alt und Sozialpädagogin. Abends half sie in Davinhos Imbiss aus. Und als eine der wenigen im Quartier sprach Ana Englisch.

Als sein Handy klingelte, war es in Rio vier Uhr morgens, Ana und David lagen noch im Bett. Ana hatte David zu einem Fest ins schicke *Leblon* mitgenommen, Davids erster Abend in der glitzernden Innenstadt, seit er angekommen war. Es war spät geworden.

David drehte das Licht an und sah Andrea Montis Nummer auf dem Display. Drei verpasste Anrufe.

»Ist etwas passiert?«, murmelte Ana verschlafen.

Für einen kurzen, reflexhaften Moment war David versucht zurückzurufen. Bevor er sich dessen bewusst werden konnte, war er vorüber.

David packte das Telefon in die Kommode und machte das Licht wieder aus.

»Alles okay.«

Monti wusste, wo er war. Was immer sein Freund und Kollege aus Palermo Dringendes mitzuteilen hatte, es konnte warten. Er würde nach dem Frühstück zurückrufen, wenn er wieder nüchtern war.

David war bereits wach, nur die Lust aufzustehen hielt sich in Grenzen. Warum auch. Ana war schon weg zu einer Besprechung mit Davinho, und gerade hatte er alle Zeit der Welt.

Nach der Dusche setzte er sich mit einer Kanne Kaffee in die ausgeleierte Sitzgruppe, die auf dem Flachdach aufgestellt war. Die Terrasse mit dem ausladenden Schilfdach war Davids bevorzugter Platz. Von hoch oben ging der Blick über die gesamte Bucht und reichte bis nach Ipanema. Und abends, wenn die Lichter in der Stadt angingen, war es der schönste Ort auf Erden.

Er war noch immer etwas mitgenommen vom Abend vorher. Nach drei Tassen Kaffee war sein Kopf so weit wieder klar, dass er sich um Monti kümmern konnte. Schweigend hörte er zu, weshalb ihn sein italienischer Kollege und Freund hatte sprechen wollen.

»Und? Was meinst du?«, fragte Monti schließlich.

Was sollte er antworten? Konnte er, und vor allem, wollte er überhaupt noch? Wenn Monti richtiglag, hatte sich eine unerwartete Chance aufgetan, die nichts weniger bedeutete, als Baumann zu fassen – und gut möglich, dass es die vielleicht letzte war. Montis Beharrlichkeit hatte sich ausgezahlt. Der Mord an Padre Alfonso war nur ein Puzzlestück in dem Versuch, das weitverzweigte und unübersichtliche System der Organisierten Kriminalität zu entwirren. Mit Geduld und akribischer Kleinarbeit war ihm ein Fisch ins Netz gegangen, den Keller schon fast vergessen hatte: Michele Bianchi. Der Mailänder Anwalt saß in Untersuchungshaft. Und Bianchi redete.

David hatte verstanden.

Aber da war dieses Unbehagen, fast mehr noch ein Widerwillen. Für David war der Fall Baumann tot und begraben. Und mit ihm all die elenden Erinnerungen daran.

Und Julie.

Keller blickte hinaus auf die Copacabana und das weite Meer. Aus einem Fenster unter ihm wehte der entspannte Sound von Bossa Nova zu ihm herüber. Ana hatte für das Wochenende ein Fest geplant. Ihren dreißigsten Geburtstag. Sein Leben war gerade ziemlich okay so.

Und nun sollte der ganze verkommene Mist wieder von vorne beginnen?

»Ich weiß es nicht, Andrea.« Keller wollte seine Zweifel nicht verbergen. »Keine Ahnung. Ich muss das mit Moser besprechen.«

»Mach das. Wie gesagt – das Treffen soll nächste Woche Freitag sein. Es bleibt nicht viel Zeit.«

Als Ana drei Stunden später nach Hause kam, spürte sie sofort, dass sich etwas verändert hatte. Sie sah es in seinem Blick. Und auch sie verstand.

Sie machte nicht viel Aufhebens darum, zumindest ließ sie sich wenig anmerken. Aber es traf sie.

»Du musst tun, was du tun musst, *meu coração*.« Sie

sagte es leichthin, fast aufgekratzt. »Du bist noch nicht angekommen, das hab ich gleich gewusst.«

David nahm sie stumm in den Arm. Er musste ihr nichts erklären. Was er sich zurechtgelegt hatte, um es ihr schonend beizubringen – er bekam es eh nicht über die Lippen. So tat es ihm einfach nur leid.

»Ich komme wieder, versprochen«, flüsterte er.

Sie standen für eine Weile einfach so da und hielten sich. Dann löste sich Ana und schaute ihn mit schimmernden Augen und einem wackeligen Lächeln an.

»Pass gut auf dich auf, Grandão.«

***

Der Fahrer bog in das weite Rund vor dem Teatro Massimo ein.

»Danke. Sie können hier anhalten.«

David Keller reichte dem jungen Mann zwanzig Euro und stieg aus dem Taxi. Die letzten paar Hundert Meter bis zur Piazza Bellini wollte er zu Fuß gehen.

Er war müde. Zwanzig Stunden war er unterwegs gewesen, von Rio de Janeiro über Paris nach Palermo. Umso wohltuender war nun die milde Brise, die durch die engen Gassen von Palermos Altstadt wehte.

Keller setzte sich auf die Terrasse der Pizzeria Bellini, bestellte ein Glas Wein und dachte nach. Über das, was vor einem guten Jahr mit dem Mord an Padre Alfonso, hier, direkt vor ihm auf der Piazza begonnen hatte. Und was vor wenigen Wochen ein Ende mit der CIA gefunden hatte, die beschloss, Baumann aus dem Verkehr zu ziehen. Und einer Schweiz, der das plötzlich sehr gelegen zu kommen schien.

Nach dem Telefongespräch mit Monti hatte er Moser angerufen. Während es bei ihnen in der Schweiz wegen Baumann drunter und drüber gegangen war, hatte Andrea Monti geduldig weitergemacht, Informanten gesprochen und an die richtigen Türen geklopft. Am Ende hatte sich der Hinweis Kellers auf Baumanns Liechtensteiner Partner ausgezahlt.

Michele Bianchi hatte dem Prozess gegen seinen Anwaltskollegen und derzeitigen Parlamentsabgeordneten Cesare Previti – angeklagt wegen Bestechung von Richtern – mit genau dem gleichen Mittel eine positive Wendung geben wollen und einen Assistenzrichter über mehrere Wochen bearbeitet. Wegen des nahenden Urteils war er unvorsichtig geworden und hatte zu viel am Telefon ausgeplaudert. Dazu war es Montis Mailänder Kollegen gelungen, einige ausgezeichnete Aufnahmen von einem Treffen mit dem in die Operation eingeweihten Richter zu machen. Laut Taschenrechner der Staatsanwaltschaft kamen für Beeinflussung von Justizvorgängen und Bestechung von Richtern gute elf Jahre zusammen.

Jetzt saß der Anwalt im Gefängnis in Palermo. Und redete.

»Ein korrupter Anwalt. Schön. Hatten wir schon. Und was kann der uns über Baumann berichten?«, war Mosers erste Frage gewesen.

»Dass er sich mit Baumann hätte treffen sollen. In Beirut. Nächste Woche. Angeblich.«

»In Beirut. Nächste Woche. Na großartig!« Keller hatte förmlich spüren können, wie Moser in seinen Sessel sank.

»Und was wollen die Italiener nun von uns?«

»Zusammenarbeit. Dass ich mit dem Typen rede. Und wenn alles passt, den internationalen Haftbefehl gegen

Baumann umzusetzen, ausgestellt durch unsere Bundesanwaltschaft. Den gibts nämlich auch noch. Nur für den Fall, dass du es vergessen hast.«

»Habe ich nicht, ganz im Gegenteil«, blaffte Moser hörbar gereizt zurück. Seine Frustration war weniger gegen David als vielmehr gegen seine eigene Behörde gerichtet. »Hier in Bern hält sich die Begeisterung über Danielle Gonnets Entscheidung in Grenzen. Das ist das Problem, David. Aber gut. Flieg hin, hör's dir an. Dann sehen wir weiter.«

Später am Nachmittag war David zum Büro von Air France an der Av. Atlantica gegangen und hatte sein Flugticket abgeholt. Am nächsten Morgen war er nach Europa geflogen.

Von seinem Tisch aus konnte Keller sehen, dass jemand einen Blumenstrauß am Fuß der Treppe zur Piazza hinterlassen hatte. Er bezahlte, schulterte seine Reisetasche und ging hinüber zu den Stufen.

Die Blumen waren frisch. Daneben lag ein Stück Pappe:

Gott wird für Gerechtigkeit sorgen.
Padre Alfonso
Getötet von der Mafia

Keller verspürte bei diesen Zeilen einen unangenehmen Druck in der Magengegend. Gott mochte für Gerechtigkeit sorgen, zumindest irgendwann einmal; aber im Moment waren es nur Leute wie Monti, Moser und er selbst, die sich um Gerechtigkeit bemühten. Auf sie und nur sie allein kam es an. Vielleicht waren sie ja die Werkzeuge, durch die der Allmächtige seine Gerechtigkeit in die Welt bringen würde. Wem es half, der konnte gern daran glauben. Für Keller kam es einzig darauf an, die Täter zu fassen: denjenigen, der abgedrückt hatte, und denjenigen, der ihm die Waffe in die Hand gegeben hatte. Aber ganz besonders ging es ihm um diejenigen, die für den Auftrag bezahlt hatten.

Ana hatte er versprochen, dass er rasch zurück sein werde. In einer Woche, höchstens zwei. Ein Jahr zuvor hatte er ein anderes Versprechen abgegeben. Dass er Baumann fassen würde.

Er hatte die richtige Entscheidung getroffen.

Keller bekreuzigte sich, ging hinüber zum Taxistand und fuhr ins Hotel. Morgen früh um zehn Uhr erwartete ihn Monti vor dem Eingang des Ucciardone-Gefängnisses.

Das Gefängnis am Hafen von Palermo, vor einhundertfünfzig Jahren erbaut, hatte den Ruf, der schlimmste Ort für Häftlinge zu sein, in einem miserablen Zustand und hoffnungslos überbelegt. Keller konnte es Michele Bianchi nachfühlen. Kam man hier an, wollte man nur eines – so schnell wie möglich wieder raus. Oder, wie im Fall des reuigen Anwalts, verlegt zu werden, egal wohin.

»Wen wunderts, dass der Kerl reden will«, raunte Keller, als sie nach wiederholten Sicherheitskontrollen in einem kargen, fensterlosen Besprechungsraum in einem Nebengebäude des Gefängnisses Platz genommen hatten.

»Eben«, grinste Monti.

Ihr Gesprächspartner wurde wenige Minuten später in den Raum geführt, ein hagerer Mann Anfang sechzig, mit Glatze, in blauen Jeans und einem grauen Hemd. Er setzte sich zügig an den zerkratzten Tisch in der Mitte des

Raums und schaute erwartungsvoll die beiden Polizisten gegenüber an.

»Capitano, was kann ich für Sie tun?«

Monti warf einen stechenden Blick über den Tisch. »Falsche Frage, Bianchi. Sie sitzen nicht mehr in Ihrem Büro, sondern in meinem. Schon vergessen?«

Das saß.

»Gut? Okay. Wir machen da weiter, wo wir aufgehört haben. Commissario Keller ist mein Kollege aus der Schweiz. Er hat ein paar Fragen an Sie.«

»Signor Bianchi«, begann Keller ohne Umschweife. »Seit wann kennen Sie Walter Baumann?«

»Seit Mitte der Achtzigerjahre.«

»Damals arbeiteten Sie für die Banca Rasini?«

»Ja.«

»Was wollte Baumann von Ihnen, und was haben Sie für ihn gemacht?«

»Das habe ich Capitano Monti bereits erklärt.«

»Dann erklären Sie es mir nochmals.«

»Die Kurzversion«, ging Monti dazwischen. »Ans Eingemachte gehts dann mit dem Staatsanwalt.«

»Nun, Baumann wusch schmutziges Geld. Und ich half ihm dabei. Ich, mein Partner Roberto Rossi und einige Manager der Bank.«

»Sie wussten, dass Baumann in solche Geschäfte verwickelt war?«, fuhr Keller fort.

Bianchi lächelte mokant. »Wir haben jemanden wie Baumann benötigt, Commissario. Der Umfang und die Tragweite der Interessen unserer damaligen Kundschaft erforderten ein gewisses … Talent.«

»Ist mir bekannt. Über wen kam der Kontakt zu Baumann zustande?«

»Das kam über eines der damaligen Vorstandsmitglieder, Peter Wenzel.«

»Für wen hat Baumann Geld gewaschen?«

»Ich kann Ihnen nur sagen, für wen er Geld bei der Rasini gewaschen hat.«

»Schon klar. Also?«

»Das allermeiste war Geld der … na ja, der Familien aus Sizilien.«

»Der Cosa Nostra. Der Mafia.«

»Wenn Sie so wollen.«

»Und weiter?«

»Verschiedene Großunternehmer. Berlusconi zum Beispiel.«

»Der Premierminister?«

Bianchi hob mit schiefem Grinsen die Schultern und legte den Kopf zur Seite – die klassische Geste der Italiener, die anzeigte, dass der Elefant im Raum allen bekannt war, man aber besser nicht über ihn sprach.

»Gab es noch andere Kunden?«

»Sicher. Mir war klar, dass Baumann auch Geld der Narcos wäscht. Zu Beginn jenes der Kolumbianer, ab Mitte der Neunziger der Mexikaner. Für die Lieferanten der Sizilianer eben.« Bianchi lächelte anerkennend. »Baumann hat schnell begriffen, wie man es machen muss. Schlauer Kerl. Genau die Art Rundum-Service, den seine Kunden brauchen. Das meiste lief über Liechtenstein.«

Keller machte sich ein paar Notizen. So ähnlich wie Bianchi es erzählte, hatte er sich das ohnehin schon gedacht. »Und seitdem haben Sie und Ihr Partner weiterhin Geschäfte mit Walter Baumann gemacht?«

»Nur sporadisch. Nach dem Verkauf der Banca Rasini blieben wir aber in Kontakt. Es ist immer gut, jemanden mit Baumanns Verbindungen zu kennen. Wenn es sich ergibt, dann hilft man sich, Sie verstehen.«

»Mit einem Unterschlupf wie der Villa in Caprino, zum Beispiel. Die gehört ja Ihrer Investmentfirma, der Reuther Global Invest.«

»Zum Beispiel.«

»Und nun hat es sich wieder so ergeben. Baumann hat Sie um Hilfe gebeten«, stellte Keller fest.

Bianchi pflückte sorgfältig eine kleine Fluse vom Hosenbein seiner Jeans. »Wie ich bereits sagte: Manchmal gibt man, und manchmal nimmt man. Aber man stellt keine … unnötigen Fragen.«

»Natürlich. Irgendwie müssen die Geschäfte ja weitergehen.«

»Na gut, Bianchi«, mischte sich Monti ein. »Und jetzt will Baumann, dass Sie ihn treffen?«

»Ja.«

»Nächsten Freitag. Im Hotel Phoenicia in Beirut. Richtig?«

»Ja.«

»Wieso?«

Bianchi zuckte mit den Schultern. »Sicher braucht er einen zuverlässigen Kontakt bei einer Bank, um einen schmutzigen Deal abzuwickeln. Genaues sollte ich erst vor Ort erfahren. Gelder waschen, nehme ich an. Wie immer.«

»Okay. Und Sie wissen nicht, wen Baumann in Beirut trifft und wozu?«, fragte Keller.

»Commissario, ich sagte doch, bei so was stellt man keine Fragen! Und wenn, dann sicher nicht am Tele…«

»Sagt genau der Richtige«, unterbrach ihn Monti mit unverhohlenem Spott.

»Oh, ich verstehe. Genießen Sie Ihren kleinen Triumph, Capitano«, blaffte Bianchi zurück. Er zeichnete mit den Armen eine Welle in die Luft. »Aber denken Sie daran, Baumann ist wie eine Schlange, giftig und nicht zu fassen.«

»Auch Schlangen haben Feinde, Bianchi«, meinte Monti kühl.

»Schon möglich. Wie auch immer: Baumann will mich nach seinem Treffen sehen. Nachdem der Deal steht. Alles andere ergibt doch keinen Sinn, Madonna Santa!«

»Schon gut, Bianchi. Wir haben verstanden.«

Die zweieinhalb Kilometer, vorbei an dem stehenden Verkehr auf der Viale del Fante, nordwärts zum Sitz der DIA Palermo hatten sie in kaum fünf Minuten zurückgelegt, dank Sirene und Blaulicht auf dem Dach von Montis Einsatzwagen. In gleichem Tempo rauschte Monti durch das Zufahrtstor, stoppte vor der Dienstwerkstatt und übergab den Wagenschlüssel, zusammen mit Beschwerde und Wartungsauftrag. Die Kupplung war hinüber, wieder einmal.

Bei dem Fahrstil? Kein Wunder, dachte David amüsiert und sah derweil an den kantigen beigefarbenen Fassaden der drei Bürotürme hoch, die den Innenhof des Areals formten. Jedes Gebäude umfasste dreizehn Stockwerke, und auf den ersten Blick schien der Komplex eine gewöhnliche Wohnanlage zu sein. In Wahrheit befanden sie sich auf einer der am besten geschützten Einrichtungen des Landes, überwacht mit Kameras und gesichert durch Soldaten mit schussbereiten Maschinenpistolen. Der Ort hatte bedrückend viel gemein mit jenem, den sie vor einer halben Stunde verlassen hatten, dem Ucciardone-Gefängnis, nur dass es hier um den Schutz von Dutzenden Anti-

Mafia-Staatsanwälten und Hunderten von Polizeiermittlern ging.

Dass es dafür viele gute Gründe gab, war David bekannt. Manche davon waren als Schreckensnachrichten um die Welt gegangen, von anderen hatte er erst auf der Rückfahrt vom Gefängnis von Monti erfahren – zum Beispiel jener, dass Ende der Achtzigerjahre in den Wohnungen der obersten Stockwerke der drei Türme die *pentiti*, die Kronzeugen der Anklage des ersten Maxi-Prozesses gegen die Cosa Nostra untergebracht waren. Eine Antwort der Cosa Nostra auf den Erfolg der Mafiajäger war, ein Löschfahrzeug der Feuerwehr vollgepackt mit Dynamit auf den Hof der *Tre Torri* zu fahren und den gesamten Komplex in die Luft zu sprengen. Als sich die Umsetzung als zu kompliziert erwies, entschieden sich die sizilianischen Mafiabosse, unter Führung von Totò Riina, eine Autobombe am Südausgang des vollbesetzten Olympiastadions in Rom zu zünden, nach dem Schlusspfiff eines Fußballspiels der AS Rom im Januar 1994. Dass das Blutbad ausblieb, lag einzig an der Fehlfunktion des Fernauslösers.

Noch zwei Jahre zuvor war die Cosa Nostra besser vorbereitet gewesen: Im Mai 1992 gingen unter einer Autobahnbrücke bei Palermo eine halbe Tonne TNT hoch und rissen Richter Giovanni Falcone, seine Frau und seine Leibwächter in den Tod. Wenige Wochen später fiel auch Falcones Kollege und engster Vertrauter Paolo Borsellino einem Sprengstoffanschlag in der Innenstadt Palermos zum Opfer.

»Irgendwie … bedrückend«, meinte Keller nachdenklich zu Monti, nachdem er die Umgebung auf sich hatte wirken lassen. »Und wo ist nun *dein* Büro?«

»Turm drei. Elfter Stock.«

»Elfter Stock? Ich verstehe. Mit Aufzug?«

»Entschuldige mal, wo sind wir denn?«

»In Italien. Palermo.«

»So ist es …«

Der unterschwellig sarkastische Tonfall Montis ließ Keller aufhorchen. »Wie jetzt? Es gibt keinen Aufzug?«

»Doch, doch! Den gibts …«

»Aha. Lass mich raten: Er steht still, *fuori servizio.*«

»Sagte ich doch – wo sind wir denn?«

»Jetzt erklär mir, wie du das Ganze organisieren willst.« Elf Stockwerke höher und noch leicht außer Atem saßen sie nun in Montis Büro, gefühlte drei Quadratmeter groß und vollgestopft mit hüfthohen Stapeln armdicker Aktenbinder. »Und was mich betrifft, was, bitte schön, soll ich Moser sagen?«

»Wir fliegen nach Beirut und holen ihn uns. *Das* sollst du ihm sagen.«

Keller sah Monti verständnislos an. »*Das* ist dein Plan? Ich bitte dich, Andrea!«

Monti lachte auf. »Natürlich haben wir uns etwas überlegt dabei.« Er zog einen Stadtplan aus dem Regal, rollte ihn auf dem Tisch aus und winkte David zu sich.

»Das hier ist Beirut. Wir kennen Beirut. Wieso? Weil uns die libanesische Drogenmafia keine andere Wahl lässt. Deshalb haben wir einen unserer Männer nach Beirut geschickt. Paolo Vignoli, ein großartiger Junge, hat exzellente Helfer vor Ort. Mittlerweile kennt er Beirut besser als Napoli. Da kommt er nämlich her.«

Auf der Karte waren zwei Punkte eingekreist.

»Ich habe mit Paolo gesprochen. Er hat sich die Situation angeschaut. Hier das Phoenicia Hotel. Und hier die italienische Botschaft. Das sind knapp zehn Kilometer. Nun, irgendwann nach dem Treffen wird Baumann im Hotel zurück sein. Und wenn er aufs Zimmer geht, warten wir dort auf ihn. Und erklären ihm seine Situation.«

»Aha. Und *was* ist seine Situation?«

»Dass ihm nur noch eine gute Wahl bleibt: freiwillig mitzukommen. Sollte er sich dagegen entscheiden, lassen wir U siccu eine Nachricht zukommen, wo sie ihn in den kommenden Tagen finden können. Nackt auf einen Stuhl gefesselt, in irgendeinem schäbigen Loch im Libanon.«

Für einen Moment wusste Keller nicht, was er sagen sollte. »Das ist nicht dein Ernst, oder?«

»Oh doch«, antwortete Monti mit einem Grinsen, das Keller bis dahin nur Jack Nicholson zu dessen besten Zeiten zugetraut hatte. »Genau das werden wir Baumann erzählen.«

»Himmelherrgott, Andrea …« Keller vergrub sein Gesicht in den Händen.

»Wollen wir Baumann? Oder wollen wir ihn nicht?«

»Kommt darauf an, wen du fragst. In meiner Heimat soll der Appetit auf Baumann etwa so groß sein wie, ich würde mal sagen, wie auf Gehrigs Eier. Also null.«

»Mag sein. In meiner nicht.«

»Dann haben wir ein Problem.«

»Aber ein lösbares. Hör mir zu: Mein Staatsanwalt hat entschieden. Er will Baumann. Und zwar jetzt, da Bianchi auspackt. Er stellt zwei Bedingungen: ein möglichst kleines Team, zwei Mann. Und einer ist von euch. Und warum? Baumann wird von der Schweiz gesucht. Nicht von Italien.«

Keller kratzte sich am Hinterkopf. Gonnets Haftbefehl.

Da hatten Monti und sein Staatsanwalt natürlich einen Punkt. »Und wenn's schiefläuft, kann jeder sagen, der andere wars. Na schön …« Keller stand bereits in der Tür. »Ihr habt doch eine Cafeteria?«

Da war es wieder, Montis Nicholson-Grinsen. »Sicher. Im Erdgeschoss.«

David schüttelte hilflos den Kopf. »Ist das zu glauben … Was soll's, drauf geschissen. Also, erst den Kaffee. Dann ruf ich Moser an.«

Moser hörte sich Kellers Bericht schweigend an.

»Gut. Dann sage ich dir jetzt, dass, selbst wenn ich nachfragen würde, ich die Antwort bereits kenne: keine Chance, Haftbefehl hin oder her. Interessiert hier keinen mehr. Zudem, und das ist mein Beitrag dazu: wenn überhaupt, dann nicht so, viel zu riskant. Nicht mal eine Taxifahrt durch Beirut würde ich dir bewilligen. Das wars.«

Keller nahm einen tiefen Zug und warf die Kippe zu Boden.

»Hast du das verstanden?«

»Ja, hab ich. Ich melde mich.«

»Mach das.«

Keller klappte das Telefon zu.

»Und …?«, meinte Monti erwartungsvoll.

Das Wummern schien aus dem Nichts zu kommen. Ihr Gespräch verstummte, ihre Blicke gingen suchend zum stahlblauen Himmel über ihnen. Sekunden später schwebte ein Hubschrauber der Carabinieri über den Bürotürmen, drehte eine weitere Runde und setzte dann sanft auf der freien Fläche im Innenhof auf. Als der Abwind der Rotoren weit genug nachgelassen hatte, öffnete sich die Türe des Laderaums. Zwei Beamte mit Sturmhauben stiegen aus, in ihrer Mitte einen kurzen, stämmigen Mann von etwa siebzig Jahren. An seinen Handgelenken schimmerte ein solides Paar Handschellen. Der Gefangene blieb stehen, blinzelte in die Sonne und lächelte in Richtung der beiden Ermittler.

»Andiamo!«, rief einer der Beamten und packte den Ellbogen des Gefangenen.

Der alte Mann hätte nicht einmal ungestraft mit dem kleinen Finger wackeln können, und trotzdem lief Keller ein fröstelnder Schauer über den Rücken. Ungläubig sah er dem mächtigsten aller capo dei capi der Cosa Nostra hinterher, wie er eilends zu einem der Gebäudeeingänge geschoben wurde. Seit elf Jahren saß der Bauernsohn und selbsterklärte Analphabet aus dem sizilianischen Bergdorf Corleone in einem Hochsicherheitsgefängnis in der Emilia-Romagna, in absoluter Einzelhaft, als Auftraggeber einer endlosen Liste an Morden, zualleroberst jener an den Richtern Falcone und Borsellino.

»Heilige Scheiße … Totò Riina.«

»Ja. Riina«, meinte Monti knapp.

»Um was gehts?«

Montis Gesichtszüge hatten sich verdunkelt. »Das weiß nur er alleine. Er hat nie geredet. Er wird es auch nie. Und würde er, Italien wäre am Ende. Jetzt warten alle nur noch auf den Entscheid des Obersten Gerichtshofs. Bleibt es beim Urteil sechsundzwanzig lebenslänglich, oder nicht? Das ist das eine.«

»Was noch?«

»Die Antwort auf eine viel wichtigere Frage, die es in einer demokratischen Gesellschaft mit einem funktionierenden Rechtsstaat erst gar nicht geben dürfte: Auf welcher Seite stehen der italienische Staat und seine Institutionen? Jener der Mafia, oder jener des Volkes? Ich halte es wie die Mehrheit der Bürger: Sie haben ihr Urteil schon vor langer Zeit gefällt, über Riina und alle anderen.«

Sie setzten sich langsam in Bewegung, und Monti legte seinen Arm um Davids Schultern.

»Wir wurden unterbrochen. Was hat Moser gesagt?«

Keller zündete sich eine neue Zigarette an, seine Mundwinkel verzogen sich zu einem sinistren Lächeln. »Alles klar. Legen wir los.«

19

Beirut

Die Maschine legte sich sanft in eine Linkskurve, und Keller fühlte, wie er in seinen Sitz gedrückt wurde. Sie steuerten nun von Süden her den Beirut International Airport an. Im steten Sinkflug konnte Keller einen ersten Blick auf die im Licht der Abendsonne leuchtende Landschaft erhaschen; Töne von Braun, Sand und Ocker flimmerten an ihm vorüber, dazwischen das schmutzige Weiß der ersten Hochhäuser.

Seit fast fünftausend Jahren siedelten Menschen hier, in einer der ältesten Städte der Welt. So oft schon war Beirut zerstört und wiederaufgebaut worden, nach Erdbeben, Bränden und Kriegen. Der letzte in einer langen Reihe von Konflikten hatte dem »Paris des Nahen Ostens« fünfzehn lange Jahre den Garaus gemacht, aber die Stadt lebte tapfer weiter, irgendwie, wie immer.

Seine Tasche mit italienischer Diplomatenbanderole war eine der ersten, welche die Rampe des Gepäckbandes herunterkullerte und gemächlich auf ihn zuzuckelte.

An der Passkontrolle studierte ein schmaler junger Mann mit riesigen Schulterstücken eingehend seinen Diplomatenpass und sah ihm lange ins Gesicht, bevor er schwungvoll den Einreisestempel auf das Dokument drückte.

Fragen stellte er keine, dafür bekam Keller ein plötzliches Lächeln zu sehen und ein herzliches »Bienvenue à Beyrouth.«

Als er durch die Schiebetüren den Kontrollbereich verließ, blieb Keller stehen und ließ seinen Blick über die wartende Menge schweifen, bis er an einem jungen Mann mit langen schwarzen Haaren hängen blieb, der ein Schild mit seinem Namen hochhielt.

David hob die Hand, und auf dem Gesicht des jungen Mannes machte sich ein Grinsen breit.

Dass Paolo Vignoli aus Neapel kam, wurde Keller bereits nach wenigen Minuten klar. Behände lenkte der junge Maresciallo der Carabinieri den schweren Chevrolet Geländewagen vom Flughafengelände weg in den chaotischen Beiruter Abendverkehr.

Keller sog während der Fahrt die ersten Eindrücke dieser widersprüchlichen und geplagten Stadt auf wie im Rausch: Baustelle folgte auf Baustelle, Baukräne dominierten die Skyline der Stadt. Der Wiederaufbau nach dem Ende des Bürgerkriegs war in vollem Gang, aber noch lange nicht am Ende angelangt.

»Wie zu Hause, stimmts?«, scherzte Keller.

Paolo lachte. »Was meinst du, der Verkehr, oder die Baustellen?«

»Ich dachte an beides.«

»Wie lange ist der Krieg nun her?«

»Der letzte? Zwölf Jahre.« Paolo deutete auf zerschossene Fassaden und endlose Trümmerhaufen entlang der Strecke, die einst blühende Quartiere waren. »Als wäre es gestern gewesen.«

Die Gespenster der Vergangenheit, dachte Keller. Wie

Pristina. Kurz nach Kriegsende war Keller im Kosovo im Einsatz gewesen, als Militärpolizist der Armee. Das war vor vier Jahren. Es fühlte sich verdammt ähnlich an.

»Und wie lange bist du schon hier?«

»Das ist mein drittes Jahr, mit kurzen Unterbrechungen.«

»Du sprichst Arabisch?«

»Ganz passabel.«

»Und wo gelernt?«

»Von meiner Mutter. Sie ist Libanesin.«

»Oh.« Keller sah zu Paolo. Tatsächlich: Sein neuer Partner hatte einen arabischen Anstrich. »Der richtige Mann für Beirut.«

»Ich komme ganz gut klar«, meinte Paolo lachend. »Hungrig?«

Keller nickte. »Und durstig.«

»Du kommst genau richtig. Heute beginnt für die Muslime Eid al-Fitr, das Zuckerfest. Der Ramadan ist vorbei, und jetzt hauen sie auf den Putz. Das machen die Christen hier sowieso, aber so haben wieder alle in der Stadt gute Laune. Wir fahren ans Meer, zur Corniche.«

»Also fahren wir gleich zum Phoenicia?«

»Genau.« Paolo zwinkerte vielsagend. »Der Küchenchef ist Italiener.«

Der Kellner hatte den Tisch abgeräumt und kam mit der Getränkekarte zurück.

»Noch einen Drink für die Herren?«

»Für mich bitte einen Rum. Ohne Eis«, meinte Keller.

Paolo winkte dankend ab.

Keller griff in die Jackentasche und legte einen Reisepass auf den Tisch. *Passaporto Diplomatico* stand in goldener Prägeschrift auf der Frontseite. »Von Monti. Wie versprochen. Für die Rückreise.«

Paolo schlug die erste Seite auf. »Paolo Avellino. Na toll. Was Besseres ist ihnen wohl nicht eingefallen.«

David grinste. »Nimms gelassen. Ich bin David Maier. Südtiroler.«

»Was ist mit Baumann?«

»Auch Südtiroler. Reinhold Lanz.«

Der Kellner kam mit Davids Rum zurück.

»Ich hab's mir überlegt«, meinte Paolo zum Kellner. »Für mich das Gleiche.«

»Kommt sofort.«

Paolo wedelte mit dem Diplomatenpass. »Sag mal ... So hat doch die CIA Baumann aus der Schweiz geschmuggelt?«

Keller nickte. »Stimmt. Und genauso bringen wir ihn auch wieder nach Hause.«

Sie grinsten sich an. Für einen Moment saßen beide schweigend am Tisch. Gedämpftes Rauschen drang von der Küstenstraße herüber. Vor ihnen lag der sanft beleuchtete Pool mit im Boden eingelassenen Fliesen in Form von arabischen Ornamenten. Ein Hotelgast gönnte sich noch ein spätes Bad. Der Kellner brachte Paolos Rum.

David ließ den Rum in seinem Glas kreisen. Er war tatsächlich hier. Zum ersten Mal seit Wochen fühlte er, wie sich seine Sinne schärfer stellten, sein Instinkt wieder wach wurde. Wenn alles klappte – und das war ein großes Wenn –, dann konnten sie Baumann doch noch kriegen und vor ein ordentliches Gericht stellen, egal, was Bern dazu sagte. Moser mochte toben und ihm den Kopf abreißen, aber schlussendlich waren sie Polizisten, keine Lakaien eines politischen Zirkels, der seine Winkelzüge je nach Tagesgeschäft änderte.

Er sah zu Paolo und hob sein Glas. »Aufs gute Gelingen.«

Einen weiteren Rum später wurde es Zeit für David einzuchecken.

»Willkommen im Hotel Phoenicia, Mr. Maier. Hatten Sie eine gute Anreise?«, fragte der Empfangsmitarbeiter in perfektem Englisch.

»Danke, ganz angenehm.«

»Für Sie haben wir einen Superior Room mit Meerblick, wenn das okay ist. Ich sehe, die Rechnung geht an die italienische Botschaft?«

»So ist es. Meine Firma, wenn Sie so wollen. Haha.«

Der Hotelmanager lachte höflich mit und übergab die Plastikkarte. »Zimmer 612. Erster Aufzug rechts.«

»Herzlichen Dank. Könnte ich vielleicht einen zweiten Schlüssel haben?«

»Sicher.«

»Ach ja. Für morgen erwarte ich einen Mister Walter Baumann für ein Meeting. Sie könnten mir nicht zufällig seine Zimmernummer sagen?«

»Einen Moment.« Der Manager ging zu seinem Computer.

»Wie, sagten Sie, war der Name?«

»Baumann, Vorname Walter.« Er buchstabierte den Namen.

»Tut mir leid, Mr. Maier. Ich kann keinen Walter Baumann finden.«

Mist! Natürlich reiste Baumann nicht als Baumann. Fieberhaft überlegte Keller, während der Rezeptionist ihn fragend ansah und mit einem unbestimmten Lächeln auf weitere Wünsche wartete. Keller starrte einfach nur zurück.

David wurde unangenehm warm, der Moment zog sich schon zu lang hin.

»Mr. Maier? Kann ich sonst noch etwas für Sie tun?«

Keller erwachte aus seiner Starre und griff sich an die Stirn. »Herrje! Hatte ich doch prompt vergessen. Mr. Baumann lässt sich diesmal vertreten.«

»Kein Problem. Wenn Sie mir den Namen seiner Vertretung geben wollen?«

»Ähm … tja, aber nein danke. Ich bin ja nicht der einzige Gast, um den Sie sich kümmern müssen.«

Bloß: Keller *war* der einzige Gast weit und breit, die Lobby hinter ihm war menschenleer. Wieder zeigte der Empfangsmitarbeiter sein zuvorkommendes Lächeln.

»Selbstverständlich, Mr. Maier. Wie Sie wünschen. Gute Nacht.«

»Du gottverdammter dämlicher Idiot«, fluchte Keller laut vor sich hin, als er im Aufzug nach oben fuhr.

***

Seit dem frühen Morgen stand der junge Libanese in der Ankunftshalle des Beiruter Flughafens. In seiner Hand hielt er ein Schild mit einem Namen darauf, so wie die vielen Taxifahrer um ihn herum auch. *Mr. Abdullah* stand auf seinem Karton geschrieben.

Das Mr. Abdullah nicht wirklich so hieß, spielte keine Rolle. Es gab keinen Mr. Abdullah, auf den der junge Mann warten sollte. Er wartete tatsächlich auf jemand anderen.

Dann, endlich, kurz nach dreizehn Uhr, sah er den Mann, wie er durch die automatische Türe in die Empfangshalle trat, einen Rollkoffer hinter sich herziehend.

Der junge Libanese warf nochmals einen Blick auf das Foto in seiner Hand.

Er war es.

Der junge Libanese folgte dem Mann unauffällig vor das Gebäude und beobachtete, wie dieser ein Taxi bestieg und losfuhr.

Als sich das Taxi in den Verkehr einfädelte, zog der junge Mann ein Handy hervor und wählte eine Nummer.

»Er ist angekommen und in ein Taxi gestiegen. Allein.«

»Mit welchem Flug kam er?«

»Vermutlich die Air-France-Maschine aus Paris.«

»Danke, Rafik. Du kannst zurückkommen.«

Paolo hatte den Geländewagen in einer Seitenstraße gegenüber der Hotelauffahrt geparkt. Keller lief über die Straße und schwang sich auf den Beifahrersitz.

»Baumann hat eingecheckt.«

»Zimmernummer? Name?«

»Finden wir noch raus. Hab's nicht mitbekommen.«

Paolo zog Davids zweite Schlüsselkarte aus der Tasche. »Umprogrammiert. Passt jetzt für alle Zimmer.«

»Wollen wir's hoffen«, meinte David und zündete sich eine Zigarette an.

Gegen sechzehn Uhr fuhr ein schwarzer Toyota Highlander die Auffahrt hinauf. Der Beifahrer diskutierte kurz mit dem Fahrer, stieg aus und betrat das Hotel.

»Rafik. Der Toyota«, flüsterte Paolo auf Arabisch ins Funkgerät. »Wer sitzt da drin?«

Rafik war mit einem Motorrad unterwegs und stand näher zum Hoteleingang positioniert.

»Moment ...« Und nach einem Augenblick. »Das ist Mughniyya.«

Paolo zögerte. »Bist du dir sicher?«

»Absolut!«

»Okay.«

»Was ist?«, fragte Keller, der kein Wort verstand.

»Der Typ im Toyota ist Imad Mughniyya. Geheimdienstchef der Hisbollah.«

Keller stieß einen leisen Pfiff aus. »Hoppla!«

»Na ja«, meinte Paolo. »Wir wissen seit Langem, dass die Hisbollah Geschäfte mit den Narcos in Südamerika macht. El Chapo, Hisbollah, Baumann: Die spielen alle in der gleichen Liga.«

»Warten wir ab. Vielleicht trifft er sich auch nur zu einem Tee mit seiner Mutter.«

Rafik sah sie als Erster.

»Mughniyya kommt zurück. Er hat Baumann dabei ... Okay, sie steigen in den Toyota.«

»Von wegen Teekränzchen ...«, brummte Paolo und startete den Motor. »Baumann arbeitet für die Hisbollah, Madonna Santa!«

»Etwas hast du vergessen«, meinte Keller leise.

»Was?«

»Baumann arbeitet auch für die CIA.«

Paolo schüttelte hilflos den Kopf. »Was für ein elendes, beschissenes Chaos ...« Paolo drückte die Sprechtaste am Walkie-Talkie. »Rafik, wir hängen uns an den Toyota. Du folgst uns, aber mit Abstand.«

»Alles klar.«

Der schwarze Toyota bog auf die Zufahrtsstraße ein. Paolo ließ zwei Fahrzeuge passieren, dann hängte er sich dran. Durch die getönten Scheiben des Toyotas war es Keller unmöglich, einen Blick auf Baumann zu erhaschen.

Bei der ersten Ampel fuhr der Toyota nach rechts auf die zweispurige General Foaad auf. Nach etwa einem Kilometer fädelte der Toyota in den Rechtsabbiegeverkehr ein und bog auf die schmalere El Khoury ab. Der Verkehr wurde langsamer, bis er bei der Kreuzung Independence Road an einer Baustelle zum Stillstand kam.

»Verdammt viel Verkehr«, ächzte Keller. »Immerhin, dafür fällt man weniger auf.« Der Toyota der Hisbollah befand sich fünf Fahrzeuge vor ihnen, Stoßstange an Stoßstange mit anderen Wagen.

»Hoffen wir, dass sie jetzt keinen Stunt machen.«

»Kommt das vor?«, fragte Keller.

»Kommt vor. Niemand wird sie aufhalten. Es ist ihre Stadt.«

Keller nickte stumm.

»Und wenn, haben wir Rafik«, meinte Paolo gelassener, als seine angespannte Miene verriet.

Auf der Baustelle weiter vorne wurde ein Kipplaster mit Schutt beladen. Die Kreuzung verschwand hinter einer grauen Staubwolke.

Keller sah die Bewegung im Seitenspiegel, aber alles ging viel zu schnell.

Mit einem Ruck wurden die hinteren Türen aufgerissen. Von beiden Seiten sprang jeweils ein Mann auf die Rückbank. Einer von ihnen, er trug Jeans und Lederjacke, zog eine Pistole. Er drückte sie fest unter Davids linkes Ohr.

»Fuck!«, entfuhr es Paolo leise.

»Niemand rührt sich. Verstanden?« Der Bewaffnete

sprach ruhig. Sein Englisch hatte einen starken arabischen Akzent.

»Verstanden«, antwortete Paolo.

»Gut. Ich sage dir, wohin du fährst. Keine Tricks! Sonst ...« Der Mann bohrte die Pistole mit schmerzhaftem Nachdruck in die weiche Stelle zwischen Davids Ohr und Kiefer. »Klar?«

Paolo nickte. »Klar, Mr. ...«

»Nenn mich Abdul.«

Der Verkehr setzte sich langsam in Bewegung. Keller sah unauffällig in den Rückspiegel. Vom Motorrad war nichts zu sehen. Ob ihre Entführer von Rafik wussten? Hatte Rafik mitbekommen, was passiert war?

David schielte zum Walkie-Talkie, versteckt zwischen Paolos Beinen.

Wenn du noch da bist, Rafik – nicht jetzt!

Die Bewaffneten zwangen Paolo auf eine Nebenstraße und weiter durch die Viertel, mal links, mal rechts. David hatte längst die Orientierung verloren. Nicht, dass die ohnehin besonders gut gewesen wäre, aber Beirut war eine Mausefalle, in der er sich nicht auskannte. Er hatte schlicht keine Ahnung mehr, in welchem Teil der Stadt überhaupt sie sich befanden. Den Menschen auf der Straße nach zu schließen im muslimischen.

Das Funkgerät war stumm geblieben. Rafik musste sie beobachtet und eins und eins zusammengezählt haben. Immerhin etwas.

Keller versuchte, in Paolos Gesicht zu lesen, wie ernst ihre Lage war. Paolo war der Mann vor Ort, und vielleicht gehörten bewaffnete Raubüberfälle irgendwie zum Alltag in Beirut dazu. Ruhig bleiben, dann wird das schon. Aber da war nichts Beruhigendes, was Keller in Paolo erkennen konnte. Die Miene des Italieners wurde mit jeder Anweisung, die von der Rückbank kam, düsterer.

Irgendwann bogen sie in eine staubige Nebenstraße ab. Die Gegend wirkte verlassen, niemand sonst war zu sehen. Abdul klopfte Paolo mit der Pistole auf die Schulter.

»Anhalten.«

Sie standen vor einem mehrstöckigen Gebäude. Das oberste Stockwerk war nur noch ein Betonskelett, zerschossen von Granaten.

Der zweite Mann stieg aus, ging zu einem Rolltor und zog es in die Höhe.

»Da reinfahren und Motor ausmachen«, befahl Abdul.

Paolo schien kurz zu überlegen, lenkte dann aber den Wagen in die Garage und schaltete den Motor aus. Hinter ihnen ratterte das Tor in die Verriegelung.

Auf einen Schlag war es stockdunkel.

Dann ging alles sehr schnell. Die beiden Männer packten David und Paolo von hinten, stülpten ihnen eine Haube über den Kopf, zerrten sie aus dem Fahrzeug, fesselten ihre Hände, schoben sie durch eine Türe, dann eine zweite Türe, bis sie wieder im Freien standen.

Hätte es aufmerksame Nachbarn gegeben, hätten sie sehen können, dass im Hinterhof ein Jeep mit geöffneten Türen stand, den Motor eingeschaltet, die Scheiben dunkel getönt. Die beiden Entführten wurden auf die Rückbank gesetzt, Türen schlugen, dann setzte sich der Jeep in Bewegung. Aber die Nachbarn interessierten sich nicht für den Vorgang. Man hielt sich aus so etwas besser heraus.

Die ganze Aktion hatte kaum eine Minute gedauert. Kein Wort war gefallen.

David japste verzweifelt nach Luft und versuchte, die aufsteigende Panik zu unterdrücken. Er wusste, dass er unbedingt seine Atmung unter Kontrolle bringen musste, um nicht ohnmächtig zu werden.

Er drehte den Kopf nach links und rechts, aber er konnte nichts sehen. Der Stoff der Haube war vollkommen dicht. Nur wenn er nach unten sah, erkannte er einen Lichtschimmer. Immerhin. Aber seine Knie zitterten, er hatte die Kontrolle über sie verloren.

»Paolo … bist du okay?«

»Ich bin okay.« Aber David merkte, wie auch Paolo mit der aufsteigenden Panik zu kämpfen hatte.

Auf den Vordersitzen fielen nur kurze Worte. Männerstimmen, und sie sprachen Arabisch.

»Scheiße, wer sind die Typen?« David sprach leise und auf Italienisch.

Die Fahrt ging erst über holprige Straßen, bis sie irgendwann festen Untergrund erreichten.

»Was reden die?«, flüsterte David. »Wir sind Diplomaten. Los, sag ihnen, wer wir sind! Die Hisbollah wird sich zweimal überlegen, uns umzubringen.«

Paolo lauschte den Worten, die auf Arabisch hin und her gingen. Ein neues Team? Die Stimmen gehörten nicht zu den Männern, die sie hergebracht hatten.

»Sie sagen, sie wissen, wer wir sind. Und dass wir in zehn Minuten da sind.«

»Wo, da?«

»Verdammt, David! Woher soll ich das wissen!«

Sie fuhren schon seit einer ganzen Weile, Keller hätte nicht sagen können, ob es eine halbe oder eine ganze Stunde war, geschweige denn die belauschten zehn Minuten. Der Druck und die Dunkelheit machten jede

Einschätzung unmöglich. Die seltener werdenden kurzen Stopps sagten ihm, dass sie in einer Gegend waren, wo es kaum noch Ampeln und weniger Verkehr gab. Also nicht mehr in der Innenstadt. Keine guten Aussichten.

»Paolo? Gehts dir gut?«

»Wie man's nimmt. Ich vermute, wir sind irgendwo am Stadtrand oder auch gar nicht mehr in der Stadt.«

»Glaub ich auch.«

»Puttana merda.«

Der Wagen wurde nur geringfügig langsamer und machte plötzlich eine scharfe Linkskurve, holperte und bremste unvermittelt ab. Ihre beiden Bewacher stiegen aus, rissen die hinteren Wagentüren auf und zerrten sie unsanft nach draußen.

Staub drang unter Kellers Haube, stieg ihm in Mund und Nase, seine Augen tränten, aber ihre Entführer trieben sie erbarmungslos weiter. Er merkte, lange würde er sich nicht mehr auf den Beinen halten können.

Dann wurde es kalt und noch dunkler, ihre Schritte hallten in der Kühle wider. Sie mussten sich in einem größeren Gebäude befinden.

Fast wäre er gestolpert, als sein Fuß an eine Kante stieß, dann noch eine. Eine Treppe.

Stolpernd ging es aufwärts, David musste den Mund weit geöffnet halten, um genügend Sauerstoff zu bekommen. Wenn er richtig gezählt hatte, waren sie vier Stockwerke hochgestiegen. Eine Hand legte sich auf seine Schulter und zwang ihn, stehen zu bleiben. Eine Türe wurde geöffnet, dann wurden sie in einen Raum geschoben und auf Stühle gesetzt.

Die Türe fiel ins Schloss, und für einen langen Moment

war einzig ihr beider schwerer Atem zu hören. Dann näherten sich Schritte, jemand betrat den Raum.

»Okay … nehmt die Fesseln und Masken ab.« Es war eine Frauenstimme.

Der kahle, viereckige Raum war abgedunkelt, die Jalousien herabgelassen. Einzig eine nackte Leuchte hing von der Zimmerdecke. Das grelle Licht zwang die beiden Gefangenen, ihre wieder freien Hände schützend vor die Augen zu heben. Sekunden vergingen, bis sie überhaupt etwas von ihrer neuen Umgebung erkennen konnten.

David hatte da bereits verstanden, wer die Person war, die ihnen gegenübersaß.

Julie schüttelte langsam den Kopf. Verständnislosigkeit, aber auch eine Spur Befriedigung sprachen aus ihrem Blick.

»Mein Gott, David.«

20

Der große Saal des Casino Bern war bereits bis auf den letzten Platz besetzt. Mosers Blick ging suchend über die Sitzreihen. Dritte Reihe, links von der Bühne, hatte ihm seine Frau gesagt. Komm nicht zu spät! Auch das hatte sie ihm gesagt.

»Entschuldigung … Danke … Sehr nett.«

Moser zwängte seinen massigen Körper durch die Sitzreihe an den Gästen vorbei, setzte sich neben seine Frau und richtete nochmals Smoking und Fliege.

»Wie immer auf den letzten Drücker, Pius.« Helen Moser war schon zu lange mit ihrem Mann verheiratet, als dass sie sich noch gewundert hätte.

Moser drückte seiner Frau einen Kuss auf die Wange. »Und du siehst wunderbar aus. So was nennt sich Pünktlichkeit, meine Liebe. Hast du mit Lilly gesprochen?«

Helen Moser strahlte. »Ganz kurz. Sie ist so aufgeregt!«

Es war das erste Klavierkonzert ihrer Tochter vor großem Publikum. Vor wenigen Monaten hatte sie ihre Ausbildung am Konservatorium Bern abgeschlossen und galt als Talent, von dem noch mehr zu hören sein würde.

Das Saallicht wurde gedämpft, Lilly betrat unter Applaus die Bühne und wurde vom Dirigenten begrüßt. Sie nickte ins Publikum, zwinkerte unauffällig ihren Eltern in der dritten Reihe zu und wartete, bis der Applaus abebbte.

Sie setzte sich an den Steinway, das Gehüstel erstarb, und Ruhe kehrte ein.

Dann wehten sanft die ersten Streichakkorde des Allegro aus Mozarts Klavierkonzert in d-Moll durch den Saal.

Helen nahm die Hand ihres Mannes. Pius lächelte und wischte sich diskret eine Träne aus dem Augenwinkel.

Kaum hatte das Konzert begonnen, spürte er ein diskretes Schultertippen seines Sitznachbarn – Moser sah sich um, dann bemerkte er im Gang am Beginn der Sitzreihe einen Platzanweiser, der ihm auffordernd zunickte. Moser sah seufzend zu seiner Tochter auf der Bühne, dann zu seiner Frau. Den Blick, den sie auf ihn abfeuerte, kannte er. Mit den Jahren war er Bestandteil der Doppelkarriere als Chefermittler und Ehemann geworden. Moser wusste, das hier würde er ganz besonders zu hören bekommen, und zu Recht.

»Was ist los?«, zischte Helen aufgebracht.

»Weiß nicht. Bin gleich zurück.«

Er zwängte sich wieder an den Besuchern vorbei und merkte, wie ihm ziemlich untypisch die Röte ins Gesicht kroch, während die getragene Melodie der Solo-Kadenz seiner Tochter in den Raum stieg. Schnaufend kam er am Ende der Reihe an.

»Herr Moser?«, fragte der Platzanweiser leise.

»Ja.«

»Da ist ein Herr, der Sie dringend sprechen möchte.«

Moser drehte sich in Richtung der Hand des Platzanweisers um. Im Seitengang stand Oberst Altmann.

Der Geheimdienstmann nickte Richtung Ausgang.

Moser schüttelte den Kopf. Nicht jetzt. Altmann wiederholte seine Geste, nur diesmal wesentlich energischer.

Eines Tages bring ich ihn um, dachte sich Moser im Stillen, während er zum Ausgang eilte.

Altmann wartete im Foyer, am Fuß der Treppe.

»Unsere Tochter gibt gerade ihr erstes Konzert«, schnauzte Moser ohne weitere Begrüßung. »Und meine Frau wartet. Also, fassen Sie sich kurz.«

Altmann sah sein Gegenüber für einen Augenblick schweigend an. »Wie Sie wollen. Wo ist Keller?«

Instinktiv trat Moser einen Schritt zurück. »Keller?«

»Genau. Ihr David Keller. Oder gibt es mehrere?«

»Keller … im Urlaub«, antwortete Moser vorsichtig. »In Brasilien, soweit ich weiß. Wieso? Ist etwas passiert? Ich meine, ein Unfall oder so?«

Altmann zeigte ein dünnes Lächeln und schüttelte den Kopf. »Das wollen wir doch nicht hoffen, oder? In Brasilien, sagen Sie? Großartiges Land! Waren Sie schon einmal dort?«

Moser schmeckte die Art von Altmanns Gesprächsführung nicht. Er schob seinen massigen Körper wieder einen Schritt näher an den um einen halben Kopf kürzeren Oberst heran.

»Altmann«, zischte er leise. »Wenn Sie mir etwas zu sagen haben, dann jetzt raus mit der Sprache!«

»Natürlich, entschuldigen Sie, Sie sollten wieder zurück zum Konzert Ihrer Tochter«, antwortete der Nachrichtenoffizier betont gelassen. »Ich beeile mich.« Altmann fasste in seine Jackentasche und reichte Moser einen A4-großen Abzug eines Farbfotos.

»Meine Kontakte bei der CIA haben mir freundlicherweise das hier zukommen lassen. Heute Abend. Wie Sie sehen, lieber Moser, Ihr Mitarbeiter ist nicht in Brasilien. Er macht auch keinen Urlaub, soweit es meine Definition von Urlaub betrifft. Und der Mann am Steuer des Wagens ist ein italienischer Kollege Ihres David Keller. Das Foto wurde vor einem Hotel in Beirut aufgenommen. Sie sind sich hoffentlich einig mit mir, Moser: Wir haben da ein kleines Problem.«

Mosers Blick wanderte im Foyer umher, auf der Suche nach irgendeinem Halt. Im Moment wusste er nicht, ob er schreien oder weinen sollte.

»Um es kurz zu machen, Moser: Die Amerikaner betrachten die Anwesenheit Ihres Mannes und seines Kollegen in Beirut als, na ja, sagen wir, äußerst unpassend.« Altmann senkte seine Stimme, er sprach nun beinahe flüsternd.

»Wie sagt man so schön: Wer bereits im Scheißloch sitzt, sollte nicht noch graben. Also: Pfeifen Sie Keller zurück. Oder bei Ihnen wird spätestens morgen die Hölle los sein.«

Moser starrte weiter auf das Bild. Er fragte sich, wem er gerade besagtes Inferno wünschen sollte, Altmann oder Keller.

Der Oberst ging langsam an Moser vorbei Richtung Treppe. Aus dem Konzertsaal hallten leise die Kaskaden des Klavierkonzerts durch das Foyer. Altmann lächelte zufrieden.

»Ich wusste gar nicht, dass sie eine so talentierte Tochter haben. Wenn ich schon hier bin, sollte ich mir eigentlich das Konzert bis zu Ende anhören. Aber Sie wissen ja: die Pflicht, Moser. Die Pflicht.«

Der Oberst legte zum Gruß kurz die Finger an die Stirn und ging rasch die Treppe hinunter. Die Absätze seiner genagelten Lederschuhe knallten auf den Stufen wie Schüsse in die Klavier-Kadenz am Ende des ersten Satzes.

***

David rann der Schweiß von der Stirn, seine Kleider klebten am ganzen Körper. Paolos lange Haare, sonst zu einem Pferdeschwanz gebunden, hingen quer über sein Gesicht.

»Gebt ihnen etwas zu trinken«, sagte Julie auf Arabisch zu den Männern im Raum. Sie trug eine taktische Einsatzweste in Wüstentarnfarben über ihrem kurzärmeligen Shirt.

Beide tranken ihre Gläser in einem Zug leer.

»Ich war schon immer beeindruckt von deinem Sprachtalent«, meinte David gefasst, nachdem er sich den Mund abgewischt und sich aufrecht hingesetzt hatte. »Über alles andere muss ich nochmals nachdenken.«

Julie hielt ihren Blick unverändert auf David gerichtet. Dann nickte sie in Richtung Paolo. »Haben Sie einen neuen Partner, Mister David Maier?«

»Und einen neuen Namen. Vorübergehend. Ich hoffe, es stört dich nicht.«

Julie machte sich gar nicht erst die Mühe, ein ehrliches Lächeln zu zeigen. »*Ich* kann damit leben.«

Sie stand auf und bat ihre beiden stämmigen Begleiter, den Raum zu verlassen.

»Etwas anderes bereitet mir wesentlich mehr Sorgen, David«, fuhr Julie fort, als sie allein waren. »Und das ist deine gottverdammte Sturheit.«

»Stimmt. In vielen Beziehungen ein Trennungsgrund. Hätte ich dir vielleicht früher sagen sollen.«

»Schon okay. Schwamm drüber. Was mir weniger klar war, ist, wie viel es braucht, bis du verstehst. Wo deine Aufgabe endet. Und wo das große Ganze beginnt.«

David lachte hämisch auf. »Das große Ganze? Natürlich. Ich hab's begriffen. Sehr gut sogar.«

»Und wieso bist du dann hier, zum Teufel noch mal?«

So entschlossen sie sich gab, gleich als Erstes war David aufgefallen, wie dünn Julie in den wenigen Wochen geworden war. Und noch nie hatte er sie mit Augenringen gesehen.

»Du siehst … nicht gut aus, wenn du mir die Bemerkung erlaubst. Du solltest eine Pause machen, in Urlaub fahren. Dabei fällt mir ein: kürzlich kam Post aus Bali, vom Medewi-Resort. Ein Sonderangebot, nur für Stammgäste. Warum fliegst du nicht hin und erholst dich mal ordentlich.«

Für einen Wimpernschlag blitzte in Julies Augen ein wildes Flackern auf. David kannte es. Es war die Julie hinter der CIA-Agentin.

»Ma scusatemi …« Paolo hatte geschwiegen, nun sah er ratlos von Keller zu Julie. »Verstehe ich das richtig? Ihr wart zusammen? Ich meine … so wie ein richtiges *Paar*?«

Julie hielt ihren Blick weiterhin auf David gerichtet. »Waren wir mal, ja. Tut hier aber nichts zur Sache.«

David erwiderte ihren Blick abschätzig, dann sah er zu Paolo.

»Ja, für einmal sagt sie sogar die Wahrheit. Darf ich vorstellen: Julie Banks, CIA. Wobei, so genau weiß das niemand. Als ich sie kennenlernte, war sie Julie Banks, Special Agent des FBI. Wir haben zusammengearbeitet, als Team. Dann wurden wir ein Liebespaar. Wir haben sogar zusammengelebt. Aber eben …« – David zeichnete einen großen Kreis in die Luft – »… alles bloß eine galaktische, beschissene Lüge, geplant von der CIA.«

Paolo starrte zu David. Er konnte nicht glauben, was er in diesem Loch in irgendeinem gottverlassenen Haus in Beirut zu hören bekam.

Julie zog einen Umschlag aus der Brusttasche ihrer

Weste. »Nachdem wir uns nun alle vorgestellt haben, kommen wir zur Sache. Die Einzigen, die in einen Flieger steigen, seid ihr beide.« Sie blickte auf die Uhr. »Und das in ziemlich genau achtundvierzig Stunden. Eure Mission ist hier zu Ende.« Sie schob das Kuvert über den Tisch. »Eure Tickets, Businessclass. Das sollte den Schmerz etwas lindern. Eure Dienststellen erwarten euch bereits.«

David sah Julie teilnahmslos an. »Also wieder mal das große Ganze?« Er wandte sich an Paolo. »Was meinst du, mein Freund? Soll sie es uns Europäern, die nichts gerafft haben, doch einmal erklären. Oder?«

Julie lehnte sich im Stuhl zurück, ihre Augen waren zu schmalen Schlitzen geworden. »Weswegen bist du hierher nach Beirut gekommen, David? Du wolltest Baumann zurückholen, richtig?«

»Hundert Punkte für die Kandidatin. Zu deiner Info: Sein Fahndungsfoto hängt in jeder Polizeidienststelle.«

»Weißt du überhaupt, wer Walter Baumann ist?«

»Ein Verbrecher, der mit dem Leid anderer Menschen viel, sehr viel Geld macht. Er hat Blut an den Händen, ohne selbst abzudrücken. Das ist Walter Baumann.«

»Möglicherweise.«

»Ganz bestimmt sogar.«

»Und ich sage, möglicherweise. Könntest du dir vorstellen, dass einer mit Walter Baumanns … Talent Besseres tun kann, als in einem Gefängnis zu verrotten, wo er nur kostet und nichts nutzt?«

»Du sprichst wohl kaum von Vorträgen in Schulen, wo er vor den Gefahren von Drogenkonsum warnt? Natürlich nicht.«

»Nein, natürlich nicht.«

»Wie wäre es damit: Baumann könnte als Kronzeuge

gegen El Chapo aussagen. Ach! Zufälligerweise war genau das der Plan der DEA. Aber auch das war euch von der CIA nicht gut genug als Beschäftigung für den lieben Walter. El Chapo? Größter Drogenlieferant der Welt. Freund aller Mafiosi, Massenmörder. Aber klar, wen zum Teufel kümmert El Chapo, wenn man so ein Talent fürs schmutzige politische Geschäft nutzen kann?« Keller war aufgestanden und beugte sich über den Tisch, sein Gesicht war nun ganz nahe an Julies. Sie konnte seinen Atem spüren. »Weißt du was, Julie? *Fuck you!*«

Ein winziges, kaum wahrnehmbares Flattern ihrer Augenlider sagte ihm, dass seine Worte sehr wohl ihr Ziel fanden: Julie zeigte Nerven.

»Oh ja, ich hab dich gern gefickt. Du warst richtig gut! Dass uns dabei meine Kollegen vom Nachrichtendienst zugehört haben, gibt der Sache sogar noch das gewisse Etwas. Ich wette, sie hatten ihren Spaß. Aber wenn ich dich heute so reden höre, wird mir kotzübel bei dem Gedanken.«

David stierte Julie an und hob seinen Zeigefinger gegen die Stirn.

»Und genau da fängt's bei mir im Hirn an problematisch zu werden. Ich kapier dich nicht! Ich kapier euch und euren Mistladen nicht! Hab ich noch nie getan.«

David wandte sich ab, ging zum Fenster und zog die Jalousie hoch. Draußen war es dunkel, nur wenige schwache Lichter in den Straßen unter ihnen waren zu sehen.

»Wo sind wir hier eigentlich, verdammt noch mal?«

Julie war sitzen geblieben. Auch Paolo hatte sich nicht gerührt. Beide schienen sie getroffen von Davids Ausbruch, wenn auch aus unterschiedlichen Gründen.

Julie nahm Davids Glas, schenkte sich Wasser nach und schwieg. Keiner sprach ein Wort. In der Stille hätte man eine Stecknadel fallen hören.

»Wenn es dir hilft, bitte schön«, beendete Julie das Schweigen. »Es geht um Iran-Contra.«

David drehte sich verwundert um.

»Iran-Contra?«

»Genau. Iran-Contra.«

»Was redest du da?«

»Du weißt doch, was die Iran-Contra-Affäre war.«

»Eine illegale Militäroperation der CIA in Nicaragua in den Achtzigern. Ihr habt Mist gebaut, die Sache ist aufgeflogen. Ziemliche Blamage. Aber ich bitte dich! Die Sache ist längst aufgeklärt und gegessen!«

Julie wog mit dem Kopf. »Na ja, kommt darauf an. Definiere aufgeklärt.«

David sah Julie argwöhnisch an. »Ziel der CIA-Operation war der Sturz des linken Regimes in Nicaragua. Was hat das mit Baumann zu tun? Er war einer eurer Informanten für die Narco-Kartelle in Kolumbien und Mexiko.«

Julie stand auf und stellte sich zu David ans Fenster. »Wie du schon sagtest: Wir kommen immer wieder auf das große Ganze zurück. Nun gut: Nehmen wir mal an, die CIA hätte Baumann losgeschickt, seinen Boss El Chapo – Ende Achtziger, Anfang Neunziger noch Logistik-Chef des Sinaloa-Kartells – zu überzeugen, dass seine Kokainflieger nach ihren Paketabwürfen über den Sümpfen Floridas auf dem Rückweg eine diskrete Zwischenlandung in den USA einlegen sollen, um Waffen und Munition aus dem CIA-Arsenal für den Kampf der Contra-Rebellen gegen ihre Regierung zu laden, weil auch die

USA Nicaraguas linke sandinistische Regierung stürzen wollte, und zwar um *jeden* Preis. Eine Dienstleitung versüßt mit vielen CIA-Dollars, gewaschen von Baumann. Und nehmen wir mal an, er hat das dann auch getan, der gute El Chapo.«

Keller lachte ungläubig auf. »Was soll die Geschichte? Iran-Contra war ein politischer Skandal der Sonderklasse. Euer Kongress hat den ganzen Mist offiziell untersucht, die Operation für verfassungswidrig erklärt und dem Treiben ein Ende gesetzt. Leute sind im Gefängnis gelandet. Ganze Bücher wurden darüber geschrieben, dass die Contra-Rebellen massenweise Kokain in die USA geschmuggelt haben. Und jetzt soll die CIA mit El Chapo, Staatsfeind Nummer zwei hinter Osama bin Laden, *diesen* Deal abgeschlossen haben? *Come on*, Julie, gib mir den wahren Grund. Nur dieses eine verdammte Mal.«

Julie drehte sich abrupt um und lachte auf. »Ah, ich verstehe …« Augenblicklich wurde sie wieder ernst, David konnte ihren festen Blick auf seinem Gesicht spüren, den er so gut kannte und der ihm bedeutete, dass sie es haargenau so meinte.

»Das ist der wahre Grund. Ja, der US-Kongress hatte untersucht, und es war von vorneherein klar: Das Boland-Amendment von 1982 stellte jede US-amerikanische Finanz- und Militärhilfe an die Contras unter Strafe. Dass die Waffenlieferungen der CIA weiterliefen, heimlich, mit El Chapos Hilfe und über Jahre, lange, nachdem der US-Kongress seine Untersuchungen beendet hatte – das allerdings wurde nie aufgedeckt. Und dabei soll es auch bleiben. Also: Baumann als Kronzeuge vor einem Bundesgericht? Wo er auspacken und die Wahrheit sagen muss? Und sicher auch würde, für einen besseren Deal?« Julies

Zeigefinger fuhr quer über ihren Hals. »Sssscht! Es wäre der Tod der Regierung, selbst wenn sie nichts damit zu tun gehabt hatte. Warum? Weil es wieder die Republikaner treffen würde, und das wäre das eine Mal zu viel. So. Das zu verhindern, das ist exakt mein Job.« Julie tippte mit dem Zeigefinger gegen Davids Stirn. »Hast du's jetzt endlich kapiert?«

David ließ sich der Wand entlang zu Boden gleiten und starrte an die Decke, als ob er dort eine Antwort finden könnte. Auch wenn ihn die Vergangenheit das Gegenteil gelehrt hatte: Jetzt sagte ihm sein Gefühl, dass Julie die Wahrheit sprach, zum ersten Mal. »Und warum erzählst du mir das alles?«

Julie lächelte matt. »Nicht persönlich gemeint, David. Aber was sollte ein ziemlich unbedeutender Ermittler aus einem ziemlich unbedeutenden Land denn schon damit anfangen wollen? Die Wahrheit ist doch: nichts.«

David zog sich hoch, nahm ihr Glas, spülte den Mund mit einem Schluck Wasser und spuckte es vor Julies Füßen auf den Boden.

»Sorry, bereits etwas abgestanden. Nicht persönlich gemeint.«

»Was ist mit Baumann? Ich denke mal, er soll noch mehr Gutes tun für die Welt. So sehen Sie das doch?«

Es war Paolo, der jetzt sprach.

Julies ausdrucksloser Blick ging von David zum Italiener. »Wenn es uns sinnvoll erscheint.«

»Ihr habt Baumann zur Hisbollah geschickt. Was habt ihr vor? Die Hisbollah kann euch eigentlich egal sein. Die sind Israels Problem. Al Kaida? Andere Baustelle, glaub ich nicht. Euch geht es um den Iran, stimmts?«

Julie machte keine Anstalten, auf Paolos Frage einzugehen. Stattdessen hob sie ihren tarnfarbenen Reisesack auf. »Ich sagte dir, es tut mir leid. Ich mache meinen Job. Ihr den euren. Ziemlich einfach.«

»Wann hat dich die CIA angeworben?«, fragte David. Vieles über Julie war ihm klar geworden, ihre Legende als FBI-Agentin nicht. Mit einer Antwort hatte er nicht gerechnet. Aber sie kam.

»In San Diego. Ich war noch am College. Der Rekrutierer war ein Freund meines Vaters.«

»Also noch bevor du zum FBI gegangen bist?«, fragte David. »Ich hab's mir fast gedacht. Der perfekte Maulwurf.« David schüttelte den Kopf. »Unfassbar.«

»Nie habe ich die Kollegen beim FBI hinters Licht geführt, falls du das glaubst. Ich habe meinen Job gemacht wie jeder andere Special Agent. Bei der Agency hatte man irgendwann erkannt, dass es Aufgaben gibt, für die es einen anderen Anzug braucht. Bei mir wars eben jener des FBI.«

»Du warst die Beste. Sie müssen dich fürchterlich vermissen.«

Julie schien Davids vor Zynismus triefende Bemerkung zu ignorieren. Stattdessen schwang sie ihre Tasche über die Schulter und klopfte kurz gegen die Tür. Ein Wachmann schloss sie von außen auf.

»Ihr bekommt dreimal am Tag zu essen und zu trinken. Übermorgen früh lässt man euch raus. Dann bekommt ihr eure Sachen zurück.« Bereits auf dem Flur wandte sie sich nochmals um. »Wir verteidigen die Demokratie, David. Wir praktizieren sie nicht. Und vielleicht solltest du das auch.«

Die Tür fiel ins Schloss, ein Schlüssel wurde gedreht. Dann herrschte wieder Stille.

21

»Dies ist die Combox von David Keller. Bitte hinterlassen Sie eine Nachricht.«

So langsam zerrte die metallene Stimme an seinen Nerven. Nun schon zum fünften Mal war er auf Davids Mailbox gelandet. Moser schwor sich wie nach jedem seiner vergeblichen Anrufe, er würde nicht nur Oberst Altmann, sondern auch Keller eigenhändig erwürgen.

Wütend stopfte er sein Handy in die zu enge Hosentasche seines Anzugs und ging zurück in den Burgerratssaal des Casinos, in dem zur Feier des erfolgreichen Debütkonzerts seiner Tochter ein Empfang stattfand. Moser fühlte sich hilflos und eingepfercht zwischen all den lächelnden Abendgarderoben und den klingenden Sektgläsern, den Glückwünschen und dem feuchten Händeschütteln.

Seine Laune war mit jedem vergeblichen Anruf schlechter geworden; ein Umstand, der seiner Frau nicht entgangen war und den sie der stetig länger werdenden Liste seiner Vergehen an diesem Abend aufmerksam hinzufügte.

»Kannst du nicht einfach einmal hierbleiben? Was ist denn so *verdammt* wichtig?«

Moser schnitt eine gequälte Grimasse und brummte nur unverständlich. Sie hatte natürlich recht. Aber Altmanns Auftritt – und David eigenmächtiges Handeln – waren wie die wunde Stelle am Gaumen, von der man einfach nicht die Zunge lassen konnte. Also schüttelte Mosers eine Hirnhälfte weiter Hände und machte Small Talk, während die andere eine eh schon beschissene Lage analysierte, die plötzlich zu einer veritablen Bedrohung zu werden drohte, für seine Behörde, aber auch für ihn selbst, und David.

Nach dem Fiasko am Flughafen Bern Belp blieb Gonnet nicht mehr viel übrig, als eine *Red Notice* zu erlassen. Damit stand Baumann auf der Fahndungsliste von Interpol. Wäre es nach dem Verteidigungs- und Außenministerium gegangen – es wäre noch nicht einmal dazu gekommen. Doch Gonnet hatte sich davon nicht beeindrucken lassen, und das Justizministerium stand hinter ihr. Die Frage war nur, wie lange noch.

Die Antwort war: nicht für lange. Der Druck der Schweizer Regierung wuchs, bis die Kader von Bundespolizei und Bundesanwaltschaft schließlich ins Justizministerium einbestellt wurden. »Ihr habt euren Haftbefehl, schön. Damit ist die Angelegenheit erledigt. Die Schweiz wird nicht nach Baumann suchen«, lautete die unmissverständliche Ansage. Über das Warum, dazu konnte sich jeder seinen Teil denken.

Das, so glaubte Moser, hatte er Keller auch klargemacht. Offensichtlich nicht klar genug.

Moser war kein Träumer. Dass Baumann mehr war als nur ein Verbrecher auf der Flucht – geschenkt. Baumann zu fassen war für David zum Synonym für zumindest einen letzten Hauch von Gerechtigkeit und Anstand in seiner aus den Fugen geratenen Welt geworden. Und die offene Rechnung mit Julie – sie musste beglichen werden, auf die eine oder andere Art.

Der Mensch und Freund in Moser mochte es verstehen.

Nicht aber der Vorgesetzte, der nun in Teufels Küche geraten war, mit Folgen, an die zu denken er sich im Moment noch gar nicht traute.

Keller saß demnach irgendwo in Beirut und war nicht erreichbar. Moser hatte noch keinen blassen Schimmer, wie er David von der Schweiz aus schützen sollte. Aber er würde es versuchen, seiner ganzen Wut auf ihn zum Trotz. Mit Altmann würde er schon klarkommen. Aber mit den Amerikanern?

Nervös fingerte er wieder sein Handy aus der Hosentasche.

Unauffällig griff Helen nach seinem Ärmel. »Oh nein«, zischte sie in sein Ohr. »Das lässt du jetzt mal schön bleiben, mein Lieber.«

Moser fügte sich, wenn auch mit verkniffener Miene.

»Und jetzt lächle mal, verdammt ...«

Irgendwie gelang es ihm, auch diesem ehelichen Befehl zu folgen. Aber die Gedankenmaschinerie in seinem Kopf hatte sich längst in Bewegung gesetzt.

***

Paolo presste sein Ohr gegen das Türblatt.

»Worüber reden sie?«

Der Italiener legte den Zeigefinger auf den Mund. »Schscht ...«

Wen Julie da angeheuert hatte, war ihnen noch immer nicht ganz klar. Libanesen, so vermutete Paolo, eine lokale Sicherheitsfirma, die für Geld zu fast allem bereit war und wenig Fragen stellte. Aber wenn Paolo sich nicht irrte, nahmen sie diesen Auftrag jedenfalls nicht allzu ernst.

Paolos Stimmungslage hatte sich wieder erholt.

»Okay«, meinte er, als die Schritte auf dem Flur verklungen waren. »Sie sind weg. Die kommen erst morgen früh zurück.«

Keller blieb skeptisch. »Bist du dir sicher? Ich trau der Sache nicht.«

»Ich habe sie gehört, die Jungs haben einfach keine Lust mehr. Heute ist der zweite Tag des Zuckerfests. Sie wollen feiern. Glaub mir, ich kenn das!«

Eine Stunde zuvor war ihnen von einem der Männer das Abendessen in den Raum gebracht worden, Hähnchen mit Reis und eine Flasche Wasser. Eine halbe Stunde später wurde es wieder weggeräumt.

Dann hatte Paolo wegen einer Toilette gefragt. Auf dem Weg dorthin sahen sie zum ersten Mal den Ort, an dem sie gefangen gehalten wurden: eine kleine Wohnung mit einem großen Raum, zwei kleineren Zimmern, einer Küche und einem Bad. Bis auf den Tisch und die Stühle in ihrer »Zelle« stand die Wohnung leer.

Sie zählten drei Bewacher, junge, durchtrainierte Männer im Alter von zwanzig bis dreißig Jahren mit Sturmhauben. Jeder von ihnen trug eine Pistole und ein Walkie-Talkie am Gürtel.

Vor allem aber waren keine Betten oder Matratzen zu sehen. Dass damit ihre Bewacher die Nacht wohl nicht in der Wohnung verbringen würden, war die erste gute Nachricht seit Langem.

Jetzt hockten sie auf dem kalten Steinboden und warteten. Nichts geschah. Nach einer Stunde noch immer kein Laut. Und auch nicht nach zwei.

Zwischendurch gingen sie auf und ab, um sich warmzuhalten.

Immer wieder stellte sich Keller an das Fenster und

dachte nach. Sie befanden sich vier Stockwerke über dem Boden. Die Straßen unter ihnen lagen im Dunkeln, die Gegend schien ausgestorben. In der Ferne war das Lichtermeer Beiruts zu erkennen. Eines der hell erleuchteten Gebäude musste das Phoenicia sein.

Wahrscheinlich saß Baumann jetzt an der Hotelbar, trank einen teuren Whiskey und feierte mit dem Hisbollah-Kommandeur das Zuckerfest. Oder seinen Deal. Oder er schlief bereits, in einem bequemen, warmen Hotelbett.

Baumann war dort drüben, direkt vor ihrer Nase. Ziemlich sicher, dass Beirut ihre letzte Chance war, ihn jemals zu fassen. Aber dafür mussten sie erst mal aus ihrem verdammten Gefängnis kommen. Klar war auch, es war höllisch riskant. War eine Wache am Wohnungseingang postiert? Oder unten auf der Straße? Wenn ja, würden sie schießen? Sein Bauchgefühl sagte ihm Nein. So weit würden es die Amerikaner wohl nicht kommen lassen. Aber eine Garantie gab es auch dafür nicht.

Paolo hatte sich anderweitig warmgehalten. Er hatte sich die Möbeleinrichtung im Raum vorgenommen. So gut es eben ging, ohne Werkzeug. Was ihn interessierte, waren die Tischbeine mit den stählernen Winkelplatten. Als er fertig war, lagen vier improvisierte Stemmeisen vor ihnen.

»Lange genug gewartet. Versuchen wir's!« Paolo fasste das erste Tischbein wie einen Baseballschläger und rammte die Winkelplatte wuchtig in den Spalt zwischen Türe und Türrahmen.

Nach der absoluten Stille zuvor hörte sich der Knall umso erschreckender an. Blitzschnell duckten sie sich an die Wand und lauschten angespannt. Eine Minute verging, fünf Minuten. Aber Totenstille, nichts regte sich.

»Sag ich's doch!« Paolo schnappte sich wieder sein

Werkzeug und hämmerte gegen die Zarge, diesmal noch härter. Zwei Tischbeine überlebten die Tortur nicht. Aber beim dritten brach der Rahmen, die Türe stand offen.

Vorsichtig steckte Paolo den Kopf durch die Öffnung und zuckte gleich wieder zurück. Aus der Küche links von ihnen drang ein schwacher Lichtschein.

»Licht«, flüsterte er leise. Er drückte Keller ein Tischbein in die Hand. »Nimm das!«

Paolo griff sich das letzte verbliebene, schob die Türe auf und machte drei schnelle Schritte bis zur Küche. Vorsichtig lugte er um die Ecke.

Niemand da, die Küche war leer. Jemand aus Julies Mannschaft hatte ein Licht brennen lassen, eine kleine batteriebetriebene Tischleuchte.

Paolo hob den Daumen, ließ sich gegen die Wand fallen und atmete einmal tief durch.

Keller deutete auf die Tischleuchte. »Wie nett.«

»Nimm sie. Damit schauen wir uns erst mal um.«

Sie gingen einmal durch die Wohnung. Die Wohnungstüre war aus Stahl, darüber brauchten sie erst gar nicht nachzudenken. Einen Balkon gab es auch nicht. Blieben noch die Fenster. An der Außenfassade neben dem Badezimmerfenster verlief eine Regenrinne. Und soweit sie sehen konnten, war es die Einzige. Es blieb ihnen nur dieser eine Ausweg.

Keller saß auf dem Klodeckel und blickte verzweifelt zur Decke hoch. »Verdammte Scheiße, Paolo! Vier Stockwerke … das sind über zehn Meter!«

Paolo zuckte mit den Schultern. »Hab im Militär schon dümmere Sachen gemacht.«

»Aber nicht an einem Haus gebaut im Libanon, Himmel noch mal!«

»Stimmt. Noch schlimmer. Gebaut in Italien.«

Paolo ging zum Fenster und zog am Rohr. Es bewegte sich leicht, Mörtel brach aus der Wand. Einen allzu stabilen Eindruck machte es nicht.

»Alles bestens. Hält wie eine Eins. Los David, jetzt oder nie!«

Keller sah mit gequältem Blick zu Paolo. »Wenn ich sterbe, versprich mir eines: Julie bekommt keine Einladung zur Beerdigung.«

»Versprochen. Wirst du aber nicht. Ich helfe dir raus. Sobald du kannst, spring einfach. Und nicht runterschauen, kapiert?«

Keller zog sich am Fenster hoch und schob den Oberkörper über die Kante. Unten verlief eine kleine Straße, vermutlich nicht asphaltiert. Mehr konnte er nicht erkennen.

»Gütiger Gott«, murmelte Keller und schloss die Augen.

»Verdammt, David! Los jetzt!«

Keller bekam das Rohr zu fassen, umklammerte es und zog die Beine nach.

Zitternd und die Augen geschlossen, löste er seinen Griff und ließ sich ein Stück nach unten gleiten.

»Geht doch, weiter so!«, rief Paolo leise von oben.

Mörtel bröselte auf Kellers Kopf, dann ein Ruck. Die Rinne hatte sich nach außen gebogen. Kellers Herz raste, verzweifelt schaute er nach oben.

Paolo gestikulierte wild. »Alles okay! Weiter!«

Stück für Stück, Meter um Meter hangelte sich Keller nach unten, keuchend vor Anstrengung. Sein Mund füllte sich mit Verputz, der als stetes Rinnsal auf ihn niederbröselte.

Er hatte das Rohr mit dem linken Arm umklammert,

den rechten bereit zum nächsten Griff. Ein greller Schmerz durchfuhr ihn, die Hand zuckte zurück. Scheiße! Warmes Blut rann über seinen Arm. Eine Schraube, ein Draht, irgendetwas Spitzes hatte sich in seine Hand gebohrt.

Keller schaute nach unten. Wieder versuchte er, das Rohr zu umklammern, aber immer wieder glitt die blutige Hand vom Metall ab. Nun hing sein ganzes Gewicht am linken Arm, eingeklemmt zwischen der Fassade und einer scharfkantigen Halterung.

Wieder blickte er nach unten. Vielleicht noch vier Meter bis zum Boden. Die Halterung bohrte sich immer tiefer in sein Fleisch.

Er musste sich fallen lassen.

Der Aufprall war brutal. Sein Gesicht schlug gegen die Knie, die Wucht stauchte ihn zusammen wie einen Klappstuhl und nahm ihm für einen fürchterlichen Moment die Luft. Benommen blieb er liegen, dann rollte er sich zur Seite und kroch ein Stück weg von der Wand. Aus seiner Nase floss Blut. Schon wieder Blut. Egal. Er tastete vorsichtig seine schmerzenden Arme und Beine ab. Anscheinend war nichts gebrochen, nichts verstaucht, keine Sehne gerissen. Er lebte.

Keller presste die Hand unter seine pochende Nase und schaute nach oben. Paolos Umrisse waren zu erkennen, wie er sich vorsichtig nach unten arbeitete. Momente später ein hässliches Knirschen, dann ein Knall. Langsam bog sich die Rinne erst seitlich, dann immer schneller nach unten. Paolo schlang Arme und Beine um das Rohr, und zusammen segelten sie immer schneller in die Tiefe. Augenblicke später schlug er dumpf auf dem Boden auf.

Geduckt eilte Keller zu Paolo. »Heilige Scheiße! Hast du dir wehgetan?«, flüsterte er.

Paolo verzog das Gesicht und hielt sich den Rücken. »*Porca puttana* …«

»Kannst du aufstehen?«

Der Italiener nickte. »Geht schon … Wie gehts dir? Du blutest.«

»Halb so wild. Ging mir noch nie besser.« Keller half dem Italiener auf die Beine. »Ich glaub, wir sind alleine. Jetzt bloß weg von hier! Welche Richtung?«

Paolo blickte sich um. »Da lang.«

Von ihrem Platz aus konnten sie über ganz Beirut blicken. Paolo vermutete, dass sie sich in Baabda befanden, einem ärmlichen Stadtviertel im Südosten von Beirut. Das Zentrum lag etwa zehn Kilometer vor ihnen. In ihrem Rücken lag die syrische Grenze, dazwischen bergiges Waldgebiet und das Bekaa-Tal.

Das Quartier lag komplett im Dunkeln.

»Stromausfall«, meinte Paolo. »Wie fast jede Nacht.«

Sie waren eine halbe Stunde gegangen, bevor sie beschlossen hatten, bis zum Tagesanbruch zu warten. Es ergab wenig Sinn weiterzulaufen, ohne Licht, ohne Mobiltelefone. Jetzt, da sie es aus dem Haus geschafft hatten, wollten sie nicht irgendwelchen Straßengangs oder der Polizei in die Hände fallen.

Kellers Nase war vermutlich gebrochen, hatte aber aufgehört zu bluten. Die rechte Hand machte ihm mehr Sorgen. Er hatte sie mit einem Stück Hemdstoff umwickelt. Die Wunde war tief und wollte nicht gerinnen. Und Paolos Rücken würde diesen noch eine Weile beschäftigen. Aber sie hatten es lebend aus dem Haus geschafft, die Schmerzen waren ein akzeptabler Preis dafür.

Gegen halb fünf begann die Nacht dem Tag zu weichen. Sie verließen ihren Unterschlupf unter einem dichten Feigenstrauch und machten sich auf die Suche nach einer Mitfahrgelegenheit. Paolo hatte noch ein paar Geldscheine in seinen Hosentaschen, für die sich die Wachen nicht interessiert hatten.

Die Gegend wirkte wie ausgestorben, weit und breit war niemand zu sehen.

Doch Hoffnung nahte – ein Bauer auf seinem Eselskarren tauchte am Horizont auf. Als das Gefährt auf ihrer Höhe war, stellte sich Paolo auf die Straße, winkte und bat den alten Mann, sie für ein paar Dollar in Richtung Stadt mitzunehmen.

Der Bauer nickte, zeigte lachend seinen zahnlosen Mund, steckte die Scheine ein und gab das Zeichen aufzusteigen.

Paolo erkundigte sich: Hatte der Bauer zufällig ein Telefon?

Ein Telefon? Nein. Wofür?

Langsam, aber sicher lief ihnen die Zeit davon.

Wo mochte Baumann jetzt sein? Noch im Hotel? Unterwegs zu einem weiteren Treffen mit der Hisbollah? Sie mussten in die Stadt, und das auf schnellstem Weg.

Nach einer holprigen Fahrt über staubige, verlassene Straßen erreichten sie endlich städtische Umgebung. Der Bauer hatte sie zu einem Marktplatz gefahren. Es herrschte reges Treiben, die Sonne war aufgegangen, die Stadt erwachte aus dem Schlaf.

Ein junger Mann, braun gebranntes Gesicht und Wollmütze auf dem Kopf, schob einen Handkarren über den Platz, die beliebten Taschenbrote mit dem seitlichen Loch kunstvoll auf der Auslage zu Säulen aufgeschichtet.

»Kaak! Kaak!« Seine helle Stimme übertönte die Rufe der

Männer und Frauen an den Ständen. Innerhalb von Minuten war der Wagen umringt, die frisch gebackenen Brote gingen weg wie die sprichwörtlichen warmen Semmeln.

Paolo kniff die Augen zusammen. »Hat der Junge da ein Mobiltelefon?«

»Dann sollten wir mal hin.«

Sie eilten über den Platz und drängten sich zwischen den Leuten hindurch. Paolo zog einen Fünf-Dollar-Schein aus der Tasche.

»Salam. Wie heißt du?«, fragte er auf Arabisch.

»Ahmed.«

»Ahmed. Hier sind fünf Dollar. Würdest du mir kurz dein Telefon leihen?«

Der Junge runzelte die Stirn. »Amerikaner?«

»Nein, nicht Amerikaner. Italiener!«

Das Gesicht des Jungen erhellte sich. »Francesco Totti«, lachte er und zeigte mit dem Daumen nach oben.

Paolo lachte ebenfalls und hob den Daumen. »Ja, Francesco Totti. Toller Spieler! Nun, was meinst du, dürfte ich dein Telefon, nur ganz kurz?«

Jemand streckte ein paar Münzen über den Wagen und bekam vier Kaak überreicht.

»Inzaghi!«, rief der Junge als Nächstes, als er mit der Bedienung fertig war.

Paolo lachte gequält. »Ja, ja, Pippo Inzaghi. Nur ein bisschen außer Form, der Gute …« Er deutete auf das Handy. »Dein Telefon. Es ist sehr wichtig.«

Der Junge nickte und lachte. »Gigi Buffon!«

Paolo verdrehte die Augen. »Dio Santo!« Er warf einen weiteren Fünf-Dollar-Schein auf den Wagen. Es war sein letzter. »Hier! Das sind zehn Dollar! Gibst du mir jetzt dein verdammtes Telefon?«

Der Kaak-Verkäufer schob das Gerät über die Auslage.

»Brasilien top!« Sein Lachen war noch breiter geworden.

Paolo hob kopfschüttelnd den Daumen. »Ja, ja. Schon okay … Zwei Minuten!«

Rafik musste neben dem Telefon gesessen haben. Er war sofort dran.

»Rafik, ich bin's.«

»Boss! Was ist passiert? Wo seid ihr?«

»Lange Geschichte. Später. Wo bist du?«

»Zu Hause.«

»Hör gut zu! David und ich sind am Haret-Hreik-Markt. Fahr ins Büro, nimm den Volvo und hol uns hier ab. Dann fahren wir zum Phoenicia. Und hoffen, dass wir Baumann noch antreffen.«

»Okay, Boss.«

»Wir brauchen ein neues Handy und drei Funkgeräte. Und den Erste-Hilfe-Koffer.«

»Verstanden. Ist wer verletzt?«

»Alles gut. Und beeil dich!«

Sie setzten sich neben den Kaak-Wagen auf die Bordsteinkante und warteten.

»Wie lange braucht Rafik? Zwanzig Minuten?«, fragte Keller.

»So Gott will. Hoffen wir nicht länger.«

Keller überlegte. »Der Junge hier, du hast ihm zehn Dollar gegeben?«

»Ja.«

»Dann ist ja noch etwas Guthaben übrig.«

Keller stellte sich zum Kaak-Verkäufer, zeigte sein bestes Lächeln und deutete auf das Telefon.

»Könnte ich auch mal? Ganz kurz?«, fragte er auf Englisch.

Ahmed schob seine Wollmütze nach hinten und blickte misstrauisch.

»Telefon? Schon wieder?« Ein paar Brocken Englisch sprach er wohl.

»Genau. Nur ganz kurz.«

Ahmed zögerte. »Deutschland?«

»Beinahe. Schweiz.«

»Ah, Schweiz!« Ahmeds Miene erhellte sich. »Roger Federer! Wimbledon!«

Keller hob den Daumen. »Ja! Federer. Hat Wimbledon gewonnen. Ich weiß.«

Ahmed grinste. »Schweiz, Federer, Hingis – Tennis gut!« Dann schüttelte er betrübt den Kopf. »Fußball nicht gut.«

»Tja, leider.« Kellers Blick ging zum Telefon. »Also? Eine Minute?« Er bekam das Handy und wählte Pius Mosers Nummer. »Pius, ich bin's.«

»Hört, hört«, antwortete Moser mit gepresster Stimme.

»Ich muss mich kurzfassen …«

»Hast du den Verstand verloren, David?«, fuhr Moser wütend dazwischen.

»Ich wollte dich gestern anrufen. Kam dann leider etwas dazwischen«, antwortete Keller ruhig.

»Dumm gelaufen, oder was? Hast du auch nur die geringste Ahnung, was für ein Chaos du mit deiner verfluchten Aktion angestellt hast? Altmann ist auf hundertachtzig, die Amis auf zweihundert. Ich sag es nochmals, und das ist ein Befehl: Du brichst ab und kommst zurück!«

»Dass die Amis angepisst sind, haben auch wir mitbekommen. Ich wollte dich da nicht mit reinziehen. Tut mir leid, Pius.«

»Himmel, Arsch und … Was hast du dir bloß dabei gedacht?«

»Du kannst dich beruhigen. Ich bin schon fast am Flughafen. Hatte nie vor, länger zu bleiben. Hab sogar schon das Rückflugticket. Hat die CIA bezahlt.«

Keller konnte Pius förmlich aus dem Bett springen hören. Dem Geräusch nach zu urteilen war ihm das Telefon entglitten. »Wie war das noch mal?«

»Wir sind Julie über den Weg gelaufen. War ganz nett. Sie hatte eine Nachricht für uns, und zwei Tickets. Eines für mich, eines für meinen italienischen Kollegen.«

»*Deine* Julie?«

»Nein. Unsere Julie. Schon vergessen, wer sie in die Abteilung geholt hat? Nochmals: Ich komm nach Hause. Mit Baumann.«

»David …«

»'tschuldige, ich muss jetzt auflegen. Nur eins noch. Du wolltest wissen, was ich mir dabei gedacht habe? Ich mache einfach meinen verdammten Job, Pius. Ich bring Baumann zurück. Wir beide tun es, Pius. Dafür werden wir bezahlt. Für nichts anderes.«

22

Rafik saß am Steuer und prügelte den Volvo hupend durch den Beiruter Morgenverkehr. David hatte auf der Rückbank Platz genommen und versuchte, seine Wunde mit einem frischen Verband aus dem Erste-Hilfe-Kasten zu versorgen. In jeder Kurve, und davon gab es viele, wurde er von einer Ecke im Fond zur anderen geschleudert. Paolo hielt sich auf dem Beifahrersitz fest und sah nach hinten.

»Kommst du klar? Du solltest mal dein Gesicht sehen …«

Keller warf einen Blick in den Spiegel. Seine Augen waren dunkelrot unterlaufen, die Nase war angeschwollen. »Wieso? Sieht doch gut aus.«

Dann standen sie wieder. Die nächste Baustelle.

»Du glaubst also, sie haben Baumann gestern zu einem Büro der Hisbollah gefahren?«, wollte Paolo wissen. Rafik hatte berichtet, wie er ihren eigenen Wagen aus den Augen verloren und dann entschieden hatte, Mughniyyas Toyota mit Baumann an Bord zu folgen.

»Mughniyya war dabei und andere, die ich nicht beim Namen kenne. Nach zwei Stunden brachten sie Baumann zurück ins Hotel. Ich hab beim Hotel gewartet. Da war alles ruhig. Um Mitternacht bin ich nach Hause.«

»Alles richtig gemacht, Rafik.« Paolo blickte auf die Uhr. »Halb Acht. Ich wette, da ist noch keiner von denen auf den Beinen.«

Fünfzehn Minuten später bog der Volvo in die Seitenstraße zum Hotel ein.

»Köpfe runter!«, rief Rafik unvermittelt und ließ den Wagen langsam an der Hotelauffahrt vorbeirollen.

»Habt ihr das gesehen?« Rafik hatte den Wagen in eine Seitenstraße gelenkt. »Das sind Leute von Mughniyya. Die gleichen wie gestern, beim Büro.«

»Wette verloren. Die wollen keine Zeit verlieren«, frotzelte Keller.

»Wo steht dein Motorrad, Rafik?«

»In der Botschaft, Boss.«

»Mist …« Paolo drehte sich zu Keller um. »Wir müssen uns entscheiden: hinterherfahren? Oder warten?«

»Verdammt … Was bringt es uns, wenn wir ihnen folgen? Wir wollen Baumann. Haben wir denn wenigstens eine Kamera?«

Rafik deutete auf eine Tasche im Fußraum. »Die kommt immer mit. 500-Millimeter-Zoom.«

»Na schön. Dann ist die Frage, wo fahren die hin? Könnte riskant werden, stimmts?«

Rafik wog den Kopf. »Wenn's die gleiche Adresse ist wie gestern? Möglich. Aber egal wo, das ist alles Hisbollah-Gebiet.«

Paolo sah aus dem Fenster. »Hier sind wir blind. Wir müssen auf die Straße zurück.«

Die Zeit reichte nicht einmal mehr, einen neuen Parkplatz zu suchen: Kaum waren sie wieder um die Ecke gebogen, fädelte ein schwarzer Offroader vor ihnen in den Verkehr ein.

Rafik deutete durch die Frontscheibe. »Da! Seht ihr den Toyota? Das ist Mughniyya.«

Keller fluchte. »Scheiße … ist Baumann dabei?«

»Nimm die Kamera!«, rief Paolo.

Keller riss den Apparat aus der Tasche und zoomte auf das Heck des Toyotas. Es war das erste Mal seit der gescheiterten Überführung nach Bern, dass er Baumann aus der Nähe sah. Damals wirkte der Ex-Banker körperlich mitgenommen, aufgequollen und fahrig. Doch der Mann, den Keller nun durch die Zoom-Optik in Augenschein nahm, war schlanker im Gesicht und glatt rasiert. Er wirkte ruhig. Wieder im Geschäft zu sein schien auf den Geldwäscher eine belebende Wirkung zu haben.

Keller justierte das Teleobjektiv nach. »Yep. Baumann ist dabei.«

»Wer noch?«

Keller reichte die Kamera nach vorne. »Ich kenn die Typen nicht.« Sein Blick ging über die Fahrzeuge in der Straße. »Aber ich wette, die sind nicht alleine gekommen.«

Die Ampel an der Kreuzung hatte auf Grün gewechselt. Ein Betonmischer schob sich hupend neben ihr Fahrzeug und blies schwarze Wolken in den blauen Himmel. Zwei Motorräder quetschten sich im letzten Moment am Lkw vorbei.

David zuckte zusammen. »Paolo, runter!«

»Was ist?«

»Der SUV!«

Beide duckten sich in ihre Sitze und spähten vorsichtig über die Fensterkante.

»Oh!« Paolo pfiff durch die Zähne. »Ich verstehe.«

Ein schwarz lackierter SUV tauchte hinter dem Lkw auf und zog langsam an ihnen vorbei. Für eine Sekunde war Julies Gesicht im Seitenfenster zu sehen. Ihre Aufmerksamkeit galt dem Verkehr vor ihr.

»Baumanns Kettenhunde«, brummte Keller. »Sagte ich doch. Wir sind nicht alleine.«

In sicherem Abstand folgten sie Julies Toyota durch den dichten Stadtverkehr.

Rafik war ein geschickter Fahrer, und obwohl sich Keller selbst durchaus sehr gute Fähigkeiten als Fahrer zugestand, der bereits Verkehrshöllen wie Rom und Neapel unfallfrei überstanden hatte, beruhigte ihn der sichere Fahrstil des jungen Mannes. Hier konnte jederzeit ein Eselskarren scheinbar aus dem Nichts auftauchen – oder man wurde schlicht aufs Brutalste geschnitten.

»Wir fahren wieder in die Dahiyeh rein, wie gestern«, kündigte Rafik an.

Paolo lachte trocken.

»Was ist so witzig?«, wollte Keller wissen.

»Haret Hreik ist Teil der Dahiyeh, was ›südlicher Vorort‹ bedeutet. Da hätten wir gleich auf dem Markt bleiben können«, meinte Paolo säuerlich.

»Wir konnten ja nicht ahnen, wo's hingeht. Besser Baumann hinterherfahren, als dass wir irgendwo auf ihn warten, wo er nicht auftaucht.« David linste wieder durch die Kamera.

Der Toyota schälte sich weiter vorn aus dem Verkehr und bog nach rechts in eine schmale Seitenstraße ab; der schwarze SUV fuhr geradeaus weiter.

»Sie biegen ab. Bleiben wir an Baumann dran!«

Keller drehte den Kopf nach hinten, als sie dem Toyota in die Seitenstraße folgten, und versuchte zu erhaschen, wohin der SUV fuhr. Im letzten Moment sah er ihn einen Block weiter rechts abbiegen.

Julie und ihre Mannschaft würden also nicht weit weg sein. Damit hatte er gerechnet.

Mughniyyas Toyota stoppte, zwei Mann stiegen aus dem Fahrzeug und öffneten ein Zufahrtstor.

David reichte Rafik die Kamera. »Das gleiche Gebäude wie gestern?«

»Ähm … nein. Aber wir sind ganz in der Nähe.«

Keller äugte aus dem Fenster und sah sich die Umgebung an. Niedrige zweistöckige Häuser, kaum Verkehr in den Straßen und misstrauische Blicke von Fußgängern. »Und wie zum Teufel sollen wir hier ein Versteck mit Sicht auf das Gebäude finden? Dann lasst euch mal schnell was einfallen.«

***

Julie warf ihre Weste über den Stuhl, nahm einen Schluck aus der Wasserflasche und starrte über die Schulter des Operators. Auf dem Computerbildschirm vor ihnen flimmerten Luftaufnahmen in Schwarz-Weiß. Der Raum war abgedunkelt.

»Wie siehts aus?«

»URAV in Position, Ma'am. Unser Mann und die Zielperson haben das Gebäude betreten.«

»Okay. Back-up-Team?«

»In Position. Hawk eins auf dem Dach. Hawk zwei auf der Straße.«

Julie griff zum Funkgerät. »Hawk eins. Wie ist Ihre Sicht?«

»Sicht zum Hof okay.«

»Hawk zwei? Kommen!«

»Keine Sicht auf Tor. Wiederhole: Keine Sicht auf Tor.«

»Was ist das Problem, Hawk zwei?«

»Keine Deckung, Ma'am.«

»Fuck.« Julie überlegte. »Hawk zwei. Rückzug ins Fahrzeug.«

»Verstanden.«

Lautlos kreiste die Drohne hoch über dem südlichen Stadtteil Beiruts und lieferte gestochen scharfe Aufnahmen. Nur hin und wieder ruckelte das Bild, fing sich aber gleich wieder.

Der Kamerazoom war fest auf den Innenhof des von einer Mauer umgebenen Grundstücks gerichtet. Der Toyota stand noch immer an seinem Platz. Von Zeit zu Zeit sah man eine Person den Vorplatz überqueren, oder einen Hund auf der Suche nach einem schattigen Plätzchen. Weitere Aktivitäten waren keine zu sehen.

Julie blickte gähnend auf die Uhr. »Wie lange sind sie jetzt schon drin?«

»Zweiundvierzig Minuten, Ma'am.«

»Mir fallen gleich die Augen zu. Ich seh mal bei Hawk eins nach.« Julie stand bereits in der Türe, als der Operator die Hand hob.

»Augenblick, Ma'am! Ein Anruf.« Julie ging zum Tisch und schnappte sich das Handy.

»Mahmoud? Fass dich kurz.« Abrupt blieb sie stehen.

»Sag das noch mal ... Wie zum Teufel? ... Nein, verdammt noch mal! Hol deine Leute ... Ist mir scheißegal, wie! Mach es einfach!« Julie trat entnervt gegen den Klappstuhl. Scheppernd flog er in die Ecke.

Der Operator zuckte erschrocken zusammen.

»Ma'am? Gibts ein Problem?«

»Nein ... Ja, und ob es ein Problem gibt! Keller und der Italiener sind weg!« Sie war kurz versucht, das Handy dem Klappstuhl hinterherzuschicken. Nur mühsam konnte sie den nächsten Ausbruch unterdrücken, zwang die Wut in eine Ecke ihres Geistes, um Platz für rationales Kalkül zu machen. Nur: Der konsternierte Blick des Operators half ihr dabei am allerwenigsten.

In einem anderen Leben als diesem hätte sie sich verneigt vor David. Wegen seiner Entschlossenheit, und auch seinem gelegentlichen Starrsinn. Jetzt aber hatten sie das Potenzial, eine der wichtigsten Geheimdienstoperationen der letzten Jahre zunichtezumachen. Es lag an ihr, dass es nicht so weit kam. Es war schlicht keine Option.

Eines war Julie schnell klar geworden – schließlich hatte sie es live miterlebt, damals in Bern: Dass David überhaupt in Beirut unterwegs war und in Begleitung, lag an den Italienern. Seinen besten Schachzug hatte David schon früh gemacht. Der Stratege in David hatte genau gewusst, was zu tun war: Eine Kooperation mit der DIA Palermo – sie hatte ihn direkt zu Baumann nach Caprino geführt.

Und jetzt nach Beirut.

Nun deutete alles darauf hin, dass die Italiener neue Informationen hatten. Bloß welche? War ihnen bekannt, wo das Treffen stattfand, und warum? Sie wollte nicht daran glauben. Aber die Ungewissheit trieb sie an den Rand des Wahnsinns.

Sie starrte den Drohnenpiloten an, während es fieberhaft in ihr arbeitete.

»Was jetzt, Ma'am?«

Julie hielt noch immer das Telefon umklammert, bis ihre Fingerknöchel weiß hervortraten. Sie öffnete den Mund, aber er blieb stumm.

»Ma'am … Wir brauchen eine Entscheidung.«

Der Blick der CIA-Agentin ging suchend im Raum umher, als ob die grauen, bröckelnden Wände eine Antwort liefern könnten.

»Ma'am!«

Julie holte einmal tief Luft. »Wir machen weiter nach Plan.«

***

Baumann fröstelte. Es war eiskalt in dem Raum. Die Klimaanlage lief auf vollen Touren, und das, obwohl es draußen angenehme zweiundzwanzig Grad hatte. Vermutlich dachten seine Gastgeber, dass er sich dabei genauso wohlfühlte wie sie selbst. So aber war er froh um den heißen Tee mit Minze, der vor ihm auf dem kleinen Mahagonitisch stand, um den herum gruppiert sie sich zu dritt in großen, bequemen Polstersesseln gegenübersaßen. An der Tür standen zwei Männer in dunkler Kleidung ohne sichtbare Bewaffnung. Die bewaffnete Begleitung, wusste Baumann, saß im Vorraum.

»Wie hat Ihnen das Zuckerfest gefallen, Mr. Howard?«

Hashim Safi Al-Din blickte ihn freundlich an. Er hatte Baumann in gepflegtem Englisch mit dessen britischem Alias angesprochen. Al-Din, gekleidet in das dunkle Gewand eines schiitischen Geistlichen, war noch keine vierzig, aber bereits die Nummer zwei in der Hisbollah, direkt hinter deren tief verehrtem Führer Hassan Nasrallah.

Baumann war sich absolut sicher, dass die beiden Männer vor ihm genau wussten, wie er wirklich hieß. »Vielen Dank, Eminenz, es war eine wundervolle Erfahrung. Keine ganz kalorienarme, allerdings.«

Imad Mughniyya, der in einfachem Hemd und Jackett neben dem Geistlichen wie ein Ingenieur wirkte, hatte ihn am Vortag zum traditionellen Fastenbrechen in sein Viertel mitgenommen. Die Unmengen an Baklava und anderen Süßspeisen lagen Baumann noch im Magen.

Al-Din lachte herzlich. »Wir Araber sind ein naschhaftes Volk, wir lieben das Süße, Mr. Howard. Eine unserer Schwächen.«

Mughniyya neben ihm lächelte milde. Der Blick der dunklen Augen war schwer zu lesen hinter den leicht getönten Brillengläsern des Geheimdienstchefs. »Es ist eine Stärke, seine Schwächen zu kennen. Eine wichtige Tugend, wenn man neue Allianzen schmiedet.«

Dem konnte Baumann nur zustimmen. Hätte er diese Weisheit stets beherzigt, wäre ihm seine Zwangsehe mit den amerikanischen Nachrichtendiensten erspart geblieben.

»Sie haben Erfahrung mit Geschäften der Art, wie wir sie mit unseren mittelamerikanischen Partnern abwickeln«, fuhr Mughniyya fort.

Baumann nickte leicht und breitete vielsagend die Hände aus. Näher darauf eingehen würde er auf keinen Fall, auch wenn ihm die Geschäfte der Hisbollah in Mittelamerika durchaus bekannt waren.

Der Finanzbedarf der Hisbollah war enorm, die finanzielle Unterstützung durch ihre schiitischen Glaubensbrüder in Teheran allerdings keineswegs gesichert; daher war die Hisbollah vor geraumer Zeit eine Partnerschaft mit den Drogenkartellen eingegangen. Seither verdiente sie prächtig am Transport von Drogen und Schmuggelware über den Atlantik und innerhalb Europas. Ebenso wenig wählerisch war die Terrorgruppe in der Wahl ihres Finanzierungsmodells.

»Tatsächlich kam Ihre Empfehlung aus Liechtenstein.

Sie sollen seinerzeit eine Art Wunder bei Problemen einer italienischen Bank mit ähnlichem Bedarf bewirkt haben«, zollte Mughniyya ihm Anerkennung. »Ein Mann mit Ihren Qualifikationen kann uns in der Tat sehr behilflich sein.«

»Dafür bin ich hier, meine Herren«, erwiderte Baumann beflissen und nippte an seinem heißen Tee. »Meine Partner und ich haben gute Kontakte zur Lebanese Canadian Bank hier vor Ort. Ich bin sicher …«

»Die LCB ist mit unserem Südamerikageschäft betraut«, unterbrach ihn Mughniyya. »Wir möchten Ihre Dienste in Anspruch nehmen, um für einen … anderen Bereich unserer Interessen einen verlässlichen Transaktionskanal zu öffnen.«

Baumann blickte fragend zu Al-Din.

»Die Welt ist in Aufruhr, Mr. Howard«, hob der Geistliche an. »Amerika ist ein verwundeter Riese, der um sich schlägt. Dass dabei unser alter Feind Saddam gestürzt wurde, ist im Moment ein Vorteil für unsere iranischen Brüder. Allerdings stellt die ständige Präsenz der Amerikaner im Irak eine Bedrohung für den Versuch des iranischen Volkes dar, die friedliche Nutzung der Kernenergie voranzutreiben. Wir fürchten, dass Sanktionen diesen redlichen Versuch bald zunichtemachen könnten. Wir spüren die Pflicht, unseren Brüdern zu helfen.« Er blickte Baumann vielsagend an.

»Ein sicherer Weg, auch weiterhin die notwendige technische Ausrüstung und das Material zu erwerben, ist eine Hilfe, die uns viel wert wäre, Mr. Howard«, ergänzte Mughniyya.

Bingo. Baumann lächelte jetzt. »Ich verstehe. Ich denke, ich kann Ihnen behilflich sein.«

***

Sie waren an dem parkenden Toyota vorbeigefahren und warteten in etwa fünfzig Meter Abstand am Straßenrand. Paolo auf dem Beifahrersitz schob einen weiteren Kaugummistreifen in den Mund, Keller auf der Rückbank zog ungeduldig an seiner Zigarette. Rafik hatte das Auto verlassen, um einen geeigneten Beobachtungsposten zu suchen. Angespannt sahen sie zum Hintereingang, aber von Rafik war noch nichts zu sehen.

»Wenn er noch lange braucht, ist Baumann weg«, raunte Keller.

»Das ist Hisbollah-Gebiet. Wir können nicht einfach in irgendein Haus spazieren. Lass ihn machen ... Da ist er doch!«

Rafik stand im Türrahmen eines ebenerdigen Hauseingangs und hob diskret die Hand. David und Paolo stiegen aus und eilten über die Straße. Rafik schob sie hastig in einen kleinen Hinterhof.

»Also: Da vorne verläuft die Straße, gegenüber liegt das Hisbollah-Haus. Diese Wohnung hier liegt zur Straße hin. Sie hat zwei Ausgänge, einen nach vorne und einen nach hinten, zu unserem Auto. Auf die Schnelle ist es das Beste, was ich finden konnte.«

Paolo klopfte Rafik auf die Schulter. »Passt schon. Die Bewohner sind Schiiten?«

»Wie alle hier. Aber keine Hisbollah-Fanatiker. Ich habe gesagt, wir sind Journalisten. Wegen der Kamera.«

Paolo schaute sich um. Wie alle Gebäude in der Straße war das Haus zweistöckig.

»Wie siehts oben aus? Ist doch ein Flachdach, oder?«

»Schon, ja. Aber wie willst du da hinauf? In den oberen Wohnungen ist keiner da. Oder sie wollen nicht aufmachen.«

Paolo blickte den Fassaden entlang nach oben. »Funkgerät hast du, David?«

»Habe ich, wieso?«

»Behalte den Knopf im Ohr, geh mit Rafik in die Wohnung und such dir einen guten Standort. Ich meld mich gleich.«

Paolo hängte sich das Teleobjektiv um den Hals und verschwand durch den Hinterausgang.

Keller schüttelte den Kopf.

»Wo will er hin?«, fragte Rafik verwirrt.

»Hat er nicht gesagt, aber ich nehme an aufs Dach.«

Rafik führte ihn in die kleine, einfache Wohnung, wo sie auf ein altes Ehepaar trafen, das sie freundlich begrüßte. Keller war froh, dass er kein Arabisch sprach. So blieb es Rafiks Aufgabe zu erklären, was er hier tat, der Journalist ohne Fotoapparat und Schreibblock.

Der Mann führte sie in den Wohnraum und zeigte zum Holztisch in der Mitte des Zimmers. Durch das ebenerdige Fenster war das Tor zum Hisbollah-Haus zu erkennen. So weit, so gut, dachte Keller.

Die alte Frau ging in die Küche und kam mit einer Kanne Tee und Keksen zurück.

David nickte dankend und lächelte.

»Shukran.«

Das Paar nickte lächelnd zurück und sah David erwartungsvoll an.

»Rafik …« David hatte die Stimme leicht gesenkt. »Was hast du Ihnen erzählt, wieso wir hier sind?«

»Mit den Leuten im Quartier reden. Für einen Artikel in einer italienischen Zeitung.«

David schielte heimlich aus dem Fenster, während er den Mann des Hauses gequält anlächelte.

Draußen wirkte alles ruhig.

»Die denken also, wir trinken Tee und machen ein Interview? Was jetzt?«

»Ich weiß, ich weiß. Eine Sekunde.«

Rafik wechselte ein paar Worte mit ihren Gastgebern. Das Ehepaar antwortete verständnisvoll nickend.

»Was ist?«

»Komm mit.«

Rafik ging um die Ecke in den Flur und öffnete einen Spalt breit die Türe zur vorderen Straßenseite. Das Eingangstor zum Hisbollah-Quartier lag direkt vor ihnen.

»Ich habe gesagt, du hättest etwas im Auto vergessen. Ich geh wieder rein.«

Keller nickte erleichtert und schob den Knopf ins Ohr. »Check, check … Hörst du mich?«

»Klar und deutlich.«

»Bin jetzt vorne am Eingang. Was siehst du?«

»Mughniyyas Toyota, und ein paar von seinen Jungs. Ich glaub, es geht bald los.«

»Kamera bereit?«

»Schon in Stellung. Mit dem Ding kann ich sogar die Nasenhaare der Wachleute sehen, hehe.«

***

Julies Walkie-Talkie knackte.

»Hawk eins an Nest.«

Die CIA-Agentin sah vom Bildschirm auf. »Hawk eins?«

»Bewegung auf dem Hausdach auf neun Uhr. Eine Person. Entfernung sechzig Yard. Hat Gegenstand dabei. Möglicherweise eine Waffe.«

Julie sprang auf. »Meldung bestätigen, Hawk eins!«

»Eine Person auf Dach, eventuell bewaffnet.«

»Hat sie dich gesehen?«

»Denke nicht. Negativ.«

»Okay. Stand-by.«

Erschrocken blickte Julie auf die Livebilder des Hisbollah-Geländes.

»Zeigt mir die Hausdächer! Los!«

Hastig setzte der Operator sein Headset auf und gab ein paar knappe Anweisungen. Langsam schwenkte die Kamera auf ihre Straßenseite.

Augenblicke später tauchte im Suchfeld der Drohne eine Gestalt auf, nahezu unbeweglich, auf dem Bauch liegend, drei Hausdächer neben Hawk eins, ihrem eigenen Standort.

»Näher ran. Ich will wissen, ob er eine Waffe hat.«

Das Zoom ging dichter. Keine Frage, die Person hielt einen länglichen Gegenstand in der Hand. Aber was war es?

Julie sah angestrengt auf den Bildschirm. Die Bildpixel flimmerten vor ihren Augen und ließen die schattenhafte Gestalt im Ungefähren. Es könnte eine Waffe sein. Oder auch nicht.

»Ein Gewehr?«

»Schwer zu sagen. Mehr Auflösung geht nicht, Ma'am.«

»Fuck ...«

So kamen sie nicht weiter. Allein die Anwesenheit und die Position der Person waren jedoch Grund genug, etwas zu unternehmen.

Julie nahm das Funkgerät. »Hawk eins. Wir sind uns nicht sicher. Aber wir können nichts riskieren. Welche Optionen sehen Sie?«

»Ähm.« Es folgte eine kurze Pause. »Ich sehe nur eine: neutralisieren.«

Julie überlegte. »Schaffen Sie das?«

»Haben wir eine Wahl?«

»Dann los, Hawk eins.«

***

Keller stand im Dunkel des Flurs, die Türe eine Handbreit geöffnet. Hin und wieder fuhr ein Auto über die staubige Straße oder ein Bauer mit Eselskarren. Am Tor tat sich immer noch nichts.

Dann plötzlich ein Schatten hinter ihm. Erschrocken fuhr er herum.

»Eine Tasse Tee für dich.« Es war Rafik. »Sie haben darauf bestanden.«

»Himmel, hast du mich erschreckt! Danke.«

»Die beiden wünschen uns viel Glück. Wir sollen auf uns aufpassen.«

»Hä?« Keller blickte ihn verwirrt an.

»Ich hab nichts gesagt, David. Aber sie haben verstanden. Sie leben hier seit vierzig Jahren. Jetzt haben sie das Haus erst mal verlassen.«

Keller nippte an dem starken, heißen Tee, der mit frischer Minze gewürzt war. Die schlichte Geste der Bewohner und ihr stilles Verständnis waren berührend. Diese Menschen hatten in den vierzig Jahren Gott weiß wie viel erlebt und durchgemacht. Sie wussten genau, was vor sich ging, und taten einfach das, was ihnen Glaube und Sitte geboten. Ein Überlebensrezept, dem sie mit stiller Würde vertrauten.

Rafik stellte sich neben Keller und stöpselte das Walkie-Talkie ein.

Danach dauerte es kaum mehr eine Minute.

»Sie kommen«, flüsterte Paolo in den Funk.

»Verstanden«, raunte Keller. »Schieß jetzt diese verdammten Bilder. Dann verschwinden wir.«

David und Rafik standen nun dicht an der Türöffnung und schauten gebannt auf die andere Straßenseite.

Langsam schwang ein Flügel auf. Ein junger Libanese in Kampfweste und mit lässig geschulterter Maschinenpistole trat auf die Straße. Aufmerksam sah er sich um und gab die Ausfahrt frei.

»Na also«, sprach Paolo leise in den Funk. »Da haben wir sie … Mughniyya … Baumann … und ohh … *che bello*! Safi Al-Din.«

Keller sah fragend zu Rafik. »Safi Al-Din?«

»Hashim Safi Al-Din. Finanzchef der Hisbollah. Ebenso ihr Botschafter für den Iran.«

Keller drückte die Sprechtaste. »Yippijahey!«, flüsterte er. »Das reicht. Wir haben, was wir brauchen. Packen wir zusammen.«

Julies Anspannung stieg, Nägel kauend stand sie im Rücken des Operators, den Blick auf den Monitor geheftet. Baumann und die Hisbollah und ein möglicher Angreifer auf dem Hausdach gegenüber. Eine Drohne, zwei Ziele – das war so nicht geplant.

Die Bilder schienen eindeutig: Das Treffen war zu Ende. Im ummauerten Innenhof des Hisbollah-Unterschlupfs standen kleine dunkle Punkte zusammen. Baumanns Abfahrt war nur noch eine Frage von Minuten.

Aber war Baumann in Sicherheit, saß er bereits im Fahrzeug? Und wer war alles dabei? Nichts davon konnte sie mit Bestimmtheit sagen.

Julies Aufmerksamkeit galt jetzt nur noch dem dunklen Schatten, der sich geschmeidig über die Hausdächer vorwärtsbewegte.

Hawk eins hatte das letzte Gebäude erreicht. Das Ziel lag noch immer in Position. Julies Mann verharrte für einen Moment, dann setzte er vorsichtig einen Fuß vor den anderen.

Zehn Yard.

Fünf Yard.

Ein Yard.

Die Punkte verschmolzen.

Ein Schuss peitschte über die Dächer.

Julie fuhr erschrocken herum. »Was zum Teufel war das?«

»Ich glaube, ein Schuss, Ma'am. Von da drüben.« Der Operator deutete in Richtung Hawk eins.

Fassungslos sah Julie auf die zwei regungslosen Punkte. Die Drohne zog weiter ihre Kreise und lieferte Bilder, die Julie nicht wahrhaben wollte.

***

Baumann hatte sich von Mughniyya und Safi Al-Din angemessen höflich verabschiedet. Wie stolze Eltern warteten die beiden Hisbollah-Führer nun auf die Abreise ihres so wichtigen Gastes.

Auf dem Weg zum Fahrzeug hatten sich die Terrorfürsten nochmals für das erfolgreiche Treffen bedankt, zufrieden lächelnd, dass man sich einig geworden war. Dann hatten die Gastgeber Baumann die Hände geschüttelt und eine gute Heimreise gewünscht.

Jetzt wartete man nur noch auf das Zeichen der Sicherheitsleute beim Tor, dass die Fahrt beginnen konnte. Baumann stand neben der geöffneten Hecktüre des Toyota, als der Schuss fiel.

***

Erneut presste Keller die Sprechtaste.

»Paolo? Hörst du mich? Wir gehen!«

Keine Antwort.

Keller gab Rafik einen Schubs. »Geh in den Hof, schau nach, wo er bleibt.«

Eine dicke Staubwolke hinter sich herziehend, näherte sich von rechts ein Lastwagen beladen mit Bauschutt. Der Sicherheitsmann am Tor trat einen Schritt zur Seite, zog ein Halstuch über Mund und Nase und gab Mughniyyas Fahrer ein Handzeichen. Wartet noch!

Röhrend zog der Lastwagen vorbei, die Wolke war so dicht, dass Keller die Türe ins Schloss pressen musste. Trotzdem drang Staub durch die Ritzen des dünnen Holzbretts. Vermutlich nichts Neues für die Hausbewohner.

In diesem Augenblick hörte er den Knall.

Keller zuckte zusammen und spähte vorsichtig nach draußen. Der Laster vielleicht, ein geplatzter Reifen? Aber er wusste auch, wie Pistolenschüsse klangen. Und verflucht noch mal, das hier war einer gewesen!

Die Wolke legte sich nur langsam, und das Einzige, was Keller wahrnahm, waren laute Rufe aus dem Innenhof gegenüber. Schemenhaft sah er, wie der Sicherheitsmann seine MP in den Anschlag genommen hatte und panisch um sich blickte.

Wo zum Teufel war Paolo?

»Verdammt, Rafik! Wo seid ihr?«, bellte Keller ins Walkie-Talkie.

Die Rufe im Innenhof wurden hektischer, eine Gewehrsalve ratterte. Keller duckte sich weg, die Schüsse schienen aber einem anderen Ziel zu gelten. Auf dem Boden kauernd schielte er nach draußen.

Dann ging alles rasend schnell.

Ein Mann stürmte durch das Tor auf die Straße. Gleichzeitig näherten sich dröhnend zwei weitere Baulaster. Der Mann blieb in der Straßenmitte stehen, hilflos, und unschlüssig in welche Richtung er sich retten sollte.

Ein zweiter Schuss fiel. Der Mann stolperte, stürzte vornüber und blieb auf der Fahrbahn liegen. Der vordere Laster stieß verzweifelte Hupzeichen aus und zog scharf nach rechts.

Donnernd raste er an der rechten Straßenbegrenzung entlang, rammte einen Betonsockel, kippte seitlich über und krachte mit ohrenbetäubendem Lärm gegen die Toreinfahrt des Hisbollah-Hauses.

Der nachfolgende Lkw raste auf Kellers Unterschlupf zu, rauschte haarscharf an dem auf der Fahrbahn liegenden Körper vorbei, walzte einen Pulk geparkter Motorräder platt und kam bei der nächsten Querstraße zum Stehen.

Für einen Moment sah David wie gelähmt auf das Tohuwabohu aus verunfallten Lastern, eingestürzten Mauern und zerstörten Motorrädern. Eine Wolke aus Staub und Qualm hüllte die Szene ein.

Keller hatte zumindest etwas begriffen.

Die Person, die auf der Straße lag und sich nicht mehr rührte, war Walter Baumann.

Später konnte er sich nicht mehr daran erinnern, was er in dem Moment gedacht hatte. Oder ob er sich überhaupt etwas dabei gedacht hatte. Und wie er da herausgekommen war, lebend und unversehrt.

Im Zickzack rannte David los, Projektile sausten pfeifend durch die Luft. Er warf sich neben Baumann, packte ihn an den Armen und zerrte dessen schlaffen Körper von der Straße und in den Hauseingang.

***

»Oh. My. God.«

Die CIA-Agentin und der Operator blickten fassungslos auf den Abgrund, der sich vor ihren Augen auftat. Ihre Operation hatte sich soeben in einen riesigen, rauchenden Trümmerhaufen verwandelt.

»Was für eine verdammte, verfickte Scheiße!« Julie wollte es herausschreien, brachte aber nur ein entsetztes Flüstern zustande. Und es erfasste sie das bedrückende Gefühl, dass es noch nicht das Ende der schlechten Nachrichten war.

»Nest, hier Hawk zwei.«

»Hawk zwei. Melden Sie sich. Wo stehen Sie?«

»Habt ihr das gesehen? Heilige Scheiße!«

»Haben wir. Wo stehen Sie?«

»Im Fahrzeug. Ecke zur Hauptstraße. Fünfzig Yard entfernt.«

»Wer rannte da aus dem Hisbollah-Haus? Und wer hat ihn von der Straße gezogen? Konnten Sie das sehen?«

»Baumann. Er ist geflohen. Die Hisbollah hat auf ihn geschossen. Keller hat ihn von der Straße gezogen. Keller! Ich dachte, ich spinne!«

Julie hieb mit der Faust auf den Tisch. »Ich wusste es! Hawk zwei, bereithalten. Ich komme runter.«

»Verstanden.«

Julie hielt kurz inne. »Noch etwas: Wir wissen nicht, was mit Hawk eins ist. Keine Antwort.«

Wenn sie die Drohnenaufnahmen richtig gedeutet hatte, war die Zielperson dabei, das Dach zu verlassen. Und Hawk eins lag immer noch an Ort und Stelle, ohne Lebenszeichen.

***

Baumann öffnete langsam die Augen. Es dauerte einen Moment, dann erfasste ihn Unglauben.

»Keller …? Was … Wie kommen Sie hierher?«

»Betrachten Sie es als gute Nachricht, Baumann. Die andere ist, dass Sie noch leben.«

Baumann wollte etwas erwidern, mehr als ein Stöhnen aber brachte er nicht zustande. Sein linkes Bein war dunkelrot durchtränkt, Blut rann auf den Steinboden.

Keller schaute durch seinen Türspalt. Menschen waren herbeigeeilt und rannten Hilfe suchend umher. Hisbollah-Sicherheitspersonal stand in kleinen Gruppen zusammen, zeigte aufgeregt mal in diese, mal in jene Richtung.

»Die schlechte Nachricht, mein lieber Baumann, ist: Die sind ziemlich sauer auf Sie. Wir müssen weg von hier. Los! Können Sie aufstehen?«

Baumann versuchte, sich vom Boden hochzustemmen, aber die Schmerzen waren offenbar zu groß.

»Okay. Warten Sie hier. Ich bin gleich zurück.«

Keller eilte durch den Flur in den Innenhof. Paolo und Rafik kamen um die Ecke gerannt, wobei, bei Paolo war es mehr ein Humpeln denn ein Rennen.

Keller war erleichtert. »Himmel, wieso hat das so lange gedauert. Was ist da oben passiert?«

Paolo wirkte sichtlich mitgenommen. »Erst mal weg von hier. Du bist okay?«

»Ja, alles gut. Ich hab Baumann.«

»Bitte WAS? Machst du Witze?«

»Nicht der Moment für Scherze. Er liegt drüben im Flur. Wir müssen ihn zum Auto bringen. Er hat eine Kugel abbekommen.«

»Wie hast du …«

»Helft ihr mir jetzt mit Baumann«, unterbrach er Paolo, »oder sollen sie uns ebenfalls abknallen wie die Karnickel?!«

Zu dritt trugen sie den nunmehr halb bewusstlosen Baumann über den Hinterhof. Rafik zog die Hintertür auf und spähte über die Straße. Von dem Chaos auf der Vorderseite war hier nichts zu spüren.

Rafik winkte. »Los, los!«

Hastig schleppten sie Baumann die letzten Meter zum Wagen und legten ihn auf die Rückbank des Volvos.

»Wohin?«, wollte Rafik wissen, der sich wieder ans Steuer gesetzt hatte.

»Italienische Botschaft!«, rief Paolo. »Der direkte Weg ist zu gefährlich. Nimm die El Khomayni und dann auf die Chiayah.«

»Den weiten Umweg?«

»Mach einfach. Wir haben ihnen ihre Beute weggeschnappt. Auf den breiten Straßen sind wir sicherer.«

Keller saß im Fond, der bewusstlose Baumann an ihn gelehnt. Dessen Hosenbein schimmerte schwarz von all dem aufgesogenen Blut. Keller schnallte seinen Gürtel ab, schlang ihn um Baumanns Bein und zog die improvisierte Aderpresse zu. Falls die Oberschenkelarterie verletzt war, konnte er ihnen verbluten.

Nun zählte jede Minute.

***

Julie war die Treppen hinunter auf die Straße gerannt und zu Hawk zwei ins Fahrzeug gestiegen, in ihrem linken Ohr ein knopfgroßes Funkset. So fuhren sie langsam durch die Straßen, in der Hoffnung, irgendwo Baumann und seine Retter zu entdecken.

»Hawk zwei?«

»Sprechen Sie, Operator.«

»Ich glaube, wir haben das Fahrzeug. Modell Volvo Kombi, weiß. Fahrtrichtung Norden. Ich führe Sie hin.«

»Dann los!«

***

Sie hatten die Nebenstraßen hinter sich gelassen und waren auf die El Khomayni eingebogen. Rafik drückte das Gaspedal bis zum Anschlag durch und hetzte den Wagen auf der Überholspur Richtung Stadtzentrum.

Baumann war zu sich gekommen, allerdings hatte Keller seine Zweifel, ob dieser schon bei vollem Bewusstsein war. Doch Baumann schien noch genug Energie zu haben, sich um seine Zukunft Gedanken zu machen. Zumindest die unmittelbare.

»Wo bringen Sie mich hin?«, flüsterte er, wieder gegen Kellers Schulter kippend.

»Zur italienischen Botschaft. Eine Ambulanz ist auf dem Weg dahin.«

»Danke.«

»Gern geschehen. Und nur, dass wir uns verstehen: Das ist das letzte Mal. Noch einmal rette ich Ihren verfluchten Arsch nicht.«

»Schon okay.«

»Wir beide bleiben jetzt für ein paar Tage zusammen.

Und das so lange, bis wir Schweizer Boden unter den Füßen haben.«

***

Angespannt beobachtete Julie den Verkehr vor ihnen. Noch konnte sie keinen Volvo ausmachen.

»Operator? Entfernung?«

»Eine Meile, Hawk zwei. Ihr kommt langsam näher.«

Julie überlegte für einen Moment. »Wo liegt die Schweizer Botschaft?«

»Sekunde … zweieinhalb Meilen weiter nördlich in eurer Fahrtrichtung.«

»Dann wollen sie dahin.«

»Möglich.«

»Egal. Wir müssen sie vorher abfangen.«

Mit Höchstgeschwindigkeit bretterte das CIA-Fahrzeug über die Schnellstraße. Der Verkehr wurde dichter, Hawk zwei musste vom Gas. Der Operator meldete sich.

»Entfernung noch dreihundert Yard. Zielfahrzeug wird langsamer … biegt jetzt rechts ab, fährt auf die Chiayah Road auf.«

»Nach rechts? Wieso? Eine Straßensperre?«

»Nein, der Verkehr fließt normal.«

Hawk zwei quetschte sich in die rechte Abbiegespur, kurz darauf blieben auch sie im Verkehr stecken. Nur zäh bewegte sich die Kolonne vorwärts.

»Da sind sie!«, rief Julie. Zwischen ihnen und dem weißen Volvo Kombi waren vielleicht noch zehn weitere Fahrzeuge.

»Operator. Schauen sie nach, was in der Gegend sein könnte.«

»Moment … das geht Richtung Baabda-Bezirk. Na ja, da liegt auch die italienische Botschaft.«

»Verstanden. Auch eine Möglichkeit. Sobald wir uns sicher sind welche, bringen Sie uns über eine andere Straße an die Botschaft ran. Wenn wir es richtig machen, sind wir vor ihnen da.«

»Verstanden.«

***

Rafik fuhr die engen Straßen hinauf ins gepflegte Diplomatenviertel Beiruts. Seit der letzten Konversation hatten sie nur noch das Nötigste gesprochen.

Baumann sowieso nicht. Benommen hockte er auf dem Rücksitz und versuchte, nicht auf den Boden zu fallen. Erst als das Fahrzeug hart um die letzten Kurven schlingerte, fand er wieder Worte.

»Keller … mein Gott, Sie bringen mich noch um.«

»Durchhalten, gleich haben wir es geschafft.«

Paolo hatte das Telefon bereits am Ohr.

»Security? Öffnet das Tor! Jetzt! Noch zwanzig Sekunden!«

Das Geschoss ließ das Heckfenster des Volvos in tausend Stücke zerbersten. Rafik, Paolo und Keller duckten sich erschrocken in die Sitze. Rafik versuchte, das Fahrzeug auf der Straße zu halten, aber er war zu schnell und kam ins Schlingern; die Kugeln mussten auch die Reifen getroffen haben.

Rafik drückte das Gaspedal durch, der Volvo schoss um die letzte Kurve. Das Zufahrtstor des Botschaftsgebäudes war nun in Sichtweite und stand bereits zur Hälfte offen.

»Rafik, rechts! Scheiße!«

Keller sah, wie der schwarze SUV auf sie zugeschossen kam. Rafik riss das Steuer herum, aber damit hatte er die Kontrolle über den Volvo vollends verloren. Der Wagen schleuderte um hundertachtzig Grad und krachte mit dem Heck voraus in die Fahrerseite des SUVs. Die verkeilten Wagen rutschten noch einige Meter weiter, bevor sie als qualmender Blechhaufen zum Stillstand kamen.

Für einen Moment herrschte völlige Stille.

Paolo, der zusammengekauert im vorderen Fußraum lag, flüsterte irgendwann: »Hisbollah.« Baumann hingegen war wie eine Puppe gegen Paolos Sitz geschleudert worden und dann stumm zusammengesackt.

Keller zog sich hinter Rafiks Sitz hoch und hob vorsichtig den Kopf. »Aus welcher Richtung?«

»Irgendwo hinter uns.«

Die nächsten Kugeln schlugen in die Karosserie ein.

»Raus hier! Hinter den Wagen!«, rief Paulo.

Rafiks Kopf lag auf dem zusammengefallenen Airbag. Paolo packte Rafiks Schulter.

»Alles okay? Los, raus hier!«

Rafik fasste sich benommen an den Kopf. »Geht schon. Verdammt, das war heftig …«

»Das wars. Aber wir leben noch. Jetzt haltet bloß eure Köpfe unten. Hinter uns sind Heckenschützen der Hisbollah. David, was ist mit Baumann?«

Hastig kletterte Keller über den halb im Fußraum liegenden Baumann, trat die hintere Seitentüre auf und versuchte, Baumann über den Schweller zu zerren.

»Ich schaff's alleine nicht …«

Paolo spähte vorsichtig in die Richtung, aus der die Schüsse gekommen waren. »Verdammt, ich kann sie nicht sehen, aber das Zufahrtstor steht offen. Irgendwie müssen wir es bis dahin schaffen.« Paolo zog eine Pistole aus dem Beinholster. »Ich versuche, sie abzulenken. Seid ihr bereit?«

»Du hattest eine Waffe dabei?« Keller sah baff auf die Pistole in Paolos Hand.

»Hatte so ein Gefühl heute Morgen …«

»Du meine Güte … Rafik! Hilf mir mit Baumann!«

Rafik packte Baumanns Füße, und zusammen zerrten sie den schweren Körper ins Freie.

Keller sah zu Paolo. »Bereit?«

Der Italiener kroch zum Heck des Volvo, brachte sich in Position und hob den Daumen.

David und Rafik fassten Baumann an Armen und Beinen.

»Okay. Los!«

In kurzem Abstand feuerte Paolo in Richtung der am Straßenrand geparkten Fahrzeuge, aus der er glaubte, dass die Schüsse kamen, ohne genau zu wissen, auf was er zielen sollte. Rafik und Keller sprangen auf, hetzten mit dem bewusstlosen Baumann über die gut zehn Meter freie Fläche vor dem Botschaftsgebäude und brachten sich hinter einem Betonpfeiler des Eingangstors in Sicherheit.

Anschließend kroch Paolo zum anderen Ende des Volvos, lud ein zweites Magazin nach und gab weitere Schüsse ab. Als keine Antwort kam, sprintete er los, feuerte im Umdrehen zwei weitere Schüsse ab, dann war sein Magazin leer. Noch einen langen Satz hinter den Pfeiler, wo er auf dem harten Betonboden neben Keller landete.

Erst jetzt erkannte Keller, in welches Fahrzeug sie gekracht waren.

»Der SUV, Paolo …«

»Hab's gesehen …«

***

Als Julie die Augen wieder öffnete, konnte sie die Wipfel der Pinienbäume sehen, die die Straßenkreuzung vor der Botschaft säumten, dahinter ein blauer, fast wolkenloser Himmel. Sie lag seitlich eingeklemmt zwischen dem Beifahrersitz und der Mittelkonsole, der massige Körper von Hawk zwei lag bewegungslos auf ihrer linken Schulter.

»Brian, verdammt, alles okay?« Hawk zwei – Brian – stöhnte benommen und versuchte, sich irgendwie von Julie hochzustemmen. Auch Julie ächzte, vor Erleichterung, dass Brian lebte, aber auch, weil seine mindestens einhundert Kilo Lebendgewicht auf ihr lagen. Sie konnte kaum noch atmen.

»*Jesus Christ* ... die haben uns voll erwischt!«

Der Volvo mit David hatte sie seitlich von links gerammt und ihren schweren SUV gegen die Bordsteinkante geschoben. Nun lag er umgekippt auf Julies Seite. Ihnen blieb nur der Ausstieg nach oben.

Aus der Seitenstraße, von der der Volvo auf sie zugeschossen gekommen war, ratterte eine Gewehrsalve. Die Kugeln trafen das Wrack des Volvos, das quer zu ihrem SUV stand.

»Verfluchte Hisbollah! Kannst du deine Seite öffnen?« Brian drückte mit aller Kraft gegen die Seitentüre, aber es war ein sinnloses Unterfangen. Die Fahrerseite war komplett eingedrückt.

Brian quetschte sich an Julie vorbei über die Rückenlehne. »Das hintere Fenster ist zerbrochen. Versuchen wir's da. Das Zufahrtstor in die Botschaft ist offen. Ein kurzer Sprint. Schaffst du das?«

Julie löste ihren Gurt, drehte sich auf den Bauch und holte einmal tief Luft.

»Versuchen wir's.«

Brian hatte bereits seine Pistole schussbereit. »Warte draußen auf mich. Ich habe noch ein ganzes Magazin, zwölf Schuss. Das sollte sie in Schach halten.«

***

Als die ersten Schüsse fielen, hatte sich das Sicherheitspersonal der Botschaft in den Schutz des Eingangsbereichs des Gebäudes zurückgezogen.

»Jemand verletzt?«, rief einer der Sicherheitsleute.

»Einer!«, schrie Paolo zurück, »aber jetzt schließt endlich dieses gottverdammte Tor!«

David sah fragend zu Paolo.

»Ich hab keine Munition mehr. Sie müssen sich selbst helfen. Tut mir leid.«

Quälend langsam setzte sich der Motor in Bewegung, Zentimeter für Zentimeter glitt das Tor über die Zufahrt. Dann peitschten unvermittelt rhythmische Pistolenschüsse durch die Stille, erwidert durch kurze Salven der MPs der Hisbollah. Geschosse schlugen in die Ummauerung ein. Keller warf sich auf Baumann, Paolo und Rafik duckten sich hinter eine der beiden seitlichen Säulen des Tores. Die Sekunden verstrichen, während das Gittertor ächzend vorwärtsruckelte. Dann, als das Tor noch eine Armlänge offen stand, stürzten plötzlich zwei Gestalten auf den Innenhof. Eine der beiden war Julie.

Sie hatte die Arme vor dem Bauch verschränkt, den Mund halb geöffnet. Taumelnd sank sie zu Boden.

Paolo sprang auf und wedelte mit den Armen. »Stopp!«, rief er den Sicherheitsmännern zu. »Nicht schießen! Das sind Amerikaner!«

Das Stahltor war endlich geschlossen, die plötzliche Ruhe ohrenbetäubend.

Julie und ihr Begleiter kauerten am Rand der Zufahrt. In David regte sich der Reflex, ihr etwas zuzurufen. Dass sie in Sicherheit war, eine Ambulanz auf dem Weg, irgendetwas Beruhigendes. Aber er ließ es bleiben. Die Gefahr war vorüber, und stattdessen rollte er sich von Baumanns Brust.

»Geschafft, Baumann.«

Etwas stimmte nicht.

Er sah an sich hinab, sein Shirt war plötzlich blutverschmiert. Aber er war in Ordnung.

»Baumann?«

Keller ging auf die Knie, blickte in das bleiche Gesicht und klopfte mit der Hand gegen Baumanns Wange. Keine Regung. Panisch fühlte er den Puls an Baumanns Halsschlagader – nichts.

David riss das Hemd des Bankers auf, um mit der Herzmassage zu beginnen, da sah er die zwei etwa daumennagelgroßen Löcher, eines unterhalb des Schlüsselbeins, das andere eine Handbreit darunter. Dunkles Blut rann über den Brustkorb und sammelte sich unter Baumanns Körper.

»Verflucht! Baumann! Atmen Sie!«

Verzweifelt hob Keller den schweren Körper an, schob das Hemd zurück und sah die beiden kleineren Löcher im Rücken des Bankers. Zwei glatte Durchschüsse.

Paolo sah mit entsetztem Blick zu Keller. »Das ist verdammt noch mal nicht wahr, oder?«

Aber es war so. Einmal hatte er es geschafft, Baumann das Leben zu retten. Beim zweiten Mal nicht. Baumann war tot.

23

David sah aus dem Fenster, unter ihm lag die Gartenanlage der Botschaftsresidenz, die ausladenden Äste der Zedernbäume warfen breitflächige Schatten auf den Rasen.

Eine plötzliche Müdigkeit überkam ihn, es war Nachmittag, und er hatte das Gefühl, sein letzter Schlaf müsse Jahre her sein.

Paolo lag mit geschlossenen Augen auf der Sitzgruppe in der hinteren Ecke der Bibliothek des italienischen Botschafters. Der Missionschef hatte sie herbestellt, jetzt warteten sie bereits seit zwei Stunden. Seit dem tödlichen Schusswechsel vor den Toren seiner diplomatischen Vertretung hing der Botschafter den Gerüchten zufolge ununterbrochen am Telefon. Erst mit seinem eigenen Außenministerium, dann mit der US-Botschafterin.

Keine Frage, es gab einiges zu klären.

Er stupste Paolo an. »Ich bin unten im Garten. Ruf mich, wenn es losgeht.«

Paolo nickte stumm und schloss wieder die Augen.

David nahm Julie erst wahr, als er bereits um die Ecke gebogen war. Sie lag in einem Klappstuhl unter einem der Zedernbäume. Noch auf dem Vorplatz war sie von den Rettungssanitätern verarztet worden. Dann hatte er sie aus den Augen verloren.

Offensichtlich hatte ihr irgendjemand frische Kleider besorgt. Von den Blutspuren der Schussverletzung war nichts mehr zu sehen. Sie trug einen blauen Trainingsanzug, die blonden Haare lose hochgesteckt. Ihr rechter Arm steckte in einer Schlinge.

Julie drehte sich um, und David fiel grade nichts Besseres als ein banales »Hi, wie gehts?« ein.

»Ganz okay«, meinte sie leise. Wenig an ihr erinnerte an die Julie von vor wenigen Tagen. »Und selbst?«

»Gut. Soweit man das an so einem Tag sagen kann.«

»Schön. Freut mich für dich.«

»Wo hats dich getroffen?«

»Oberarm, Streifschuss. Ich werd's überleben. Können andere ja nicht mehr von sich behaupten.«

»Baumann?« David hob die Schulter. »Ja, mies gelaufen. Hatten wir uns auch anders vorgestellt.«

Julie sah David schweigend an, und für einen Augenblick war der Müdigkeit Trotz gewichen. »Es gibt zwei Tote, David. Und ich frage mich, ob ihr euch überhaupt etwas überlegt habt bei eurer … beschissenen Aktion.«

David steckte sich eine Zigarette an und blies langsam den Rauch aus. »Dein Mann auf dem Dach? Ich hab's mitbekommen. Er war dort oben, um meinen Partner zu töten. Korrekt?«

Julie schwieg und blickte auf einen imaginären Punkt in der Ferne.

»Ob wir uns etwas überlegt haben, fragst du dich?«, fuhr Keller mit Wut in der Stimme fort. »Baumann vor Gericht stellen, zum Beispiel. Er hat für die Narcos gearbeitet, die Cosa Nostra und nebenbei für den Geheimdienst einer fremden Regierung. Und damit meine ich deine.«

Julie blieb bei ihrem Schweigen. Die Trainingsjacke war ihr um einige Nummern zu groß, ihre Hände hielt sie zu Fäusten geballt in den Ärmeln versteckt.

Entnervt warf David den Stummel zu Boden. »Na ja, was solls. Vergiss es.« Langsam ging er den schmalen Pfad hinab zur Grundstücksgrenze. Unter ihm erstreckte sich Beirut mit der Skyline der Geschäfts- und Hoteltürme im Zentrum.

Noch vor zehn Tagen hatte er unter dem Strohdach von Davinhos Gästehaus gesessen und über die Skyline von Rio de Janeiro geblickt. Ana hatte er seit acht Tagen nicht mehr gesprochen. Ihn überfiel die unbändige Lust, ein Taxi zu rufen und von hier zu verschwinden. Aber erst stand ihm noch die Heimkehr in die Schweiz bevor. Ein einziges Mal würde er in der Businessclass fliegen, mit besten Grüßen an Julie. Baumann hingegen trat seine Reise ein Stockwerk tiefer an, in einem Sarg im Laderaum.

Baumann hätte ein Gerichtsverfahren verdient, mit einer Strafe, die seine Taten wenigstens ansatzweise gesühnt hätte. Aber nicht den Tod. Nicht auf diese Weise. Und doch – nichts konnte Baumanns Aufstieg und Fall besser beschreiben als diese letzte Reise.

Er spürte die Bewegung, aber er widerstand dem Wunsch, sich umzudrehen.

»Worüber denkst du nach?«, fragte Julie, die ihm den Weg hinab gefolgt war.

»Über Baumann. Und Rita. Ich frage mich, was ich ihr erzählen soll, wenn sie morgen den Sarg ihres Mannes entgegennimmt. Was ich ihr sagen soll, wenn sie mich fragt, wofür er gestorben ist. Irgendwelche Vorschläge?«

»Vielleicht«, antwortete Julie, die neben ihn getreten war.

David sah Julie von der Seite an. »Und? Ich höre.«

»Gestorben ist er, um einen neuen Krieg zu verhindern.

Das war die Aufgabe meines Teams hier. Baumann war Teil davon.«

»Einen neuen *Krieg*? Gehts vielleicht auch eine Nummer kleiner?«

»Leider nein. Baumann war an einer verdeckten Operation gegen den Iran beteiligt. Seine Rolle war absolut entscheidend.«

»Lass mich überlegen ... Wo habe ich das schon mal gehört? Genau! Von El Chapo, und der Cosa Nostra. Das sagen sie über Baumann: entscheidend. Na gut. Und weiter?«

»Mag sein. Du hast ja vielleicht mal von diesem verrückten Mullah-Regime in Teheran gehört, das so gerne die Scharia in die Welt tragen und eine Atombombe auf Israel werfen würde? Wir wollen sie daran hindern. Oder wollten. Geht nur leider nicht mehr. Denn Baumann ist tot. Also, verstehst du jetzt, was für eine verdammte Scheiße ihr angerichtet habt?«

»Oh, eine verdeckte Operation gegen ein anderes Land?« David lachte bitter auf. »Nein. Überzeugt mich nicht. Nenn mir ein einziges Beispiel, wo die Sache gut ausging, egal für wen. Chile? Nicaragua? Panama? Oder gerade jetzt, in Afghanistan und dem Irak?«

»Andere reden. Wir handeln. Das kannst du von deinem Land ja kaum behaupten, oder habe ich da etwas übersehen? Bin Laden sitzt in Afghanistan. Der Irak hat Chemiewaffen. Und ja, wir sind erfolgreich.«

»Dann haben wir definitiv andere Vorstellungen von Erfolg. Und der Irak hat Chemiewaffen? Das glaubst du doch selbst nicht?«

»Ich habe genug Berichte gelesen. Sie sind überzeugend.«

»Man glaubt, was man glauben *will*, Julie. Vielleicht hast auch du ja schon mal davon gehört, was man heute so sagt über die USA: dass der letzte Erfolg – oder wenn es dir lieber ist, die letzte gute Tat – die Mondlandung war? Das war 1969. Danach habt ihr nur noch Mist gebaut, bis heute. Fragt sich warum? Was ist passiert? Und was kommt als Nächstes? Aber vielleicht täuschen wir uns ja alle, und du weißt etwas, was wir nicht wissen.«

»Verdammt noch mal, ja, das tue ich!«

»Wenn du meinst …« David spürte, wie einmal mehr die Wut in ihm hochzusteigen begann. Wie bei ihrer ersten Begegnung gestern, in der Wohnung. Es fiel ihm schwer zu glauben, dass jemand mit der offensichtlichen Intelligenz einer Julie so fernab der Tatsachen auf die Welt blicken konnte. Aber vielleicht musste jemand wie sie so denken, um überhaupt in der Lage zu sein, diesen Job zu machen. Er war kein Psychologe, aber eine andere Erklärung wollte ihm nicht einfallen. Die USA waren in den Krieg gezogen, wieder einmal. Es musste noch viele Julies da draußen geben, im Irak, in Afghanistan.

Er versuchte, gelassen zu bleiben, aber es wollte ihm nicht gelingen. »Auch ich hätte Baumann lieber lebendig als tot. Weil ich ihn vor einem Gericht sehen wollte. Und schon gar nicht als Dealmaker für die Terrorfürsten der Hisbollah. Einem demokratischen Rechtsstaat würdig. Die USA sind doch eine Demokratie?«

»Die älteste der Welt, Arschloch.«

»Noch schlimmer.«

»Unsere Aufgabe ist dieselbe, David. Nur machen wir es eben auf unterschiedliche Weise.«

»Verzeih mir, wenn ich behaupte, dass meine etwas legaler ist. Und erfolgreicher.«

»Fick dich, David.«

»Dann sag mir verdammt noch mal, wie das zusammenpasst! Ich sehe schon, wir kommen wieder zum großen Ganzen. *The greater cause*, so nennt ihr das doch.«

»Ja, zum Teufel noch mal!« Ihr bleiches Gesicht wirkte spitz, die Julie, die er einst geliebt hatte, gab es nicht mehr. Es schien Lichtjahre her zu sein. »Ich bin bereit, meinen Beitrag für eine bessere Welt zu leisten, für eine Gesellschaft, in der die Menschen frei entscheiden können, wie sie leben wollen. In der es keinen Platz gibt für wahnwitzige Diktatoren, fanatische Mullahs und blinde Terrorsoldaten. Dachtest du wirklich, das gibt es umsonst?«

David schüttelte den Kopf. Aus seiner Hilflosigkeit wollte er gar keinen Hehl mehr machen. »Mein Gott, aber nicht so, Julie! Gerade *weil* es einen Preis zu zahlen gibt. Und wer bezahlt ihn denn? Du? Dein Land? Das ganz nebenbei die größte Waffenindustrie der Welt betreibt? Oder eben doch jene, die ihr in ihrem Elend zurücklasst, wenn ihr wieder einmal eure Koffer packt und nach Hause geht? Weil ihr es wieder einmal verkackt habt?«

Julie sagte nichts, und David war sich nicht sicher, ob sie nicht wusste, was, oder ob sie schlicht nicht mehr wollte.

»Ich war sechs oder sieben Jahre alt. Es gab da einen Onkel, ein Baum von einem Mann, Schuhgröße einundfünfzig, daran kann ich mich noch gut erinnern. Er fuhr diese riesigen Sattelschlepper quer durch Europa. Und als ich dann einmal mitdurfte, war es für mich das Größte. Gab es ein Problem, ein kaputter Reifen oder so, er konnte es lösen. Ich hab ihn angehimmelt.«

»Schön für dich. Was hat das hiermit zu tun?«

»Weil es sich jetzt genauso anfühlt.«

Julie sah ihn verständnislos an.

»Dieser ach so geliebte Onkel hatte eine Tochter, meine Cousine. Jahre später wurde bekannt, dass er sie missbraucht hat. Ganz abgesehen davon, was er dem Mädchen Schreckliches angetan hatte, hat er auch mich verraten. Es tat verdammt weh. Wir haben uns nie mehr gesprochen. Wie auch.«

David nahm seine Sonnenbrille ab und sah Julie lange in die Augen.

»Ist zwar lange her, und ich habe es nie vergessen. Du sprichst also mit jemandem, der Erfahrung darin hat, von einem geliebten Menschen verraten zu werden. Und dann ist da ja noch Baumann. Auch der war bloß Mittel zum Zweck, nur dass er's nicht überlebt hat. Und selbst einer wie er hat jemanden, der um ihn weint.«

Julie hatte sich auf den Rasen gesetzt, eine Träne lief ihr über die Wange. Hastig wischte sie sie weg. David sah sie an, und in ihrem Trainingsanzug wirkte sie wie die College-Studentin, die sie einmal gewesen war.

»Als wir auf den Kosovo-Einsatz vorbereitet wurden, hatte man uns auch etwas Geschichtsunterricht mitgeben wollen. Ein Geschichtsprofessor der Uni Zürich gab uns einen Überblick über das heutige Europa, und wie es entstanden ist. Zwei Zahlen sind mir geblieben: Sechsunddreißig, und einundachtzig.«

Julie hob wütend den Blick. »Und? Soll ich jetzt raten?«

»Es ist die Anzahl Geheimdienstoperationen zu Wahlmanipulationen in fremden Staaten zwischen 1946 und 2000. Jedenfalls für jene, welche die Forscher belegen können. Die erste Zahl steht für die Sowjetunion und Russland …«

»... und die zweite für die USA«, fuhr Julie dazwischen. »Schon klar.«

»Bravo!« David breitete die Arme aus und klatschte langsam in die Hände. »Das nenne ich mal eine Leistung. Da erblasst doch jedes Diktatorenregime vor Neid. Das Einzige, was mich dabei *wirklich* schmerzt ist, dass du die Wahrheit sehr genau kennst, du viel zu intelligent bist, als dass du nicht zwischen richtig und falsch unterscheiden könntest. Und dass du auch weißt, dass all diese Operationen, russisch oder amerikanisch, geheim oder nicht, in Katastrophen enden, politisch, aber vor allem für die armen Schweine in diesen Ländern, die Opfer, Männer, Frauen und Kinder. Und *trotzdem* machst du mit.«

»Hast du eine Zigarette?«

Julies Frage kam nach einer langen Pause des Schweigens. Julie war für ihn zu einer Fremden geworden, zu einem Rätsel. Ja, es gab sie, die Annahme, dass Geheimagenten soziale Sonderlinge sind, denen über Jahre beigebracht wurde, dass sich der Wert anderer Menschen nur über zwei Begriffe definiert: Loyalität und Verrat. Die Fähigkeit, sensibel zu sein für Dinge wie Sympathie, Empathie oder Liebe hingegen verkümmert. Solche Eigenschaften waren bestenfalls zweckdienlich. Womit sich Geheimagenten nicht wesentlich von Kartell-Bossen oder Mafiapaten unterschieden.

Ob es auch für Julie galt? Nur zu gerne hätte er in ihren Kopf gesehen, hätte verstehen wollen, was sie dachte, was sie fühlte.

Zuletzt rauchen gesehen hatte er Julie in der Nacht, bevor sie Baumann entführt hatte, nachdem sie miteinander geschlafen hatten. Es war ihr letztes Mal gewesen. Doch der kurze Moment vorhin blieb Julies einzige Gefühlsregung, nun war ihr Blick wieder auf einen imaginären Punkt in die Ferne gerichtet.

Wortlos hielt David Julie die Schachtel hin.

Instinktiv griff auch David zu einer Zigarette, steckte sie aber wieder zurück. Es gab schlicht keinen Grund mehr.

»Könnte es sein, dass eure Denker und Lenker in Washington etwas ganz anderes antreibt? Die Angst, dass das amerikanische Volk bald einmal auf sich selbst losgeht? Vor einem Bürgerkrieg? Dann nämlich muss ein gemeinsames Ziel her: ein Feind, der ihr geliebtes Amerika zerstören will. Gibts keinen, erschafft man sich einen.«

Julie hielt die immer noch kalte Zigarette zwischen den Fingern. Ihre Hand zitterte.

»Wie viele Schusswaffen gibt es in den USA, Julie? Ich habe es nachgelesen: Zweihundertachtzig Millionen, bei genauso vielen Einwohnern, Kinder mitgezählt. Das sind hundertmal mehr, als ihr Soldaten im Land habt. Also verdammt viele Gründe, dem Volk etwas Ablenkung zu bieten.«

Ein Botschaftsangestellter kam über die Anlage gelaufen. »Miss Banks?«

Wieder wischte sie sich übers Gesicht.

»Was gibts?«, fragte sie leise.

»Ihr Wagen steht bereit.«

»Ich verstehe.«

Sie erhob sich, setzte ihre breite, dunkle Sonnenbrille auf und gab David die Zigarette zurück. »Du hast ja eh nie gemocht, wenn ich rauche. Stimmt's?«

Dann wandte sie sich um und folgte dem Angestellten zum Ausgang. Die Trainingsjacke hielt sie noch enger um ihren Körper geschlungen.

***

Beide standen sie am Fuß der Gangway und beobachteten, wie Baumanns Sarg in den Bauch des Flugzeugs gehoben wurde.

»Du hattest verdammtes Glück«, meinte David nachdenklich. »Viel hätte nicht gefehlt, und du wärst ebenfalls im Frachtraum nach Hause gereist.«

Der Italiener lächelte verschmitzt. »Tja, dann bleibe ich eben erst mal hier.« Er gab David eine kräftige Umarmung. »Buon volo! Und lass dir die Nase richten. Die alte hat mir besser gefallen.«

»Ich überleg es mir«, antwortete David mit einem Zwinkern. Dann stieg er die Gangway hoch und betrat den startbereiten Flieger.

Üblicherweise wirkte das monotone Rauschen in der Kabine rasch einschläfernd auf ihn. Diesmal aber fand er keinen Schlaf, sondern saß einfach nur still da, während die Ereignisse der letzten Woche ihren Platz in seinen Gedanken suchten.

Wie ein Zuschauer ließ er die Bilder an sich vorüberziehen: Die Begegnung mit Padre Alfonso und dessen Ermordung in Palermo, Baumanns Entführung, der Verrat Julies und das fatale Ende in den Straßen Beiruts – sie zogen an ihm vorüber wie eine Diashow, die merkwürdigerweise jedoch kaum Emotionen in ihm hervorrief; lediglich ein schwaches Echo, als erinnerte er sich an etwas, das schon Jahrzehnte zurücklag.

Er befand sich in einem sprichwörtlichen Schwebezustand, in dem Wut und Trauer nur am Rande auftauchten; lediglich ein angenehm leichtes Staunen erfüllte ihn. Dieser Moment hier, angeschnallt auf seinem Sitz zwischen Himmel und Erde und mit einem mäßig guten Kaffee vor sich, fühlte sich wie eine Zäsur an, eine Fermate, die ihm einen Blick auf die Ereignisse erlaubte und ihm ein wenig Zeit gab, das Erlebte zu verstehen. Das Adrenalin und die Spannung hatten sich verflüchtigt, das befreiende Gefühl von Erkenntnis noch nicht eingesetzt.

Sie hatten viel erreicht, aber ob sie auch etwas verändert hatten, war völlig offen. So erleichtert er sich fühlte – Baumann in seinem Sarg im Frachtraum unter ihm war ein Ballast, den er noch eine Weile mit sich herumschleppen würde. In der hölzernen Truhe lag mehr als nur ein Leichnam. Darin eingeschlossen, war neben seiner Überzeugung von Recht, Gerechtigkeit und Gut und Böse auch Julies Interpretation dessen, und dem, was ihrer Meinung nach dafür getan werden musste.

David ahnte, dass sich etwas in ihm verschoben hatte; nur in welche Richtung, das konnte er nicht sagen.

Er riss sich von den Gedanken los, ließ sich einen heißen Tee bringen und zwang sich für die letzte Stunde in einen kurzen Dämmerschlaf.

Nach dreieinhalb Flugstunden setzte die Maschine in Zürich auf und blieb auf einer Außenposition stehen. Durch das Fenster beobachtete David, wie sich ein Leichenwagen und ein ziviles Polizeifahrzeug näherten und neben der Maschine hielten. Er wartete auf das verabredete Zeichen der Flugbegleiterin, dass alle Passagiere von Bord gegangen waren. Dann holte er sein Gepäck aus der Ablage und verabschiedete sich.

Ein feuchter Novemberwind wehte über das Flugfeld. Neben dem Leichenwagen warteten Pius und Rita Baumann, geborene Pereira Gonçalves.

Noch vor dem Rückflug hatte Keller erfahren, dass Baumann seine Rita geheiratet hatte – nur wenige Tage vor seiner Reise in den Libanon. Es war eine kurze Ehe gewesen.

Keller ging über den nassen Asphalt auf die beiden zu. Diesen Moment hatte er gefürchtet, doch der eigentümliche Schwebezustand in ihm hielt noch an. Es gab etwas mitzuteilen, aber nicht zu fürchten.

Er begrüßte Pius und wandte sich an Rita, die ganz in Schwarz wie ein verlorener Vogel neben Moser kauerte und ihr blasses Gesicht hob. Für einen Augenblick sahen sie sich stumm an, Ritas Finger hielten Kellers Hand fest umklammert.

»Mein Beileid.«

Rita nickte dankbar und wischte sich Tränen aus den Augen.

Keller reichte ihr einen kleinen Stoffbeutel: »Walters persönliche Sachen. Es ist nicht viel.«

Als hätte sie sich vor dem Moment gefürchtet, nahm sie ihn nur zögerlich entgegen. Dann strich sie mit einer zarten Geste darüber.

»Wie ist er gestorben?«, fragte sie mit leiser Stimme.

»Zwei Kugeln haben ihn getroffen. Es ist sehr schnell gegangen. Ihr Mann hat ein riskantes Leben geführt. Aber das wussten Sie ja bereits.«

Wieder nickte sie und blickte auf die kleine Stofftasche in ihren Händen.

»Ja, ich habe das gewusst. Nicht alles, aber viel.« Sie umklammerte jetzt fest den Beutel, als könnten die wenigen Dinge darin, die einmal Walter Baumann gehört hatten und von ihm berührt worden waren, ihr Halt und Trost geben.

»Wissen Sie, bevor er abgereist ist, sagte er: ›Amor, das hier ist das letzte Mal. Ich habe alles vorbereitet.‹ Und ich habe ihm geglaubt, weil …« Sie hob den Kopf und blickte Keller fast trotzig an. »Ich bin schwanger.«

»Oh.« Für einen Moment wusste Keller nicht, was antworten. »Nun … Herzlichen Glückwunsch, trotz allem.«

»Ein Mädchen.« Rita lächelte scheu und wischte sich über das Gesicht.

Es traf ihn mehr, als er sich eingestehen wollte; es änderte nichts an dem, was geschehen war, und doch verschob es die Dinge in eine andere Richtung. Zumindest seine Haltung dazu. Und Keller wurde klar, dass er sich schuldig fühlte.

Ein weiterer Wagen näherte sich über das Flugfeld und hielt auf sie zu. Ein schwarzer Dodge Durango mit getönten Scheiben, der jetzt direkt neben dem Leichenwagen hielt.

Rita drehte sich zu dem Wagen um.

»Oh, ja … Sie ist auch gekommen. Martha Lopez. Sie wissen schon, die Drogenermittlerin aus Miami.«

Keller sah erst zu Rita und dann zum Dodge. »Ja, ich weiß, wer Martha Lopez ist. Jemand, der eigentlich gar nicht in der Schweiz sein dürfte.«

Die amerikanische Bundesbeamtin war aus dem Wagen gestiegen, hob kurz die Hand und blieb neben dem Fahrzeug stehen.

»Die Geschichte meines … verstorbenen Mannes, ich

kenne sie jetzt«, fuhr Rita fort. »Die ganze, meine ich. Sie müssen wissen, die Flucht aus der Schweiz, wir wollten das alles nicht. Walter wollte aussteigen. Darum hat er sich mit Special Agent Lopez getroffen, heimlich. Die CIA wusste nichts.«

Noch immer ratlos sah Keller von Lopez zu Moser, der ihm nur kurz zunickte. »Alles in Ordnung.« Pius spannte einen Schirm auf, kalter Regen hatte eingesetzt.

»Wir sollten besser einsteigen. Wir können uns auf der Rückfahrt weiter unterhalten.«

***

»Ihr glaubt, die Jury wird eine Anklage gegen El Chapo auch ohne Baumanns Zeugenaussage zulassen?« Keller hob skeptisch eine Augenbraue.

»Baumann wird da sein, auf vierundvierzig Stunden Videobefragungen.« Lopez breitete die Arme auseinander. »Transkribiert auf zwölftausend Seiten.«

Lopez und Keller saßen am Ende der imposanten, lang gezogenen Bar in der oberen Etage des jahrhundertealten zweigeschossigen Gewölbes des Berner Kornhauskellers. Das Jahr war bald vorüber, die Festtage standen vor der Tür, die Zeit der Weihnachtsfeiern war bereits angebrochen. Von den Gästen an den Tischen des ebenso eindrucksvollen Speisesaals eine Ebene tiefer drang das Klirren von Weingläsern und fröhliches Lachen nach oben.

»Abgesehen davon«, meinte Lopez zufrieden, »Baumann ist nur einer von vielen, die gegen Guzmán aussagen.«

»Natürlich. Ich gratuliere. Wenn Ihnen die anderen denn nicht auch noch wegsterben.«

Keller spielte nachdenklich mit seinem Drink in der Hand. Eine asiatische Reisegruppe stand laut schnatternd auf der breiten Treppe, die hinunter zur Bar führte. Aufgeregt zückten sie ihre Fotoapparate. Ihre Liebsten zu Hause sollten ebenfalls etwas von der pittoresken Schönheit der Schweiz erfahren.

»Peter Röthlisberger. Der Name müsste Ihnen eigentlich etwas sagen.« Keller musste jetzt lauter sprechen.

Lopez zuckte kurz mit dem Kopf, wich aber Kellers Blick aus. »War das eine Frage?«

»Eine Feststellung. Sie dürfen trotzdem antworten.«

Lopez ließ den Cocktailstab in ihrem Glas kreisen. Nur gab es nichts mehr zu rühren, ihr Glas war bereits leer.

»Was wollen Sie hören, Keller?«

»Wie ich schon sagte – nur eine Feststellung. Sie müssen nichts sagen.« Auf Kellers Gesicht erschien ein spöttisches Lächeln. »Entschuldigen Sie, Lopez, wahrscheinlich langweile ich Sie nur. Aber ich finde die Geschichte des Peter Röthlisberger einfach so faszinierend. Wollen Sie sie trotzdem hören?«

Lopez' Mund war zu einem schmalen Strich geworden, ihre Augen wanderten unruhig durch den Raum.

»Bitte.«

»Gut.« Keller winkte den Barmann herbei. »Roberto! Nochmals dasselbe für beide.«

Keller rückte seinen Hocker näher an Lopez heran, ein paar Zentimeter nur. Dabei lächelte er noch immer, aber aus seinem Gesicht war jede Freundlichkeit verschwunden.

»Nun, wir haben uns natürlich Baumanns Vita etwas näher angeschaut. Dabei haben wir festgestellt, dass er meistens in einem Privatjet reiste. Wie es sich halt so gehört in diesen Kreisen. Manchmal flog er von Zürich aus, manchmal von Lugano, immer mit derselben Charterfirma. Und jetzt raten Sie mal, wer sein Pilot war?«

Lopez schaute Keller durch schmale, funkelnde Augen an. Keller war sich sicher: Wenn sie gekonnt hätte, hätte sie ihm jetzt einen sauberen Kinnhaken verpasst.

»Nun, ich sag's Ihnen: Peter Röthlisberger.«

Lopez hatte sich doch für ein Pokerface entschieden. »Bemerkenswert.«

»Dieser Meinung sind wir auch. Noch bemerkenswerter ist, dass Peter Röthlisberger gestorben ist. Durch eine Kugel im Kopf. Nur Wochen, nachdem die DEA Baumann in Miami festgenommen hatte. Zufall?«

Roberto kam mit den Drinks zurück. Bevor sie antwortete, gönnte sich Lopez einen großzügigen Schluck ihres Moscow-Mule. »Was sonst? Auch die Zeitungen schrieben von Selbstmord.«

Keller griff sich seinen Gin Tonic. »Und dabei soll es auch bleiben. Hab ich recht?«

»Was soll ich Ihrer Meinung nach sagen, Keller?«, antwortete Lopez nach einem Moment nachdenklichen Schweigens. Ein Hauch von Resignation schwang ihn ihrer Stimme mit.

»Was immer Sie wollen, Lopez. Im Moment können Sie hier noch frei herumlaufen. Aber der Tod von Baumanns Piloten wird gerade neu untersucht, durch andere Stellen. Wer auch immer seine schützende Hand über Sie und Sorbello gehalten hat, hier in der Schweiz – und davon sind wir überzeugt: Ihre Honeymoon-Zeit hier könnte bald vorbei sein.«

Lopez warf Keller einen kurzen, verächtlichen Blick zu. »Sie lesen zu viel billige Romane, Keller.«

»Ich lese Zeitungen, Lopez.«

»Meine Hochachtung.«

»Geschenkt. Wir wissen, dass Röthlisberger ermordet wurde, und auch, wer dafür verantwortlich war. Und wir werden es auch beweisen können. Das, und dass Röthlisbergers Tod mit Ihrer illegalen Operation in der Schweiz zusammenhängt …« Keller trank sein Glas aus und ließ es mit Schwung auf den Tresen fallen. »Und dann, Lopez, wird definitiv Anklage gegen Sie erhoben. Verbotene nachrichtendienstliche Tätigkeit auf Schweizer Boden, und so weiter.«

Lopez schob sich ein paar Salznüsse in den Mund und versuchte, Kellers Worte mit einem entspannten Lächeln zu kontern. Es gelang ihr nur halbwegs. »Eine Anklage? Dass ich nicht lache! Sollte mich das beunruhigen?«

Keller griff ebenfalls in die Salznuss-Schale. »Na ja. Kommt darauf an«, erwiderte er, Nüsse kauend.

»Auf was?«

»Auf wen, Lopez. Nicht auf was.«

»Ich höre.«

»Auf Helen Röthlisberger, zum Beispiel.«

Lopez schien Kellers Erklärung nicht folgen zu können. »Wer?«

»Helen Röthlisberger. Peters Witwe. Eine Politikerin. Kommen Sie! Sie müssen doch von ihr gehört haben?«

Lopez sah Keller stumm an, und der Schweizer konnte im Gesicht der DEA-Agentin erkennen, dass sie langsam zu begreifen schien. Dass etwas Ungutes auf sie zukam, das sie nicht hatte kommen sehen, aber vielleicht hätte kommen sehen *müssen*.

»Helen Röthlisberger war schon in der Politik, damals noch in Zürich, als ihr Mann vor sieben Jahren ermordet wurde. Dann wurde sie ins nationale Parlament gewählt und vor zwei Jahren zur Wirtschaftsministerin. Es ist so gut wie sicher, dass sie in wenigen Monaten Justizministerin wird.«

Schon seit Langem hatten sich Keller und Moser gefragt, ob die DEA die Karriere von Helen Röthlisberger verfolgt hatte. Bedachte man die Umstände, es wäre das Naheliegende gewesen.

Anscheinend aber doch nicht. Lopez hatte aufgehört, sich Erdnüsse in den Mund zu schieben. Sie war mitten in der Bewegung erstarrt.

Keller warf ihr ein kumpelhaftes Zwinkern zu, seine Worte aber klangen unverhohlen feindlich.

»Faszinierende Geschichte, finden Sie nicht auch? Aber vielleicht haben Sie auch recht. Ich meine, wieso sollten Sie sich Sorgen machen?« David erhob sich. »Sie entschuldigen mich, Zeit für eine Zigarette.«

Durch das verglaste Fumoir konnte Keller Lopez beobachten, wie sie regungslos auf dem Barhocker sitzen blieb und dann ihr Telefon aus der Handtasche kramte. Anfangen konnte sie damit wenig. Im Gewölbekeller gab es keinen Empfang.

Keller drückte die Zigarette aus und kehrte zu Lopez zurück.

»Schwierig hier unten … Übrigens, was mir noch eingefallen ist: Hatte Ihnen Baumann auch davon erzählt, wie er für die CIA Zahlungen an El Chapo abgewickelt hat?«

Lopez setzte abrupt ihr Glas ab. »Wie meinen Sie das?«

»Scheint also nicht der Fall zu sein. Na ja, egal, vergessen Sie's.« David hob die Hand und bat Roberto um die Rechnung. »Nun, war mir ein Vergnügen, Miss Lopez.«

Die Amerikanerin war vom Barhocker gesprungen und hatte sich vor Keller aufgebaut. »Einen Moment, Keller! Baumann hat *CIA-Gelder* für *El Chapo* verwaltet? Wie zum Teufel kommen Sie darauf? Was wissen Sie darüber?«

Keller hob desinteressiert die Schultern. »Sie wollen wissen, was *ich* weiß? Nichts Persönliches, Lopez – aber für Sie gar nichts. Vielleicht versuchen Sie es damit: Laden Sie Julie Banks vor. Ist jetzt ganz allein Ihr Baby.«

Zum zweiten Mal an diesem Abend flackerten Lopez' Augen gefährlich. Beeindrucken konnten sie Keller nicht mehr. Dafür war zu viel passiert in den letzten Wochen. Stattdessen machte er eine freundliche Bewegung Richtung Ausgang.

»Nach Ihnen, Miss Lopez. Ich begleite Sie noch zur Botschaft. Nicht, dass Sie wieder irgendwelchen Unfug anstellen.«

24

David hatte sich an der Rückseite der Avenida Atlântica absetzen lassen. Vom Meer her blies ein kräftiger Wind über die Copacabana und zerrte an seiner Kleidung. Schon während der Fahrt hatte er das Fenster heruntergekurbelt und sich den milden Luftstrom ins Gesicht wehen lassen.

»Boa sorte!«, wünschte ihm der Taxifahrer lachend, denn zu seinem vorübergehenden Zuhause führte keine befestigte Straße, sondern nur sehr viele und sehr steile Treppenstufen. Wieder etwas Bewegung nach dem langen Flug war ihm aber nur recht.

Keller drückte dem Fahrer das Fahrgeld in die Hand, schulterte seine Ledertasche und machte sich an den Aufstieg.

Pius Moser war nicht eben begeistert gewesen, als David ihm seinen Antrag auf unbezahlten Urlaub auf den Schreibtisch gelegt hatte. Aber er brauchte diese Auszeit. Er hatte erst mal dahin zurückgemusst, von wo er nach dem Anruf Montis vor ein paar Wochen so plötzlich aufgebrochen war, auf diese unsägliche Reise, ohne sich wirklich zu verabschieden, weshalb ihn bis heute ein schlechtes Gewissen plagte. Für den Moment gab es für ihn keinen besseren Platz als Chapéu Mangueira. Mit Davinho und seiner windschiefen Bude, den vom Rest der Welt vergessenen und doch so lebensfrohen, liebenswerten Bewohnern der Favela, den Stränden, dem Meer. Und natürlich Ana.

Er hatte drei Monate beantragt, und nach einem längeren Gespräch war Pius einverstanden, wenn auch mit einigem Widerwillen. Denn auch Pius wollte wieder den gesunden, ausgeruhten und von der Sache überzeugten Kriminalermittler, der er noch bis vor Kurzem war. Und so wie es um David im Moment stand, war er nichts davon.

Nach dem Gespräch mit Pius hatte er sich zwei Tage im Büro eingeschlossen, seinen Bericht geschrieben und ihn ohne einen weiteren Kommentar auf Pius' verlassenem Schreibtisch hinterlassen. Dann war er nach Hause gegangen, hatte die wenigen Sachen gepackt, die er zum Überleben im sommerlichen Rio brauchte, und war geflogen.

David sank auf einen Stuhl unter dem schattigen Vordach von Davinhos Bar, warf die Tasche auf den staubigen Lehmboden und atmete zwei-, dreimal durch. Schweißtropfen rannen ihm ins Gesicht. Augenblicke später kam Davinho aus der Küche gelaufen und nahm ihn in eine bärenhafte Umarmung.

»David! Willkommen zurück!«

»Verfluchte Treppen … Entschuldige, ich bin total durchgeschwitzt.«

Davinho lachte und zeigte auf sein nasses Shirt. »Schau mich an! Kein Strom, keine Klimaanlage. Aber wir haben noch Eis. Setz dich! Ich hol uns zwei kühle Bier.«

»Meu bem … du bist wieder da!«

Ihre Arbeitstasche um die Schulter gehängt, stand Ana

an einen der Vordachträger gelehnt und betrachtete David aufmerksam.

Vorsichtig lächelnd, ging sie auf ihn zu. David erhob sich, unsicher, wie Ana sein Verhalten der letzten Wochen bewerten würde. Für einen Moment standen sie sich gegenüber, dann nahm David Anas Hand, zog sie an sich und hielt sie fest in seinen Armen.

Ana löste sich, schaute ihn an und schien jeden Winkel seines Gesichts zu prüfen, als müsse sie sich vergewissern, dass der Mann ihr gegenüber wirklich der Mann war, der einige Wochen zuvor Hals über Kopf aus ihrem Leben verschwunden war.

»Oh!« Ana hatte Davids geschwollene, leicht schiefe Nase entdeckt. »Was ist passiert? Hast du dich geprügelt?«

»Natürlich nicht! Nur hingefallen.« Er musste an Paolos Kommentar denken. »Hier gibt es doch Schönheitsfarmen an jeder Ecke, nicht?«

»Ja, die gibt es.« Ana nickte und schaute ihn mit skeptischem Blick an. »Hingefallen also?«

»Aus einem Fenster, und das absolut nüchtern. Das ist die volle Wahrheit.« David fasste sich prüfend an die Nase. »Gefällt sie dir etwa nicht mehr?«

Für einen Moment musste Ana überlegen, ob sie David glauben sollte. Dann fiel sie ihm um den Hals und drückte ihn fest an sich. David spürte ihre Tränen. So trocken ihr erster Kommentar gewesen war, so wenig konnte sie jetzt ihre tiefe Freude verbergen.

Ana löste sich und drückte David gleich mehrere Küsse auf den Mund.

»Mist«, stammelte sie, »ich benehme mich wie eine Fünfzehnjährige.« Dann wischte sie sich das Augenwasser von den Wangen. »Ich mache uns einen Mojito. Und du erzählst mir, wo zum Henker du die ganze Zeit gewesen bist.«

Am übernächsten Abend hatten sie auf dem Platz vor der Bar Do Davinho gefeiert. Die Nachbarschaft war für eine ausgelassene, wenn auch weit weniger mondäne Wiederholung von Anas dreißigstem Geburtstag, wie jene im Haus ihrer Eltern im schicken Stadtteil Leblon, zusammengekommen. Einmal mehr hatte Davinho die besten Spareribs der Welt gemacht, und irgendwann, als sich weit draußen über dem Meer die ersten zarten Streifen der Morgendämmerung zeigten und auch Davinhos Kühlschrank keine Getränke mehr hergab, stolperten sie eng umschlungen die Treppen hoch in Davids kleine Dachwohnung, wo sie erschöpft ins Bett fielen.

David hatte kaum eine Stunde geschlafen, als das Telefon klingelte. Es war fünf Uhr dreißig. Immer noch mitgenommen von der Feier, tastete er zum Nachttisch.

Es war Pius. *Vergiss es!*, dachte er und ließ das Telefon zu Boden fallen.

Fünfzehn Minuten und drei Anrufe später ahnte er, dass Pius kaum lockerlassen würde.

Beim vierten Anruf regte sich Ana murmelnd im Schlaf. Er zog das Telefon vom Ladekabel und tappte schwankend in die kleine Küche.

»Herrgott, Pius ... Es ist kurz vor sechs.«

»Entschuldige.« Pius' Stimme wirkte schwach. Aber vielleicht lag es auch nur an der Distanz. Oder an seinem angeschlagenen Zustand. Benommen rieb sich David die Augen.

»Also, was gibts?«, meinte er kurz angebunden.

Am anderen Ende blieb es still.

»Pius?«

Moser war noch in der Leitung. »Nun, ich denke, ich muss dich auf den neuesten Stand bringen.«

»Du musst? Wie soll ich das verstehen?«

Nach dem Anruf schaute David als Erstes im Schlafzimmer nach. Ana hatte sich nicht gerührt. Er würde sie schlafen lassen. Sachte zog er das Laken über ihren nackten Körper.

Er ging in die Küche, setzte einen Kaffee auf, stieg die rissigen Steinstufen zum Flachdach hoch und ließ sich kraftlos in die alten, durchgesessenen Polster der Sitzgruppe fallen.

Unter ihm erstreckte sich das Lichtermeer Rios mit der Avenida Atlantica, die sich der Küste entlang bis nach Ipanema erstreckte. Der Himmel begann sich orange zu färben. Ein neuer Tag brach an, die Stadt erwachte langsam zum Leben.

Nur zu gut hatte David verstanden, was Pius ihm sagen musste.

***

Es kam nicht oft vor, dass Polizei in Uniform bei der Bundesanwaltschaft vorsprach. Genau gesagt, noch nie in den zwölf Jahren, die der Mitarbeiter des Empfangsdienstes bereits Dienst an der Loge in der Lobby des Hauptsitzes an der Taubenhalde in Bern versah. Leicht erstaunt sah er auf die vier Männer, die sich vor seinem Schalter aufgebaut hatten. Zwei trugen die Uniform der Stadtpolizei Bern, die anderen beiden waren in biedere Anzüge mit zu bunten Krawatten gekleidet. Der ältere der beiden Anzugträger hielt einen Ausweis gegen die gläserne Trennscheibe.

»Thommen, Kriminalpolizei«, sprach er in das Mikrofon der Gegensprechanlage. Er deutete hinter sich. »Meine Kollegen.«

Der Wachmann warf einen Blick auf den Ausweis und nickte zur Begrüßung. »Herr Thommen, die Herren. Sie haben einen Termin?«

»Nun, nicht direkt. Wir würden gerne mit Frau Staatsanwältin Gonnet sprechen.«

Der Wachmann überflog die Besucherliste auf seinem Klemmbrett. Sie war leer, aus gutem Grund. »Tut mir leid. Frau Gonnet ist außer Haus. Wollen Sie eine Nachricht hinterlassen?«

»Nein. Das hilft uns nicht weiter. Der Herr Bundesanwalt? Ist er im Haus?«

Der Wachmann schüttelte den Kopf. »Von den Staatsanwälten ist keiner im Haus. Es findet das jährliche Mitarbeitertreffen statt. Vielleicht vereinbaren Sie einen neuen Termin, das wird das Beste sein. Frau Gonnets Telefonnummer kennen Sie?«

»Haben wir. Aber ich fürchte, wir können nicht bis morgen warten.«

Der Wachmann sah den Beamten in Zivil verständnislos an. »Sie können nicht warten? Es ist niemand im Haus, das sagte ich doch.«

Der Kriminalbeamte warf seinen drei Begleitern einen fragenden Blick zu und erntete ebenso ratlose Blicke zurück. Damit schienen sie nicht gerechnet zu haben.

»Dürfte ich vielleicht nach dem Grund der Anwesenheit Ihrer uniformierten Kollegen fragen?«, fuhr der

Wachmann fort. »Und ich muss Sie darauf hinweisen, dass Waffen in diesem Gebäude nicht erlaubt sind.«

»Sie dürfen«, meinte der Leiter der Gruppe Polizisten mit leicht arrogantem Unterton. »Eine dienstliche Angelegenheit. Wenn Sie sich nun freundlicherweise damit abfinden könnten.« Auf den Gesichtern der Männer hinter ihm zeigte sich ein kurzes Grinsen. »Mein Gott. Dann geben Sie mir den diensthabenden Staatsanwalt. Irgendjemand muss doch hier sein, Himmel noch mal!«

Der Wachmann nickte und hob beschwichtigend die Hand. Die Situation kam ihm immer merkwürdiger vor, je länger sie andauerte. Wen sollte er anrufen? Mit dem Finger fuhr er die Einträge in seinem Logbuch entlang: Hier – ein Staatsanwalt musste noch im Haus sein.

»Einen Moment, bitte.«

Er schaltete die Gegensprechanlage stumm, griff zum Telefon und wählte eine vierstellige Nummer. Er sprach ein paar Worte, dann schaltete er das Mikrofon wieder an.

»Staatsanwalt Robbi fragt, um was es geht.«

Der Kriminalbeamte griff in seine Anzugtasche und hielt ein Papier gegen die gläserne Trennscheibe.

Der Wachmann las, was darauf geschrieben stand, und sah dann den Beamten verwirrt an. »Eine *Hausdurchsuchung*? Hier?«

»Eine Hausdurchsuchung bei der Bundesanwaltschaft. Ganz richtig.«

Wenige Momente später trat Robbi aus dem Fahrstuhl. Einige Beamte der Stadtpolizei Bern kannte er von gemeinsamen Einsätzen. Diese hier sah er zum ersten Mal.

»Staatsanwalt Robbi. Womit kann ich Ihnen helfen?«

Der Wortführer reichte Robbi das Schreiben. »Thommen, Stadtpolizei. Wollen Sie kurz lesen?«

Robbi überflog das Dokument. »Im Ernst jetzt?«

»Sehen wir so aus, als wären wir zum Scherz hier?«, antwortete Thommen, nun unverhohlen gereizt.

»Na schön.« Robbi bedeutete dem Wachmann, die Türe zur Loge zu öffnen. Und zu Thommen gewandt: »Sie warten hier.«

»Robbi? Einen Moment! Was tun Sie da?«, rief ihm Thommen hinterher.

Robbi drehte sich abrupt um und sah den Kriminalbeamten verblüfft an.

»Wie war das? Für Sie noch immer *Staatsanwalt* Robbi. Ich habe gesagt, warten Sie hier!«

Thommen sah Robbi empört an. »Hey! Was zum Teufel …«

»Hören Sie, Thommen. Sie scheinen vergessen zu haben, wo Sie sich befinden. Tun Sie sich selbst einen Gefallen und halten Sie jetzt einfach die Klappe.«

Thommens Begleiter blickten von ihrem Chef zu Robbi und zurück. Jetzt einzuschreiten, es schien ihnen keine gute Option mehr zu sein.

Ohne eine Antwort abzuwarten, betrat Robbi den Logenraum, schloss die Türe und griff zum Hörer. Die Beamten blieben zurück, unschlüssig, was sie nun tun sollten. Thommen machte ein stummes Handzeichen: Abwarten.

Durch die Scheibe beobachteten sie, wie der Staatsanwalt kurz hintereinander zwei Anrufe machte. Wen er anrief und was gesprochen wurde, konnten sie nicht feststellen.

»Wer möchte einen Kaffee?« Robbi hatte das Wachhaus wieder verlassen und sah betont freundlich in die Runde. »Nein? Niemand?«

Die Polizisten sahen verwundert zu ihrem Chef, in

der Hoffnung, dass dieser eine passende Antwort bereit hatte.

»Sie haben das Schreiben gelesen«, antwortete Thommen mit mühsam unterdrückter Wut in der Stimme. »Wir haben einen richterlichen Auftrag, Akten sicherzustellen. Könnten wir nun endlich damit anfangen?«

Robbi sah Thommen milde an. »Leider nein. Aber Staatsanwältin Gonnet ist auf dem Weg. Ich wurde lediglich gebeten, Ihnen einen Kaffee anzubieten.«

Eine halbe Stunde später traf Gonnet ein. Eiligen Schrittes betrat sie die Lobby, in ihrem Schlepptau Moser. Wortlos nahm sie von Robbi den Durchsuchungsbefehl entgegen, derweil Moser einmal in die Runde nickte und Gonnet dabei beobachtete, wie sie scheinbar gelassen das Schreiben las.

Gonnet wandte sich an Thommen.

»Sie leiten diese Aktion hier? Gut. Das hier ist Pius Moser von der Bundeskriminalpolizei. Herr Moser wird Sie nun wieder nach draußen begleiten.«

Thommen wusste nicht, was er antworten sollte. Mit offenem Mund sah er Gonnet an, seine Begleiter taten es ihm gleich.

»Das … das ist ein Hausdurchsuchungsbeschluss des Eidgenössischen Untersuchungsrichters!«, rief Thommen empört, als er seine Worte wiedergefunden hatte. »Sie *müssen* uns die Dokumente übergeben!«

»Ich *kann* lesen, Thommen. Ich habe sehr genau verstanden. Sie sind hier, um die Akten aus dem Verfahren Walter Baumann sicherzustellen.«

»Verflucht noch mal ja! Ich meine, das ist doch kein verdammtes Wunschkonzert! Also: Arbeiten Sie mit uns zusammen, ja oder nein?«

Gonnet warf dem Leiter der Polizeidelegation einen kühlen Blick zu. »Die Antwort ist Nein. Die Gründe werde ich dem Untersuchungsrichter persönlich mitteilen. Der Untersuchungsrichter hätte eines besser nicht vergessen sollen: Ob aufgrund meiner Aktenlage Anklage erhoben wird, und gegen wen, ist allein meine Entscheidung. Nicht die des Untersuchungsrichters. Was ich Ihnen und Ihren Begleitern hingegen sagen kann: Sie alle verlassen dieses Gebäude. Augenblicklich.« Gonnet wandte sich an Moser: »Pius, wenn die Herren nicht in einer Minute durch die Tür sind, nehmen Sie sie fest.« Mit diesen Worten ließ Gonnet die Gruppe stehen und begab sich gelassenen Schrittes zu den Aufzügen.

»Gonnet! Stehen bleiben!«, rief Thommen in schrillem Ton. »Das ist Missachtung einer richterlichen Anordnung!« Kurz zögerte Thommen, als ob er sich noch einmal vergewissern wollte, dass das, was er vorhatte, auch wirklich rechtens und sinnvoll war. Thommen musste zum Schluss gekommen sein, dass dem tatsächlich so ist, und setzte zum Sprint auf die Staatsanwältin an.

Mosers Verblüffung währte nur den Bruchteil einer Sekunde. Der frühere Schwinger-Champion machte einen blitzschnellen Satz nach vorn, packte Thommen an der Hüfte und warf ihn mit einem eleganten Schwung krachend zu Boden. Thommens Landung auf dem harten Marmorboden mit Mosers einhundertzwanzig Kilo auf der Brust war brutal. Thommen schrie auf, seine beiden uniformierten Begleiter stürzten sich auf Moser, Robbi und der Mann von der Loge stürzten sich auf die Polizisten – die ehrwürdige Lobby der Bundesanwaltschaft war zum Schauplatz einer wüsten Rangelei geworden.

Ein Schuss peitschte durch die Lobby. Für einen Moment sah Moser verwundert in die erschrockenen Gesichter um ihn herum. Ein brennender Schmerz schoss durch seinen Körper, dann tauchte er ab in die stille Dunkelheit des Unterbewusstseins.

Als Moser erwachte, stellte er als Erstes fest, dass er in einem Krankenzimmer mit Sicht auf die immer noch schneebedeckten Gipfel der Berner Alpen lag. Und dass er sich somit, zweitens, immer noch in der irdischen Welt befinden musste. Das Paradies, oder die Hölle, schien offensichtlich noch keine Verwendung zu haben für jemanden wie ihn, dessen Körper an Schläuchen und Monitoren angeschlossen war.

Erst als Drittes bemerkte er das Gesicht von Helen, die lächelnd und mit Tränen in den Augen neben seinem Bett saß und ihm die Hand drückte.

»Was ist passiert?«, flüsterte er benommen.

»Du wurdest angeschossen. Ein Unfall.« Sie gab ihm einen Kuss auf die Stirn. »Du hattest viel Glück, du wirst wieder gesund.«

***

David stieß einen Seufzer der Erleichterung aus.

»Himmel noch mal, Pius! Das hätte böse enden können.«

Pius lachte leise auf. »Wir beide sind nicht totzukriegen, was?«

»Nicht auf diese Weise, nein. Wann kannst du wieder nach Hause?«

»Die Ärzte meinten in einer Woche.« Pius machte eine kurze Pause.

»Das sind die guten Nachrichten.«

»Was meinst du damit?«

»Gonnet war hier.«

»Und? Plagt sie das schlechte Gewissen?«

»Sie hatte eine Schachtel Pralinen dabei. Aber nein, nicht deswegen. Der Justizminister hat seinen Rücktritt bekannt gegeben. Helen Röthlisberger wird das Amt übernehmen. Das war gestern Abend. Ich wusste es, ich hatte es bereits aus den Fernsehnachrichten erfahren.«

»Helen Röthlisberger will den Tod ihres Mannes neu untersuchen lassen? Gehts darum?«

»Damit hatten wir ja schon angefangen. Gonnet ist erschüttert, am Boden zerstört.«

»Weswegen?«

»Nun …« Das Sprechen fiel Pius sichtlich schwer, und David spürte, dass es weniger an dessen körperlichem Zustand lag. »Zwei Anzugträger aus dem Justizministerium sind bei Gonnet aufgetaucht. Sie hatten ein Schreiben des Justizministers dabei. Was dann wohl die letzte Amtshandlung des alten Drecksacks war. Seine Koffer sind gepackt. Er geht in die USA und wird Aufsichtsrat von BlueRock-Investment.«

Bei David krampfte sich der Magen zusammen. »Das Schreiben? Was stand drin?«

»Verfügung zum Schutz gewichtiger staatspolitischer Interessen. Das war die Überschrift. Danach nur noch ein Haufen verquirlter Scheiße.«

»Nein, nein!«, stöhnte Keller verzweifelt. »Bitte nicht.«

»Doch, David. Sie haben Baumanns Akten mitgenommen, jedes einzelne Blatt Papier. Danach sind sie zu uns und haben das Gleiche gemacht. Ich habe mit Jolanda aus dem Archiv telefoniert. Es gibt nichts mehr. Keine elektronischen Aufzeichnungen, nicht im Janus, und auch nicht im Telefonüberwachungssystem ISS. Es ist nichts mehr da, David. Es war eine blitzsaubere Aktion.«

»Was läuft da?«, flüsterte David mit kaum mehr hörbarer Stimme. »Es sind die Amerikaner, oder?«

»Es stand überall an den Wänden geschrieben, David, in großen, riesigen Lettern. Wir wollten es nur nicht wahrhaben. Jetzt wissen wir es.«

Pius Moser, Karl Wirtz, Andrea Monti, Paolo Vignoli, die Zollbeamten am Antwerpener Hafen und selbst eine Martha Lopez taten, was sie taten, nicht nur deshalb, weil es ihr gesetzlicher Auftrag war. Sie sahen auch einen Sinn darin. Weil sie damit eine Pflicht gegenüber der Gesellschaft wahrnahmen. Und für viele, wenn nicht alle, war es eine Berufung, ein inneres Gebot.

Dort, wo sie wirkten, wo die Fäden vieler einzelner Verfahren zu einem ganzheitlichen Bild wurden, ging es weniger um die kleinen Fische, die nicht selten aus schicksalhafter Not denn aus Böswilligkeit zu Gesetzesbrechern wurden; ihre Aufgabe war vielmehr, jene gesichts- und seelenlosen Figuren, die Befehle gaben und das große Geld machten, die sich an die Spitze ihrer Organisationen gemordet oder geschmiert hatten, zu finden und zur Verantwortung zu ziehen. Egal, ob sie sich wie erbärmliche Tiere in Unterhemd und Unterhose in einer Wohnung auf Sizilien, im Urwald Mexikos oder im feinen Zwirn in den Tempeln des Profits versteckten.

So schlicht und geradlinig das auch klang, so naiv wirkte es auf ihn in diesem Moment. Wie sollten sie dagegen ankommen? Wie viel mehr konnten sie noch tun, wenn ihre Arbeit durch politische Willkür still und leise zunichtegemacht werden konnte? Und das in einem Land, das sich dem Rest der Welt so gerne als leuchtendes Beispiel von Integrität und demokratischer Transparenz verkaufte?

Was würde Julie jetzt wohl sagen? Ahnungsloser Trottel? Oder schlicht Dummkopf? Noch eher beides. Und welche Antworten hätte er ihr geben können?

Tatsache war, er hatte keine.

Julie Banks war die Schöpfung eines amerikanischen Geheimdienstes, eine Illusion. Sie war in sein Leben getreten und drohte, sich als Untote dort einzunisten. Für wie lange? Und wie wurde man solche Geister wieder los? Es musste einen Weg geben, nur sollte er die Lösung besser bald finden.

Machte es also einen Unterschied?

Er hätte es sich wenigstens gewünscht.

Er sah hinunter auf das Meer von Häusern, deren Lichter in der aufgehenden Sonne langsam verblassten. Ana hatte vorgeschlagen, dass sie nach dem Ausschlafen einen Ausflug auf die Ilha Grande machen sollten.

Ana wollte ihm das Wellenreiten beibringen. Er hatte noch nie gesurft, er war noch nicht einmal ein guter Schwimmer. Aber es schien ihm der perfekte Tag, etwas Neues anzufangen.

Er ging hinunter in die Küche, goss sich eine Tasse Kaffee nach, holte Anas iPod aus dem Schlafzimmer und kehrte auf die Terrasse zurück. Die Sonne stand bereits über dem Horizont, eine warme Meeresbrise hatte die Bucht erreicht. Er setzte den Kopfhörer auf und drückte auf *Play*.

Erst hob eine schmerzerfüllte, klagende Stimme an, und dann, nach wenigen Takten, setzte ein kraftvolles, rhythmisches Gitarrenspiel ein – *Sin Ella* der Gipsy Kings, einer von Anas Lieblingssongs. Sie hatten ihn auch gestern Abend auf ihrer Party gespielt, immer wieder.

Auch Cristo Redentor auf dem schroffen Gipfel rechts über ihm war inzwischen von den wärmenden Sonnenstrahlen erfasst. Die monumentale Skulptur mit den weit ausgebreiteten Armen blickte nun in einem leuchtend gelben Gewand über die Stadt.

Wie jeden Morgen um diese Uhrzeit frischte die milde Atlantikbrise weiter auf. David ging hinüber zum äußersten Ende der Terrasse, sog die salzige Luft tief in seine Lunge ein und schloss die Augen.

»*Te amo, pero nunca lo olvidaré*«, sangen die Gypsy Kings. »Ich liebe dich, aber ich werde es nie vergessen.«

Die Arme zu Flügeln ausgestreckt wie der große Cristo Redentor, stellte David seinen bloßen Körper in den Wind. Dann begann er sich im Takt der Gitarren im Kreis zu drehen, schneller und schneller. Im Gegensatz zur majestätischen Christusstatue streckte er jedoch beide Mittelfinger dem blauen Morgenhimmel entgegen.

Für jeden Verrat einen.

Einen Fall Baumann hatte es nie gegeben.

Und keine Julie.

Nachwort

Kaum ein Phänomen übt größere Faszination auf den Menschen aus als Macht in all ihren Facetten – politische, wirtschaftliche, religiöse, zwischenmenschliche. Doch so wie es die hässliche Unfallstelle ist und nicht die hübsche Blumenwiese dahinter, die uns magisch anzieht, so verhält es sich auch mit Macht: Es ist selten ihre harmonische, friedliche Form, die uns brennend interessiert – der Thrill liegt in ihrer dunklen Variante.

Wir Autoren haben beide in Institutionen gearbeitet, die für die Einhaltung von Gesetz, Recht und Ordnung stehen beziehungsweise als Garanten für Moral und Ethik auftreten; beide haben wir die Erfahrung gemacht, dass sie jedoch trotz – oder gerade wegen – ihres Anspruchs anfällig sind für Machtmissbrauch, Korruption und Unterwanderung. Und oft genug versagen sie bei dem Versuch, Gesetz und Moral Geltung zu verschaffen, wenn es um ein vermeintlich höheres Gut geht: Staatsräson, Ansehen oder auch nur dumpfes Streben nach Macht. Letztlich ist es egal, welches Mäntelchen aus welchem Grund umgehängt wird. Am Ende steht immer das Versagen von Einzelnen.

Unser Verständnis von Rechtsstaatlichkeit lautet, dass Verbrechen aufgeklärt, Skandale publik gemacht und die Verantwortlichen zur Rechenschaft gezogen werden.

Eine Überzeugung, eine zumindest in aufgeklärten Kreisen historische Selbstverständlichkeit, die nun quer über die Kontinente Risse aufzuweisen beginnt, die den Bürger an den Korrektivkräften eines Rechtsstaates zweifeln lässt und Pseudodemokraten von Ungarn über die USA bis Brasilien massenhaft Wähler zuspielt. Und trotzdem klammern wir uns an die Hoffnung, dass letztlich das Gute über das Böse siegt. Wir wollen, wir müssen daran glauben, denn auch das ist menschlich.

Was also, wenn die rechtsstaatliche Ordnung durch die Machthabenden hintergangen und verraten wird? Mehr denn je ein alltäglicher Vorgang, oft im Kleinen, immer öfters aber auch im Großen. Was bewegt jene, die sie brechen, und was jene, die sie zu beschützen und bewahren versuchen? Davon handelt dieses Buch, dessen Geschichte von tatsächlichen Ereignissen inspiriert ist und deren komplexe Verstrickungen erahnen lassen, wie abgründig es nicht nur in der Welt des organisierten Verbrechens zugeht, sondern auch auf den langen, zuweilen düsteren Fluren institutioneller Macht.

Vor allem aber soll unser Buch das sein, was ein Thriller im Idealfall bietet: unterhaltsame Spannung. Nun, wir hoffen, dass es uns auch gelungen ist.

Einige der im Buch beschriebenen Figuren werden dem Leser durchaus bekannt erscheinen, zu nennen vor allem jene des früheren italienischen Premier Silvio Berlusconi, oder des Anfang 2023 gefassten Bosses der Bosse der sizilianischen Cosa Nostra, Matteo Messina Denaro. Und wohl auch Joaquín «El Chapo» Guzmán Loera, der in den USA zu lebenslanger Haft verurteilte Anführer des mexikanischen Sinaloa-Kartells. Die hierbei geschilderten historischen Kontexte sind real. Unsere Hauptfiguren hingegen sind fiktiv und lediglich inspiriert durch die Lebensgeschichte tatsächlich existierender Personen.

Matt Basanisi & Gerd Schneider

Danksagung

Zu großem Dank verpflichtet sind wir insbesondere Kirsten Harder, Kristine Kress und dem ganzen Team der Buch Akademie Berlin, ohne deren sachkundige und großzügige Unterstützung wir kaum den Weg zur professionellen Schreiberei gefunden hätten.

Übrigens ...

Eine fürstliche Kurtisane

»Der Bankplatz Liechtenstein hat in den vergangenen Jahrzehnten eine enorme Entwicklung erfahren. Mittlerweile rangieren die drei ältesten Bankinstitute unter den dreißig größten Banken der Schweiz. Basis für diese erfreuliche Entwicklung waren die politische Stabilität, die enge Verbundenheit mit der Schweiz und die liberale Gesetzgebung«.

Es sind die einleitenden Grußworte des Liechtensteiner Regierungschefs Dr. Mario Frick zum dreißigsten Geburtstag des Liechtensteinischen Bankenverbandes im Sommer 1999. Der Doktor der Rechtswissenschaften und Sprössling einer einflussreichen Treuhänder-Familie zeigte sich zufrieden über das Erreichte:

»Die Bankenaufsicht wurde in den letzten Jahren verfeinert und ausgebaut. Die Hauptträger der staatlichen Aufsicht, das Amt für Finanzdienstleistungen und die Regierung, pflegen eine ausgezeichnete Zusammenarbeit mit dem Bankenverband. Besonders hervorzuheben ist die Mitarbeit des Bankenverbandes in verschiedenen Arbeitsgruppen, die im Zusammenhang mit Gesetzesvorhaben von der Regierung einberufen wurden. Die staatliche Aufsicht sowie der Bankenverband verfolgen im Wesentlichen dieselben Ziele, die letztlich auf dem Zweckartikel des Bankengesetzes basieren. Als besonders erwünschter Nebeneffekt wird durch die offene Zusammenarbeit des Bankenverbandes mit den Behörden eine Qualitätssicherung im Bereich der Finanzdienstleistungen erreicht.«

Die Folgen und die unverhohlene Skrupellosigkeit, mit der die – Zitat – »liberale Gesetzgebung« und »offene Zusammenarbeit« zwischen Banken und Aufsichtsbehörde mit notabene »denselben Zielen« im Fürstentum vorangetrieben wurden, beschrieb der Deutsche Bundesnachrichtendienst BND ebenfalls im Sommer 1999 in einem dreißigseitigen Geheimbericht (DER SPIEGEL 45/1999):

»Zu der hofierten Kundschaft«, notierte der BND penibel, gehörten »lateinamerikanische Drogenclans, italienische Mafiagruppierungen und russische OK-Gruppen«. Sie alle würden nicht nur als Anleger geduldet, sondern mit »maßgeschneiderten Finanzdienstleistungen« zur Wäsche ihres schmutzigen Geldes angelockt. Und das alles gefahrlos: Denn solche Geschäfte in Liechtenstein, urteilt der deutsche Auslandsgeheimdienst, würden geschützt durch »ein Geflecht aus Beziehungen von hohen Beamten, Richtern, Politikern, Bankdirektoren und Anlageberatern, die sich bei der Abwicklung illegaler Geldgeschäfte im Auftrag internationaler Krimineller gegenseitig unterstützen«.

Der amtliche Befund ruiniert die ohnehin schon ramponierte Reputation des Zwergstaates endgültig. Versteckt zwischen Österreich und der Schweiz beherbergt das Fürstentum auf gerade mal 160 Quadratkilometern rund 32 000 Einwohner und mehr als doppelt so viele Stiftungen, in denen mindestens 200 Milliarden Schweizer Franken fast spurlos verschwunden sind.

»Das geschieht gewöhnlich innerhalb weniger Stunden. Der Anleger wählt unter den 120 zur Verschwiegenheit verpflichteten Treuhändern des Landes einen aus, der Namen und Adresse für eine Stiftung hergibt und die Briefkastenfirma verwaltet. Nach Ausstellung der Stiftungsurkunde eröffnet die Gesellschaft auf ihren Namen ein Konto und legt das Geld an. Nach außen gilt der Strohmann als Besitzer des Vermögens, die wahren Eigentümer bleiben anonym.«

Etwa zur gleichen Zeit reisten Geldwäsche-Experten des Europarates in das Fürstentum. Die Auditoren mussten – unter anderem – erfahren, dass das von Regierungschef Dr. Mario Frick gefeierte Amt für Finanzdienstleistungen in Wirklichkeit die bescheidene Anzahl von fünf (!) Mitarbeitern beschäftigte, die dreißig Banken und 250 Stiftungen mit sagenhaften 78 000 Verwaltungsgesellschaften zu beaufsichtigen hatten.

Damit sei die Aufsicht in der Praxis bestenfalls ein formaler Akt, aber ohne faktische Wirkung. Und: Behördliche Untersuchungen würden, falls angeordnet, an (kein Scherz!) private Wirtschaftsprüfer delegiert. Ein Fuchs bewacht den Hühnerstall.

Ein Jahr nach den Terroranschlägen auf das World Trade Center und das Pentagon entsandte US-Präsident George W. Bush Jimmy Gurulé, Unterstaatssekretär für Terrorismus- und Finanzermittlungen im US-Finanzministerium, auf eine kurze Europatour, mit Zwischenhalten in der Schweiz und Liechtenstein. Britische und amerikanische Medien wussten zu berichten, der frühere stellvertretende US-Generalstaatsanwalt habe dem Fürstentum eine Liste mit Namen von mehrheitlich saudi-arabischen Al Kaida-

Terror-Finanzierern übergeben, die das fürstliche Finanzsystem für ihre Zwecke nutzten.

Gurulé sah sich gezwungen, die Medienberichte als komplett unwahr zurückzuweisen. Genauso wie zwei Jahre zuvor das Fürstentum den SPIEGEL-Artikel zum BND-Geheimbericht.

Die Krake

Der Name Silvio Berlusconi ist den Polizeibehörden Italiens seit mindestens 1979 bekannt. Damals tauchte er, wenn auch nur am Rande, in der Operation »Pizza Connection« auf, einer groß angelegten Drogenermittlung unter italienischer, US-amerikanischer und schweizerischer Federführung, die mit der Ermordung des New Yorker Mafiabosses Carmine Galante im Juli 1979 ihren Anfang nahm.

Nach 1945 schossen in den USA italienische Pizzerien wie die sprichwörtlichen Pilze aus dem Boden. An einem Treffen der höchsten sizilianischen und amerikanischen Mafiabosse 1957 in Palermo wurden die Partnerschaften für das Heroingeschäft mit den USA besiegelt. Pizzerien sollten dabei eine zentrale Rolle spielen. Mit Beginn der 1960er-Jahre wurden von der amerikanischen Cosa Nostra sizilianische Verbündete ins Land geschmuggelt, um sie in Pizzerien quer durch die USA arbeiten zu lassen; dies taten sie oft jahrelang als gesetzestreue Mitbürger, ohne weiter aufzufallen.

Die meisten dieser Pizzerien dienten der Mafia als perfekt getarnte Vertriebsstellen für Heroin. Zusammen mit

Zutaten wie Tomaten, Käse und anderen italienischen Exportgütern wurde das Heroin von Sizilien aus in die USA geschmuggelt. Mehr noch: Die legale Fassade der Pizzerien war das ideale Vehikel, die durch den Heroinhandel eingenommenen Gelder zu waschen. Im Nordosten der USA kontrollierte die Cosa Nostra geschätzte 80 Prozent des Drogenhandels. Allein John Gambino, Angehöriger des Gambino-Clans und Vetter des sizilianischen Bosses Salvatore Inzerillo, war Eigentümer von 240 Pizzerien.

Ab Mitte der 1970er-Jahre stellte die sizilianische Cosa Nostra die Droge für den amerikanischen Markt selbst her. In klandestinen Raffinerien im Umland von Palermo wurde das Morphin zu Heroin aufbereitet. In der Schweiz unschön in Erinnerung geblieben, ist der Eklat um den Rücktritt der damaligen Justizministerin Elisabeth Kopp: Ihr Mann saß im Verwaltungsrat genau jener Züricher Devisenhandelsfirma, die italienische und amerikanische Ermittler als die eigentliche Geldwaschmaschine der türkisch-libanesischen Morphinlieferanten der Cosa Nostra identifiziert hatten.

Richtig ins Rollen kam die Operation »Pizza Connection« mit dem Mord an Carmine Galante im Brooklyner Restaurant Joe and Mary. Seinen Tod beschlossen hatten unzufriedene Bosse des amerikanischen Syndikats der Cosa Nostra, in Absprache mit der *commissione* der Familien in Sizilien. Galantes Schicksal war besiegelt, als er nach und nach Teile des Heroingeschäfts in Eigenregie übernommen hatte. Den Nachfolger Galantes aber bestimmten die Sizilianer, und es sollte einer der ihren sein.

Das amerikanische Syndikat fühlte sich übergangen. Sie sahen die Zeit gekommen, das 1957 geschlossene Abkommen neu zu verhandeln. Eine Tatsache, die auch den Anti-Mafia-Ermittlern auf beiden Seiten des Atlantiks nicht verborgen blieb: Galantes Tod brachte Bewegung in die Strukturen der Cosa Nostra und erlaubte den Behörden eine Neuausrichtung der Operation: einerseits am Ausgangspunkt des Handels bei Totò Riina, dem »Boss aller Bosse« der Cosa Nostra. Sein Clan aus Corleone hatte inzwischen die Kontrolle über die Heroinraffinerien in Palermo übernommen; und andererseits am Endpunkt, den bislang unverdächtigen Pizzerien in den USA, eröffnet oder übernommen von den von Carmine Galante ins Land geholten Sizilianern, wie zum Beispiel den Brüdern Miki und Antony Lee Guerrieri, Verwandten des früheren Mailänder Bosses Giuseppe Guerrieri, der in New York den gesamten Import und Großhandel von Drogen für John Gotti leitete, dazumal Oberhaupt der Familie Gambino.

Im Laufe der vierjährigen Untersuchung stießen die Ermittler auch auf den Namen Silvio Berlusconi, zusammen mit jenem des Schweizers Franco Della Torre, laut dem italienischen Staatsanwalt Giuseppe Scelsi prominenter Kopf einer internationalen Zigarettenschmuggel-Mafia. Narcodollars aus dem Pizza-Connection-Geschäft sollen mit dem Kauf geschmuggelter Zigaretten aus Montenegro gewaschen worden sein.

Im Jahr 1987 verurteilte ein New Yorker Gericht von ursprünglich zweiundzwanzig Angeklagten deren achtzehn zu langjährigen Gefängnisstrafen. Drei wurden noch vor dem Urteilsspruch ermordet. Totò Riina wurde 1993 auf Sizilien verhaftet und zu dreizehn Mal lebenslänglich verurteilt, sein Nachfolger Bernardo Provenzano wurde 2006 gefasst. Beide sind in der Haft verstorben. Vor seinem Tod hatte Provenzano den Paten Matteo Messina Denaro als seinen Thronfolger, als *capo di tutti i capi* der Cosa Nostra, benannt. 1993 verschwand Messina Denaro und wurde erst am 16. Januar 2023, nach dreißig Jahren im Untergrund, gefasst, mitten in Palermo. Wobei Untergrund so auch nicht immer zutreffend gewesen zu sein scheint: Erste Berichte nach der Festnahme besagen, dass sich der *super latitante*, also der meistgesuchte Verbrecher Italiens, zumindest die letzten Jahre offen auf den Straßen seiner Heimatregion rund um Trapani gezeigt haben soll. Auch hier stellt sich so mancher die altbekannte Frage: wieso hat die Verhaftung des (vielmehr: auch dieses) Bosses der Cosa Nostra Jahrzehnte gedauert? Man kann sich die Antworten aussuchen.

Im Spielfilm Donnie Brasco mit Johnny Depp und Al Pacino in den Hauptrollen wird die Arbeit eines Undercover-Agenten des FBI als Teil der Operation »Pizza Connection« nacherzählt.

Konkreter wurde der Vorwurf von Silvio Berlusconis Mafia-Verbindungen im Zusammenhang mit Ermittlungen gegen die bis dahin unbedeutende Mailänder Privatbank Rasini. Auf den treffenden Namen Operazione San Valentino getauft, führte die italienische Polizei am Valentinstag 1983 Razzien gegen Exponenten der Cosa Nostra durch. Unter den Festgenommenen befanden sich zahlreiche Kunden der Banca Rasini, darunter altbekannte Mafiagrößen wie Luigi Monti, Antonio Virgilio und Robertino Enea.

Der eigentliche Coup der Operation war jedoch die – mehr oder weniger – überraschende Erkenntnis, dass auch die damalige Nummer eins und zwei der Cosa Nostra, Totò Riina und Bernardo Provenzano, Hunderte Milliarden Lire über Mittelsmänner auf Konten der Rasini geparkt hatten.

Zusammen mit der Handvoll Mafia-Kunden wurden auch der Direktor und ein Teil des Topmanagements vor Gericht gestellt und verurteilt. Im Verlauf des Prozesses hatten die Richter erkannt, dass die Banca Rasini der Cosa Nostra als Instrument zur Geldwäsche diente. Dabei konnten sie sich auch auf Aussagen von reuigen Mafiapaten wie Michele Sindona stützen. 1984 antwortet Michele Sindona auf die Frage des New York Times-Reporters Nick Tosches, auf welche Banken die Mafia zurückgreife: »In Sizilien hin und wieder die Banco di Sicilia. In Mailand eine kleine Bank an der Piazza dei Mercanti.« Zu dieser Zeit einzige Bank an der Piazza dei Mercanti war die Banca Rasini. Sindona fiel später im Gefängnis einem Giftmordanschlag zum Opfer.

Sie konnten es drehen und wenden, wie sie wollten (und teilweise bis heute tun), aber den italienischen Justizbehörden und in der Folge der Öffentlichkeit blieb letztlich keine andere Wahl, als das Offenkundige anzuerkennen – die enge Verbindung von dieser nun gerichtlich festgestellten Geldwäsche-Anstalt der sizilianischen Mafia namens Banca Rasini zu Silvio Berlusconi: Denn von 1955 bis zu seiner Rente 1973 war Silvios Vater Luigi Berlusconi bei eben dieser Banca Rasini in leitender Funktion tätig.

Über die Jahre stieg Berlusconi senior vom einfachen Angestellten zum Prokuristen und bis in die Direktion des Instituts auf. Gründer Carlo Rasini finanzierte 1961 Silvio Berlusconis erstes Unternehmen, das 1963 zum Baukonzern Edilnord wurde. Die Gelder flossen über mehrere Scheingesellschaften in der Schweiz, koordiniert durch Anwälte in Lugano. Die Banca Rasini stand auch auf der Liste jener Banken und Kreditinstitute, die eine Finanzierung von 113 Milliarden Lire (heute circa 300 Millionen Euro) abgewickelt hatten, welche Berlusconis Mischkonzern Fininvest zwischen 1978 und 1983 erhielt. 1983 war auch das Jahr, in dem die italienische Finanzpolizei Guardia di Finanza im Zusammenhang mit einer Drogenermittlung Berlusconis Telefone überwachte. In ihrem Bericht hielt sie fest: »Es wurde in Erfahrung gebracht, dass der bekannte Silvio Berlusconi, Eigentümer des privaten Fernsehsenders Canale 5, einen intensiven Drogenhandel aus Sizilien finanziere, mit Ablegern sowohl in Frankreich als auch in anderen italienischen Regionen (Lombardei und Lazio). Der Genannte soll im Zentrum großer Immobilien-Spekulationen an der Costa Smeralda stehen, mit Briefkastenfirmen mit Sitz in Vaduz und dem weiteren Ausland.«

Wie viele spätere Strafuntersuchungen (und Prozesse) gegen Silvio Berlusconi wurde auch diese 1991 wegen Verjährung eingestellt.

Silvio Berlusconi war insgesamt viermal Ministerpräsident Italiens (1994–1995, 2001–2005, 2005–2006 und 2008–2011) sowie übergangsweise Außen-, Wirtschafts- und Gesundheitsminister. Berlusconi verstarb am 12. Juni 2023 in einem Mailänder Krankenhaus.

***

Unter dem Titel Identità Nascoste (Versteckte Identitäten) veröffentlichte Transparancy International Italia im Mai 2017 einen Bericht zur Wirksamkeit nationaler Anti-Geldwäsche-Gesetze. Im ersten von zwei Beispielen wurde anhand des gigantischen Insolvenzbetrugs- und Korruptionsskandals des Chemiekonzerns SIR der Unternehmerfamilie Rovelli und des Kreditinstituts IMI untersucht, wie (hier italienische) Unternehmen mithilfe von Schweizer und Liechtensteiner Banken, Anwälten und Treuhandgesellschaften ab 1994 schmutzige Gelder in der Höhe von über einer halben Milliarde Schweizer Franken wuschen. Erst 2006, zehn Jahre nach Aufnahme erster Ermittlungen, gelang es der Mailänder Staatsanwaltschaft, das komplexe System von Finanzdienstleistern, Scheingesellschaften und anonymen Konten zu entschlüsseln.

Die gleiche Familie Rovelli war auch Käufer der in der »Operazione San Valentino« als Mafiabank und Berlusconi-Sponsor enttarnten Banca Rasini. Ein Deal, abgewickelt 1985 und eingefädelt durch Schweizer Anwälte, die vorab zu außerordentlichen Verwaltern der taumelnden Banca Rasini ernannt worden waren. Einer dieser findigen Juristen hieß Rubino Mensch.

Die innovative Rovelli-Familie zählte auch später noch ausgiebigst auf die Expertise des Tessiner Anwalts und Bankiers Rubino Mensch – beim Waschen der Gelder aus dem SIR/IMI-Betrugsskandal. Eine Entscheidung mit Bedacht: Im selben Jahr (1994) war Rubino Mensch zum VR-Präsidenten der Banca Commerciale Lugano aufgestiegen. Die dann auch gleich neunmal als Waschanlage fungierte.

Noch in frischer(er) Erinnerung sein dürfte die im Februar 2020 durch Medienberichte bekannt gewordene globale Spionageoperation »Rubikon« der Auslandsgeheimdienste der USA, Deutschlands und der Schweiz, in deren Zentrum der Schweizer Verschlüsselungsgerätehersteller Crypto AG stand. Wie mittlerweile auch ein parlamentarischer Untersuchungsausschuss in der Schweiz unter anderem schlussfolgerte, befand sich das Privatunternehmen Crypto AG de facto im Besitz der CIA und des BND.

»Ausspähen unter Freunden, das geht gar nicht« – wer erinnert sich nicht an den Satz der deutschen Bundeskanzlerin Angela Merkel aus dem Herbst 2013 als Reaktion auf den mutmaßlichen Lauschangriff des US-Geheimdienstes NSA auf ihr eigenes Handy. Diese Aussage traf sie anscheinend in der festen Überzeugung, dass deutsche Dienste selbstredend keine Freunde ausspähen. Ob Merkel ihre Worte noch immer so wählen würde? Denn die Operation Rubikon wird heute als die nicht nur längste – beinahe fünfzig Jahre –, sondern wohl auch erfolgreichste (bekannte) Spionageoperation des Jahrhunderts bezeichnet, und das nicht ganz zu Unrecht: Über die Tarnfirma Crypto AG gelang es dem Dreigestirn, ab 1970 manipulierte Verschlüsselungsgeräte an über einhundert Regierungsbehörden zu verkaufen, darunter auch von NATO-Verbündeten wie Spanien, Italien und Portugal. Es erlaubte der CIA und dem BND, jegliche Kommunikation dieser Behörden zu beziehungsweise von diplomatischen Vertretungen insgeheim mitzulesen, in Absprache mit der Führung des Schweizer Nachrichtendienstes SND. Der den Enthüllungen zugrunde liegende Geheimbericht der CIA und des BND besagt auch, dass ausgewählte Mitglieder der Schweizer Regierung sehr wohl über die Operation Bescheid wussten und ihren Segen erteilt hatten, was von den Betroffenen jedoch mit Vehemenz bestritten wird.

Deutschland war rund fünfundzwanzig Jahre an der Operation beteiligt und soll 1993 aus Rubikon ausgestiegen sein. Die USA hingegen, so der Wissensstand heute, scheinen die Spionageoperation erst 2018 endgültig eingestellt zu haben.

Zu guter Letzt: Sleeping with The Enemy

Der Vorwurf, die USA hätten über ihre Regierungsbehörden CIA, DEA und auch FBI seit den 80er-Jahren insbesondere mit dem mexikanischen Sinaloa-Kartell des Joaquin »El Chapo« Guzman heimliche illegale Abkommen und Partnerschaften geschlossen, ist weder neu, noch ist er durch die Fülle von Dokumentationen, journalistischer Recherchen und akribisch verfasster Publikationen mehr von der Hand zu weisen. Nach und nach wurde der eigentliche Irrsinn der US-amerikanischen Drogenpolitik offenbar, der mit dem selbsterklärten »War on Drugs« der Nixon-Administration seine politische Geburtsstunde hatte, aber erst durch einen Paradigmenwechsel Ronald Reagans 1981 faktisch zu einem Krieg wurde. Bei der Jagd nach den Köpfen der Kartelle machten sich Geheimdienst, Drogenbehörde und Bundespolizei jeder für sich auf die

Suche nach den besten Informationen. Nicht zuletzt im Wettstreit um dringend benötigte Erfolge überboten sie sich mit »Deals«, Feinde wurden zu Verbündeten, Verbündete, oft genug aus den eigenen Reihen, zu Feinden.

Zu den fundiertesten Untersuchungen dieser ebenso skandalösen wie makabren Komplizenschaft US-amerikanischer Dienste mit mexikanischen Narco-Kartellen zählt Anabel Hernandez' Sachbuch Los Señores del Narco (2010), gleichwohl wie eine Artikelserie der mexikanischen Tageszeitung El Universal von Januar 2014 (auch DER SPIEGEL 01/2014).

Eine Strategie, die, wie man heute weiß, ihr Ziel kläglich verfehlte. Schlimmer noch: Bis 2020 hat der Drogenkrieg in Mexiko geschätzte 300.000 Todesopfer gefordert, über 100.000 Menschen gelten zudem als vermisst. Sind in den USA vor zwanzig Jahren noch rund 15.000 Drogentote pro Jahr gezählt worden, sind es heute weit über 100.000.

Die mexikanischen Drogenkartelle, allen voran das Sinaloa-Kartell, konnten ihre Drogenproduktion derweil in schwindelerregende Höhen treiben. Das Büro der Vereinten Nationen für Drogen- und Verbrechensbekämpfung UNDOC geht heute von einem Umsatz von über 50 Milliarden USD aus, wohlgemerkt pro Jahr. Wichtigster Absatzmarkt der Mexikaner war, und ist, die USA.

Fünf Fragen

an Matt Basanisi und Gerd Schneider:

1. **Matt Basanisi, bevor Sie Thriller-Autor wurden, waren Sie lange Jahre Ihres Lebens im Polizeidienst, aber auch als Soldat tätig. Lassen Sie persönliche Erfahrungen aus dieser Zeit in die Geschichte einfließen?**

Spannende, interessante, aber auch dramatische Elemente in die Entwicklung eines Romanstoffs einfließen zu lassen, die auf persönlichen Erfahrungen gründen, war eines der Ziele, die ich mir als Autor gestellt hatte. Beeinflusst wurden diese Überlegungen auch durch Beispiele der Biografien von Autoren wie John Grisham, John Le Carré oder auch Ian Fleming, deren Werke durch selbst erlebtes Wissen geprägt sind, und maßgeblich zu ihrem Erfolg beigetragen haben.

Dass sich mit meinem Hintergrund eines früheren Ermittlers der Schweizer Bundeskriminalpolizei und der Vereinten Nationen das Genre des politisch gefärbten Thrillers aufdrängte, war naheliegend. Der Sache nicht undienlich gewesen ist auch ein Einsatz bei einer Special Operations-Einheit der KFOR, der internationalen Kosovo-Schutztruppe der NATO.

Auch wenn die Figur des David Keller bis zu einem gewissen Punkt ein Alter Ego meiner selbst ist und sich die Erzählung durchaus auf wahre Begebenheiten bezieht, so wurde SKORPION in seiner literarischen Umsetzung vor allem aus dramaturgischen Gründen weitgehend fiktionalisiert.

2. Gerd Schneider, Sie sind Regisseur und drehen erfolgreich Filme für Fernsehen und Kino – lief beim Schreiben von SKORPION manchmal schon ein innerer Film mit?

Natürlich springen mir beim Schreiben sofort Bilder auf die innere Leinwand, das ist bei Matt auch nicht anders. Aber in der Tat läuft bei mir ein regelrechter Film ab, inklusive Schnitt und Sounddesign – das macht nicht nur großen Spaß, sondern ist auch eine große Hilfe beim Schreiben, weil ich die Atmosphäre gewissermaßen von dieser Leinwand ablesen kann. Eigentlich schreibe ich meine Drehbücher auch eher literarisch, die Filmdramaturgie nimmt jetzt eben Einfluss auf die schriftstellerische Arbeit. Unser Thriller bietet sich vom Stoff her ohnehin sehr filmisch an, ich bin sicher, dass auch bei den Lesern der innere Projektor anspringt und unsere Geschichte zum Leben erweckt.

Die Sequenz am Flughafen Bern Belp zum Beispiel besteht aus wahnsinnig spannenden Szenen, die einem förmlich die Actionbilder aufdrängen – da muss man sich schon richtiggehend entscheiden, welche man davon mit ins Buch nimmt. Oder die Safehouse-Sequenz in Beirut: Die habe ich richtig mitverfolgt, als würde ich eine spannende Serie sehen. Aber es gibt auch einen eindringlichen Unterschied zum Film, zum Beispiel eben bei den Safehouse-Szenen: Ich hatte dabei regelrecht den Geschmack der Nacht im Mund, die warme Luft mit dem Geruch nach Jasmin und dem bitteren Staub von Steinen. Das sind alles Sinneseindrücke, die man beim Film nicht mitbekommt, die man beim Schreiben und Lesen aber umso lebendiger spürt.

3. Haben Sie in eine Lieblingsfigur in ihrem Thriller SKORPION?

Gerd Schneider: Ich liebe alle Figuren, von Walter Baumann bis hin zum Kaakverkäufer in Beirut. Aber am ehesten wäre das bei mir vielleicht Pius Moser: Eine kantige, erfahrene, kauzige und sehr liebenswerte Mentorenfigur, die unseren Helden David Keller strahlen lässt.

Matt Basanisi: Es gibt für mich keine Figur, die mir mehr als andere am Herzen liegt. Ob gut, böse, moralisch erhaben oder verkommen – um deine Protagonisten richtig zeichnen zu können, muss du dich mit ihnen anfreunden, und mit jeder auf ihre ganz eigene Art.

4. Wie schreibt man eine Buch gemeinsam? Gibt es eine klare Rollenverteilung?

Matt Basanisi: Bedeutet das eigentliche Schreiben Arbeiten auf Distanz, so ist die kreative Grundlagenarbeit wie Stoffentwicklung und dramaturgische Inszenierung immer ein Gemeinschaftswerk in Anwesenheit beider. Zwischen SKORPION und dem Folgeband hat sich die Rollenverteilung, soweit sie denn besteht, allerdings auch weiterentwickelt. War SKORPION in einer frühen Teilfassung durch mich entwickelt worden, wurde es in der Folge zu einem gemeinsamen Projekt. Gerd als etablierter

Filmemacher verfügt über eine sehr breite Erfahrung in Dramaturgie und Figurenentwicklung. Aus den Anfängen der Zusammenarbeit beibehalten wurde die Regel, dass ich beim Schreiben vorlege. Das gemeinsame elektronische Manuskript wird dann Bühne für ein digitales ›Ping-Pong‹, ergänzt durch gemeinsame Kreativurlaube. Ganz abgesehen davon besprechen wir unsere schöpferischen Erfolge, Sorgen und Nöte in einem wenn auch nicht täglichen, so doch regelmäßigem Telefongespräch.

Gerd Schneider: Was ich an unserer Zusammenarbeit so schätze ist, dass wir für alle manchmal unüberwindlich scheinenden Probleme immer eine Lösung finden. So schwer es bisweilen ist, den sehr komplexen Plot voranzutreiben, so befriedigend und belohnend ist es vor allem, wenn sich in unserem Ping-Pong die richtige Idee materialisiert – das ist jedes mal ein magischer Moment, weil er sich so richtig anfühlt und fast aus sich heraus zu entstehen scheint, eigentlich wie eine dritte Person im Raum. Dann wird aus einer Fiktion plötzlich literarische Realität. Durch diese Momente können wir auch sehr leidenschaftlich aber gleichzeitig uneitel die Geschichte ausarbeiten, weil sie quasi aus sich heraus eine stimmige Form annimmt. Wir ergänzen uns da sehr gut, besser kann ich es mir nicht vorstellen.

5. Können Sie uns schon verraten, ob es mit David Keller weitergeht und eine Fortsetzung geplant ist?

David Keller kehrt zurück – und wer geglaubt hat, dass er die schlimmsten Tage seines Lebens hinter sich gelassen hat, darf sich eines Besseren belehren lassen: Kaum zurück aus Brasilien, wird Keller mitten in ein geostrategisches Schachspiel nuklearer Welt- und Möchtegern-Weltmächte katapultiert. Auf dieser Reise, die ihn an ebenso faszinierende wie lebensbedrohliche Orte rund um den Globus führt, wird er begleitet von altbekannten Freunden genauso wie neuen Feinden – und einer Person, die er für immer aus seinem Leben gelöscht geglaubt hatte.

Auch im Folgeband dienen reale Ereignisse als Vorlage, deren Folgen das bewährte Kalkül des Gleichgewichts des Schreckens unter Atommächten an den Rand des Abgrunds brachten. Eine Bedrohung für die gesamte Menschheit, die nur eines nicht ist: kleiner geworden.

Sie wollen wissen, wie es mit David Keller weitergeht? Lesen Sie Band 2, der 2024 bei Blanvalet erscheinen wird:

1

Bern, April 2004

Kim Yong-nam sah David Keller mit diesem selbstgefälligen Lächeln an, das dem Schweizer schon seit Beginn des Gesprächs mächtig auf die Nerven ging. Annähernd so schlimm war sein schlecht sitzender grauer Anzug mit zu breiten Schultern.

»Mister Keller. Ich kann mich nur wiederholen: Ich glaube nicht, dass die Botschaft der Demokratischen Volksrepublik Korea Ihrer Behörde weiterhelfen kann.«

Keller tat einen tiefen Atemzug, ebenfalls zum wiederholten Male. An der Wand hinter dem Schreibtisch des hageren Kim Yong-nam hing das Porträt des ungleich fülligeren Kim Jong-il, dem Obersten Führer Nordkoreas. Auch der Oberste Führer lächelte. Zweifelsohne konnte er mit der Arbeit seines Untertanen zufrieden sein.

»Herr Botschafter, wenn Sie sich die beiden Fotos vielleicht noch mal genauer ansehen würden? Denn dann würden Sie zum selben Schluss kommen wie wir: Dass der Verstorbene auf der Aufnahme der Genfer Gerichtsmedizin hier …« – David schob die schmucklose Nahaufnahme des Ermordeten wieder in Richtung des Diplomaten und legte ein vergrößertes Passbild aus besseren

Zeiten dazu – »... Mister Pak Pong-ju ist beim Schweizer Außenministerium als erster Kulturattaché der ständigen Vertretung der Demokratischen Volksrepublik Korea bei der UNO in Genf akkreditiert. Mit anderen Worten, Ihr Mitarbeiter.« Keller sah sein nordkoreanisches Gegenüber mit Nachdruck an. »Dieselbe kleine Narbe über dem linken Auge? Die identischen zwei Muttermale auf der Wange links? Nein?« Die Botschaft in Kellers Blick war klar: *Halt mich bloß nicht für blöd, Arschloch.*

»Ich sehe keine Übereinstimmung. Tut mir leid.«

Für Sekunden zeigte die Miene des Botschafters keinerlei Regung, sein starrer Blick war auf Keller gerichtet, der ihn auf gleiche Weise erwiderte. Dann zuckten die Augen des Nordkoreaners nach unten, huschten über die Aufnahmen auf der Tischplatte – die Kraft des Bösen hatte gesiegt.

Keller lächelte, eine andere Antwort hatte er auch gar nicht erwartet. »Sie bleiben also dabei? Der Ermordete ist *nicht* Mister Pak Pong-ju?«

»Es gibt keinen Grund, mich Ihrer Schlussfolgerung anzuschließen.«

»Nun, es wäre Mister Pak tatsächlich zu wünschen, dass er nicht das Opfer auf den Fotos ist. Was dann ja bedeutet, dass einem Treffen mit Mister Pak nichts im Weg stehen sollte?«

Wieder verlor der Botschafter kurz die Kontrolle über seine Augen, was seinen Blick durch die Brille Modell 1983 noch schmaler erscheinen ließ. Ein erfolgreicher Pokerspieler wäre aus Kim Yong-nam jedenfalls nicht geworden, ebenso wenig wie ein erfolgreicher Lügner. Doch im Gegensatz zu einem gewöhnlichen Staatsbürger, der eines Mordauftrags beschuldigt wurde, zählte dies mit

Sicherheit zu Botschafter Kims geringsten Sorgen, denn nach Artikel 31 des Wiener Übereinkommens über diplomatische Beziehungen würde er selbst dafür nie vor Gericht erscheinen müssen.

»Mister Pong-ju ist nach Pjöngjang abgereist.«

Keller hob die Augenbrauen. »Oh, wie bedauerlich. Und wann erwarten Sie ihn zurück?«

»Über diplomatische Einsätze entscheidet das Zentralkomitee für außenpolitische Dienste in Pjöngjang, unter Leitung unseres Großen und Geliebten Führers.«

»Ich verstehe«, meinte Keller gereizt. »Und wann rechnen *Sie* mit seiner Rückkehr?«

»Unser geliebter und respektierter Führer wird das Zentralkomitee mit seinen weisen Worten zu einer richtigen Entscheidung führen.«

Keller nickte. War ja klar. Der Große Führer zum Zweiten.

»Anders gesagt, Herr Botschafter: Mister Pak Pong-ju wird also *nicht* in die Schweiz zurückkehren? Ist es das, was Sie meinen? Was unter den gegebenen Umständen zugegebenermaßen auch keinen Sinn machen würde.« Keller hatte sich da bereits erhoben und die Fotos des Ermordeten auf dem Schreibtisch eingesammelt. »Wieso auch? Wofür einen toten Kulturattaché nochmals auf Dienstreise schicken?«

Keller verließ den Raum grußlos, er sah keinen Grund mehr für eine Verabschiedung. Zügigen Schrittes ging er den kurzen Flur entlang die Stufen hinunter ins Erdgeschoss und trat ins Freie. Noch bei seiner Ankunft war er durch Botschaftspersonal empfangen worden. Nun schien das Gebäude wie verlassen, was allerdings kaum den Tatsachen entsprach, denn ohne Zweifel waren in

Kims Büro Mikrofone installiert und das Gespräch in einem Nebenraum aufmerksam verfolgt worden. Und so, wie es geendet hatte, schien man jetzt auf nordkoreanischer Seite ebenfalls auf jedwede Höflichkeitsgeste verzichten zu wollen.

Noch war der Frühling ein paar Wochen entfernt, die Wolken hingen tief, aber zumindest hatte es aufgehört zu regnen. Draußen angekommen, blieb er auf dem Vorplatz stehen und steckte sich eine Zigarette an. Das Botschaftsgebäude lag in einem ruhigen Wohnquartier im Süden Berns, in einem zweistöckigen Herrschaftshaus aus dem Neoklassizismus, dem eine gründliche Renovierung mehr als gutgetan hätte. Die steinerne, von Rissen durchzogene Grundstücksmauer war von mannshohen Thujasträuchern umgeben, die jeden Blick von außen auf das Gelände unmöglich machten. Die Politik der radikalen Abschottung galt auch für die diplomatischen Vertretungen dieses totalitären Landes. Im ebenfalls nicht sonderlich gepflegten Innenhof standen ein Apfelbaum und eine mächtige, zwanzig Meter hohen Tanne. Das pechschwarze Gefieder eines flatternden Kolkraben schimmerte durch das Geäst im Wipfel des Nadelbaums. Der laute Ruf des Vogels war das einzige Geräusch, das Keller in der merkwürdigen Stille wahrnahm.

Keller konnte die Blicke in seinem Rücken spüren und sah zum Botschaftsgebäude hoch. Am geschlossenen Fenster seines Büros im ersten Stock stand Botschafter Kim, neben ihm eine zweite Person. Während Kim starr zu Keller hinuntersah, sprach der zweite Mann angeregt in ein Telefon.

Es war wohl an der Zeit, nordkoreanisches Territorium

zu verlassen. Keller nahm einen letzten Zug, entsorgte die Kippe in einem zerbrochenen Tongefäß neben den Eingangsstufen und betrat durch das schmiedeeiserne Tor Schweizer Boden.

Ein Zeitungsbote war auf die menschenleere Pourtalèsstraße eingebogen und begann mit der Zustellung der neuesten Nachrichten an die Nachbarschaft. Die Botschaft Nordkoreas wurde nicht bedient.

Die Haltestelle Muri der Tramlinie 6 lag nur wenige Gehminuten nordöstlich. Keller machte sich auf den Weg und schickte Pius eine Textnachricht.

Nichts …

Die zweigeteilte Antwort kam sogleich.

War ja klar, und dann: *Haben dafür das Okay aus Wien* ☺

Es war in der Tat eine gute Nachricht.

Pak Pong-ju war an einem kalten Dienstagmorgen vor zwei Wochen aufgefunden worden, erdrosselt auf einer Parkbank im Botanischen Garten im Genfer Stadtteil Pregny-Chambésy in Sichtweite des Völkerbundpalasts, dem UNO-Hauptquartier. Seinen Namen kannte da noch niemand. Ein Asiate, offensichtlich, vielleicht fünfzig Jahre alt, aber ohne irgendwelche Dokumente bei sich. Auch seine Fingerabdrücke waren in keiner Datenbank gespeichert. Ein Zeugenaufruf der Genfer Polizei lief auch heute noch, bisher ohne Ergebnis.

Die Todesursache Atemstillstand durch Erdrosseln war noch am selben Tag festgestellt worden. Eine erste Andeutung, dass die Hintergründe der Tat von größerer Tragweite sein könnten, kam nur Stunden später: Beim Entkleiden des Opfers in der Gerichtsmedizin in Genf stellten die Pathologen fest, dass im Hosenbund des Ermordeten ein daumengroßer Gegenstand eingenäht war: ein USB-Stick.

Nur drei Tage später hatte sich eine Delegation von Genfer Staatsanwaltschaft und Polizei auf den Weg nach Bern gemacht, im Gepäck die Auswertungen der Daten auf dem Datenträger, mit der entscheidenden Einschränkung: soweit die Genfer Behörden überhaupt in der Lage waren, die Informationen zu bewerten – diverse Lieferverträge, Bankdokumente und Überweisungsbelege befanden sich darunter, aber auch technische Zeichnungen, hochkomplex und für eine Strafverfolgungsbehörde nicht einzuordnen. Auf den vagen Verdacht hin, die Daten auf dem USB-Stick könnten in irgendeiner Weise im Zusammenhang mit Nukleartechnologie stehen, wurde ein erster Kontakt zum Conseil Européen pour la Recherche Nucléaire hergestellt, kurz CERN, ebenfalls mit Sitz in Genf.

Von da an ging alles schnell: Die Wissenschaftler der Europäischen Organisation für Kernforschung bestätigten den Anfangsverdacht der Genfer Behörden und wiesen auf die ihrer Meinung nach erhebliche Brisanz der Unterlagen hin: Vermutlich handle es sich unter anderem auch um Baupläne für Vakuumpumpen zur Hochanreicherung von Uran, sprich *waffenfähigem* Uran, dessen einziger Verwendungszweck im Bau von Atomsprengköpfen liege. Als letzte Empfehlung rieten die CERN-Wissenschaftler, sich mit dem Material an die IAEA in Wien zu wenden, und zwar umgehend.

Weshalb auch immer der Asiate sterben musste, weshalb er diese buchstäblich explosiven Informationen bei sich trug und wer auch immer hinter der Tat stand – in einem Punkt bestanden für die Genfer Strafverfolgungsbehörden kaum Zweifel: Der Mord musste mit diesem

Datenschatz in Zusammenhang stehen, und damit auch das Thema des Umfeldes der Mordermittlung: nukleare Proliferation. Und diese fiel in die Zuständigkeit der Bundesbehörden in Bern.

Dass der Bundesanwalt die Untersuchung an die frühere Genfer Staatsanwältin Danielle Gonnet übertrug, war nur logisch. Fast genauso vorhersehbar gewesen war, dass es Pius Moser getroffen hatte, den Gonnet nach Durchsicht der Akten bat, sich doch bitte unverzüglich bei ihr zu melden.

Dass Pius nach der Besprechung mit Gonnet grinsend im Türrahmen von Kellers noch karg eingerichtetem Büro aufgetaucht war – dafür gab es allerdings mehrere Gründe.

Keller warf einen Blick auf die Uhr. Seinen nächsten Termin hatte er mit Pius, ein Mittagessen. Es war kurz nach zehn Uhr, allemal Zeit genug für einen Kaffee. Das Wetter hatte aufgeklart, und er beschloss, bereits am Helvetiaplatz aus der Tram zu steigen. Sein Ziel befand sich auf der anderen Aare-Seite, am Ende der fast 250 Meter langen Kirchenfeldbrücke mit ihren jedes Mal aufs Neue beeindruckenden majestätischen Doppelbögen.

David betrat das behagliche Adrianos Café, bestellte einen Espresso mit Butterhörnchen und setzte sich an den Ecktisch neben der Zeitungsauslage. Sein Blick fiel auf eine Schlagzeile von Italiens pinkfarbener Sportzeitung La Gazzetta dello Sport: *0:0 contro Irlanda – Brasile a terra!*

Davids Meinung nach ein etwas gar hysterischer Aufmacher für ein Freundschaftsspiel. Aber eben: Brasilien war vor zwei Jahren Weltmeister geworden, Italien im Achtelfinale rausgeflogen – gegen Südkorea. Da sprach einfach nur Italiens noch immer traumatisierte Fußballseele.

David überflog den Artikel, amüsiert erst, doch seine Gedanken entglitten ihm. Sie wanderten zurück an den Ort, wo er noch bis vor wenigen Wochen eine Zukunft gesehen hatte, aus der nichts wurde, weil es letztlich eine Flucht war vor sich selbst und ohne Ziel.

Seine Rückkehr nach Brasilien, nach Chapéu Mangueira zu Davinho und zu Ana, hätte der Beginn von etwas Neuem sein können, so glaubte er zumindest. Das tödliche Ende der Jagd nach dem Narcos-Geldwäscher Walter Baumann, Julie Banks' Verrat und noch dazu von seiner eigenen Regierung hintergangen worden zu sein – all das hatte ihn schwerer getroffen, als er wahrhaben wollte. Er hatte weggemusst, etwas anderes versuchen. Was genau, er hatte es selbst nicht gewusst.

Er war mit Davinho und Ana mitgegangen, hatte sie bei ihrer Arbeit in Chapéu Mangueira und Babilônia begleitet, jenem trostlosen Armenviertel in den steilen Hügeln rund um die glitzernde Copacabana, wo Gewalt und Stärke alles, Recht und Gesetz hingegen nichts bedeuteten.

Er hatte Rafael, den sechzehnjährigen Anführer einer Jugendgang kennengelernt, ein Kind noch, das seinen ersten Mord mit zwölf begangen hatte; sieben weitere waren dazugekommen. Im Gefängnis hatte der Junge noch nie gesessen, die Polizei hatte die Favelas sich selbst überlassen, der Staat längst kapituliert. Dann waren da die Väter und Mütter, Brüder und Schwestern der Gewaltopfer, die trotz allem die Hoffnung auf ein besseres Leben nie aufgegeben hatten. Es waren Dinge, von denen er gehört und gelesen hatte, tägliche Tragödien im

Leben von Menschen, aber fernab seines eigenen. Nun hatte er sie gesehen. Und er würde sich sein Leben lang an sie erinnern.

Sosehr diese Erlebnisse tiefen Eindruck bei ihm hinterlassen hatten, so großartig er Davinhos und Anas Arbeit fand – womit er nicht gerechnet hatte, oder nicht so bald, war die kaum erklärbare Leere, die sich nach und nach bei ihm eingestellt hatte. Irgendwann wusste er, er vermisste *sein* Leben und das, was ihn daran am meisten befriedigte: die geistige Herausforderung. Er vermisste seinen alten Job, die Ermittlungsarbeit. Und am Ende kam auch noch das Heimweh hinzu.

So hatte er bei einem seiner sporadischen Kontakte mit Pius Moser dessen Werben, wieder in den Dienst einzusteigen, nachgegeben, seine Sachen gepackt und war nach Bern zurückgekehrt. Der Abschied von Ana war schmerzlich gewesen, sie fehlte ihm fürchterlich. Und nicht zum ersten Mal hatte er sich schuldbewusst gefragt, wie moralisch ihr gegenüber er eigentlich selbst handelte.

Das Essen mit Pius fand im Restaurant Lorenzini statt, gegenüber auf der anderen Straßenseite. Bis dahin blieb ihm eine gute Stunde Zeit. Für seine neue Bleibe brauchte er noch so ziemlich alles, was eine Wohnung ausmachte, Bett und Tisch mit zwei Stühlen ausgenommen. Und um die Ecke befand sich das Möbelhaus Pfister, also konnte er dort noch kurz vorbeischauen.

David ging zur Theke und zog den Geldbeutel hervor. An einem der Bistrotische neben der breiten Fensterfront hatte sich ein Mann erhoben, der kurz nach David das Café betreten hatte. Der Mann trug einen teuren Wintermantel und feine Lederhandschuhe. Ruhigen Schrittes kam er zur Bar, legte eine gefaltete Zeitung neben David auf den Tresen und verließ das Lokal. Adrian, der Lokalbesitzer, schaute erst dem Gast hinterher und dann zu David.

»Ist die für dich?«

»Die Zeitung? Ist doch dein Laden.«

»Abgesehen davon – die New York Times führen wir nicht. Zu teuer.«

Die New York Times? Tatsächlich. David fragte sich, welcher Zeitgenosse sich wohl die Mühe machte, eine Originalausgabe der New York Times zu kaufen, nur um sie dann an einer Bar zurückzulassen. Während er vergebens nach einer überzeugenden Antwort suchte, blieb sein Blick auf dem zur Hälfte gefalteten Blatt hängen, bei einem einspaltigen Artikel, dessen Titelzeile mit einem Stift eingekringelt war. Er zog das Blatt näher, überflog den Text, stutzte, las ihn nochmals, dann traf es ihn wie ein Schlag. *Verdammt!* Er rannte los, vorbei an erschrockenen Gästen und hinaus unter die Arkaden der wuseligen Fußgängerzone. Suchend sah er in alle Richtungen, dann eilte er hinaus auf die Straße, wo ihn das aufgeregte Klingeln der Straßenbahn von den Schienen scheuchte. Aber nichts. Der Mann war verschwunden.

»Welches Pferd hat *dich* denn geritten? Ist doch nur eine Zeitung«, meinte Adrian verwundert, als David wieder am Tresen stand.

»Ich weiß, dafür ganz schön teuer. Sagtest du doch.« David legte einen 10-Franken-Schein auf die Theke, schnappte sich die Times und verabschiedete sich.

»Und du bist dir sicher, du hast den Mann noch nie gesehen?« Pius sah fragend zu David, während er lustvoll die letzten Spuren Panna cotta aus der Dessertschale schaufelte. »Einfach köstlich!«

»Zum dritten Mal: Nein! Kein Asiate, kein Afrikaner, kein Latino, kein Inder. Er war weiß, *das* kann ich sagen. Leider hatte er auch kein Wort gesagt. Mit Absicht, würde ich behaupten.«

Pius machte dem Kellner ein Zeichen für zwei Espressi sowie die Rechnung und lehnte sich im Stuhl zurück.

»Dann bleibt noch … was? Ein Europäer?«

David rollte mit den Augen. »Himmel, Pius! In Rio habe ich Brasilianer kennengelernt, die sehen deutscher aus als jeder Deutsche. Oder Schweizer. Oder Engländer …«

Pius gab sich geschlagen. »Ist ja gut, ist ja gut … ich frag ja nur.«

Beide verfielen in nachdenkliches Schweigen, bis der Kellner mit den Kaffees zurückkam und begann, Teller und Besteck abzuräumen.

»Die Zeitung? Soll ich sie für Sie entsorgen?«

Zum wiederholten Mal betrachtete David die schwungvoll markierte Schlagzeile.

PAKISTAN MAY HAVE AIDED NORTH KOREA A-TEST

»Es würde uns eine Menge Arbeit ersparen«, meinte David mit einem mühsamen Lächeln, faltete das Blatt sorgfältig zusammen und schob es in seine Jackentasche. »Aber danke der Nachfrage.«

»Selbstverständlich. Wie Sie wünschen«, nickte der Kellner beflissen und entfernte sich.

Der Unbekannte in Wintermantel und Handschuhen hatte Keller die Freitagsausgabe von letzter Woche überlassen, dem 27. Februar 2004. Darin hatte die New York Times die Frage aufgeworfen, ob Pakistan und Nordkorea zusammen atomare Waffentests durchgeführt haben könnten. Ausgelöst worden sei die hitzige Debatte unter Experten der US-Geheimdienste und dem Los Alamos National Laboratory vergangenen Monat, so die Reporter der wohl einflussreichsten Tageszeitung, nachdem Pakistans führender Nuklearwissenschaftler Dr. Abdul Qadeer Khan die Öffentlichkeit mit der Behauptung schockiert hatte, sein Wissen mit Nordkorea, Libyen und Iran zu teilen – und das seit über zehn Jahren.

***